FALLING

#1 Liv

#2 Alice

J. S. Cooper

FALLING

#1 Liv

#2 Alice

Traduit de l'anglais
par Anne Confuron

ÉDITIONS FRANCE LOISIRS

Liv :
Titre de l'édition originale : ONE NIGHT STAND

Alice :
Titre de l'édition originale : FALLING FOR MY BEST FRIEND'S BROTHER

Édition du Club France Loisirs,
avec l'autorisation des Éditions Prisma

Éditions France Loisirs,
123, boulevard de Grenelle, Paris
www.franceloisirs.com

Liv :
© 2015 by J. S. Cooper.
© 2016 Éditions Prisma / Prisma Media pour la traduction française

Alice :
© 2015 by J. S. Cooper.
© 2016 Éditions Prisma / Prisma Media pour la traduction française

ISBN : 978-2-298-12884-0

#1 Liv

Prologue

– Tu peux toujours m'appeler Mister Tongue, si tu veux.

Il me sourit et fait délibérément glisser sa langue sur ses lèvres, d'avant en arrière, histoire de me rappeler la nuit passée ensemble. La nuit de tous les péchés, que je n'oublierai jamais. Mais qu'est-ce qu'il fait là ? Dans la maison de mes parents. Assis sur mon canapé. Le canapé sur lequel j'ai regardé la télévision pendant des années. Il n'est pas supposé parler avec mes parents, il n'est pas censé avoir l'air si sexy. Je ne sais même pas comment il s'appelle.

Les aventures d'un soir sont généralement amusantes, excitantes. On les vit pour le fun et puis on les oublie. Je ne me considère pas comme une traînée ni une fille facile. J'ai mes critères personnels pour les garçons avec lesquels je veux sortir. D'ailleurs, j'ai ma liste de ce que je recherche chez un mec. Je ne vais pas baisser ma petite culotte pour n'importe quel type avec un joli sourire, un beau visage et un portefeuille bien garni. J'ai couché avec des hommes qui avaient les poches vides, auxquels il manquait des dents et même avec un type déjà chauve ; seulement, c'étaient tous des copains. Oui, j'ai pu témoigner d'un goût douteux pour les hommes, mais c'est une histoire que je vous raconterai un autre jour. Je n'en suis pas particulièrement fière. En fait, je grince encore des dents en me souvenant de ce garçon auquel il en manquait. Ça a été une expérience insolite.

Je sais, vous avez le droit de douter que je puisse avoir mes exigences aujourd'hui. Surtout si l'on considère la rapidité avec laquelle j'ai laissé tomber ma culotte pour le mystérieux inconnu au mariage de mes amis. Celui-là même qui se tient maintenant devant moi. Vous pourriez croire que j'écarte les jambes pour n'importe quel homme qui me le demande, mais ce n'est pas le cas. Mister Tongue est l'exception à la règle. J'ai obtempéré sans hésiter lorsque je l'ai vu. Bon, d'accord, en fait ce n'est pas tout à fait vrai. Je n'ai pas baissé ma petite culotte. Il l'a enlevée avec ses dents. Ses jolies dents, parfaitement alignées, au sourire ultra-bright. Merde alors, mon corps garde le souvenir de ses dents tandis qu'elles effleuraient ma peau et enlevaient ma culotte de dentelle blanche. Franchement, à ce moment-là, je n'ai pas pu l'en empêcher. Je n'en ai pas eu envie non plus. Ça a été un de ces instants magiques comme on n'en voit qu'au cinéma. L'alchimie a été parfaite, nos corps étaient en feu et je ne pensais qu'à lui et à sa bouche. Alors même qu'un simple mur nous séparait d'une église pleine à craquer. Je ne pensais pas qu'une chose pareille puisse m'arriver. Je me suis laissée entraîner par l'instant présent. Ce n'est pas tous les jours que vous accrochez le regard d'un étranger aux yeux verts qui vous emmène dans la sacristie (mon Dieu, pardonnez-moi). Ce n'est pas tous les jours que vous rencontrez un tel homme : un tombeur magnifique, sexy, viril... OK, il était légèrement insupportable, mais je m'en moquais. Ce n'est pas tous les jours qu'un étalon torride vous prend à même le sol, avec votre robe remontée jusqu'à la taille, et vous arrache la culotte avec les dents. Sans parler de sa langue. *Mamma mia*, sa langue m'a fait des choses que je ne peux pas répéter. Des choses dont j'ignorais jusqu'à l'existence. Comme avoir de multiples orgasmes à la minute. Oui, j'ai bien dit *minute*. L'un après l'autre. Et le tout avec sa langue : rose, longue et extrêmement flexible. Qui aurait cru qu'une langue puisse être aussi souple ? Pas moi. Et bien sûr, il a su qu'il ébranlait mon univers. Le sourire sur ses lèvres et la lueur dans son regard m'ont fait comprendre qu'il avait parfaitement conscience qu'il était un salaud. Un salaud arrogant. Tandis que je le fixe devant moi, je sais qu'il se souvient également de ce jour-là. Je peux le voir dans ses yeux, alors que j'essaye de ne pas respirer trop fort. Qu'est-ce qu'il m'a fait, et pourquoi est-il là, maintenant ?

Je ne me suis sentie que légèrement embarrassée lorsque j'ai joui dans sa bouche. La manière dont il s'est léché les lèvres avec gourmandise m'a fait me sentir un peu sale. Mais je ne m'en suis pas souciée. J'étais encore trop occupée à essayer de reprendre mon souffle au moment où je me suis relevée et que j'ai rabaissé ma robe. J'ai commencé à paniquer lorsque j'ai entendu l'organiste qui jouait « Vive la mariée ». Je devais rapidement retourner vers mon banc dans l'église, mais sans culotte puisqu'il ne voulait pas me la rendre (oui, j'ai trouvé cela incroyablement excitant). Je sais, je n'éprouve aucune honte. Je suis retournée dans l'église ce jour-là avec la sensation d'être une prostituée. J'ai laissé un inconnu prétentieux me lécher, en pleine cérémonie religieuse. C'est dingue, non ?

Et ce n'est pas le pire. Je suis rentrée avec lui aussi. C'est-à-dire que je l'ai accompagné dans la suite de son hôtel. Sa suite très chère et très impressionnante au Marriott, en plein centre-ville (le prix de la nuitée était probablement le montant de mon loyer). Nous sommes allés dans sa chambre et cette fois, il ne s'est pas contenté d'utiliser sa langue. J'ai fait plus que m'allonger sur le dos, les jambes en l'air, avec son visage bien calé au milieu de mes cuisses. Une nuit de feux d'artifice. Une nuit explosive qui a fait voler en éclats mon univers et tout ce que je pensais connaître sur le sexe. J'ai plaint le pauvre mec qui lui succéderait dans mon lit. Plus question d'être satisfaite de préliminaires rapides et du va-et-vient en position du missionnaire. Je n'avais jamais eu de relations sexuelles aussi excitantes, je suppose que c'est ce qui fait l'attrait des coups d'un soir. Cela fait tilt et on s'adonne alors à toutes les choses pour lesquelles on est trop complexé en temps normal. Ni l'un ni l'autre n'attendions quoi que ce soit. Nous n'avons même pas échangé nos prénoms. Je me suis éclipsée tôt, le lendemain matin, je me suis précipitée pour sortir de la chambre, la tête aussi droite que j'ai pu tandis que je parcourais le hall de l'hôtel. Le chemin de la honte : mon mascara barbouillé et mes cheveux en désordre révélaient au monde entier ce que j'avais fait.

Mais je m'en moquais. J'avais vécu la meilleure expérience sexuelle de ma vie et avec l'homme le plus sexy que j'aie jamais rencontré. Cela booste l'ego. Je ne me m'étais jamais mieux sentie et j'étais presque certaine que j'avais aussi fait vaciller son univers. Il ne m'oublierait pas de sitôt, surtout avec les griffures et morsures qui lui rappelleraient notre nuit pour quelque temps. Quand je repense à la manière dont il m'a menée à la baguette sur le lit, cela n'avait guère d'importance qu'il ait semblé être un enfoiré prétentieux. Au contraire, j'ai bien aimé sa virilité, du genre qui dirige tout. C'est bon dans une chambre, mais je savais que cela m'ennuierait dans la vie quotidienne. Peu importe. C'était quelqu'un que je ne reverrais jamais.

Sauf que j'avais tort. Vous savez comment est la vie. Quand on est sur un petit nuage, avec le sentiment d'être au-dessus de tout, il y a toujours quelque chose qui vous ramène sur terre. C'est ce qui m'est arrivé lorsque je suis allée voir mes parents le week-end suivant ce fameux mariage. Oui, le soufflé d'une aventure d'un soir si excitante et innocente est retombé d'un coup quand je suis arrivée et que je l'ai vu, assis sur leur canapé. J'ai failli avoir une crise cardiaque lorsque j'ai vu la langue miraculeuse, ou Mister Tongue comme je l'ai surnommé, assis là, devant moi, sur le canapé, en train de boire une tasse de thé. Je n'oublierai jamais le moment où il m'a regardée de ses yeux verts rieurs. Mon cœur s'est arrêté de battre pendant ce qui m'a paru être des minutes. C'est là que je me suis souvenue de la raison pour laquelle j'avais toujours évité les coups d'un soir auparavant. Je suis restée sans bouger pendant quelques secondes avant qu'il ne se lève et ne se dirige vers moi, un grand sourire sur le visage.

– Bonjour, me dit-il en me tendant la main. Enchanté, je m'appelle Xander.

– Liv, réponds-je en piquant un fard.

– Ravi de te rencontrer, Liv.

Ses yeux se moquent de moi tandis que mes parents restent là à nous regarder.

– Moi aussi.

Je manque m'étrangler. Que fait-il donc là ?

– Oh, tu as un truc sur l'oreille.

Il se penche en avant et effleure quelque chose sur mon oreille tout en chuchotant : Maintenant, j'ai un nom à mettre sur ton visage, lorsque je pense à notre nuit.

Je sens le bout de sa langue sur mon lobe. Sous le choc, je me recule puis je le regarde ainsi que mes parents.

– Que fais-tu ici ?, je demande doucement. Difficile de croire à une simple coïncidence. Évidemment, la réponse n'est pas celle du conte de fées que j'espère secrètement. Ce n'est pas parce qu'il ne peut pas m'oublier. Il n'est pas venu pour me courtiser. Non, bien sûr, mon voyage au pays des coups d'un soir ne pouvait pas être aussi parfait. Cette histoire devient extrêmement compliquée. J'aurais dû me douter que, pour moi, ce ne serait pas qu'une nuit de plaisir. J'aurais dû savoir qu'une aventure d'une nuit finit toujours par tourner au cauchemar.

– Qu'aimerais-tu que je sois venu faire ici ?

Il rit et passe ses mains dans ses cheveux noir de jais. Des cheveux que je sais être doux et soyeux. Des cheveux que j'ai attrapés et tirés. Je me mords la lèvre et reste là, pétrifiée, en état de choc. Si j'avais connu la raison de sa présence ici, je me serais sauvée. Si j'avais su qui il était à ce mariage, j'aurais dit non. Mais bien sûr, je n'étais au courant de rien. Cette aventure d'un soir a changé tout ce que je pensais connaître de moi et de ma vie. Ce bon coup a maintenant un nom. C'est Xander James. Et Xander James est sur le point de rendre ma vie très compliquée. Car Xander James n'est pas simplement Mister Tongue, Xander James est un homme qui prend ce qu'il veut lorsqu'il le veut, sans poser de questions. Et maintenant qu'il m'a revue, je me trouve à la première place sur la liste de ses désirs.

1.

Une semaine plus tôt

– Liv, je te donne cent dollars si tu sors avec un mec à la réception du mariage demain. Alice me sourit en agitant cinq billets de vingt. Cinq gros billets, chérie.

– Cinq gros billets, ce serait cinq cents dollars et pas cent dollars. Non mais oh, des billets de vingt, ce n'est pas ce qu'on appelle des gros billets !

– Pour moi, si.

– Pas pour moi.

– Liv, soupire Alice. Arrête d'essayer de changer de sujet. T'es cap ou pas ? Allez, chiche !

Je reste dubitative. Alice sait que je ne suis pas du genre à me défiler si on me met au défi.

– Je devrai faire quoi ?

– Juste te faire un mec. Elle sourit. N'importe quel mec.

– Comment ça, n'importe quel mec ?

– Eh bien, un invité à la réception. Ça doit être en rapport avec le mariage.

– Joanna va me tuer !

– C'est le but !

Elle rit et se laisse tomber sur mon lit.

– Oh, Alice !

Je m'assieds à côté d'elle en soupirant. Joanna était notre colocataire lorsque nous étions à l'université. Nous avions habité ensemble pendant les trois dernières années de nos études. Et nous avions été surprises lorsque Joanna nous avait annoncé qu'elle allait se marier, deux mois après notre diplôme. Avec l'ex d'Alice.

– Si tu sors avec Luke, je te donnerai cinq cents.

– Je ne sors pas avec ton ex, désolée.

– Pourquoi t'es désolée ?, demande Alice. Tu es une bonne copine.

– Je ne peux pas croire qu'elle l'épouse et qu'elle nous invite à leur mariage.

– C'est une garce, acquiesce Alice.

– On n'est pas obligé d'y aller, dis-je avec espoir.

Je ne veux vraiment pas aller à ce mariage. J'ai un mauvais pressentiment, je sens que quelque chose d'horrible va arriver.

– Il faut qu'on y aille ! Et on va s'amuser comme des folles, insiste Alice.

– Je ne sais pas si j'en ai envie.

Je grimace en soufflant. Je ne veux pas tenter le diable, mais je sais qu'à cause d'Alice, je serais capable de tout. Ce qui s'annonce difficile étant donné mes antécédents.

Je suis la gentille fille dans ma famille. La plus jeune dans une famille de cinq enfants ; j'ai trois frères et une sœur. Ils sont tous plus ou moins fous et incontrôlables. Ce n'est pas parce que tout le monde est dingue qu'on finit par le devenir. On peut aussi devenir la gentille fille. Celle envers laquelle les parents se montrent reconnaissants. On finit par être un modèle de vertu. Je l'ai été toute ma vie. Jusqu'à l'université. Je suis allée à la fac déterminée à m'amuser. Et c'est ce que j'ai fait. Mais pas niveau sexe. Plutôt en fumant des joints avec trois copines dans une pièce sombre en parlant de beaux mecs. Qu'on ne se méprenne pas : je voulais être une de ces filles sûres d'elles qui sortent avec qui elles veulent. Le hic, c'est que ce n'était pas du tout mon style. À la place, j'ai eu des relations durables avec deux types moyens sans ambition, et des relations sexuelles tout aussi moyennes et plates. À l'obtention de ma licence, à vingt-deux ans, j'étais célibataire et aussi ennuyeuse qu'à

mon entrée à l'école. Aussi suis-je bien déterminée
à changer tout cela, une bonne fois pour toutes.
Même si cela suppose de me faire remarquer au
mariage de Joanna.

2.

– N’oublie pas, cinq gros billets, ma puce. Alice me sourit tandis que nous entrons dans l’église l’après-midi suivant, toutes les deux un peu éméchées après les cocktails mimosas gratuits au petit déjeuner.

– Pense à tout ce que tu peux faire avec cent dollars…

– C’est bon, ça ne va pas me rendre millionnaire, je me moque gentiment. Je pensais que tu avais oublié ce défi stupide.

– J’avais oublié, jusqu’à ce que je voie Luke et Joanna. Et je veux m’amuser. Je me sentirais beaucoup mieux si je savais que quelqu’un a flirté à leur mariage. Comme un mauvais tour que je serais seule à connaître.

– Moi aussi, je serais au courant, sans oublier le mec en question… Nous sommes debout près des bancs en train de discuter, un peu gênées. Je pense également que Dieu n'apprécie guère notre conversation.

– Dieu n'aime pas davantage le comportement de Joanna, remarque Alice. Pardonnez-moi mon Père parce que j'ai péché. Elle fait rapidement un signe de croix, l'air dégoûté. OK, ne flirte pas et ne me remonte pas le moral.

– Tu crois vraiment que si je me tape un mec, ça va te faire te sentir mieux ?, je demande en jetant un coup d'œil autour de moi. Allez, asseyons-nous. J'ai l'impression que nous sommes un peu en avance.

– Oui, tu as raison, dit-elle en haussant les épaules. À moins que nous ne laissions tout tomber pour aller boire quelques mimosas supplémentaires ? Cette option me paraît encore plus intéressante.

– J'y suis, j'y reste !

Pourtant je ne suis qu'à moitié convaincue de l'intérêt d'assister au mariage de deux personnes que je n'aime pas réellement.

– S'il te plaît, supplie Alice, pleine d'espoir.

Elle fait semblant de boire un verre. Cette fois, je ris fort et je sens quelqu'un me fixer du regard. Je tourne la tête sur la gauche et là, je vois à quelques mètres un homme grand, inquiétant, les cheveux noirs, les sourcils froncés. Je tente de sourire, mais au lieu de me rendre la pareille, il me snobe d'un air dédaigneux avant de détourner le regard.

– Quel connard !, je murmure à Alice.

Je ne ris plus.

– Qui ?

Elle se retourne pour scruter l'entrée de l'église, mais le grossier personnage a disparu et un groupe de femmes plus âgées se dirige vers nous.

– Il y avait un type juste là, à l'instant, il m'a regardée comme si j'avais empiété sur son territoire ou quelque chose comme ça.

Je sens mon visage s'empourprer de colère en me remémorant son air supérieur.

– Je ne sais pas pour qui il se prend, mais je ne vois pas ce qu'il y a de mal à rire dans une église.

– Oui, c'est étrange, approuve Alice. Il est peut-être de la famille de Joanna, je pense qu'elle est entourée de snobs. Personne n'est assez bien pour elle.

– Je ne comprends pas pourquoi il m'a dévisagée. Je n'ai rien fait de mal.

– Oublie-le, il a probablement besoin de tirer un coup, dit Alice tout haut.

J'ai failli crier en apercevant le prêtre derrière elle.

– Bonjour mon Père, dis-je docilement, le visage brûlant de honte.

– Bonjour.

Ses yeux transpercent les miens et je sais qu'il a entendu Alice. Il a dû penser que nous avions besoin de nous confesser, même si aucune de nous deux n'est catholique. Il poursuit son chemin et je saisis Alice par le bras.

– Viens, on sort, on va attendre que l'église se remplisse un peu. J'ai l'impression qu'on s'est fait repérer.

– Si j'avais des relations sexuelles avec le groupe de dames, là oui, je me ferais remarquer. Mais le fait d'être simplement là, non.

Je ressens une vague de compassion pour elle.

– Tu vas bien ? Ce doit être dur.

– Mon ex-petit ami épouse mon ex-colocataire et amie, est-ce une raison suffisante pour être contrariée ? Alice soupire puis hoche la tête. Je m'en moque. Il avait une petite bite. C'est le problème de Joanna maintenant.

– Ha ha ha !

Cette fois-ci, je ris aux larmes. Je ne sais pas vraiment pourquoi je trouve ça drôle, mais je soupçonne les cocktails mimosas d'y être pour quelque chose, je me sens plus détendue que d'habitude.

– Tu ne m'as jamais dit que Luke n'était pas un cadeau au lit.

– Il se débrouillait bien avec sa langue. Elle sourit. C'était pas mal.

– Hmm, laisse-moi réfléchir…

Je ferme les yeux et essaye de penser à un type en train de me lécher par rapport à un autre qui me pénétrerait.

– Bite ou langue, qu'est-ce que je préfère ?

Je glousse en rouvrant les yeux. Le visage d'Alice semble figé. Je me tourne sur la droite et reconnais l'homme inquiétant juste à côté d'elle. Ses yeux verts qui me dévisagent avec malice. Il est superbe, et j'ai du mal à respirer en me rendant compte que je viens de penser à voix haute. Je ne peux que me taire en le regardant. Ses lèvres ont l'air roses et douces, et il porte une fine barbe noire qui lui donne un air diablement sexy. Pourtant, d'habitude, je suis insensible aux barbes. Je me sens devenir cramoisie. Soudain je ne pense plus qu'à sa barbe : est-ce que ça chatouille quand il lèche ? Je me serais giflée d'avoir ce genre de pensées déplacées. Voilà qui est dit, les cocktails le matin, c'est terminé.

– Vous avez fait votre choix ?, susurre l'homme, d'une voix rauque et profonde qui me projette soudain dans une pièce sombre, avec fouet et menottes.

– Mon choix à propos de quoi ?, je rétorque d'une voix aiguë, sachant très bien de quoi il parle.

– Votre préférence.

Il sourit en passant lentement sa langue sur ses lèvres. Mes yeux s'attardent sur sa bouche ; je sais qu'il me taquine, mais je n'en ai plus rien à faire.

– Oui, dis-je doucement, en ramenant mes longs cheveux bruns en arrière.

– Et ?

Il se penche. Son regard m'indique clairement que je lui plais. Je me tourne vers Alice qui recule en nous regardant, amusée.

– Cela ne regarde que moi, réponds-je gentiment, même si je sens mon ventre complètement tourne-boulé.

– Et si je veux le découvrir ?

Il me jette un regard interrogateur puis m'effleure l'épaule.

– Eh bien ?

– Vous verrez.

– Je verrai quoi ?

Mon cœur bat la chamade tandis que j'observe son torse. Même s'il porte un costume, je peux voir qu'il est bien bâti.

– Vous allez voir ce qui se passe lorsque je veux qu'on réponde à mes questions.

– D'accord…

Je me tais.

– Parfait, alors. À plus tard.

Un sourire arrogant se dessine sur son visage et il passe de nouveau sa langue sur ses lèvres. Puis il tourne les talons.

– C'était quoi, ça ?, je murmure à Alice, le corps tremblant légèrement après cette rencontre.

– Je n'en sais rien, mais ce mec est incroyablement sexy. Je ne serais pas contre le fait de sentir sa langue ou sa…

– Alice !, je m'esclaffe en l'interrompant. Nous devrions changer de sujet.

– Pourquoi ?, soupire-t-elle. Ne me dis pas que tu n'as pas noté qu'il était chaud bouillant.

– Non, c'est vrai.

Je repense à ses yeux verts et ses cheveux noirs. Je croise les jambes en me souvenant de sa langue rose.

– C'est le genre de mec auquel il serait difficile de résister.

– Ouais, ce serait très difficile de lui résister, confirme-t-elle, et nous restons là pendant quelques minutes, nos pensées accaparées par ce type. Ce jour-là, j'aurais dû comprendre que ce n'était pas la dernière fois que je le voyais. En fait, il m'a bel et bien prévenue qu'il reviendrait, et qu'il serait à l'affût. Pour l'heure, je ne m'en soucie guère parce que je suis moi-même partante. Cela fait tellement longtemps que je suis célibataire. Et je n'ai jamais rien fait de risqué ou de fou. Je n'ai jamais simplement flirté avec un mec, mais maintenant que je me retrouve dans une période de disette, sortir avec quelqu'un ne me semble pas une si mauvaise idée. Je me moque bien qu'il paraisse snob ou odieux. Ce n'est pas comme si j'allais le revoir. Pas du tout. D'ailleurs, ce n'est même pas moi qui ai amorcé quoi que ce soit. Cependant, j'espère encore tomber sur lui lorsque je quitte le banc pour aller chercher de l'eau.

– Prends-moi une bouteille aussi. Alice me tend un billet de cinq dollars. Et ne mets pas trois heures ! Je n'ai pas envie pas de rester assise ici toute seule trop longtemps.

Je me dépêche de sortir de l'église et je regarde l'entrée de plus en plus bondée à mesure que les invités arrivent. Je suis déçue de ne pas voir mon bel inconnu et suis sur le point de faire demi-tour lorsque je sens deux mains se poser sur ma taille.

– Alors, plutôt l'une ou plutôt l'autre ? Sa voix chuchote à mon oreille tandis que ses mains descendent sur mes hanches. Je ne sais pas ce qui me prend, peut-être un élan de courage, mais je me retourne lentement pour lui affirmer les yeux dans les yeux :

– Je suis une fervente adepte de la langue.

J'humecte mes lèvres et j'avale ma salive. Je n'arrive pas à croire que je puisse être aussi directe avec un inconnu.

– C'est une bonne chose. Il se penche pour se rapprocher de moi. On m'a dit que j'étais très doué avec ma langue.

– Ah oui ?, je réplique nerveusement.

– Oh oui.

Il me fait un clin d'œil et me prend la main pour me conduire vers un petit couloir qui descend. Je le suis, les oreilles bourdonnant, je ne peux pas faire marche arrière. Pas maintenant. Pas alors que toutes les fibres de mon corps sont en feu, n'attendant qu'une chose : qu'il me touche. Cet homme est le sexe incarné, qu'y a-t-il de mal à flirter avec lui ?

– Tu es très sexy, murmure-t-il en ouvrant une porte, me tirant à l'intérieur avant de refermer derrière lui. Il m'éloigne de la porte et je sens ses lèvres sur les miennes. Je vais te montrer combien je suis doué.

Je lui rends son baiser avec force, ma langue pénétrant dans sa bouche pendant que mes mains se frayent un chemin autour de son cou. Des cloches résonnent dans ma tête et des vagues de chaleur se répandent dans mon corps tandis que nos langues se mêlent. La disette est officiellement terminée et rien ne peut me faire plus plaisir.

Ses mains fermes et taquines courent sur mon corps, relèvent ma robe, effleurant ma peau comme si elles touchaient leur récompense. Ses doigts caressent légèrement ma culotte. L'espace d'une seconde, je me calme et me recule, mais il me retient !

– Des dessous en dentelle ? sourit-il en jouant avec.

– Oui, j'acquiesce en gémissant comme il glisse un doigt à l'intérieur.

– C'est ton mariage ?

– Il faut obligatoirement être la mariée pour avoir le droit de porter une culotte en dentelle ?

À nouveau je gémis en me mordant la lèvre.

– Je suppose que non, répond-il avec un clin d'œil. Et il n'est pas nécessaire que ce soit ton mariage pour se peloter dans une église.

– Si tu préfères en rester là…

Je me relève et son visage se rapproche à nouveau du mien, une lumière intense dans ses yeux.

– Non, au contraire, murmure-t-il juste avant que ses lèvres ne s'écrasent sur les miennes. Cette fois, elles ne sont ni douces ni taquines. Elles sont exigeantes et vont droit au but. Cet homme veut me dominer. Sa langue tente de pénétrer dans ma bouche et m'embrasse avec une telle délicatesse que je dois m'agripper à ses épaules pour ne pas tomber. Ses lèvres sont sucrées, comme des caramels au beurre salé, et je saisis son visage pour pouvoir l'embrasser langoureusement à mon tour. Mes doigts courent sur sa barbe et je suis étonnée de découvrir la douceur de sa peau sous les poils hirsutes. Il me soulève puis me repose par terre.

– Que fais-tu ?, fais-je mine de protester tandis qu'il relève ma belle robe.

– Ce que tu veux que je fasse.

Il se penche et je sens sa langue courir à l'intérieur de ma cuisse. Je frémis des pieds à la tête, et la seule chose à laquelle je peux penser, c'est que je suis bien contente d'avoir pris le temps de m'épiler. Je prendrai toujours cette précaution à partir de maintenant. Si des occasions comme celle-là peuvent se présenter… Mon corps tremble tandis que ses dents se rapprochent de ma culotte, maintenant très humide. Je me penche en arrière et je crie tandis qu'avec sa bouche il fait descendre ma culotte sur mes jambes.

– Est-ce que c'est bien le moment de faire ça ?, je murmure en baissant les yeux vers lui. Je le regarde tirer ma culotte jusque sur mes chevilles puis la mettre dans sa poche.

– Je pense que la question est plutôt : allons-nous regretter de ne pas le faire ?

– Nous ne nous connaissons même pas.

– Quelle importance ? Il défait le premier bouton de sa chemise et desserre un peu sa cravate noire.

Dès que je t'ai vue, j'ai voulu te connaître davantage.

– Tu veux me connaître, mais tu ne veux pas me dire ton nom ?

– Pas de nom, pas de question. Il me fixe attentivement. Ça te va ?

– Ça me va si ça te va, réponds-je à voix basse, le cœur battant. Je ne sais même pas ce que je dis. Tout ce que je sais, c'est que je veux qu'il me touche à nouveau.

– Bien, dit-il simplement en écartant mes jambes. Maintenant, regarde comment je récompense les filles bien élevées.

Il enfouit son visage dans ma chatte et commence à lécher mon clitoris avec gourmandise. Un soupir involontaire s'échappe de mes lèvres lorsque je sens sa langue glisser en moi. Je serre les jambes sur son visage et je saisis ses épaules au moment où sa bouche va et vient. Je reste là, couchée sur le sol, les jambes écartées, et la seule chose à laquelle je pense, c'est que n'importe qui peut entrer dans la pièce et nous surprendre en train de baiser. Pourtant, techniquement, ce n'est pas la totale. Je dois avouer que cette pensée m'effraye et m'excite à la fois. J'ai libéré la salope en moi. Ou plutôt, c'est Mister Tongue qui l'a libérée.

– Jouis, ma belle, murmure-t-il alors qu'il va
et vient en moi à toute vitesse, sa langue semblant
aussi longue et épaisse que la bite de certains. Je sais,
je sais, c'est une pensée bizarre, mais il sait comment
faire. Je me demande ce que je ressentirais s'il me
prenait avec sa queue. Je suis presque certaine qu'il
est une vraie bombe au lit.

– Mords-moi l'épaule, conseille-t-il alors que je
commence à crier. J'obéis à ses ordres et plante mes
dents dans sa chemise pour empêcher l'église tout
entière d'entendre mon orgasme. La nuque un peu
raide, je me recule légèrement. Il embrasse mon clitoris avant de le sucer et de faire de légers mouvements. Je l'embrasse dans le cou.

– Tu sens tellement bon, on dirait du miel.

Il grogne et je sens ses doigts me caresser tandis que je promène mes lèvres et ma langue sur sa
nuque.

– Tu vas laisser des traces de morsure. Ses yeux
sombres m'observent, brillant de convoitise.

– Je veux laisser mon empreinte sur ton corps.

Je grogne à mon tour, surprise moi-même par la
voracité dans le ton de ma voix. D'où vient cette
fille agressive et passionnée ? *Je veux laisser mon
empreinte sur ton corps* ? Qui a dit ça ? Quelle personne suis-je en train de devenir ? Est-ce que je
suis à présent une sorte de vampire ? Ou bien de

loup-garou ? Ou encore un monstre triste qui dit des choses bizarres ?

– C'est déjà fait, répond-il d'une voix rauque en se léchant les lèvres. Tu as laissé bien plus que ta marque.

Je pouffe maladroitement. Comment pourrait-il en être autrement ? Impossible dans mon cas. Je suis quelqu'un de maladroit. Je l'ai toujours été. Même si à cet instant, je me montre plus affirmée, je le reste bel et bien à l'intérieur. Je pense que c'est la raison pour laquelle j'attrape sa ceinture et que je la défais lentement, en mode séductrice. Enfin, c'est ce que j'essaye de faire en tout cas. J'ouvre le bouton de son pantalon, mais lorsque j'arrive à la fermeture Éclair, ça se complique.

– Elle ne veut pas descendre, je murmure bête-ment.

Je vois qu'il essaye de s'empêcher de rire.

– C'est peut-être parce qu'elle sait que, si elle descend, nous ne quitterons pas cette pièce avant au moins deux heures. Il me fait un clin d'œil puis se lève. Et alors, nous allons tous les deux rater le mariage, et ce ne serait pas bien, n'est-ce pas ?

– En effet.

Je suis d'accord avec lui sur ce point et je prends la main qu'il me tend pour me relever. Je rabaisse ma robe et je reste devant lui, sans savoir vraiment quoi faire.

– Mais cela ne veut pas dire que nous ne pouvons pas nous voir ce soir.

– Ce soir ?, je m'écrie d'une voix aiguë, surprise par sa proposition, ne sachant que répondre. Il en sera donc ainsi. Mes deux années de solitude sont officiellement terminées. Je vais à nouveau connaître le sexe. Et avec un étalon bouillant. À cette seule pensée, mon corps tout entier se met à vibrer.

– Oui ce soir. Sa voix est douce. Toi. Moi. Ma chambre d'hôtel. Du champagne. Des fraises. Mon lit. Il penche la tête sur le côté et sourit. Je ne te fais pas un dessin de la suite ?

– Une saucisse-frites ?, dis-je en plaisantant, et il rit doucement.

– Mais oui bien sûr, une saucisse-frites. Il m'attire vers lui et m'embrasse lentement, ses doigts glissant dans mes cheveux. Tu devras m'apprendre cette position, me susurre-t-il à l'oreille, en déposant une bise sur ma joue.

– Oh, ce n'en est pas une, dis-je bêtement.

– Alors il faut l'inventer !

Il me fixe dans les yeux avec un regard tellement possessif que je ne peux m'empêcher de frissonner.

– Si tu veux, je rétorque, toujours en pleine confusion et sans parvenir à le croire.

– Nous devrions retourner dans l'église à présent. Quelqu'un joue à nouveau « Vive la mariée ».

– Oui, allons-y.

Je me dirige à la hâte vers la porte. Lui reste là où il est.

– Toi la première. Je sortirai juste après.

– D'accord.

J'ouvre la porte et sors rapidement, le corps encore frémissant de mes multiples orgasmes. Ai-je vraiment laissé un inconnu me faire jouir ? Mon cerveau nage dans l'incrédulité la plus totale et je ris sous cape en pénétrant dans l'église. Non seulement j'ai laissé Mister Tongue me lécher, mais je prévois de lui laisser carte blanche ce soir.

– Ce type t'a juste pelotée ?

Alice me dévisage, abasourdie. Alors que j'avance dans l'allée de l'église, j'ai l'impression de parcourir le chemin de la honte et je sens qu'il me faudra faire don des cinq billets qu'Alice va finalement me remettre. Peut-être dès la quête…

– Non.

Je m'assieds sur le banc près d'elle, sachant très bien que mon rouge à lèvres a presque disparu et que mes cheveux sont en bataille.

– C'est pas vrai, t'as couché avec lui ?!

Alice en reste bouche bée.

– Non, je n'ai pas couché avec lui.

J'ai parlé trop fort et les gens dans la rangée devant nous se retournent pour me dévisager.

– Chuuut. La vieille dame juste en face de nous me fusille du regard. C'est un mariage, pas un night-club.

– Désolée.

J'esquisse un faible sourire, mais elle me tourne déjà le dos. Je regarde Alice.

– J'y crois pas, tu as eu une relation sexuelle dans une église ! Tu vas vraiment brûler en enfer !

– Je ne vais pas brûler en enfer. Je me recoiffe rapidement. Nous n'avons pas fait l'amour.

– Alors, vous avez fait quoi ?

Elle sourit tandis que l'organiste joue encore une fois « Vive la mariée » et nous nous mettons tous debout.

– Tu n'as pas besoin de savoir. Je rougis en réajustant ma robe. L'intérieur de mes cuisses me picote encore.

– Alors comment s'appelle-t-il ?

– Qui ça ?

– Liv, voyons !

Alice lève les yeux au ciel et je détourne la tête vers le marié et son témoin qui entrent dans l'église.

– Ils n'auraient pas plutôt dû jouer ce morceau une fois qu'il était déjà près de l'autel et la mariée en train de remonter l'allée ?

Je grimace tandis que nous continuons d'écouter « Vive la mariée ». Combien de fois vont-ils jouer cette musique ?

– Liv, je me moque de ce que les gens font au mariage de mon ex.

Le visage d'Alice se fige et je vois dans ses yeux qu'elle est plus blessée par ce mariage qu'elle ne l'a dit.

– Je ne sais pas comment il s'appelle. Je respire calmement. Mais nous pouvons l'appeler Mister Tongue.

– Mister Tongue ?, répète Alice sans réfléchir, juste au moment où la musique s'arrête ; j'ai l'impression que l'église tout entière nous observe. Je jette un coup d'œil derrière moi et je le vois, debout au fond de l'église, souriant malicieusement en réajustant sa veste. Il a entendu. J'en suis presque certaine. Mais pourquoi, pourquoi est-ce que je suis toujours aussi nulle dans ce genre de situations ?

3.

– Voici ma chambre d'hôtel. Il claque la porte derrière moi. C'est comme si cette porte essayait de me dire que ce soir, quoi qu'il arrive, je vais bel et bien rester là.

– C'est joli. Je jette un regard dans la pièce, osant à peine respirer. La chambre est immense, décorée comme s'il s'agissait d'une vitrine pour *Maisons du Monde*. C'est le dernier étage ?

– La suite Junior, confirme-t-il en se dirigeant vers moi.

– Très jolie.

J'ai du mal à avaler ma salive.

– Bon, assez bavardé !

Ses bras s'enroulent autour de ma taille et il m'attire vers lui.

– Je ne savais pas que nous étions…

– Chuuut. Il m'embrasse doucement. Assez discuté.

– Je ne sais même pas comment tu t'appelles, dis-je en m'écartant légèrement.

– C'est important ?, répond-il, les yeux brillants, tandis que ses mains se posent sur mes fesses.

– Sans doute pas…

Je rougis de honte. Non pas parce qu'il se moque de connaître mon prénom, mais plutôt parce que moi aussi je me moque de connaître le sien. Je vais coucher avec lui de toute façon. Nous le savons tous les deux. Sa langue était l'apéritif et maintenant, je suis prête à passer aux choses sérieuses. Je sais que le plat principal va me combler. Je me régale en y pensant. Je ne sais pas à quel moment je suis devenue si tordue, mais j'adore ça et ça me fait rire.

– Qu'est-ce qu'il y a de si drôle ?

Il m'attire vers lui et je sens combien il est dur contre mon ventre. Mon Dieu, j'ai commandé un menu XXL sans même m'en rendre compte !

– Je pense juste au dîner, réponds-je bêtement, avec l'impression d'être folle.

– Saucisse-frites ! J'ai justement une saucisse dans mon pantalon qui n'attend que d'être dégustée.

– Ben voyons…

Je hausse les sourcils et il éclate de rire.

– Tu as raison, c'est naze, ça sonnait beaucoup plus cool dans mon esprit.

– J'espère bien, parce qu'à haute voix, c'est franchement pas terrible !

– Tu es en train de me dire que je ne suis pas cool ?, me provoque-t-il en me précédant dans le salon de sa suite.

– Allez, tu n'es pas John Travolta dans *Grease*. Tu sais, tu n'es pas cool comme Danny.

– Eh bien, je le prends comme un compliment, Sandy. Il ouvre une bouteille de champagne. Un verre ?

– Oui, merci. Je prends la flûte qu'il me tend, puis je m'installe sur le canapé en avalant une petite gorgée. *Rien de compromettant pour l'instant*, je pense en le dévisageant. Je porte toujours ma robe et lui son costume, il a simplement retiré sa veste. Sa chemise blanche est ajustée à son torse comme une seconde peau et je meurs d'envie de voir celui-ci de plus près. Il doit être musclé. Ça se voit à la manière dont ses biceps se bombent sous sa chemise. La seule question que j'ai en tête, c'est de savoir à quoi ressemblent ses tablettes de chocolat.

– À quoi penses-tu ? Il s'assied à côté de moi et me fixe. Ta robe est très belle, au fait.

– Hmm, merci. J'avale une autre gorgée de champagne. Mon Dieu, pourquoi est-il aussi sexy ? Je pense juste que tu es vraiment beau gosse.

– Merci. Il repose son verre et se rapproche de moi. Tu veux savoir à quoi je pense ?

– Dis-moi.

– Je me demande à quoi tu vas ressembler sans ta robe. Je me demande à quelle vitesse je peux te faire jouir ce soir. Je me demande si tu vas encore essayer de me griffer. Je me demande si tes seins ont la même saveur subtile que ta chatte.

Je laisse échapper un « oh », le visage brûlant en entendant ces mots. Il est sérieux et j'adore ça.

– Je te mets mal à l'aise ? Il me caresse doucement la joue.

– Non.

Je penche la tête tandis que ses doigts effleurent mes lèvres et qu'il met son index dans ma bouche. Je suce lentement son doigt et il me regarde intensément pendant que je le mordille. Il le ressort ensuite pour le plonger dans mon verre de champagne, les yeux toujours sur moi, avant de l'enfoncer à nouveau dans ma bouche. Je le suce plus fort cette fois. L'expression de son visage change tandis que je me rapproche de lui et lui caresse l'entrejambe tout en lui léchant le doigt. Je souris en sentant la bosse dans son pantalon. Il est déjà excité. Je me sens irrésistible de savoir que j'ai ce pouvoir-là sur un homme aussi séduisant que lui. Cela m'est même égal qu'il s'agisse d'une aventure d'un soir. Cela n'a aucune importance que ce ne soit qu'une histoire de fesses.

— Tu aimes jouer les allumeuses ? Il retire son doigt de ma bouche et ses mains se posent sur mes seins. Lève-toi et retire ta robe.

Je le regarde, surprise par cet ordre.

— Quoi ?, je demande, tout en continuant de caresser son sexe désormais bien dur.

— Enlève ta robe.

— Et le mot magique ?

— Érection.

Il sourit d'un air de défi.

— Je pensais plus à quelque chose comme « s'il te plaît »…

Je passe ma langue sur mes lèvres et je me redresse devant lui.

— Ce n'est pas le moment des s'il te plaît, mais des mercis.

— Merci ?

— Lorsque je te fais jouir, tu peux me remercier, affirme-t-il, content de lui. À chaque fois.

— Chaque fois ? Je déglutis en faisant glisser l'une de mes bretelles.

– Chaque. Fois., répète-t-il en articulant soigneusement et clairement les deux mots, puis il se redresse à son tour.

– Je vois.

Ma main se fige. Son corps exhale confiance et pouvoir. C'est un homme habitué à obtenir ce qu'il veut. Un homme qui m'ennuierait en temps normal.

– T'inquiète. J'ai assez de capotes.

Il les désigne d'un mouvement de tête vers la table.

– Tu avais tout prévu ?

Est-ce que cela faisait partie de son plan de séduire quelqu'un au mariage ? Quelle que soit la fille ?

– Non. Je n'ai pas prévu ça. En fait, c'est plutôt gênant pour moi.

– Ah bon ?

Il a la main posée sur la mienne maintenant et fait descendre la fermeture de ma robe.

– J'ai vraiment d'autres sujets d'inquiétude en ce moment.

– Au lieu de draguer, tu veux dire ?

– C'est ça. Ça ne faisait pas partie du programme.

– Je vois, je rétorque un peu maussade.

– Ce n'était pas ce que j'avais prévu pour ce week-end, mais je m'adapte lorsque je suis avec une jolie fille. Il se rapproche de moi pour atteindre l'autre bretelle de mon soutien-gorge. Au fait, qu'est-il arrivé à ton amie ?

– Mon amie ?

– La fille bruyante avec laquelle tu étais au mariage ?

– Ah, Alice ! Elle est rentrée chez elle.

– J'espère qu'elle n'est pas fâchée que je t'aie enlevée pour la nuit.

– Non, elle n'est pas fâchée. Elle est heureuse que je m'envoie en l'air.

– Ah oui ?

Il arrive derrière moi et je sens ma fermeture descendre.

– Je ne suis pas du genre à goûter aux aventures d'un soir.

– Ah ? Il se tait et fronce les sourcils. Cela ne va pas être…

– Ne t'en fais pas, je l'interromps. Pour moi c'est juste une aventure.

– Je ne veux pas que tu te fasses des idées.

Il tire ma robe jusqu'à la taille et il se met à siffler en observant mon soutien-gorge.

– Fais-moi confiance, je ne me fais aucune idée.

– Bien, dit-il, ses mains déjà occupées à dégrafer mon soutien-gorge. Je ne suis pas ton genre d'homme.

– C'est bon à savoir. Je laisse échapper un soupir tandis que ses doigts me pincent le bout des seins. Je ne suis pas non plus ton genre de fille.

Je gémis lorsqu'il se penche pour prendre mon sein gauche dans sa bouche et le sucer.

– On peut savoir pourquoi tu n'es pas mon genre de fille ?

Il m'observe avec curiosité.

– Je suis dangereuse, mens-je en ramenant sa tête sur mon autre sein.

– Ah vraiment ?

Il sourit et ses yeux brillent d'une émotion difficile à déchiffrer tandis qu'il s'empare de mon autre téton.

– Oh oui. Je répète ce mensonge en fermant les yeux. Je suis dangereuse, avec un grand D.

– Mais moi j'aime ça, les filles dangereuses. J'aime transformer les mauvaises filles en femmes respectables. Il mordille et aspire si fort mon téton que je sens une secousse de désir me traverser de haut en bas.

– Alors tu ferais bien de t'y mettre, réponds-je en plaisantant et il me soulève dans ses bras pour me porter vers le lit.

– Je suis prêt. Il me dépose puis se penche en avant pour enlever ma robe. Il couine en admirant mon corps nu, les yeux brillant de désir. Pas de culotte ? Espèce de petite garce, me lance-t-il en souriant.

– C'est toi qui l'as prise ! Et je ne suis pas une garce.

– Je ne suis pas un mac, alors je m'en fiche.

Il enlève sa cravate et commence à déboutonner sa chemise.

– Six carrés, je me murmure à moi-même avec un demi-sourire.

– Quoi ?

Il se demande ce que j'ai dit tandis qu'il défait sa boucle de ceinture.

– Tu as six carrés et non huit sur ta tablette de chocolat.

Je désigne ses abdos en me tortillant sur le lit.

– C'est important ?

Il se laisse tomber à côté de moi, m'attrape la main et la fait glisser sur sa poitrine et son torse.

– Hmm, laisse-moi réfléchir.

Je fais courir mes doigts sur lui, sentant la chaleur de sa peau s'infiltrer dans la mienne. Merde alors, il est parfait de la tête aux pieds.

– Ne réfléchis pas trop longtemps.

Il retire son pantalon puis le jette par terre. Il est maintenant allongé à côté de moi, vêtu seulement d'un slip blanc que je ne suis pas certaine de pouvoir supporter trop longtemps.

– Alors, ta position préférée ?, me demande-t-il doucement, en roulant sur le côté, me dévisageant, ses doigts courant sur mon flanc.

– Hein ?

Je m'étrangle, le regard levé vers lui, le corps tremblant à son contact.

– Ta position préférée. Il me sourit avec chaleur. Tu as de beaux yeux noisette. Tu le sais, non ?

– Hmm, merci. Je touche sa joue. Et toi, tu as de magnifiques yeux verts qui semblent bleus, parfois noirs.

– Comme l'eau par une nuit sombre et agitée ?

Il étudie mon visage pendant quelques secondes, puis sourit de nouveau.

– Non, je pensais plus à des violettes, un jour d'automne. Je lui caresse la joue. Ou à une forêt à minuit.

– Tu te trompes, il n'y a rien d'automnal chez moi. Je suis plutôt eaux troubles par temps d'orage. Il se penche et m'embrasse. Eaux troubles, eaux troubles, murmure-t-il contre mes lèvres en faisant glisser sa main le long de mes jambes.

Je ne prends la peine de lui demander ce qu'il veut dire. Quel intérêt ? Nous ne sommes pas ici pour apprendre à nous connaître l'un l'autre. Je ne suis pas sa psy et il n'est pas mon fiancé. Cette nuit, il est juste question de s'amuser, rien de plus. Je fais glisser mes doigts le long de son dos et passe mes jambes autour de sa taille tandis qu'il prend place sur moi. Je sens son érection contre mon corps.

– Encore…, demande-t-il pendant que ses doigts excitent mes seins.

– Encore quoi ? Je me tortille contre lui en gémissant.

– Ça.

Il s'écarte de moi. Je le regarde retirer son slip, dévoiler son membre raide, dressé. Je ne devrais pas être surprise par sa taille impressionnante, mais je ne peux m'empêcher de m'humecter les lèvres.

– Ça te plaît ?

– Difficile de mentir…

J'éclate de rire alors qu'il m'attrape et me tire pour que je me retrouve à califourchon sur lui. Je sens sa queue dure entre mes jambes.

– Tu mouilles vachement.

Il gémit pendant que je me frotte contre lui.

– Chuut. Je me penche pour l'embrasser. Tais-toi.

– Je ne dis plus rien ? Il plisse les yeux.

– Non. Je pose mon doigt sur ses lèvres. Fais-moi simplement l'amour.

– Te faire l'amour ? Il sourit pendant que ses mains se dirigent vers ma taille puis vers mes seins, les serrant délicatement.

– Baise-moi, je murmure tout en continuant d'onduler contre lui.

– Te baiser ?, répète-t-il en souriant.

– Oui, j'insiste avec un petit sourire. C'est ce que tu veux, non ?

Il ne dit rien. Il tend le bras vers sa table de chevet pour attraper un paquet de préservatifs puis l'ouvre. Je le regarde en sortir un et je me pousse un peu pour qu'il puisse l'enfiler. Ensuite, je m'assieds doucement sur lui, sans le quitter des yeux, tandis qu'il me comble. À ce moment-là, je me sens plus vivante que jamais. J'ai l'impression de voler, de planer dans le ciel, et rien ne peut m'arrêter. Je me balance doucement, mais lui a autre chose en tête. Ses mains font bouger mes hanches d'avant en arrière, dans un mouvement rapide, si bien que je le chevauche réellement.

Le reste de la nuit s'est déroulé avec un vague souvenir de positions diverses. Je n'étais jamais sortie avec un homme capable de se durcir à nouveau si rapidement après avoir joui. Une sorte de Superman. Je devrais le surnommer Superman à la langue miraculeuse. Il m'a prise sur le lit, sur le canapé, sous la douche, par terre. Il m'a baisée fort, lentement… Il m'a donné du plaisir avec ses doigts, avec sa langue, avec son sexe… J'ai hurlé comme sur des montagnes russes. Ne suis-je d'ailleurs pas sur les montagnes russes de ma vie ?

Je savais que j'aurais mal partout le lendemain, mais je m'en moquais. Nous nous sommes finalement endormis vers quatre heures du matin. Une heure plus tard, je me suis réveillée pour passer aux toilettes, et c'est à ce moment-là que j'ai décidé de partir. J'ai attrapé ma robe et je l'ai enfilée lentement, tout en admirant son corps endormi sur le lit. Il était vraiment très beau… Mais c'était sûrement un coureur invétéré pour être aussi prompt à coucher (même si j'avais ma part de responsabilité dans cette histoire). Je me suis faufilée pour sortir de sa chambre, planant sur mon petit nuage. Je me sentais parfaitement bien. J'ai eu ma première aventure d'un soir et tout s'est passé exactement comme je l'imaginais. En fait, cela a même été mieux que ce à quoi je m'attendais. Je voudrais pouvoir dire à Shane, mon ex, ce que j'ai fait. Je voudrais l'appeler et lui dire qu'il s'est trompé sur moi. Je ne suis pas du genre bégueule. Je n'ai pas peur du sexe. Je suis une fille bien dans ses baskets et sexy. J'ai baisé avec un inconnu super chaud et je me sens incroyablement bien. Je n'ai pas honte du tout. Je me fiche de ne pas connaître son nom, cela n'a aucune importance puisque je ne le reverrai jamais. Nous avons eu chacun notre part du gâteau et maintenant, nous pouvons poursuivre notre route.

4.

– C'est tellement agaçant de devoir toujours passer à la maison, tout ça parce que Gabby veut se comporter en fille parfaite et obéissante, je proteste au téléphone. Je suis en voiture pour rejoindre mes parents. Je ne vois pas pourquoi je dois toujours y aller aussi.

– Tu seras contente de voir tes parents, affirme Alice. Et qui sait, tu vas peut-être rencontrer un autre type et connaître une autre nuit torride ?

– C'est cela ouiiii ! Je rougis en pensant à la nuit que j'avais passée, une semaine plus tôt. De toute façon, je ne vais pas en faire une habitude.

– Je ne peux pas croire que tu ne saches même pas son nom. Je sais bien que c'est moi qui t'ai mise au défi, mais je ne pensais pas que tu le relèverais haut la main !

— Je n'ai pas passé la nuit avec lui parce que tu m'avais lancé un défi, Alice, je rétorque en riant. Et si je ne sais pas son nom, c'est que ça n'a aucune importance pour moi. Et pour lui non plus. J'ai repensé à Mister Tongue, sans autre nom à apposer sur son visage magnifique. Il a été très clair sur le fait que cela allait juste être une nuit de sexe, point final.

— Je suis sûre que tu aurais pu rester pour une seconde nuit.

— Mais je suis contente d'être partie ! Ceci étant dit, je l'ai laissé avec son désir. Si j'étais restée jusqu'à son réveil pour attendre de voir ce qu'il allait dire, j'aurais eu l'air d'une looseuse désespérée.

— Mais non, tu aurais pu profiter d'une séance de sexe matinal.

— Je n'en avais pas besoin. J'ai eu ma dose pour plusieurs mois ! Je mens. J'aurais adoré faire l'amour avec lui au réveil. Il avait été un amant formidable et j'avais passé chaque nuit de la semaine à me remémorer ses caresses.

— C'est vraiment triste. Tu ne peux même pas le contacter.

— C'est mieux ainsi, je réponds en soupirant. Il m'a dit qu'il n'attendait rien non plus de ce

week-end-là. J'ai l'impression que sa vie est compliquée. Je ne pense pas qu'il cherchait plus qu'une
simple aventure.

– Bon, tant pis pour lui alors, me dit gaiement
Alice. Tu reviens quand ? Demain soir ?

– Oui, en principe. Je soupire en pensant aux
efforts qui m'attendent pour me comporter en fille
parfaite. J'espère simplement que Gabby n'a pas
d'autres nouvelles passionnantes à partager.

Les dernières fois que j'étais rentrée chez mes
parents, elle avait annoncé qu'elle s'était inscrite en
doctorat, qu'elle avait adopté un chien abandonné
et qu'elle avait remporté un prix régional de béné-
volat. Impossible de rivaliser avec tout ça. Je n'ai
pas autant de distinctions à partager.

– Ne la laisse pas occuper le terrain seule, fais
aussi quelques annonces, conseille Alice en ricanant.

– Pour dire quoi !

– Que tu as couché la semaine dernière avec un
homme très, très chaud, par exemple.

– Mais oui bien sûr !, réponds-je en riant. Mon
père va faire une attaque.

– Mais ce serait drôle de voir leurs têtes.

– Non, pas du tout, dis-je en me garant devant
la maison. Voilà, je suis arrivée. Je te rappelle plus
tard, d'accord ?

– Bien sûr, amuse-toi bien, me répond Alice avant de raccrocher.

Je coupe le contact et sors de la voiture.

– Allez, force-toi à sourire, Liv, me dis-je en attrapant mon sac. Ce ne sera pas si terrible. Qu'est-ce qu'on en a à faire de ce que va nous annoncer Gabby maintenant ? Souris, fais semblant d'être heureuse et repars dès que tu peux, je marmonne en me dirigeant vers la porte d'entrée.

– Te voilà, Liv ! Ma mère ouvre la porte avant même que je puisse appuyer sur la sonnette. Nous t'attendions.

– Eh bien, je suis là. J'esquisse un sourire forcé.

– Allez, entre.

Je prends une profonde inspiration en laissant tomber mon sac dans le couloir. Je sais déjà que le week-end sera long. Maman porte une de ses robes du dimanche qu'elle réserve d'ordinaire à l'église. Cela signifie qu'elle est excitée et que, quoi qu'ait pu faire Gabby, cela doit être quelque chose d'exceptionnel. Elle a peut-être sauvé la vie de quelqu'un, trouvé un remède contre le rhume. Elle déménage peut-être pour le pôle Nord ? Ce serait bel et bien une nouvelle étonnante.

– Tu m'écoutes, Liv ? Ma mère fronce les sourcils en pénétrant dans le salon.

– Bien sûr, maman.

– Viens, je vais te présenter notre invité.

Elle désigne le canapé de la tête et c'est à ce moment-là que le temps s'arrête. Oui, le temps s'arrête littéralement lorsque je vois Mister Tongue assis à côté de mon père, une tasse de thé à la main.

– Bonjour. Enchanté, je m'appelle Xander.

Il se lève et me sourit, l'air de rien, comme si nous n'avions pas passé une nuit torride ensemble le week-end précédent.

– Liv, je réponds doucement, cramoisie.

Que fait-il ici ? En a-t-il parlé à mes parents ? Oh mon Dieu, pourquoi ça tombe sur moi ?

Je lui serre la main, comme si je ne le connaissais pas, mais je sais qu'il ressent la décharge d'électricité qui nous a traversés lorsque nous nous sommes touchés la première fois.

– Ravi de te rencontrer, Liv.

Ses yeux sont moqueurs. Je veux lui demander la raison de sa présence ici, mais mes parents sont là, à nous regarder. Ils n'apprécieraient sans doute pas que je lui demande s'il vient pour me harceler.

– Moi aussi, réussis-je à répondre.

– Oh, tu as un truc sur l'oreille. Il se penche en avant et je sens ses doigts effleurer le dessus de mon oreille. Puis je sens son souffle sur mon cou. Maintenant, j'ai un nom à mettre sur ton visage lorsque je pense à notre nuit ensemble, dit-il d'une voix rauque, tandis que je sens le bout de sa langue sur le lobe de mon oreille.

– Que fais-tu ici ?, je lui demande doucement, un sourire plaqué sur le visage à l'intention de mes parents. Est-ce qu'il m'a retrouvée parce qu'il veut que ce soit plus qu'une simple nuit ? Mon cœur bat tandis que je me pose des questions au sujet de son apparition. Est-ce que je lui avais fait une si grosse impression ?

– Qu'aimerais-tu que je sois venu faire ici ? Ses yeux étudient mon visage avec amusement.

– Je…

Je balbutie en le regardant, envahie soudain par un sentiment de faiblesse et excitée en même temps.

– Liv, je vois que tu as fait connaissance avec Xander.

Ma sœur Gabby arrive en courant dans le salon, un grand sourire sur le visage, ses cheveux blonds flottant sur ses épaules. Elle a l'air aussi parfaite que d'habitude.

– Tout à fait, je confirme. Je souris gauchement et regarde vers la porte alors qu'un autre homme entre dans le salon.

– Voici Henry, le frère de Xander.

Gabby désigne l'autre garçon, le même que Xander, en plus beau et plus doux.

– Salut, ravie de te rencontrer, Henry. Embarrassée, je me retourne vers Gabby. Je ne voudrais pas paraître impolie, mais pourrait-on m'expliquer ce qu'il se passe ici ?

– Maman et papa ne t'ont rien dit ?

Gabby semble excitée comme une puce tandis qu'elle me sourit puis se tourne vers nos parents, tout fiers.

– Non, c'est bien pour ça que je pose la question.

Je suis à la fois impatiente et troublée.

– Je suis fiancée !, s'écrie-t-elle en me montrant son annulaire.

Un énorme diamant brille à son doigt et je suis très impressionnée, voire un peu jalouse.

– Félicitations ! Je la prends dans mes bras avant de me tourner vers Henry. Et à toi aussi ! Je suis heureuse de t'accueillir dans la famille.

Je sens alors le regard de Xander posé sur moi et mon ventre se noue. Mon Dieu, j'ai donc couché avec le frère du fiancé de ma sœur ? Aïe. Je rougis en m'éloignant d'Henry.

– Oh, non, les félicitations ne sont pas pour moi, rit ce dernier. Ce n'est pas moi qui suis fiancé.

– Quoi ?

Je pâlis en me retournant vers Xander. Oh, mon Dieu, non !

– Idiote, ce n'est pas Henry mon fiancé. Gabby glousse et passe son bras sous celui de Xander. Voici mon futur mari.

– Oh...

J'écarquille les yeux et recule d'un pas en sentant le sol se dérober sous mes pieds. Oh mon Dieu, c'est pire que ce que je pensais !

– Oui, c'était censé être une bonne surprise... Les yeux de Xander cherchent les miens. Tu n'es pas heureuse pour moi, Liv ?

Gabby sautille sur place et moi j'ai mal au ventre.

– Mais si, je la rassure doucement.

Dois-je tout lui révéler ? J'entends mon cerveau hurler. Que puis-je dire ? « J'ai couché avec ton fiancé la semaine dernière, félicitations ! Quelle nouvelle fantastique ! » Je me retourne vers Xander, qui a toujours les yeux rivés sur moi.

– Tu avais raison, me dit-il à voix basse.

– À quel propos ?, réponds-je sur le même ton au moment où Gabby s'éloigne pour parler avec Henry et mes parents.

– Tu es dangereuse avec un D majuscule. Avec un clin d'œil, il fait discrètement glisser sa main le long de mon dos et sur mes fesses. Un grand D majuscule.

– Ne me touche pas, je m'écrie en reculant. Tu es fiancé avec ma sœur !

– Ce n'est pas ce que tu penses.

Il parle lentement, le regard perçant.

– Tu es bien le fiancé de ma sœur, non ?

– Viens dans ma chambre ce soir et je te raconterai. Il fait un pas en arrière en arborant un sourire confiant. Je te dirai tout ce que tu veux savoir. J'ai le souffle coupé alors qu'il balaye mes cheveux en arrière et se penche vers moi. Et je te montrerai aussi tout ce que tu as raté depuis la semaine dernière.

– Comment oses-tu ?

– J'ose beaucoup de choses, Liv Taylor. Son sourire a quitté son visage à présent. Tu verras que ce n'est qu'un aperçu de l'éventail de ce que j'ose faire.

5.

Je suis maudite. Non, vraiment je le suis. Et pas seulement parce que j'ai passé la nuit avec le fiancé de ma sœur. Ce n'est pas de ma faute. Je ne savais même pas qu'elle fréquentait quelqu'un. Je n'y suis pour rien si mon Mister Tongue devient son mari. Oh là là, ça m'arrache la bouche. Prononcer les mots « le mari de ma sœur », alors qu'il a été mon coup d'un soir, me donne le vertige. Je sais, je sais, je suis horrible. Et comment une partie de moi peut-elle se sentir aussi vivante, sachant que l'homme assis dans le salon a été mon amant ? Même si cela n'a été que le temps d'une nuit, nous avons beaucoup fait l'amour cette soirée-là. Et quand je dis beaucoup, c'est vraiment beaucoup. Mais bon, je suppose que ce n'est plus une bonne idée de me vanter de cette nuit torride à présent. Ni du fait que, lorsque je me suis mise à califourchon sur lui, il m'a prise par les hanches en m'ordonnant « de chevaucher ce cow-boy toute la nuit ».

Et ce n'est pas le pire. Lorsque je monte dans ma chambre après m'être enfuie du salon, je cours vers le miroir pour vérifier mon maquillage. Oui, je veux m'assurer que j'ai belle allure en revoyant Xander. Et d'ailleurs, d'où vient ce prénom, Xander ? Est-ce un dieu grec ? Ou bien romain ? Ou bien ses parents pensaient-ils qu'il allait être un super-héros ? Qui peut oser appeler son enfant Xander ? Bon, cela ne me dérangerait pas de faire joujou avec lui. J'aimerais bien le voir avec un masque et une cape, tel un Batman sexy.

Quelle pensée totalement déplacée… Presque aussi déplacée que d'avoir vérifié mon maquillage, puis mon sac de voyage pour voir si j'avais pris quelque chose de sexy à porter. Et quand je dis sexy, je veux dire subtilement sexy. Quelque chose qui ne saute pas aux yeux. J'ai déjà dit que j'étais une fille perdue. Au lieu de prier pour une sorte de rédemption pour avoir couché avec le fiancé de ma sœur (j'ai presque envie de vomir à force de prononcer ces mots), je regarde si j'ai quelque chose de mignon à porter. Et le pire, c'est que je suis déçue en constatant que je n'ai rien pris de joli. J'ai juste des jeans, même pas moulants, et quelques tops amples. Pas de quoi impressionner. Qu'est-ce qui aurait été bien ? Quel genre de femme qui se respecte veut impressionner le fiancé de sa sœur avec un décolleté aguichant ? Aucune. Aucune femme correcte ne veut paraître sexy pour le garçon qui sort avec sa propre sœur.

J'arrive à peine à le croire, au fait. Comment est-ce que Mister Tongue se retrouve fiancé à ma sœur ? Comment se sont-ils connus ? Et quel genre d'escroc est-il s'il l'a trompée avec moi ? C'est un tel gâchis. Comment pourrai-je aller à leur mariage en sachant que j'ai couché avec le marié, qui plus est pendant d'autres noces ? Et est-ce qu'il s'attend à ce qu'on remette le couvert, comme une sorte de retrouvailles sexuelles malsaines ? Est-ce que baiser pendant un mariage va devenir une habitude ? Je soupire devant toutes ces pensées stupides qui me passent par la tête. C'est une situation inédite. Nous avons eu une aventure d'un soir qui se complique considérablement du fait qu'il n'est qu'un sale enfoiré.

Je dois parler à Xander et à Gabby séparément pour pouvoir découvrir exactement quelle est leur histoire. Peut-être que tout ça n'est pas aussi catastrophique qu'il n'y paraît. Ils ne sont peut-être pas vraiment fiancés. Peut-être Gabby a-t-elle loué ses services en guise de poisson d'avril. Certes, nous ne sommes pas en avril, mais Gabby devient dingue dès qu'il s'agit de faire des blagues. C'est la reine des mauvaises plaisanteries, au mauvais moment.

C'est forcément une blague. Une plaisanterie vraiment, vraiment nulle. Alors, je pourrai tout lui révéler et nous pourrons tous en rire. Elle ne sera pas contrariée d'apprendre que j'ai passé le week-end dernier dans une chambre d'hôtel avec Xander. Je me passe la main sur le front et m'effondre sur mon lit. Je suis pratiquement certaine que c'est sérieux. Je suis presque sûre de me trouver au milieu d'une situation inextricable. Comment en sortir ? Je ne sais pas quoi dire à Gabby. D'ailleurs devrais-je lui dire quelque chose ? Il vaut peut-être mieux qu'elle ignore tout, non ?

Elle n'a pas besoin de savoir que j'ai monté Xander comme si je galopais sur un étalon pour traverser un champ au coucher du soleil. Elle n'a pas besoin de savoir que je l'ai fessé, encore et encore, jusqu'à ce que des empreintes de main rouges s'impriment sur sa peau. Nul besoin non plus pour elle d'apprendre qu'il m'a appelée sa cow-girl sexy et que je lui ai demandé avec l'accent texan de me baiser plus fort. J'ai les joues en feu à la seule pensée de cette nuit-là. Je vais rapidement dans la salle de bains pour me passer de l'eau froide sur le visage.

Je ne veux pas penser à tous ces trucs qu'il m'a faits. Ou à la façon dont j'ai utilisé les glaçons qui avaient été apportés dans la chambre avec les bouteilles d'eau demandées à trois heures du matin. Je regarde longuement mon reflet dans le miroir. Mon trouble est visible tandis que je songe que j'ai sucé les couilles du fiancé de ma sœur et que j'ai aimé ça. Il est hors de question que je lui parle de cela.

Je ne suis pas surprise en entendant quelqu'un frapper à ma porte. Qui que ce soit, je ne veux parler à personne. Tout ce que je voudrais, c'est appeler Alice et lui raconter ce qui s'est passé. Elle saura ce qu'il faut faire. Elle saura me conseiller et me dire que tout va bien se passer. Mais je me doute pourtant que non, tout ne va pas bien se passer, et je sais ce qu'il me reste à faire. Il n'y a qu'une seule solution. C'est de ne rien faire. Je vais devoir faire semblant de ne l'avoir jamais rencontré. Point à la ligne.

Toc toc.

On frappe plus fort cette fois et mon estomac se noue de peur et d'angoisse. *Tu lui as sucé les couilles, Liv. Comment révéler ça à Gabby ?*

– Qui est-ce ?

– Mister Tongue, répond-il de sa voix délicieusement douce. J'imagine son regard amusé. Est-ce que je peux entrer ?, demande-t-il, cette fois un peu plus fort.

Merde ! Je me lamente intérieurement, même si je dois reconnaître qu'un frisson d'excitation me traverse. C'est lui de l'autre côté de la porte. C'est Xander. Merde alors, Mister Tongue a un nom. Un nom sexy, même, et l'idée de lui parler de nouveau m'affole.

– Liv ?, demande-t-il en frappant de nouveau.

– Oui ?, je crie, sans bouger, les mains contre la porte.

– Je peux entrer ?

– Pourquoi ?

Je m'étrangle. Je crains de ne plus répondre de rien dès que nous serons ensemble dans ma chambre. Pas après nos derniers moments à l'hôtel. En plus, nous n'avons même pas besoin d'une chambre pour faire ça. Je suis encore prête à être sa cow-girl sexy n'importe où.

– On peut se parler dans ta chambre plutôt qu'à travers la porte ? Il rit. À moins que tu ne préfères que je dise ce que j'ai à dire sur ce qui s'est passé au mariage comme ça…

– Viens ! Je me précipite pour le laisser entrer et je le tire par le bras. Tu peux me dire ce que tu es en train de faire ?

– Te faire ouvrir la porte de ta chambre. Il me sourit, l'air aussi joyeux que ce à quoi je m'attendais.

– Pourquoi viens-tu ici ? Je referme vite la porte derrière lui. C'est totalement déplacé.

Je me sens piquer un fard tandis que je le regarde, les mains posées sur les hanches. Pourquoi faut-il qu'il soit si beau ? Pourquoi faut-il qu'il me chamboule comme ça ? Ses yeux verts, à la fois sombres et vifs, me font penser à une forêt au crépuscule, pleine de secrets et de plaisirs effrayants. Je sais que je ne devrais pas m'aventurer dans ces profondeurs cachées qui m'appellent, mais je ne peux m'empêcher de vouloir les explorer.

– Je pensais que nous devions parler. Il passe ses mains dans ses cheveux soyeux et mes yeux suivent le bout de ses doigts qui glissent d'avant en arrière. Ce geste me rappelle ses caresses sur ma peau et aussitôt je sens une chaleur voluptueuse se diffuser dans mon corps.

Je le toise, furieuse. Je veux qu'il voie que je désapprouve ce qu'il fait.

– Je sais que c'est un peu maladroit. Il sourit. *Quel con ! Comment peut-il sourire à cet instant précis ?* Mais je pense que nous pouvons arranger ça.

– Tu crois ?, je rétorque avec ironie et je vois un large sourire apparaître sur son visage, le rendant encore plus beau.

– Oui, je crois, répond-il avant de rester silencieux un court instant. Je sais que tu te poses probablement quelques questions.

– Oui, juste quelques-unes... Ma voix est montée d'un cran, j'incline la tête vers lui en le touchant du doigt. *Fausse manip ! Pourquoi je l'ai touché ?* Mon doigt tremble au contact de son muscle tendu. Voici ma première question : comment as-tu pu coucher avec moi alors que tu es fiancé ?

Mon ton se fait accusateur tandis que je le fusille du regard.

– Ce n'est pas exactement ce que tu crois.

– Ah bon ?

– Nous venons juste de nous fiancer cette semaine.

– Cette semaine, ben voyons...

– Le week-end dernier, j'ai fait quelque chose que je regrette. Ses yeux soutiennent mon regard. Il s'est passé quelque chose qui m'a fait comprendre qu'il était temps que je grandisse.

– Le week-end dernier, tu as fait quelque chose que tu regrettes ?, je répète, le visage écarlate. Tu veux dire, *moi* ?

Je me liquéfie. Il regrette d'avoir couché avec moi ? Je me sens vidée en entendant ces mots.

– Ce que je t'ai fait le week-end dernier, plutôt. Mais ce n'est pas ce dont je suis en train de parler. Il se penche en avant et passe sa langue sur ses lèvres. Je ne regretterai jamais ce jour-là.

– Tu es un porc. Je hoche la tête, hypnotisée par le mouvement de sa langue, si rose et pointue. Je frissonne en me la rappelant entre mes jambes. Je gémis intérieurement en me souvenant de la sensation éprouvée lorsqu'elle s'est glissée en moi. Je sais, je suis horrible. Je devrais hurler ou le gifler, mais au lieu de cela, chaque détail de sa langue rugueuse et douce me revient. Je mouille au seul souvenir de tout le plaisir qu'elle m'a donné. Mais j'aurai beau mouiller, cela ne m'empêchera pas de brûler dans les flammes de l'enfer, car c'est bien là où je vais finir.

– Je ne grogne pas comme un porc.

Il me taquine et pendant une seconde, je crois qu'il est sur le point de m'embrasser.

– Tu en es sûr ?

J'humecte mes lèvres sèches et je recule d'un pas.

– Nerveuse, Liv ?

Il lève les sourcils et il fait un nouveau pas vers moi.

– Arrête de dire mon nom comme ça.

– Comme quoi, Liv ?

– Comme si tu étais une sorte de conquistador espagnol et que j'étais ta conquête.

– Mais je t'ai déjà eue. La conquête est terminée. Finie. Achevée. Il recule et jette un coup d'œil à la pièce. Hmm, joli !

D'un mouvement de la tête, il désigne le poster des Backstreet Boys au-dessus de mon lit.

– Toutes les filles que je connais ont un poster des Backstreet Boys, je murmure.

– Vraiment ? Il me regarde avec surprise. Toutes celles que tu connais ont un poster de boys bands sur leur mur ?

– Plus aujourd'hui, évidemment. C'est ma chambre d'ado. Je ne vis plus ici. J'ai mon propre appartement et je n'ai pas de poster des Backstreet boys là-bas, réponds-je sur la défensive.

– Je pense que tu en fais un peu trop. Tu en es certaine ?

– Évidemment que j'en suis sûre ! Je sais bien ce qui est accroché dans ma chambre. Je m'éloigne de lui, espérant qu'il ne me voie pas rougir. J'ai dans ma chambre quelques photos de Matthew McConaughey que j'ai découpées dans des magazines people. Et elles ne datent pas de quand j'étais adolescente. Elles viennent des albums qu'Alice et moi avons réalisés à l'université. Matthew McConaughey est l'homme de mes rêves. Il est parfait : beau, costaud, il a un accent du pays traînant et sexy et il adore sa mère. S'il n'était pas marié, je prendrais un avion direction le Texas ou la Californie, prête à tout pour le rencontrer.

– Liv ? La voix de Xander est hésitante. Tu vas bien ?

– Oui, pourquoi ? Je me tourne pour le regarder et il me dévisage, curieux.

– Tu as l'air d'être complètement ailleurs, je me demande à quoi tu penses d'une façon aussi intense. À Justin Timberlake, peut-être ?

– Justin Timberlake faisait partie des N'Sync et non des Backstreet Boys. Je soutiens son regard et il rit. Qu'est-ce que tu veux, Xander ? Tu m'agaces.

– Toi. Encore. Dans ton lit. Sous ton poster des Backstreet Boys en train de crier mon nom et de chanter « Quit Playing Games with My Heart ».

– Oh !

Son arrogance me sidère. Je suis stupéfaite de constater qu'il connaît le titre d'une chanson de boys band.

– Le chat a mangé ta langue ?

– Tu as cinq secondes pour me dire ce que tu veux vraiment et après, tu dégages de ma chambre. Je compte bien parler de toi à ma sœur, espèce de gros porc.

– Qu'est-ce que tu vas lui dire à mon sujet ? Que tu m'as rencontré à un mariage le week-end dernier et qu'on a fait des cochonneries dans l'église ?

– On n'a pas couché ensemble dans l'église, je proteste. On a, on a…, je bredouille, pas très sûre de ce que je dois dire. Tu es un porc.

– Tu l'as déjà dit. Et tu as raison, on n'a pas couché ensemble dans l'église. Enfin, pas techniquement parlant. Pas si tu veux dire ma bite dans ton…

– Xander !

Je le coupe, rouge comme une pivoine. Je pourrais d'ailleurs servir d'illustration dans un livre d'apprentissage des couleurs pour les tout-petits. La couleur rouge vif est parfaitement représentée par mon visage pendant cette discussion avec Xander, le faiseur de miracles avec sa langue, et sombre connard de surcroît.

– Oui ? Il rit. Je suis simplement d'accord avec toi. Techniquement parlant, ma langue dans ta chatte ne peut pas être considérée comme étant de la fornication. Mais ce qu'on a fait dans l'église s'apparente quand même à du sexe, non ? Si on veut approfondir le sujet, je pense que la fellation, c'est aussi du sexe, mais j'ignore dans quelle catégorie technique classer une bonne pipe. Alors oui, tu as raison, nous n'avons pas couché ensemble dans l'église. Malgré tout, la scène pourrait figurer dans un film porno. D'abord grâce à ma bouche entre tes jambes, puis plus tard grâce à cette inoubliable nuit dans ma chambre d'hôtel. Il se tait un instant. Est-ce que tu te sens mieux ?

– Non, je ne me sens pas mieux. Je le saisis par le bras pour l'éloigner de la porte et le rapprocher du lit. Et parle moins fort. On pourrait t'entendre.

– Ce serait un problème ?

– À ton avis ?

– Nous n'allons pas reparler de tout cela, si ? Il saisit mes mains et les porte vers son visage. Il faut te couper les ongles. Il reste là pendant quelques secondes à les regarder jusqu'à ce que je retire les mains.

– Quoi ? Je suis distraite par sa remarque. De quoi tu parles ?

– Je disais simplement que tu as besoin d'une manucure. Tes ongles sont trop longs et le vernis est écaillé.

– Tu te moques de moi, maintenant ? Je n'en reviens pas. Tu es le plus insupportable…

– Des porcs, oui, je sais.

– Non, j'allais dire connard. Je regarde le sourire nonchalant sur son visage. Tu es un vrai connard.

– Ça me donne une idée ! Il sourit et m'attrape par la taille en m'attirant vers lui.

– Attends, tu penses à quoi, là ?

– À refaire connaissance avec toi. Il rit tout en baissant les yeux vers moi. Ses lèvres sont dangereusement proches des miennes tandis que ses mains glissent vers mes fesses.

– Hé ! Je fais un bond en arrière. Tu fais quoi, là ?

– Eh bien, je touche ton petit cul parce que tu m'as donné une idée. Sa voix se fait soudain plus séduisante et plus grave.

– Quelle idée ?, je m'étrangle. Tu penses que je vais te sucer ? Le jour où j'apprends que tu es fiancé avec ma sœur ? Tu es cinglé, ma parole ! Tu crois vraiment que je vais te laisser…

– Liv. Il m'interrompt, les lèvres tremblantes.

– Quoi ?

– Je voulais juste sentir tes fesses pour voir si elles étaient aussi rebondies et excitantes que dans mes souvenirs. Il me fait un clin d'œil. Je ne comptais pas te sodomiser.

– Tu… Quoi ?! Je hurle, le cœur battant. Pourquoi la conversation dérive-t-elle de nouveau sur le sexe ? Pourquoi, mais pourquoi je me sens si troublée à l'écouter me provoquer ? C'est de toute évidence un beau salaud et pourtant, je suis incroyablement excitée.

– Bon, on s'égare. Il penche la tête vers moi. Désolé, mais je ne suis pas venu dans ta chambre pour de cul.

– Mais qu'est-ce que tu racontes ? Je le regarde complètement désarçonnée. Je n'ai jamais dit…

– Je suis venu parce que je voulais t'expliquer pourquoi la situation est un peu particulière. Je n'étais pas fiancé lorsque nous avons couché ensemble. Et je ne prévoyais pas non plus de me fiancer. Mais à présent, ta sœur et moi avons décidé de nous marier. Il me dévisage quelques secondes. Je ne m'attendais pas à te revoir. Il s'adoucit. Tu as rendu tout ceci très difficile.

– Qu'est-ce que j'ai rendu difficile ?

– Cet accord entre ta sœur et moi… Il se tait un instant. C'est délicat. Ce n'est pas un mariage d'amour.

– Alors, de quoi s'agit-il ?

Toc toc.

– Liv ? La voix de Gabby est douce. Je peux entrer ?

– Une seconde, réponds-je en espérant que ma voix ne sonne pas trop paniquée. Mets-toi sous le lit. Je pousse Xander. Tout de suite !

– D'accord. Il s'aplatit au sol.

– Liv ? La voix de Gabby se fait plus forte. Je peux entrer ?

– Une seconde !, je crie en vérifiant que les jambes et les pieds de Xander ne dépassent pas. Je me dirige vers la porte et j'ouvre, un grand sourire aux lèvres. Coucou, que se passe-t-il ?

– Je peux entrer ? Gabby semble hésitante, je la regarde, étonnée. Ma sœur n'est jamais indécise. Elle est belle, elle a confiance en elle et elle obtient toujours tout ce qu'elle veut. Comme mon Mister Tongue.

– Euh, qu'est-ce que tu veux ? Mon Dieu, je n'arrive pas à la regarder en face. Je devrais la regarder droit dans les yeux, mais je ne peux pas. J'ai trop honte. Qu'est-ce que je vais faire ?

– Je peux entrer ? Je ne veux pas que quelqu'un entende. Elle me pousse dans la chambre puis referme derrière elle. Qu'est-ce que tu penses de Xander ?

– Hein ? Je m'empourpre. Pourquoi tu me demandes ça ?

– Je voulais juste avoir ton opinion. Elle soupire. Je sais que les hommes n'ont pas de secret pour toi.

– Oui, euh, si tu le dis. Je la regarde, un peu choquée. C'est nouveau, ça, qu'elle pense que je connais bien les hommes... Et depuis quand elle veut avoir mon avis ?

– Je ne connais pas Xander depuis longtemps.

– Ah bon ? Je me mords la lèvre, je voudrais lui poser tout un tas de questions, mais je me retiens : je ne veux pas que Xander pense que je souhaite connaître les détails de leur relation.

– Je sais, c'est irréfléchi, mais lorsqu'il me l'a proposé, je n'ai pas pu refuser, avoue-t-elle à bout de souffle.

– Depuis combien de temps tu le connais ?

– Je… cela n'a pas d'importance. Elle soupire. Le fait est que nous allons nous marier.

– Écoute, si tu l'aimes… Suis ce que te dit ton cœur.

– Je suis enceinte, Liv !, crie-t-elle soudain et je me sens devenir toute pâle. Nous nous marions parce que je suis enceinte !

6.

– Ferme la porte, je lui demande, haletante, encore sous le choc de son annonce.

– Je sais. Elle s'assied sur mon lit et je l'entends gémir. Qui aurait cru que je ferais un mariage arrangé ?

– Pas moi, réponds-je, le cœur battant. Incroyable, ma sœur porte le bébé de mon Mister Tongue : encore une révélation de ce genre et nous finirons sur le plateau télé d'un talk-show racoleur la semaine prochaine… Il faut que j'appelle tout de suite Alice. Il faut que je parle à quelqu'un de ce qui se passe. L'homme avec lequel j'ai couché la semaine dernière est sur le point d'avoir un enfant avec ma sœur. Merde ! J'ai baisé avec le père de mon futur neveu ou nièce. Ça fait de moi une espèce de Jézabel ?

– Je ne le connais pas bien. Elle grimace. Est-ce que je fais une erreur en l'épousant ?

– Je viens juste de le rencontrer, Gabby. Je ne sais pas quoi dire. Je voudrais crier : ne l'épouse pas, ne l'épouse pas ! À l'évidence, c'est un gros connard prompt à sauter sur tout ce qui bouge, mais désormais il va être père, le père de l'enfant de ma sœur, je ne sais pas quoi dire. Est-ce que je veux détruire leur famille avant même la naissance du bébé ?

– Quand t'a-t-il demandée en mariage ?, je m'enquiers prudemment. Si c'était avant notre partie de jambes en l'air, je le lui en parle, mais si c'était après, je me tais.

– Il y a deux jours. Elle fait un petit sourire et me montre ses doigts. Tu aimes la bague ?

– Elle est superbe, je commente, ne sachant pas quoi ajouter. La bague est magnifique. C'est le genre de bijou que j'aimerais recevoir pour mes fiançailles. Si cela arrive un jour.

– Elle appartenait à sa grand-mère, ajoute-t-elle doucement en l'admirant. Je ne vais pas la garder. Il va m'emmener chez Tiffany's et me laisser en choisir une qui me convienne mieux.

– Tu n'aimes pas celle-là ? Elle est superbe et c'est un bijou de famille. Ce n'est pas rien, Gabby.

– Je ne veux pas d'une bague qui ait été portée. Je veux ma propre bague. J'ai déjà repéré celle que je veux : c'est une taille princesse, un diamant de cinq carats, en platine, qui coûte environ trente mille dollars.

– Gabby !, je lance, choquée par cette précision. C'est beaucoup d'argent !

– Et alors ? Il peut se le permettre.

– Oh, Gabby. Est-ce que je peux te demander quelque chose ?

– Oui, quoi ?

– Est-ce que tu l'aimes ?

– Est-ce que je l'aime ? Elle me regarde comme si j'étais folle. Oh, Liv, atterris un peu ! Les gens ne se marient plus parce qu'ils s'aiment. Ils se marient parce que cela a du sens. Ils se marient parce que ça vaut mieux que d'être célibataire. Il y a des allè-gements fiscaux et toutes sortes d'avantages à être marié.

– Alors, tu ne l'aimes pas ?

– Ça me plaît qu'il soit millionnaire. J'adore qu'il soit sexy. J'adore qu'il m'ait demandée en mariage. Elle hausse les épaules. Cela me semble suffisant.

– Mais si c'est suffisant, pourquoi tu viens me demander mon avis ?

– Je ne sais même pas pourquoi je suis là. Elle laisse échapper un soupir. Ça doit être les hor-mones. C'est pénible d'être enceinte.

– Est-ce que maman et papa sont au courant ?

– Bien sûr que non !, répond-elle en se moquant. Je ne compte pas leur dire tout de suite que je suis en cloque ! Elle hésite un instant. Et t'as intérêt à ne rien dire non plus !

– C'était pas au programme.

Fais-moi confiance, ma chère sœur. Je ne veux rien avoir à faire avec ton plan sordide. Tout d'un coup, je ne me sens plus aussi mal vis-à-vis de Gabby. En fait, c'est envers moi-même que je me sens mal. Je suis la victime innocente dans ce bourbier.

– Je sais que tu as toujours été jalouse de moi, Liv. Gabby ébouriffe ses cheveux avec tristesse. Mais j'espère que tu peux te montrer adulte malgré tout. Nous sommes des grandes filles aujourd'hui.

– De quoi tu parles ? Je secoue la tête, contrariée. Je ne suis pas jalouse de toi. Pourquoi je le serais ?

– J'ai un bon job. Je suis propriétaire. Je suis belle. Et maintenant, je suis enceinte et je vais épouser un millionnaire.

– Donc ?

– Eh bien, tu as un travail de merde pour lequel tu es payée combien ? Dix dollars de l'heure environ ?

– Je gagne trente mille par an. Je la foudroie du regard.

– Et tu vis en colocation.

– Je partage un appartement avec ma meilleure amie, pas avec le premier venu trouvé dans la rue.

– Et en plus, tu as toujours été jalouse que je sois une vraie blonde et pas toi.

– Tu plaisantes ? Je tombe des nues de la voir se comporter comme la Gabby de mes années d'adolescence. Elle prend un air absent.

– De toute façon, Liv, je veux que nous allions de l'avant, quels que soient les différends que nous avons eus toutes ces années. Tu vas être tante, maintenant.

– Et alors ?

– Alors, tu dois être plus responsable maintenant.

– Qu'est-ce que j'ai à voir dans le fait que tu vas avoir un enfant ?

– Je ne veux pas que tu aies une mauvaise influence sur mon…

– Gabby, je pense qu'il est grand temps pour toi de sortir de ma chambre, tout de suite. Je me dirige vers la porte et l'ouvre avec défi. Je ne réponds plus de ce que je vais dire si tu ne dégages pas d'ici.

– Ne le prends pas comme ça, Liv. J'essayais juste de dire que…

– Honnêtement, Gabby, je m'en fous. J'ai juste besoin d'être seule.

– Bien. Elle proteste en sortant de la chambre. Je pensais simplement que tu serais heureuse pour moi.

– Je suis très heureuse pour toi, Gabby.

– Bon. Elle redevient souriante. Et si tu joues bien le jeu, je te brancherai avec Henry.

– Henry, le frère de Xander ? J'ouvre grand les yeux.

– Oui. Il est très beau et, dis-moi, ce ne serait pas amusant si nous épousions les deux frères ?

– Oh, oui, très drôle. J'ai un petit sourire. Il est hors de question qu'on me branche avec Henry. Horrible et écœurant.

– Je suis presque sûre qu'il est célibataire.

– C'est bien, réponds-je dans un soupir. Euh, nous discuterons de cela plus tard, d'accord ?

– D'accord, acquiesce-t-elle. Et motus concernant le bébé devant les parents, OK ?

– OK, dis-je en refermant la porte. Je suis sonnée par tout ce que je viens d'apprendre. Je regarde Xander sortir de sous le lit.

– Alors ? Il me fixe, attendant ma réaction.

– Alors quoi ?

– Maintenant, tu sais pourquoi nous nous marions.

– Je ne peux pas croire que tu veuilles l'épouser après avoir entendu tout ça !

– Pourquoi ?

– Gabby est intéressée. Et Dieu me pardonne de penser ça de ma sœur.

– Au moins elle ne s'en cache pas, reconnaît-il dans un haussement d'épaules.

– Et ça ne te dérange pas ?

– Gabby et moi nous ne nous sommes pas menti. Nous savons à quoi nous en tenir.

– Alors, elle sait que tu as couché avec moi ?

– Non. Il plisse les yeux. Mais j'ignorais qui tu étais jusqu'à il y a une heure.

– Tu vas le lui dire, maintenant que tu sais ?

– Non, bien sûr que non. Il reste silencieux un instant. Cela compliquerait inutilement les choses.

– Ah parce que là, elles ne sont pas compliquées ?

– Bof, pas vraiment. D'un geste, il balaye quelques moutons de poussière collés à son jean. Rien n'est vraiment compliqué en ce moment. Mais cela pourrait le devenir si tu me désires encore, comme j'en ai l'impression…

Son regard s'accroche à mes seins. Son audace me scotche. Je me concentre sur le sourire illuminant son visage pour essayer d'ignorer combien ce mec est sexy. *C'est un con, Liv. Ce n'est pas un mâle à tomber par terre avec une langue miraculeuse. Tiens, j'allais l'oublier celle-là, cette langue fabuleuse. Non, arrête, Liv, tu dois l'oublier.*

– Quelque chose ne va pas ?, demande-t-il d'une voix douce.

– Tout va bien, je le coupe sèchement.

– Tu as toujours envie de moi, allez, avoue… Ses yeux brillent intensément.

– Non.

– D'accord, si tu le dis. Mais je pense que tu mens. Il se passe la langue sur les lèvres, comme pour me tenter encore davantage. Certains disent que je suis arrogant, ajoute-t-il quelques secondes plus tard.

– Pas possible ? Je fais mine d'être surprise. Qui pourrait bien penser une chose pareille ?

– Tu te fous de moi ?

Il me dévisage, penche la tête gentiment. Je ne veux pas soutenir son regard. Mais comment résister à un type sexy avec un joli sourire espiègle ? Ses yeux verts étincellent de malice tandis qu'il me questionne. L'instant se fait léger et futile, alors qu'il devrait être sombre et étouffant. Je ne veux pas que Xander me plaise. J'ai toutes les raisons de le détester, mais il m'est difficile de rester glaciale lorsqu'il se tient si près de moi.

– Qu'attends-tu de moi, Xander ? La situation est très inconfortable, comme je te l'ai déjà dit.

– Mais pourquoi ?

Il fait encore un pas vers moi et je peux à présent sentir sa cuisse contre ma jambe.

– Tu vas épouser ma sœur.

– Oui, mais nous ne nous aimons pas.

– Alors, tu ne vas pas l'épouser ?, dis-je doucement, avec espoir. Je sais pourtant que j'ai tort d'espérer un tel dénouement. Tu vas annuler le mariage ?

– Pourquoi faire une chose pareille ? Il pose les mains autour de ma taille et m'attire vers lui. Je peux sentir son érection contre mon ventre.

– Est-ce que tu es vraiment excité, là ?, je demande, choquée.

Il me sourit sans me répondre. Ses yeux pétillent, il me prend la main et la garde.

– Qu'est-ce que tu fais ? Aussi près de lui, mon rythme cardiaque s'accélère.

– Je réponds à ta question.

– Quelle question ? Je ne sais plus de quoi on parle.

– Celle-ci. Il me prend la main et la pose sur son entrejambe en serrant doucement mes doigts pour que je sente combien il est raide.

– Qu'est-ce que tu fais ?, je m'exclame tandis que mes doigts s'arrêtent sur son sexe dur.

– Tu m'as demandé si j'étais excité et j'ai pensé qu'un simple geste valait mieux qu'un long discours.

Il me fait un clin d'œil et je retire aussitôt ma main. Des images de son sexe dans ma bouche ou entre mes doigts me traversent l'esprit. Nous restons là à nous fixer quelques secondes et je comprends alors que je suis dans de beaux draps. Je continue d'avoir envie de cet homme, et lui aussi me désire. Je n'ai pas la moindre idée de ce que je dois faire.

– Tu ferais mieux de t'en aller. Je détourne le regard vers le lit. Je n'ai qu'une envie, me glisser sous la couette et pleurer.

– Je n'ai pas terminé.

– Il n'y a pas grand-chose à ajouter, Xander. Je reprends mon souffle. Je ne dirai rien, mais uniquement parce que je ne veux pas avoir à révéler en détail ce qui s'est passé entre nous.

– Tu ne veux même pas connaître les détails entre Gabby et moi ?

– Non, pourquoi je voudrais savoir ?

Une douleur vive me transperce le ventre en les imaginant ensemble. Je sens des élans de jalousie. Pour quelles raisons, je l'ignore. Je ne pensais même pas le revoir, même si j'avais vécu une sorte de rêve éveillé pendant toute la semaine. J'avais en quelque sorte espéré qu'il me retrouverait. Vous voyez ce que je veux dire, comme dans les films sentimentaux. Il demanderait aux invités du mariage qui était la jolie fille dans la robe rose pâle, puis il viendrait me retrouver. Attention, je ne l'imagine pas en train de me harceler, de devenir obsédé par moi au point de me traquer puis de me tuer. Non, je parle des moments tendres qui composent une comédie romantique. Il me ferait la sérénade avec un lecteur de cassettes (vous vous souvenez de ces appareils-là ?). Il aurait aussi un bouquet de fleurs et il me dirait que la nuit que nous avons passée à l'hôtel était la plus belle nuit de sa vie et qu'il ne peut s'empêcher de penser à moi… Alors oui, tout en ne m'attendant pas à le revoir, j'ai espéré dans un coin de ma tête qu'il me retrouve. Pendant un bref instant, lorsque je l'ai aperçu dans le salon, j'ai pensé que peut-être mes rêves étaient devenus réalité, mais bien sûr, j'avais tout faux. C'est à l'image de ma vie. Je ne rencontre jamais de garçons romantiques. Je ne rencontre jamais de garçons qui veulent me faire la cour et me séduire. Je ne rencontre jamais le Prince Charmant. Je rencontre toujours ceux qui prétendent être le Prince Charmant, avant de me rendre compte assez vite combien ils sont nuls et je suis prête à me gifler pour avoir fait preuve de tant de naïveté.

– Tu m'écoutes, Liv ? La voix de Xander interrompt mes pensées et je lève la tête vers lui avec un sourire ironique.

– Non, désolée, je réponds en serrant les dents.

– Tu sembles préoccupée, ajoute-t-il, soucieux, et je dois admettre que mon cœur bondit légèrement de joie dans ma poitrine. Oui, c'est sans doute immature de ma part, mais cela m'a fait plaisir qu'il entende qu'il n'occupait pas toutes mes pensées.

– À quoi penses-tu ?, demande-t-il doucement. À moi ?

Et alors, à la fois parce que je suis blessée et aussi pour voir si je peux le rendre jaloux, j'essaye de le contrarier.

– Oh, non, je réponds gentiment. Je pensais à Henry. Je baisse les yeux avec un petit sourire. Gabby vient de m'apprendre qu'il est célibataire et sympa, alors je me dis que je pourrais peut-être apprendre à mieux le connaître.

– Hein ? Mon frère Henry ?

Je me réjouis intérieurement en voyant la colère sur son visage.

– Oui. *Regarde ce que tu rates, mon vieux*. Ça ne devrait pas poser problème, je me trompe ?, je fanfaronne. Après tout, tu fréquentes bien ma sœur. Il reste là quelques secondes, son regard scrutant le mien, puis il se dirige pour sortir sans mot dire. *Un point pour moi !*

Je reste sans bouger pendant quelques instants puis soupire. Cette victoire n'est que du vent. Je n'ai encore rien réellement réglé. Mon aventure au mariage, mon Mister Tongue bel et bien fiancé avec ma sœur enceinte… Et tout ce à quoi j'aspire, c'est de quitter très vite cette maison et de m'éloigner de tout ce petit monde. Je suis terrifiée à l'idée de ce qui pourrait se passer si je reste. Je sens encore la chaleur de son sexe dur dans mes mains. Comment peut-il continuer à me draguer, s'il est fiancé avec ma sœur ? Et comment puis-je continuer à aimer ça ? C'est quoi mon problème ? Je suis une briseuse de ménage… Je suis ce genre de femmes qu'Alice et moi détestons. Ce genre de femmes qui se moquent éperdument de savoir si un mec est déjà en couple. Cela dit, je ne savais pas qu'il était pris lorsque je l'ai vu pour la première fois. Notre nuit de sexe n'était pas à mon initiative. En revanche, si cela se reproduit, si je le drague, je serai la pire salope de toute l'Amérique.

J'entends mon cerveau hurler : comment puis-je encore penser que cela se reproduira ? Simplement parce que Xander me rend faible. Très, très faible. C'est à ce moment précis que je prends conscience que je suis loin d'être sortie d'affaire. Je ne peux pas rester là à attendre qu'il se passe quelque chose. Je ne peux pas me réveiller à nouveau à côté de lui dans son lit. Ce ne serait pas convenable. Il faut que je trouve une solution.

7.

– Tu es une garce !, hurle Alice, toute émoustillée, alors que je finis de lui raconter mon entrevue avec Xander dans ma chambre, la manière dont il est resté si près de moi et m'a attrapé la main.

– Je ne suis pas une allumeuse, me défends-je, contrariée. C'est lui. C'est lui le vicieux. Il est...

– Comprends-moi bien. Il s'est vraiment conduit comme un chien, renchérit Alice. C'est un sale rottweiler ou attends, quel chien est plus gros qu'un rottweiler ? Un saint-bernard peut-être ? C'est plus gros ?

– Mais on s'en tape complètement !

– Le chien dans *Beethoven*, c'est quelle race ?

– Alice, j'en sais rien. Et je m'en contrefiche. J'ai des questions plus urgentes à régler, du genre comment gérer la suite des événements.

– C'est bien ça qui fait de toi une garce, s'amuse-t-elle.

– C'est-à-dire ? Je suis contrariée par son atti-tude. Elle ne comprend donc pas que la situation est grave ?

– Écoute, tu t'en fous de mon avis. Tu sais très bien ce que tu as à faire en tant que sœur chérie. Je n'ai aucun doute à ce sujet.

– Tu penses donc que je dois en parler à Gabby ?

– Non, ce n'est pas ce que je dis. Je ne sais pas. Alice souffle. C'est délicat. Je devrais normalement dire oui, mais elle est enceinte et du coup je ne suis pas sûre que ce soit la bonne solution.

– Je sais. Sa grossesse rend les choses plus diffi-ciles.

– Attends, attends ! Je viens juste de penser à quelque chose ! La voix d'Alice semble boulever-sée, alors je m'assieds, le cœur battant.

– Oh, dis-moi, Alice ! Et s'il te plaît, ne me dis pas que tu as aussi couché avec lui. Ça ferait trop de révélations en un jour.

– Non, non. Et si toi aussi, tu étais enceinte ? Et s'il vous avait toutes les deux mises en cloque ? Ce serait dingue, non ? Elle paraît toute excitée.

– Alice, ne dis pas n'importe quoi ! En plus, il a utilisé des préservatifs.

– Ce n'est pas sûr à 100 %.

– Tu es censée m'aider, là… Bravo, je me sens encore plus mal.

– Tu sais ce qui m'aurait fait plaisir ?, rétorque-t-elle sans faire attention à ce que je dis.

– Quoi ?

Je sais très bien ce qu'elle va me dire, que cela me plaise ou non.

– J'aurais préféré que tu couches avec Luke. Elle parle de son ancien petit ami que nous détestons toutes les deux, moi encore plus maintenant que j'ai couché avec Xander à son mariage. Tu imagines ce que dirait Joanna si elle découvrait que Luke t'a mise enceinte au mariage ? Cela n'aurait pas de prix. Franchement, je donnerais cher pour voir ça.

– Combien ? Dix dollars ?

– Non, je serais prête à payer vraiment cher, me répond-elle sérieusement. Oui, je serais capable de puiser dans mes économies.

– Tu es une grande malade, t'es au courant, hein ? Complètement tarée.

– Je sais. Je suis une psychopathe et tu adores ça.

– Tu as de la chance que je t'aime bien, sinon j'aurais déjà raccroché. J'esquisse un sourire à la pensée que quelqu'un aurait pu terrasser Joanna. Même si la personne hypothétique, c'est moi, et même si en réalité rien n'est arrivé.

– Tu sais que je suis désolée. Je suis choquée pour toi. En fait, je ne sais même pas quoi dire. Ils sont où, les mecs droits et honnêtes ?

– J'aimerais le savoir. Ils sont peut-être tous gays aujourd'hui ?

– La moitié le sont, répond Alice. Et un quart d'entre eux sont mariés.

– Alors où est le quart restant ?

– Si je le savais, je ne serais pas en train de te parler au téléphone. Elle glousse. Je serais sur le siège arrière d'une limousine en train de baiser à mort.

– Une limousine ? Pourquoi une limousine ?

– Parce que si j'ai attendu si longtemps pour trouver l'homme idéal, il a intérêt à être canon et riche pour compenser toutes mes misères.

– Xander est riche.

Euh, qu'est-ce qui me prend d'évoquer ça ?... C'est sorti tout seul.

– Quelle chance tu as, petite garce.

– Sauf qu'il n'est pas à moi. C'est Gabby, la garce chanceuse.

– Non, dit simplement Alice. Elle, c'est une garce tout court !

– Alice !

– Tu sais que c'est vrai. Sa voix monte d'un cran. Je sais que c'est ta sœur et que tu l'aimes, bla, bla, bla, mais elle n'en reste pas moins une garce, g, a, r, c, e, g, a, r, c, e, g, a, r, c, e, voilà comment elle s'appelle.

– Alice, ris-je. Tu es horrible.

– Je sais, je suis comme ça. Ma mère a dû m'avoir un jour de pleine lune ou quelque chose du style.

– Oui, je suppose.

– Alors, tu rentres chez toi demain ?

– Non. Je soupire. Mes parents ont prévu quelques sorties pour le week-end avec tout le monde.

– Bon courage…

– Tu sais qu'ils adorent tout ce tralala.

– Est-ce que tes frères seront là ?, demande naïvement Alice.

Je souris intérieurement.

– Oui, ils seront tous là. Ça va être une grande fête de famille. Gabby, Scott, Chett, Aiden et moi. Et puis Xander et son frère Henry. Je reprends mon souffle. Nous allons tous former une grande famille.

– Ça a l'air sympa, commente-t-elle avec mélancolie. Elle est fille unique et a grandi auprès de ses deux parents qui adorent voyager dans le monde entier.

– Il faut absolument que tu viennes demain matin et que tu restes tout le week-end avec moi.

– Non, je ne veux pas m'imposer. C'est le grand week-end de Gabby.

– Il faut que tu viennes ! Tu dormiras dans ma chambre et tu seras comme mon garde du corps. Imagine si Xander essaie à nouveau de coucher avec moi et si ma famille entre sans prévenir dans la chambre pour nous trouver en train de jouer aux cow-boys et aux Indiens ?

– Oh là là… Finalement tu céderais s'il essayait de te draguer à nouveau.

– Non. Je me sens rougir. Enfin, oui, peut-être, je ne sais pas. Il est tellement sexy.

– Et tu sais qu'ils ne sont pas amoureux.

– Oui. Je soupire. Non pas que cela soit une excuse. Si je recouchais avec lui maintenant, avec ce que je sais à présent, je serais une salope. Une sacrée salope, pire que Gabby.

– Exact.

– Merci, je me sens soutenue.

– Désolée, mais c'est vrai ! Tu ne peux pas coucher avec le père de l'enfant de ta sœur ! C'est carrément inacceptable !

– Je sais.

– Ce serait pire qu'une affaire d'État.

– Donc à quelle heure dois-je venir demain ?, demande-t-elle, l'air de rien.

– Eh bien mes frères arrivent de bonne heure pour aller tous ensemble prendre un brunch en ville.

– J'adore les pancakes, répond-elle avec empressement.

– Alors arrive tôt.

– Tu es sûre ? Je ne veux pas empiéter sur votre temps en famille.

– Alice, tu fais partie de la famille. Tu es ma meilleure amie et mes parents te considèrent comme une troisième fille et mes frères comme une autre sœur. *Merde, pourquoi j'ai dit qu'ils la considéraient comme une sœur ?* Je sais qu'Alice craque pour l'un de mes frères, même si je ne sais pas très bien lequel elle préfère.

– Eh bien merci. Elle a l'air triste. Je serai là à neuf heures.

– Parfait, j'ai hâte de te voir.

– Et ne fais pas de bêtises !

– Je ne vais rien faire du tout, je réponds d'un ton léger en regardant la porte de ma chambre. Je vais aller me coucher et je ne quitterai pas ma chambre avant ton arrivée.

– Tu es bête.

– Et tu adores ça.

– Bon, j'y vais, je vais préparer mes affaires. À demain matin !

– Super ! À demain.

Je raccroche et je m'allonge sur mon lit en soupirant. Je fixe le plafond et des images de Xander me traversent l'esprit. Où est-il maintenant ? À quoi songe-il ? Est-ce qu'il pense à moi ? Je me retourne et enfouis ma tête dans l'oreiller. Il faut que j'arrête de penser à lui ou bien je risque de devenir folle. Je m'assieds et décide de sortir de ma chambre. Je ne suis pas encore fatiguée et rester enfermée me fait penser à des choses que je pourrais faire dans mon lit, des choses pas très catholiques que je dois bannir de mon cerveau.

Je descends donc chercher un coca dans la cuisine, puis vais dans le jardin m'installer dans le rocking-chair que ma grand-mère nous avait donné lorsque j'étais petite. J'adore ce fauteuil, il me rappelle mon enfance, lorsque je me berçais sur les jambes de mon père, ou même sur celles de mes grands frères, quand ils avaient du temps à me consacrer. J'ai connu une enfance heureuse, même si ma sœur m'a rendu complètement chèvre pendant une bonne partie de mon adolescence. Je n'ai jamais eu avec elle la complicité qui me lie à Alice, et ce constat me rend triste.

8.

– **R**etourne-toi et je serai celle avec laquelle tu veux faire boum boum boum. J'improvise des paroles sur la chanson entraînante diffusée à la radio tout en me balançant sur le rocking-chair, sous le porche de la maison de mes parents. L'air est pour une fois agréablement frais, alors qu'en Floride les nuits sont d'ordinaire chaudes et humides. *Emmène-moi et nous ferons boum boum boum sur la lune lune lune.* Je ris en fredonnant par-dessus la chanteuse qui se lamente de n'avoir pas de fiancé. Mes paroles à moi sont de loin supérieures aux siennes. *Tu feras boum boum boum avant que tu ne viennes viennes viennes.* Je chante à pleins poumons quand soudain je hurle en sentant une main se poser sur mon épaule.

– Liv, ce n'est que moi.

La voix de Xander derrière moi est douce, mais je me crispe.

– Oh, bonsoir. Je me retourne et lui fais un petit sourire en évitant ses yeux et son torse. Je fixe un point sur son oreille et me concentre dessus.

– J'ignorais que tu chantais.

– Hein ? Quoi ?

– Tu as remporté des concours ?

– Des concours ? Je suis si déconcertée que je ne peux m'empêcher de chercher son regard. De quoi tu parles ?

– Je parle de ta carrière de chanteuse. Tu as déjà sorti des tubes, gagné des Grammy Awards ou un truc du style ?

– Tu es trop con !

Mes yeux lui lancent des éclairs tandis qu'il se retient d'exploser de rire.

– C'est une question tout ce qu'il y a de plus sincère. Tu es complètement partie quand tu chantes. Bah, laisse tomber.

Je ne peux pas m'empêcher de répondre à son sourire.

– Je sais que je suis incapable d'aligner deux notes, mais ça ne veut pas dire que je n'ai pas le droit de chanter.

– Je n'ai pas dit qu'il faut te taire. C'était très agréable à entendre.

– Mais bien sûr ! Mes frères me paient pour que j'arrête de chanter. Je souris en y repensant. En fait, une fois, mon frère Scott m'a donné vingt dollars.

– Vingt dollars ? Waouh. Xander se penche en avant. Il doit vraiment détester t'entendre alors.

– Je pense que c'était la chanson, mais aussi les circonstances. Il avait dix-huit ans et il avait amené pour la première fois à la maison sa petite amie pour Thanksgiving. Je repense à ce jour-là. Ils étaient assis là à discuter de leurs profs et à un moment j'ai commencé à chanter *Love is a truly splendid thing*. Tu aurais dû voir leur tête lorsque j'ai repris le refrain et que j'ai commencé à leur jeter des confettis.

– Des confettis ?, demande Xander, surpris.

– Je n'avais pas de pétales de rose. Je m'esclaffe en me balançant sur la chaise. Ils m'ont gratifiée de regards assassins, Scott aurait pu me tuer ce soir-là ! Au lieu de quoi, il m'a filé vingt dollars.

– C'est lucratif, comme carrière de chanteuse.

– Oui, sans doute !

Je soupire, bercée par le rocking-chair. Xander n'est plus dans mon champ de vision, mais je continue de sentir sa présence derrière moi.

– On dirait que tu as été une enfant difficile, ajoute-t-il sur un ton léger.

J'arrête de me balancer et je le regarde de nouveau. Cette fois, je ne prends pas la peine de cacher
mon amusement.

— Et on dirait que ce n'est pas fini…

Il me regarde avec surprise. Il est sans doute
étonné que je puisse rire dans une situation pareille,
mais de toute façon, il vaut mieux en rire qu'en
pleurer.

— Ça va ? Il scrute mon visage tandis que je ris de
plus belle. Il doit me prendre pour une folle. Il n'a
pas tout à fait tort.

— Je vais bien. Pourquoi ?, je demande, enfin cal-
mée.

— Je ne sais pas, tu donnais juste l'impression de
faire n'importe quoi.

— Je vais bien. Je pensais simplement que ton
commentaire était ironique quand on voit le bordel
dans lequel on s'est mis.

— Je sais. Ses lèvres se contractent. C'est légèrement inhabituel, non ?

— Tu peux le dire, oui.

Ses yeux s'attardent sur mes lèvres pour revenir ensuite sur les miens. Son regard est si intense,
si scrutateur que j'en ai le souffle coupé. On n'en-
tend que le bruit de notre respiration et les gazouillis lointains d'un oiseau à la recherche de son âme
sœur.

– Cet enfant n'est pas le mien, lâche-t-il finale-ment, les yeux toujours posés sur moi.

– Quoi ?

Mon cœur bat la chamade. Dit-il la vérité ?

– Le bébé de ta sœur. Je ne suis pas le père. Il détourne le regard. Je ne voulais pas te le dire.

– Pourquoi ?

– C'est compliqué. Il soupire et il me fixe de nouveau. Je suis désolé. Je n'aurais pas dû te le dire.

– Tu as couché avec Gabby ?, je demande dans un souffle. *Dis-moi que non, dis-moi que non, dis-moi que non !*

– Liv… Il commence à parler puis se tait. Il faut que je rentre maintenant.

– Mais tu es là depuis deux minutes à peine.

Tout à coup, je ne veux pas qu'il parte, je veux avoir cette conversation. Je me sens soudain étour-die et prise de vertige. Peut-être… Peut-être n'ai-je pas si tort après tout. Ce n'est peut-être pas la peine d'aller m'épancher sur un plateau de télé. Je ne suis peut-être pas une traîtresse.

– Liv, est-ce que c'est important ?

– Pour moi, oui. Je hoche la tête et je me mords la lèvre.

– Alors, je n'ai pas couché avec Gabby, révèle-t-il sérieusement. Mais j'espère bien que cela va changer lorsque nous serons mariés.

– Tu vas l'épouser alors ?

Mon cœur saute dans ma poitrine, mais j'ai toujours cette boule au ventre.

– Pourquoi je ne l'épouserais pas ? Il fronce les sourcils.

– Je ne sais pas. Peut-être simplement parce que tu as couché avec moi.

Ma voix baisse d'un ton tandis qu'il m'observe, avec la même expression. Pourquoi rend-il cela si difficile ? Pourquoi ne peut-il pas simplement dire à Gabby qu'il s'est trompé et me demander de sortir avec lui ? Je serais prête à lui pardonner d'avoir demandé Gabby en mariage. Il ne me connaissait pas vraiment à ce moment-là. Mais il sait qui je suis maintenant. Quelles sont ses raisons pour vouloir encore épouser Gabby, après cette fascinante alchimie que nous avons ressentie ?

– Qu'est-ce que ça change ?, rétorque-t-il simplement avant de faire demi-tour. Bonne nuit, Liv. Fais de beaux rêves, ma chère. Je ne lui réponds pas. Je sens mon visage cramoisi de gêne et de honte. Essaie de ne pas faire trop de *boum boum boum*, ajoute-t-il, malicieux.

Je me rassieds dans le rocking-chair et recommence à me bercer, vite, pour essayer d'oublier toute notre conversation.

9.

– Ce n'était pas la peine de venir à six heures du matin ! Je bâille en ouvrant la porte d'entrée à Alice. Scott, Chett et Aiden ne sont pas encore là. Je fais un clin d'œil à Alice qui rayonne véritablement. Mais tu es toute pimpante, sapée et maquillée ! Interloquée, je m'approche. Et ça c'est quoi, des faux cils ? Et ça ? Des extensions capillaires ? Non mais ça va pas ? À six heures du matin !

– Chuut, je voulais simplement avoir bonne mine. Elle rougit. Retourne te coucher.

– Je ne pense pas, non. Je me dirige vers la cuisine. Je te fais un café.

– D'accord. Et je suis venue tôt pour t'aider aussi.

– Pour m'aider ? Je la regarde, incrédule. Tu peux me dire en quoi le fait de me réveiller avant le chant du coq peut m'aider !

– Au cas où tu aies été au lit avec Xander, il pouvait sortir de ta chambre avant que Gabby ne se réveille.

– Dans tes rêves. Je grimace.

– Tu n'as pas couché avec lui, n'est-ce pas, Liv ?! C'est à son tour d'être choquée.

– Liv rien du tout. Je remplis la cafetière. Je n'ai pas recouché avec lui. Je sors deux tasses en bâillant de nouveau. Et fais-moi confiance, je ne le referai jamais. C'est un connard.

– Ouh là, qu'est-ce qu'il a fait ?

– Qu'est-ce que tu veux dire par là ? J'ouvre le réfrigérateur. Lait et sucre ?, je demande sans lever la tête.

– Les deux, merci. Maintenant, accouche, qu'est-ce que Mister Tongue a fait ?

– Il s'appelle Xander, dis-je en sortant le lait. C'était Mister Tongue au début.

– Si je me souviens bien, c'était Mister Tongue, le roi de…

– Ça suffit. Il ne signifie plus rien pour moi, je ronchonne.

– Que s'est-il passé ? Ses yeux étincellent de curiosité.

— Je te dirai ce qui s'est passé à une seule condition !

— Laquelle ? T'inquiète, je ne veux pas coucher avec lui non plus.

— Je ne te demande pas ça. Dis-moi plutôt lequel te fait craquer.

— Pardon ? Alice s'assied, rougissant.

— Tu aimes Aiden, Scott ou Chett ? Dis-moi lequel de mes frères tu aimes et je te dirai ce qui s'est passé avec Xander.

— Mais ça ne va pas ! De quoi tu parles ?, bafouille Alice en évitant mon regard. Je souris intérieurement. Alice ment vraiment mal, elle sait que je suis au courant.

— Chett, Scott ou Aiden ?, je répète doucement. Laisse-moi réfléchir, je doute que ce soit Chett. Tu n'aimes pas les blonds et on ne peut pas faire plus blond que lui. Et tu n'es pas du tout fan de courses de voitures et il adore ça. Voyons, donc c'est Scott ou Aiden. Hmm. Nous nous dévisageons et je souris. Bien qu'ils soient mes frères et que je trouve horrible de dire ça, je reconnais que les deux sont sexy. Allez laisse-moi réfléchir, lequel pourrait te faire craquer…

— Bon d'accord, j'avoue, c'est Aiden. Elle rougit de nouveau. Mais je pense simplement qu'il est mignon. Je ne lui cours pas après.

– Aiden ? Je grimace. Aiden est mon frère aîné, le plus autoritaire des trois. De tous mes frères, c'est le moins drôle et parfois, il est plus comme un second père pour moi. Sérieusement, tu craques pour Aiden !

– Je savais que tu dirais ça, c'est pour ça que je ne t'en ai jamais parlé.

– C'est que… Imagine si tu sors avec lui et qu'on aille en boîte tous ensemble. Je frissonne. Pour moi, ça ferait le même effet que d'être avec mon père, il essaierait de me dire ce que je dois boire, à quelle heure je dois rentrer, et je n'ose pas imaginer sa réaction si mon petit ami m'embrassait devant lui…

– Le café est prêt ? Alice regarde ostensiblement la cafetière.

– Je vérifie. J'appuie sur le filtre pour le faire descendre. Je verse ensuite le café dans deux tasses et je me retourne vers elle. Tu me fais marcher, n'est-ce pas ? Je suis pleine d'espoir en lui posant la question. Tu me charries avec cette histoire d'Aiden ?

– À ton avis, tu es l'objet de combien de mauvaises plaisanteries ce week-end, Liv ? Alice glousse tout en versant le sucre dans sa tasse. Et oui, j'apprécie Aiden. Et non, il ne ressemble pas à ton père. Il n'a que vingt-huit ans et il est superbe, drôle, agréable, alors oui, j'ai un petit faible pour lui. Et ça fait longtemps déjà, pour être honnête. Alice prend une profonde inspiration. Je préférerais que tu ne le lui dises pas…

– Qu'est-ce que je lui dirais ? C'est absurde. Il en profiterait pour me faire la leçon.

– Bon, maintenant, c'est ton tour.

– Mon tour de quoi ? J'avale une gorgée de café et je tousse. Il est fort. Je n'ai pas dû mettre suffisamment d'eau dans la cafetière.

– Qu'est-ce qui s'est passé entre toi et Tonguey ?

– Ne l'appelle pas Tonguey, ça fait grossier.

– Ce qu'il t'a fait avec sa langue n'était pas super excitant, peut-être ?

– Cela n'a plus d'importance. Je jette un regard autour de moi dans la cuisine. Je ne l'intéresse plus.

– Je suis désolée. Elle m'adresse un regard navré.

– Ce n'est pas lui le père, tu sais. Il n'a même pas couché avec Gabby. Mais il s'obstine à vouloir l'épouser.

– Est-ce qu'il l'aime ? Alice a l'air choquée. Qu'attend-il de ce mariage ? Ils n'ont jamais eu de relations sexuelles !

– Je sais. J'ai été sous le choc aussi. J'essaye d'avaler une autre gorgée de café puis je repose la tasse. Allons dans ma chambre et nous pourrons discuter. Je ne veux pas que quelqu'un nous entende.

– D'accord.

Nous allons dans ma chambre et je remarque qu'elle a laissé son café sur le plan de travail. Je ferme la porte derrière nous et me remets sous la couette.

– Tu viens ?, je lui propose en tapotant à côté de moi.

– Je ne sais pas si je peux m'allonger. Elle soupire. J'ai passé une heure à me coiffer ce matin et si mon maquillage fait des taches sur la taie d'oreiller ?

– Allez, viens, Alice. Ne t'inquiète pas pour tes cheveux et ton maquillage, ils seront parfaits.

– D'accord. Elle bâille puis retire ses chaussures. Bon, juste pour quelques minutes alors, pendant que nous bavardons.

– Tu as l'air fatiguée. Combien de temps tu as dormi la nuit dernière ?

– Deux heures. Elle bâille plus fort et pendant plus longtemps cette fois. J'étais tellement excitée que je ne pouvais pas dormir et maintenant, je suis complètement épuisée.

– Oh, Alice. Elle se laisse tomber à côté de moi. Pourquoi tu ne m'as pas dit que tu avais un faible pour Aiden ?

– Parce que je savais que tu réagirais comme ça. Elle se tourne sur le côté.

– J'espérais que tu flashais sur Scott. Je souris. Scott est mon frère cadet et celui qui me ressemble le plus. Il est insouciant, toujours prêt à l'action. Il a fait toutes les bêtises possibles et imaginables lorsqu'il était enfant et j'adore lorsqu'il me raconte ses histoires. J'ai été une enfant sage uniquement parce que j'avais toujours mes parents et Aiden sur mon dos. J'aurais bien aimé avoir plein d'activités, faire les quatre cents coups, mais je n'en ai jamais eu l'occasion.

– Scott est un imbécile, je l'aime bien, mais c'est un imbécile. Alice rit. Il ne peut pas rester sérieux deux minutes.

– C'est pour ça que tu devrais sortir avec lui. C'est la garantie de s'amuser. Aiden, quant à lui, hmm hmm. Je me racle la gorge en me souvenant de toutes les fois où j'ai eu des problèmes avec mes parents à cause de lui car il leur rapportait tout ce que je faisais.

– Je suis sûre qu'il ne veut pas de moi, de toute façon. Alice se veut rassurante. Alors, ne t'en fais pas.

– Je ne suis pas inquiète, je suis simplement…

– Liv, tu veux parler d'Aiden ou bien de Xander ?, m'interrompt Alice et je soupire.

– En fait, je ne veux pas parler ni de l'un ni de l'autre. Xander est un gros connard.

– Pourquoi ?

– Je lui ai dit que je ne serais pas opposée à l'idée de le revoir s'il n'était plus fiancé à ma sœur.

– Quoi ? Sous l'effet du choc, les yeux d'Alice sont presque sortis de leur orbite. Tu n'as pas dit ça !

– Eh bien, pas exactement dans ces termes-là… Je lui ai dit que, peut-être, il ne voulait plus se marier maintenant qu'il m'avait rencontrée, qu'il n'était pas le père de l'enfant de ma sœur, et en gros, il m'a regardée comme si j'étais complètement tarée et il est parti.

– Eh bien. Alice fait triste mine. On dirait que tu as raison, que c'est un beau salaud.

– Ça oui. Je ferme les yeux, revivant mon embarras. Et il a une petite queue aussi.

– C'est vrai ?

– Non. Je rouvre les yeux et la regarde. Il n'a pas vraiment une petite queue.

Je laisse échapper un gémissement et me prends la tête dans les mains. Pourquoi, pourquoi donc faut-il que cela m'arrive à moi ? Est-ce que j'ai la poisse ?

– Ce n'est pas ta faute. Après tout, tu te doutais que c'était un connard après avoir flirté avec lui à l'église, non ?

– Oui, je le trouvais prétentieux et sans-gêne.

– Et pourtant, tu es allée dans sa chambre d'hôtel.

– Tu sais, je suis humaine. Je ris en fermant les yeux. Je ne veux plus penser à Xander. Faisons un petit somme, nous reparlerons de tout ça plus tard.

– Ça me va. Alice bâille, ses yeux se ferment tandis qu'elle se blottit contre l'oreiller. Bonne nuit, Liv.

– Bonne nuit, Alice. Nous nous endormons toutes les deux le sourire aux lèvres.

10.

– **D**ebout là-dedans ! Le son de la voix de Scott
retentit dans ma chambre tandis qu'il frappe
à la porte. Puis il entre.

– Quoi ?, je ronchonne en ouvrant lentement les
yeux. Je vois les grands yeux bleus de mon frère,
debout près de mon lit.

– Réveille-toi, Liv. Il tire la couette et je râle.
Réveille-toi mon gentil toutou.

– Idiot ! Je saute du lit avant de me mettre à rire.
Je suis contente de te voir aussi, Scott.

– Viens là. Il me serre fort dans ses bras puis il
baisse les yeux vers le lit. C'est qui avec toi ? Tu es
devenue lesbienne ?

– Scott ! C'est Alice.

– Tu couches avec Alice maintenant ?

– Ne sois pas vulgaire.

Alice gémit en se retournant dans le lit, toujours endormie et inconsciente de l'agitation autour d'elle.

– Je vérifie juste. Réveille-toi, Alice.

– Non, laisse-la. Je lui donne un coup sur l'épaule. Elle n'a pas beaucoup dormi la nuit dernière.

– Pourquoi, qu'est-ce qu'elle faisait ?

Je le repousse de nouveau.

– Qu'est-ce qui se passe ? Alice entrouvre les yeux et crie.

– Ce n'est que Scott et moi !

– Non, j'ai une chenille sur le visage.

Elle crie de nouveau en bondissant hors du lit.

– Quoi ?

J'éclate de rire en la regardant.

– Enlève-la-moi.

– Je m'en occupe. Scott l'attire vers lui. Puis il tend la main vers son visage et retire l'un de ses faux cils. Je ne pense pas que ce soit une chenille… Il agite le faux cil devant elle et elle rougit.

– Aïe. Elle sourit. C'est de ma faute.

– Tu es trop bête, Alice.

Nous rions tous les trois et restons là debout pendant quelques minutes, sans rien dire.

– Pourquoi vous avez toujours l'air d'être complètement cinglés, tous les trois ?

Une voix forte et autoritaire résonne dans la chambre.

– Pourquoi tu as toujours l'air d'avoir un balai dans le cul, Aiden ?, je rétorque avec un petit sourire.

– Je vois que tu as toujours dix ans d'âge mental. Il me fait un clin d'œil.

– Et toi, tu as déjà cinquante ans dans ta tête.

– Pas tout à fait. Il entre dans la chambre et me serre rapidement dans ses bras. Salut Alice, sympa de te voir.

– Bonjour Aiden, répond-elle doucement, le visage rose en contemplant l'objet de son désir. J'essaye d'observer Aiden d'un œil critique. Je peux concevoir qu'il ait du charme. Il est plutôt grand (environ un mètre quatre-vingts), svelte et musclé, ses cheveux sont châtain foncé et ses yeux bleus pétillants semblent plonger dans votre âme. En résumé, c'est un beau mec. Simplement, pas le genre de mec que j'imagine avec ma meilleure amie.

– Qu'est-ce qui se passe ici ? Une orgie ?

Xander entre dans la chambre avec un grand sourire et je reste pétrifiée. Il ne porte pas de chemise et je ne peux m'empêcher d'admirer son torse parfaitement sculpté. Ses abdos semblent encore plus dessinés que la dernière fois que je les ai vus.

– Mais non. Je vois alors Alice sourire jusqu'aux oreilles au lieu de le fusiller du regard comme moi.

Pourquoi est-elle passée à l'ennemi ? Comment peut-elle sourire après tout ce que je lui ai révélé sur Xander ? Je sens toujours la brûlure de son rejet.

– Qui est-ce ? Aiden se tourne vers Xander avec un regard réprobateur, puis vers Alice. C'est un de tes amis ?

– Non !, s'écrie Alice et j'observe le visage d'Aiden attentivement.

A-t-il souri lorsqu'elle a répondu non ? Les pensées se bousculent dans ma tête tandis que j'épie mon frère. Éprouve-t-il quelque chose pour Alice, lui aussi ?

– Ah, d'accord. J'étais sur le point de dire que tu devais vraiment arrêter d'avoir mauvaise influence sur ma sœur.

– Aiden !, je m'exclame, horrifiée.

Je me suis peut-être trompée dans mes observations. J'ai peut-être seulement imaginé qu'il souriait.

– Tout va bien, Liv. Je sais me défendre tout seul. Xander rit de malice puis il se tourne vers Aiden. Je suis Xander, Xander James. Je suis le fiancé de ta sœur.

– Comment ? C'est le tour de Scott d'être choqué. Liv, tu ne m'as rien dit ! C'est vrai ça, Liv ?

– Je, euh, non. Je m'empourpre. Tu te trompes de sœur. Je ne le connais même pas. C'est pas moi qui l'ai embrassé, encore moins, euh, qui ai couché avec lui, je balbutie, m'enfonçant de plus en plus. Je ne me fiancerais pas avec Xander, même s'il me payait pour, je conclus.

Je vois bien que mes deux frères me regardent, complètement déconcertés.

– Je vois que je ne vous fais pas forte impression. Xander rompt le silence en riant. Je suis le fiancé de Gabby, précise-t-il. Je suppose que vous êtes ses deux frangins ?

– Oui, réagit Aiden en s'avançant. Je suis Aiden, son frère aîné. Voici Scott. Voici ma sœur Liv et sa meilleure amie, Alice. Et notre frère Chett n'est pas encore arrivé. Il dévisage Xander de la tête aux pieds, puis fronce les sourcils. Et donc tu épouses Gabby ?

– Oui, confirme Xander. Je pense qu'elle n'est pas encore levée.

– Ça ne risque pas, se moque Scott, il n'est pas encore midi. Vous savez que la reine Gabby ne se lève que si elle y est obligée.

Scott me jette un coup d'œil complice et nous éclatons de rire. Nous pensons tous les deux la même chose de Gabby, et c'est d'ailleurs une des raisons pour lesquelles nous nous entendons si bien.

– Vous n'avez toujours pas changé de disque sur Gabby, vous deux ?, soupire Aiden.

– Pourquoi ? Scott se redresse, comme pour défier Aiden. Tu es peut-être l'aîné, mais tu n'es pas notre père. On n'est plus des gosses.

– Alors arrête tes gamineries. Aiden prend Xander à témoin. Désolé pour Liv et Scott, malheureusement leur cas est désespéré.

– Pas de souci. J'ai un petit frère aussi, l'insolence et l'immaturité, ça me connaît.

– Bon, je vais aller voir si Henry est réveillé et si tout va bien, dis-je doucement, déjà énervée par Aiden et Xander. Je vais m'assurer qu'il n'a besoin de rien.

Xander paraît contrarié.

– Henry va bien, déclare-t-il.

– Sans doute, mais je vais juste vérifier, au cas où. Je vois Alice ricaner du coin de l'œil. Je veux juste être sûre qu'il a tout ce qu'il lui faut.

– De quoi tu parles, Liv ?, demande Aiden.

– De rien qui puisse inquiéter ta jolie petite tête, réponds-je en me tournant vers lui avec un sourire. Excusez-moi messieurs-dames, je dois aller remplir mes obligations.

Je frôle Xander et je l'entends reprendre son souffle lorsque mes seins frottent son bras. À son contact, mes tétons durcissent, mais je fais ce qu'il faut pour ne rien laisser paraître de mon trouble. Je me précipite pour sortir de la chambre et traverser le couloir,

un léger sourire aux lèvres. Cela lui apprendra, à
Xander. Il veut frimer et jouer les beaux gosses.
Sauf que je ne veux pas de lui, je n'ai pas besoin de
lui, je me contrefiche de lui. Il peut se débrouiller
avec Gabby et gérer sa merde. Je me moque qu'elle
dépense tout son argent et qu'elle le quitte ensuite,
lorsqu'il sera fauché. Ce serait bien fait pour lui.
Rien que penser à lui me rend furieuse. Comment
ose-t-il faire irruption dans ma chambre, puis insi-
nuer que je suis insolente et immature ? J'aurais pu
effacer son sourire arrogant en révélant à mes frères
que je l'ai baisé le week-end dernier. J'imagine le
choc. Aiden me tuerait et Scott rirait. J'aurais dû
tout leur raconter. Cela lui apprendrait, à s'amuser
avec moi.

Et comment Aiden ose-t-il se comporter en dictateur ? Il m'énerve déjà. Je ne comprends pas du
tout ce qu'Alice lui trouve. Je vais essayer de la faire
changer d'avis, l'inciter à aller voir ailleurs. Je refuse
que ma meilleure amie sorte avec mon frère tyran-
nique. Et il n'est pas question que je couche avec
Xander de nouveau, même s'il m'implore. Non pas
que je prévoie que cela risque d'arriver. Xander n'a
aucun intérêt à recoucher avec moi. Il cherche simplement à me pourrir la vie.

11.

Je m'arrête devant la porte de la chambre d'Henry et je reste là sans bouger, comme une idiote. Je n'ai pas vraiment besoin de lui parler. Et je ne vais certainement pas lui proposer mon aide pour quoi que ce soit, comme j'en ai pris le prétexte devant Xander. Je reste donc plantée là quelques instants, et au moment où je m'apprête à tourner les talons, je vois Xander se diriger vers moi.

– Henry t'a déjà mise dehors ?, me lance-t-il en ricanant.

– Pardon ?

– Tu es là dans le couloir, l'air toute gênée. Je suppose que tu t'es fait remballer.

– Les hommes ne se débarrassent pas de moi. Je lève la tête en évitant de regarder son torse.

– C'est sûr, tu n'es pas vraiment du genre à te laisser faire. Il se passe la langue sur les lèvres. Je pense…

– Qu'est-ce que je peux faire pour toi, Xander ? Je l'interromps car je ne veux pas m'engager à nouveau avec lui dans ce jeu de séduction.

– Tu es très sexy ce matin. Il baisse les yeux sur mon débardeur et mon petit short.

– Et alors ?

Je ne me laisserai plus coincer par ce type.

– Alors cela me donne envie de t'embrasser.

– Je ne veux pas t'embrasser, je rétorque. Je ne remets jamais le couvert, à moins que le plat n'ait vraiment été délicieux. Or toi, Xander James, tu n'étais pas si bon que ça, je mens, fière d'essayer de le blesser.

– Je n'étais pas bon ? Il écarquille les yeux, confiant. Dis-moi, toutes tes conquêtes méritent-elles le surnom de Mister Tongue ?

– Tu sais bien lécher. Je me sens rougir. Mais c'est tout. Je n'ai pas envie de recoucher avec toi.

– Alors la seule chose qui te plaise, c'est ma langue ?

– Ouais, j'acquiesce. Et tous les hommes en ont une, alors ça n'a rien d'extraordinaire non plus.

– Alors, je suis un homme moyen, avec des compétences moyennes au niveau de la langue, et en plus qui baise mal ? Il incline la tête et me fixe.

– Oui, capacités moyennes au niveau de la langue, et je te décerne 3/20 au lit, dis-je, incapable de prononcer à voix haute le mot « baise » avec lui. Je me demande si mon expression me trahit. En réalité, Xander mérite clairement 20/20 pour sa langue miraculeuse, et 20/20 aussi pour la baise. Je me consume tandis que nous parlons, mais j'essaie de ne rien laisser paraître.

– Niveau moyen et 3/20 maintenant ? Il fait la moue. Hmm, mon bulletin n'est pas terrible.

– Désolée, je ne voulais pas me montrer désagréable, mais je te dois la vérité.

– Absolument. Il hoche la tête puis me prend la main, ouvre la porte de la chambre d'Henry et m'entraîne à l'intérieur.

– Qu'est-ce que tu fais ?, réussis-je à souffler tandis qu'il me repousse contre la porte et se place devant moi. Il ne me répond pas, je vois dans ses yeux qu'il ne m'écoute pas alors que son visage se rapproche du mien. Qu'est-ce que tu fais ?, je répète, sa bouche s'approchant dangereusement de la mienne.

Ses lèvres sont fermes lorsqu'il m'embrasse et sa langue se glisse facilement dans ma bouche. Je gémis en sentant son sexe dur contre mon ventre et je lui rends son baiser pendant quelques secondes avant de me souvenir de l'endroit où nous nous trouvons. Eh merde, qu'est-ce qu'Henry va penser de tout ça ?

– Qu'est-ce que tu fais ?

Je le repousse et je jette un œil affolé dans la chambre, le visage en feu.

– Mon frère n'est pas là. Il hausse les épaules et rit. Maintenant, tu peux arrêter de faire semblant d'être offusquée.

– Je ne fais pas semblant. Où est-il ? Et si tu savais qu'il n'était pas là, pourquoi as-tu dit qu'il m'avait envoyé balader ?

– Arrête ton petit jeu avec moi, Liv. Je ne suis pas du genre à accepter de jouer.

– Jouer ?, je répète avec force. Sait-il que je ne m'intéresse pas à Henry ? La honte.

– Écoute, je sais que la situation est délicate et que tu dois te sentir blessée, mais j'ai fait une promesse et je me suis engagé vis-à-vis de ta sœur. Si je fais marche arrière, ce ne serait pas digne d'un gentleman.

– Mais tu n'es pas un gentleman.

– Avant, non, c'est vrai. Il soupire. J'ai l'habitude d'obtenir ce que je veux, quand je veux, et si je ne suis pas satisfait, je n'hésite pas à me servir.

– D'accord. Je m'éloigne de lui et j'ai l'impression qu'il veut encore m'embrasser. Tant mieux pour toi alors, et pour ta petite vie parfaite.

– Liv, je dis simplement qu'il n'est pas nécessaire de faire semblant d'avoir une liaison avec Henry.

– Je ne fais pas semblant. Je me redresse, agacée par son arrogance. Henry est beau, célibataire, au bout du compte il est charmant. Cela m'intéresse d'apprendre à le connaître. Qu'y a-t-il de si difficile à croire ?

– C'est mon frère. Son air hautain disparaît.

– Et alors ? Gabby est ma sœur. Je le regarde droit dans les yeux. Cela ne semble pas du tout te gêner. Pourquoi ce serait différent si je sors avec ton frère ?

– Pourquoi flirter avec Henry puisque c'est moi que tu veux ?

– Je ne te veux pas toi. À mon avis, c'est plutôt l'inverse. Que crois-tu que dirait Gabby si elle savait que tu viens de m'embrasser ?

– Cela m'est égal, grommelle-t-il. C'est un arrangement qui me lie à Gabby.

– C'est parfait alors.

– Tu ne comprends pas. Il secoue la tête avant de m'attraper par la taille pour m'attirer vers lui. Qu'est-il arrivé à la fille insouciante, heureuse et drôle que j'ai rencontrée le week-end dernier ?

– Elle a déserté lorsque tu lui as été présenté comme le fiancé de sa sœur.

– Que puis-je faire pour changer ça ? Ses doigts écartent les cheveux de mon front. Je ne veux plus que nous nous disputions à ce sujet.

– Je ne me dispute pas avec toi, je m'en tiens juste aux faits. Je hausse les épaules puis essaye de le repousser, mais cette fois, je ne parviens pas à me dégager. Mes mains perdent leur force contre son torse nu. Pourquoi rend-il les choses si difficiles ? Pourquoi ne me laisse-t-il pas simplement seule ?

– Nous devons rester amis, Liv. Ses doigts suivent la courbe de mes lèvres. Nous allons faire partie de la même famille.

À ce moment-là, je me retiens de vomir. Qui est donc vraiment ce type ?

– Xander. Je lève les yeux pour le regarder. Je ne compte pas te revoir après ce week-end. En dehors de ton mariage, bien sûr.

Nos regards se croisent et nous restons figés quelques secondes. Je vois bien qu'il réfléchit sérieusement. J'attends qu'il me dise que je suis stupide. Que bien sûr, nous allons nous revoir en d'autres occasions. J'attends qu'il se plaigne que je suis immature. J'attends qu'il me dise que je me comporte comme une sale gamine sentimentale. Je sais qu'il n'est évidemment pas question que je ne puisse le voir qu'au mariage. Ma famille est très soudée et mes parents ne me laisseraient pas zapper tous les dîners et autres réunions, même si je le voulais. Je reste là, les épaules crispées, m'attendant à ce qu'il m'envoie promener. Mais au lieu de cela, il commence à rire. Je le regarde, de plus en plus surprise à mesure que je vois son rire prendre de l'ampleur : il a les yeux brillants, la bouche grande ouverte et la tête penchée en arrière.

– Qu'est-ce qu'il y a de si drôle ?, je lui demande, encore plus agacée. Je déteste le fait de ne pouvoir le cerner ni deviner ses pensées. Je déteste le fait d'aimer son côté insaisissable. Je me déteste de vouloir apprendre à mieux le connaître. Je déteste l'idée de ne plus avoir l'occasion d'être souvent avec lui.

– Toi. Il respire et cesse de rire. Tu es une bouffée d'air frais. Bon, tu es aussi une épine dans le pied, concède-t-il, mais en même temps une bouffée d'air frais.

– Bon d'accord, merci alors.

– Je veux encore te faire l'amour.

Il susurre, et son expression change pour exprimer le désir tandis qu'il fait un pas vers moi.

– Non, ce n'est pas possible.

Je me mords la lèvre.

– Oh, mais si c'est possible.

Il sourit, se retourne pour fermer la porte avant de revenir vers moi.

– Qu'est-ce que tu fais ?, je lui demande, ébahie, tandis qu'il ôte son caleçon et se retrouve nu devant moi, le sexe déjà au garde-à-vous.

– Je vais te démontrer que je vaux mieux que 3/20 au lit. Il sourit et se rapproche encore de moi. J'aime relever de grands défis.

– Xander. Je me mets à gémir tandis qu'il m'attire vers lui. Mon corps tremble en imaginant la suite, je me sens coupable et troublée. Nous ne pouvons pas…

Il m'interrompt en me soulevant puis me jette sur le lit. Il tire sur mon short et ma petite culotte puis tombe sur moi en m'embrassant le cou.

– Xander, je murmure en me tortillant contre lui. Ce n'est pas possible…

– Bien sûr que si.

Ses doigts glissent le long de mes jambes en me caressant doucement. Je ferme les yeux deux secondes en savourant l'excitation qui me traverse. Puis je le pousse sur le côté et me lève.

– Qu'est-ce que tu fais ?

Il cligne des yeux, surpris, alors que je ramasse ma petite culotte.

– Je m'en vais. Je m'essuie les lèvres pour me débarrasser de son odeur. Tu ne peux pas me prendre quand bon te semble.

– Pourquoi pas ? Je suis sur le point de protester lorsqu'il se met à rire. Ça va, je rigole. Il soupire et s'assied. Je baisse les yeux vers lui et je vois son sexe en érection. Il suit mon regard, amusé. Eh ouais, il faut que je me débrouille tout seul avec ça…

– Demande à Gabby de t'aider, je lance, agacée.

– Cela va rester un problème entre nous, n'est-ce pas ?

– À ton avis ?

Je le fixe d'un air incrédule. Xander a beau être malin, il peut se montrer parfois bouché. Je le regarde sauter du lit, se pencher, ramasser son caleçon puis l'enfiler. Il m'adresse ensuite un sourire indolent.

– Tes parents ont l'air sympas et je pense qu'ils m'aiment bien, lance-t-il avec désinvolture, comme si la situation était des plus banales.

– Ils le sont. Je me retiens d'ajouter qu'ils seraient sans doute nettement moins sympas s'ils savaient quel genre de type il est en réalité.

– J'aimerais vraiment bien les avoir comme membres de ma famille.

– C'est parfait.

– Ils seront de très bons grands-parents.

– C'est sûr. Je détourne le regard à ce moment-là : j'aurais voulu le gifler pour effacer le sourire narquois vissé à ses lèvres. C'est quoi son problème ?

Comment peut-il essayer de coucher avec moi puis me parler tout de suite après de mes parents ?

– Tu n'as rien d'autre à dire ?, reprend-il.

– Que veux-tu que je dise d'autre ?

– Je ne sais pas, dire que je fais une erreur. Il hausse nonchalamment les épaules.

– C'est ton erreur à toi. Et c'est reparti pour un tour… Je ne vais pas lui laisser penser que j'ai envie de lui.

– Ah ah, donc tu penses que je fais une erreur ?

– Je me moque de ce que tu fais, prétends-je. Je retourne dans ma chambre.

– Mais Alice est avec Scott et Aiden.

– Qu'est-ce que ça peut faire ?

– Tu ne veux pas faire foirer leur plan cul.

– Pardon ?

– Alice est amoureuse, non ?

– Comment tu le sais ?

– C'était évident à la manière dont elle rayonnait tout à l'heure. Je ne me suis pas permis de penser que j'en étais la cause.

– D'ailleurs, ce ne serait pas un problème pour toi, n'est-ce pas ? Tu adorerais que trois des femmes de cette maison aient envie de toi.

– Donc, tu es en train de me dire que déjà deux femmes dans cette maison ont envie de moi, en ce moment ? Il sourit, content de lui.

– Non, je m'empresse de répondre. Maintenant dis-moi, à ton avis qui a un faible pour Alice ?

– Qui ?, rétorque-t-il en riant. Je crois qu'Alice a un petit problème.

– Ah bon ? Je me passe la main sur le front. Donc, tu ne penses pas que Scott ou Aiden l'aiment bien ?

– Au contraire. Xander se passe les mains sur le ventre. Je pense qu'ils l'aiment tous les deux.

– Comment ? Je l'interroge du regard pour voir s'il ne plaisante pas.

– Je pense que tes deux frères s'intéressent à Alice, répond-il sérieusement. J'espère qu'ils n'en font pas un jeu entre eux. Elle a un faible pour l'un des deux, n'est-ce pas ?

– Oui, je confirme en me mordant la lèvre. Comment sait-il que mes frères aiment bien Alice ? Qu'est-ce que cela veut dire ? Que ressentira Scott si Alice et Aiden commencent à sortir ensemble ? Parce qu'Alice aime Aiden et que c'est bien sûr lui qu'elle choisira.

– Alors, c'est qui ?

– Ça ne te regarde pas.

– Tu vas toujours être chiante comme ça, Liv ? Il m'attrape par l'épaule. On ne peut pas être simplement amis ?

– 'Non, on ne peut pas, dis-je en ouvrant la porte.

Je sors de la chambre. Mais pour qui se prend ce Xander James ? Est-ce qu'il pense vraiment que je peux tout oublier et sympathiser avec lui ? Est-ce qu'il croit que c'est une option envisageable ?

– Bonjour, Liv.

Une voix à la fois douce et rauque me fait sursauter et je cligne des yeux.

– Désolé. Je ne voulais pas t'effrayer.

– Pas de problème. Bonjour, Henry. Nous nous sourions. Je remarque que ses yeux sont d'un vert plus clair que ceux de Xander.

– Tout va bien ?

Ses dents blanches parfaites étincellent tandis qu'il parle et je commence à noter ce qui le démarque de Xander. Henry a des lèvres roses légèrement plus fines et une fossette plutôt marquée au niveau de la joue droite. Ses cheveux, même s'ils sont foncés, laissent apercevoir des mèches plus claires, et il est un peu plus hirsute que Xander.

– Ça va. La matinée a déjà été éprouvante et nous n'avons même pas pris de petit déjeuner, réponds-je en riant.

– J'ai faim, acquiesce-t-il. Je reviens juste de courir et je meurs d'envie de manger des pancakes avec du bacon.

– C'est parfait, dis-je avec enthousiasme. Des pancakes banane avec pépites de chocolat et beaucoup de sirop et de bacon.

– J'adore aussi les pancakes myrtille. Il sourit et se passe la main dans les cheveux. Même si je ne serais pas contre quelques pépites de chocolat. Nous pourrons peut-être partager ?

– C'est une bonne idée, dis-je en ajustant mon top. Tant que tu ne veux pas aussi mon bacon.

– Ne t'inquiète pas, je ne cherche jamais à piquer le bacon des autres. Il rit avec bonne humeur.

– Ça vaut mieux, sinon je te tue ! Je le vise à l'épaule, comme avec une arme.

– Oh, oh, une tentative d'intimidation !

– Eh ouais, réponds-je avec un clin d'œil.

– Qu'est-ce qui se passe ici ?

La voix grave de Xander résonne derrière moi et j'ai du mal à croire que je ne l'aie pas entendu sortir de la chambre et s'avancer dans le couloir.

– Liv va partager ses pancakes avec moi, mais elle me prévient que je dois rester à bonne distance de son bacon, explique Henry en riant. Ça me semble une condition raisonnable pour petit-déjeuner en compagnie d'une charmante jeune femme.

Mon ventre gargouille. Henry vient de dire que je suis charmante. Je dois reconnaître que ça me fait plaisir. Je devrais peut-être essayer de mieux le connaître, ce matin.

– Tu ne devrais peut-être pas tout partager avec tout le monde, Liv, reprend Xander sur un ton désagréable, tout en me détaillant des pieds à la tête avec un ricanement.

– Pardon ?

Je lui jette un regard noir. Il reste silencieux quelques instants, puis il sourit.

– Je parle de tes pancakes. À ta place, je ne les partagerais pas si facilement. Henry est un porc. Il va tous les engloutir avant que tu n'aies le temps de dire ouf. Après, tu vas regretter de les lui avoir donnés.

– Je ne pense pas que je regretterai de partager mes pancakes, en revanche il y a d'autres choses que je regrette.

J'essaie de demeurer aimable même si c'est loin d'être évident. Je ne veux pas m'emporter devant Henry ou qu'il se doute de quelque chose, mais je veux atteindre Xander. Violemment.

– Ah oui ? Il incline la tête. Comme quoi ?

– Xander, laisse Liv tranquille. Henry lance un regard lourd de reproches à son frère. Elle vient seulement de se réveiller.

– Je ne l'ennuie pas.

Les yeux de Xander s'assombrissent.

– Je dis simplement que tu viens juste de la rencontrer et qu'elle ne connaît pas ton sens de l'humour, alors vas-y mollo avec elle. Henry me sourit. Nous ne faisons pas encore partie de la famille.

– Merci, Henry. J'apprécie.

Je lui souris chaleureusement.

– Tu ne devrais pas aller prendre ta douche ou te préparer ? Xander me jette un regard appuyé. Il ne faudrait pas que tu nous retardes pour aller manger ces pancakes.

– Tu devrais plutôt te préoccuper de ta fiancée. Je le regarde avec dégoût. Elle doit être encore au lit.

– Que veux-tu, j'épuise les femmes, répond Xander du tac-au-tac et j'en ai le souffle coupé. Je me sens pâlir tandis que la jalousie me noue l'estomac.

– Xander, intervient Henry. Ne fais pas attention à lui, Liv. Xander et moi avons dormi dans la même chambre hier soir, il n'oserait pas manquer de respect à tes parents dans leur propre maison.

– Je ne serais pas surprise qu'il le fasse. Je lance un regard méprisant à Xander puis me retourne vers Henry. C'est bon de savoir qu'au moins l'un des frères James est un gentleman. Merci.

– Je t'en prie. Maintenant, dépêche-toi et va te doucher pour que nous puissions aller bruncher.

– J'y vais.

Je cours vers ma chambre. Je sens encore leur regard sur moi lorsque j'y entre.

– Ah te voilà !, s'exclame Alice sur un ton mélodramatique. Où étais-tu ?

– Tu ne devineras jamais. Je ferme la porte derrière moi et me laisse tomber sur le lit. Tu ne vas pas croire ce qui vient de se passer.

– Raconte !

Elle se tient à côté de son sac de voyage et m'observe avec des yeux inquisiteurs.

– Eh bien…

– Oh là là, Aiden était super sexy tout à l'heure, tu ne trouves pas ? Elle m'interrompt avant que je ne puisse lui raconter quoi que ce soit. Je dois me changer. Je ne veux pas qu'il me voie avec les mêmes vêtements que ce matin.

– Il ne le remarquera pas ou bien il s'en moquera, réponds-je vivement. Mais écoute plutôt : Xander m'a poussée dans la chambre d'Henry, puis il m'a jetée sur le lit et…

– Je mets plutôt une jupe ou une robe ? Elle brandit une jupe noire courte et une robe moulante rouge. Ou bien elles font trop marie-couche-toi-là ?

– Oui, elles sont toutes les deux provocantes. Je continue. Il m'a jetée sur le lit, il a enlevé son caleçon, puis il m'a retiré ma petite culotte et…

– D'accord, et ce chemisier ? Elle le lève à hauteur de son visage. Et un joli pantalon blanc ? Ou bien je mets mon jean moulant noir.

– Puis il a mis sa bite dans mon cul.

– Hein ? Une sodomie ?! Elle reste bouche bée. J'ai enfin réussi à attirer son attention. Est-ce que ça fait mal ?

– Alice, ressaisis-toi. Je m'approche et l'attrape par les épaules. Lorsque je te dis que le fiancé de ma sœur m'a jetée nue sur le lit et m'a sodomisée, tout ce que tu trouves à dire, c'est de savoir si cela m'a fait mal ?

– Bah quoi, c'est une vraie question, non ? Je devrais m'en faire ma propre idée. Tu crois que je devrais essayer par derrière avec Aiden ?

– Mon Dieu, Alice !, je râle tandis qu'elle m'adresse un petit sourire coquin.

– Désolée, je deviens folle, hein ? Elle laisse échapper un long soupir puis fait une grimace d'excuse. Je suis tellement excitée. Je suis enfin adulte et il peut me prendre au sérieux maintenant. Il peut me voir comme une femme.

– Oui, je suppose. J'essayais de te parler de Xander.

– Je sais, désolée. Elle laisse tomber le chemisier. Parle-moi de Xander et de sodomie, puis je te parlerai d'Aiden et je te demanderai conseil. Elle se dirige vers le lit et s'assied. Maintenant, vide ton sac.

– Il n'y a pas eu de sodomie. Pourtant, il m'a enlevé ma petite culotte, il était nu et je l'ai senti… J'avale ma salive. Ah, il était si près d'être en moi, mais là, je me suis sentie coupable, j'ai sauté du lit et me suis rhabillée.

– C'est drôle.

– Pourquoi c'est drôle ?

– Tu l'as laissé les couilles pleines. Elle rit un peu plus. Je parie qu'il a dû courir sous la douche pour se masturber.

– Oh, Alice. Je commence à rire aussi. Tu crois ?

– Bien sûr. Elle hoche la tête. Il était à poil, c'est ça ? Et sa bite était juste à quelques centimètres de toi ?

– Ouais, et ses doigts aussi. Je soupire en repensant à ses doigts sur moi. Je voulais tellement le sentir en moi, mais je me suis dit que ce n'était pas bien.

– Alors imagine combien cela a dû être difficile pour lui ! Sa queue était à un petit centimètre ou même à un millimètre de toi, et au lieu d'être transporté au septième ciel, il s'est retrouvé en enfer avec des couilles pleines à ras bord.

– Oh Alice ! Je t'adore, tu sais ? J'aime pouvoir parler de sexe aussi franchement avec toi.

– Moi aussi. Sinon, comment aurais-je pu connaître la différence entre un pénis circoncis et un qui ne l'est pas ?

– Sur Internet, tout simplement !

– Ce n'est pas aussi drôle que de t'entendre disserter sur le sujet !

– Je ne l'ai su qu'en regardant sur l'ordinateur.

– Je me demande si Aiden…

– Arrête. Je lève la main. Je suis cool, mais jusqu'à un certain point. Je ne veux pas parler du pénis de mon frère ou savoir s'il est bon au lit. Et il est hors de question que j'entende parler de vos ébats, tu m'as comprise ?

– Ce n'est pas près d'arriver. Elle fait la moue.

– On ne sait jamais.

– J'en doute. Elle s'allonge sur le lit à côté de moi. Je crois que je ne l'intéresse tout simplement pas.

– D'après Xander, Scott et Aiden s'intéressent tous les deux à toi.

– C'est pas vrai ? Elle se retourne et me regarde. Tu plaisantes ?

– Pas du tout. Je hausse les épaules. Il pense que tu les intéresses tous les deux.

– Qu'est-ce qui lui fait penser cela ? Ils lui en ont parlé ?

– Il ne les a jamais vus avant, Alice. Je hoche la tête. C'est juste une conclusion qu'il tire après dix secondes passées avec nous dans la chambre.

– Oh, dit-elle, déçue. Alors, ça ne veut pas dire grand-chose.

– C'est sûr. Je m'assieds. Allez, maintenant montre-moi tes vêtements et laisse-moi t'aider à trouver ce que tu vas mettre.

– Je suis nulle.

– Nous le sommes toutes les deux, réponds-je en gémissant. Je viens d'allumer Henry pour rendre Xander jaloux.

– Oh, le frère de Mister Tongue ? Alice écarquille les yeux.

– Oui, il est mignon. Je pense qu'il pourrait te plaire.

– Je n'ai pas besoin de me soucier d'un troisième homme.

– Un troisième ? Mais, mais, qui est le deuxième ?...

– Eh bien, tu as dit que Scott m'aimait bien..., répond-elle d'une voix faible.

– Ne me dis pas que Scott te plaît aussi ?

Cette fois, c'est mon tour d'être choquée.

– Non, enfin oui, enfin non, je ne sais pas. Elle fait une drôle de tête. Il est sympa aussi.

– Alice, c'est toi la salope à présent.

– On est deux belles salopes. Elle se met à ricaner et exhibe deux chemisiers. Alors, lequel ?

– Mets le blanc avec ton jean moulant. Et prends
tes sandales blanches à talons.

– Des talons pour le petit déjeuner ? Elle fait la
moue. Tu es sûre que ce n'est pas un peu excessif ?

– Fais-moi confiance, ce sera très bien.

J'éclate de rire : puisqu'elle est capable de porter
des faux cils, de l'eyeliner et des extensions de cheveux, les talons au petit déjeuner passeront comme
une lettre à la poste.

– D'accord, si tu le dis. Peut-être qu'Aiden me
regardera et pensera quelque chose du genre « Mais
où étais-tu donc pendant tout ce temps-là ? ».

– Oui, peut-être.

J'ai un petit sourire. Je suis sûre qu'Aiden n'a pas
une once de romantisme en lui.

– Alors, que s'est-il passé d'autre entre Xander
et toi ?

– Rien de spécial. C'est vraiment un connard, hein !
Alors pourquoi est-ce qu'il continue de me plaire ?

– Parce qu'il est sexy. Et il a une langue qui peut
te faire jouir en quelques secondes !

– Alice !

– Quoi ? Je ne fais que répéter ce que tu m'as dit.

– C'était lorsque je l'aimais bien. C'était lorsqu'il
n'était encore qu'un inconnu que je me suis tapé

au mariage. Quand ça restait excitant et que je pouvais m'en souvenir et fantasmer. Maintenant, ce n'est plus possible.

– Mais si, tu peux ! Même si c'est bizarre.

– C'est lui qui vient de m'allumer. Je dois prévenir Gabby !

– Je pense que tu devrais. Il ne peut pas avoir le beurre, l'argent du beurre et le cul de la crémière. Ça ne se fait pas.

– Tu penses vraiment que je devrais le lui dire ?

– Bien sûr que non ! Elle se renfrogne. Si tu en parles, Gabby ne te le pardonnera jamais et toute ta famille pensera que tu es une salope… et Aiden croira que j'ai une mauvaise influence sur toi.

– Alice, t'es pas possible !

– Honnêtement, je ne pense pas que ce soit une bonne idée, Liv. Laissons passer ce week-end et puis nous rentrerons chez nous et nous l'oublierons. Gabby le mérite. Xander et elle sont tous les deux des imbéciles.

– Oui, tu as raison.

– Et en plus, on ne sait même pas pourquoi ils vont vraiment se marier.

– Exact. Je n'ai aucune idée de la raison pour laquelle il l'a demandée en mariage subitement.

– Oui, c'est bizarre. C'est peut-être un trafiquant de drogues, ou bien il fait partie de la mafia, ou quelque chose du genre. Peut-être que Gabby va se faire prendre son bébé comme dans *Rosemary's Baby*.

– *Rosemary's Baby* ?

– Oui, tu sais, cette femme qui a donné naissance au diable.

– Elle a vendu son bébé au diable ?

– Non, son bébé était le diable.

Je me passe la main dans les cheveux.

– Donc, tu penses que Gabby va donner naissance à Satan !

– Non, plutôt qu'elle est peut-être en train de vendre son âme au diable en la personne de Xander.

– Je n'en serais pas étonnée.

– Imagine, si tu avais vraiment couché avec le diable, tu devrais passer le restant de ta vie à l'église pour demander pardon, juste pour avoir une chance d'aller au paradis.

– Merci Alice, je me sens beaucoup mieux, je gémis. Je suis damnée.

– Mais non. Peut-être que tu vas tomber sous le charme d'Henry ou d'un autre. Et alors tu pourras dire à Xander qu'il peut se la mettre où je pense.

– Ce serait drôle.

Je ricane.

– N'est-ce pas ? Elle rit avec moi et nous restons sans rien dire à nous regarder pendant quelques secondes. Puis elle soupire. J'ai le sentiment que cela va encore être un week-end complètement fou.

– Rien que toi et moi, petite sœur. Rien que toi et moi.

12.

– Liv ! la voix de Gabby résonne dans les toilettes. Tu es là ?

Je me fige en l'entendant et je vois Xander essayer de ne pas rire en gardant sa main plaquée sur ma bouche.

– Liv ? Tu es là ?, répète Gabby. Dis quelque chose si tu es là. Alice, Xander, Scott, où vous êtes, tous ? Papa et maman veulent payer l'addition et partir.

Je lève les yeux vers Xander, brûlante, et je me glisse le long de son corps jusqu'à ce que ses mains, ayant trouvé mes fesses, me relèvent. À nouveau, je me retrouve blottie contre son corps, son sexe dur entre mes jambes.

– Liv ? Alice ?, répète Gabby, apparemment agacée, et je me tords de honte en l'entendant ressortir des toilettes.

– Je suis une sœur horrible ! J'étouffe un cri au moment où Xander, comme si je n'avais rien dit, me pénètre à nouveau très vite.

– Mais non, voyons. Il sourit, ses doigts agrippent mes fesses tandis qu'il va et vient en moi. Je resserre mon étreinte et mords son épaule pour m'empêcher de crier en pleine extase.

Vous vous demandez sans doute ce qui s'est passé pendant le petit déjeuner pour que je sois de nouveau en train de baiser avec Xander, qui plus est dans les toilettes d'un restaurant. Avant tout, il faut que vous sachiez que je ne suis pas le genre de fille à piquer le mec des autres. Ni au lycée, ni à l'université. Jamais. Je n'ai jamais été la fille qui court après l'homme d'une autre femme. Mais là, j'ai des circonstances atténuantes. Xander n'appartient pas vraiment à Gabby et c'est trop difficile de lui résister. Beaucoup trop difficile.

Ce n'est pas dans l'espoir de refaire l'amour avec Xander que j'ai quitté la maison tout à l'heure. Cela ne faisait pas partie du plan. Pas du tout. Je prévoyais de l'ignorer, mais tout a dégénéré dès que nous sommes montés dans le 4 × 4 pour aller au restaurant, il y a deux heures.

13.

– Je suis si heureuse que tout le monde soit réuni pour partager les bonnes nouvelles. Gabby sourit sur son siège dans la Lincoln Navigator de mon père. Vous êtes top, les filles. Elle me regarde, puis Alice. C'est super qu'il y ait même des gens en plus des invités de départ. Elle regarde de nouveau Alice puis Aiden au volant.

– Pourquoi tu n'es pas montée avec maman, papa et Chett ?, je demande à Gabby, déjà agacée, alors que cela ne fait que cinq minutes que nous sommes dans la voiture.

– Parce que je voulais être avec mon fiancé et son frère, répond-elle en souriant langoureusement à Xander. Et je voulais être dans la Lincoln.

Il y a huit places et je voulais que le plus grand nombre puisse profiter de ma compagnie ce week-end.

– Trop génial !, s'exclame Alice d'un ton ironique.

– Mais quelles gamines !, proteste Gabby. Vous êtes maintenant toutes les deux diplômées, vous avez vingt-deux ans. Arrêtez de vous comporter comme des mômes de douze ans.

– Ne parle pas comme ça à Alice, s'il te plaît, je m'emporte.

– Oui, arrête un peu, renchérit Scott du siège arrière. On n'est pas venu pour t'entendre nous faire la morale toute la journée.

Aiden s'arrête au feu rouge et se retourne.

– Scott. C'est le grand week-end de Gabby. Alors baisse d'un ton.

– Ouais, ouais, ouais. Il n'y a pas mort d'homme, riposte Scott.

Alice et moi éclatons de rire. Aiden regarde Alice quelques secondes et celle-ci rougit tandis que son rire s'éteint.

– Tu vois ce que tu as fait, dis-je à Xander qui occupe la dernière rangée, content de lui. Henry, assis à côté de lui, a l'air décontenancé.

– Liv !, reprend Gabby d'un ton sec.

– Excuse-moi de dire une vérité…

– C'est pour ça que tu es toujours célibataire, m'envoie Gabby d'un ton sec, brûlante de colère. Tu n'as rien compris aux hommes.

– Parce que toi, tu as tout compris ?

Je suis estomaquée par ses paroles.

– C'est moi qui suis fiancée.

Elle me met sa bague sous le nez et je me détourne pour ne pas hurler que c'est moi qui ai baisé Xander le week-end précédent.

– Les filles !, intervient Aiden en haussant le ton. Gabby, ça suffit.

– Tu ne manques pas d'air ! C'est Liv qui...

– Mets-la un peu en veilleuse, ça devient pénible, reprend Aiden en haussant la voix.

Un long silence s'installe dans la voiture. Je pense qu'aucun de nous ne pensait mon frère aîné capable de parler sur un tel ton à Gabby. Il ne l'avait jamais fait. Les seuls qu'il se permettait de recadrer, c'était Scott et moi. Même Chett n'était pas souvent dans son collimateur. Je me retourne vers Xander de nouveau, mais je me retiens de le dévisager à cause d'Henry juste à côté. Nous avons tous hâte d'arriver au restaurant. Alice et moi nous dépêchons de sortir du 4 × 4 et de nous diriger vers l'entrée.

– Aiden m'a défendue, qui l'eût cru ?, se vante-t-elle.

– Alors, c'est parti pour les pancakes ?

Henry nous rattrape en courant.

– C'est parti !, dis-je en souriant. Souviens-toi simplement…

– Pas le bacon, je sais.

– Hmm, je ne crois pas que nous ayons été officiellement présentés. Alice tend la main. Je suis Alice, la meilleure amie de Liv et son soutien numéro un.

– Enchanté, Alice. Il lui serre la main. Henry, frère cadet de Xander et directement sous ses ordres.

– Enchantée, jeune damoiseau, sourit Alice.

– Ravi aussi, jeune damoiselle.

– Alice, je voudrais te parler, annonce soudain Aiden qui surgit à côté d'elle.

– Dis-moi, pourquoi es-tu venu ce week-end ?, je demande à Henry au moment où nous entrons dans le restaurant pour rejoindre mes parents et Chett. J'entends Gabby et Xander discuter derrière nous.

– Xander m'a demandé d'être présent. Henry baisse la voix. Pour être honnête, je n'avais jamais entendu parler de Gabby avant hier. Il regarde derrière nous quelques secondes. Et elle n'est pas le genre de fille avec laquelle je m'attendais à le voir se caser. En fait, je ne crois pas qu'il soit fait pour le mariage, point à la ligne. Il se met à rire.

– Ah bon ? Pourquoi ?

– Mon frère Xander est un tombeur. Un célibataire endurci, pour ainsi dire. Il a toujours dit qu'il n'avait pas l'intention de se marier, ni d'avoir des enfants.

– Vraiment ? Alors, d'après toi, pourquoi épouse-t-il Gabby ?

– Ma mère a toujours dit que Xander se marie-rait lorsqu'il tomberait amoureux. Elle a toujours dit qu'elle n'avait pas donné naissance à des robots et que le jour viendrait où une femme lui ravirait son cœur et qu'il ne serait plus jamais le même. Je suppose que ce jour-là est arrivé.

– Ouah. Alors, tu penses qu'il l'aime vraiment ?

– Qu'est-ce que j'en sais ? Henry hausse les épaules et regarde ailleurs.

– Quoi ? Qu'est-ce que tu me caches ?

– Je ne veux pas être impoli. Henry fait la moue. Mais je ne pensais vraiment pas que quelqu'un comme Gabby soit son genre. Je sais bien que c'est ta sœur et tout ça, mais elle est tellement… Il se tait.

– C'est une garce, je le rassure.

– Ce n'est pas ce que je voulais dire…

– Pas de problème. Je le prends par le bras, vrai-ment heureuse qu'il soit là ce week-end. Nous nous dirigeons vers la table, mes parents se lèvent pen-dant que Chett discute au téléphone. Nous la consi-dérons tous comme une garce, je lui chuchote à l'oreille avant de nous asseoir.

– Vraiment ? Il est surpris.

– Par tous, je veux dire Alice et moi.

Il se met à rire.

– C'est quoi qui est si drôle ?, demande Xander en s'approchant.

– Cela ne te regarde pas, je rétorque vivement avec un clin d'œil à Henry.

– Hmm.

Xander grogne, sans rien ajouter.

– Je vais m'asseoir à côté de toi, dit Henry en prenant place.

– Je pense que je vais prendre l'autre chaise alors, lance Xander en s'installant près de moi, de l'autre côté.

– Cette place est pour Alice.

– Eh bien, elle n'est pas là, non ?

– Laisse tomber. Je m'aperçois que Gabby nous fusille du regard. Tu ne préfères pas t'asseoir près de ta fiancée ? Il n'y a pas de chaise à ta droite, je lance d'un air pincé.

– Je suis très bien là !

– Alors, bien dormi ?, je m'enquiers auprès d'Henry, bien décidée à ignorer Xander. Je ne vais pas le laisser m'énerver pendant le petit déjeuner devant tout le monde. Je sais que mes parents ne seront pas contents s'ils m'entendent l'insulter.

– Oui, plutôt bien, merci. Et toi ?

– Oui, je me suis… Aïe ! Je sursaute en sentant une main se poser sur ma jambe. Je regarde Xander, mais il est occupé à discuter avec mon père en face de lui. Je glisse mon bras sous la table et attrape sa main pour essayer de l'enlever de ma cuisse, mais peine perdue. Elle reste fermement arrimée et remonte même plus haut. Pourquoi, mais pourquoi donc ai-je laissé Alice me persuader ce matin de porter une jupe ?

– Arrête !, je siffle en direction de Xander, qui ne me prête aucune attention.

– Ça va, Liv ?, me demande Henry que je rassure d'un signe de tête.

Comment puis-je lui dire que les doigts de son frère montent et descendent à l'intérieur de ma cuisse et que ça m'excite ?

– Alors, il paraît que tu es célibataire ?, dis-je en me rendant soudain compte que tout le monde me regarde sans mot dire.

– On voit clair dans ton jeu, Liv, lance Gabby d'un air entendu.

– Qu'est-ce que tu sous-entends ?

Je lui adresse regard assassin.

– Que tes techniques de drague sont déplorables. Elle prend un air navré. Maman et papa auraient vraiment dû t'envoyer suivre des cours de bonnes manières, tu aurais peut-être appris à te tenir.

– C'est toi qui me parles de bien se tenir, non mais je rêve ! Je ris et tourne la tête vers Alice. Toi, la fille qui avait l'habitude de faire le mur le vendredi soir pour rejoindre Tommy, le garagiste, pour coucher avec lui sur la banquette arrière des bagnoles en réparation !

– Liv !, m'exhorte ma mère en rougissant. Ça suffit.

– C'est elle qui a commencé.

– Liv. Aiden pose les yeux sur moi. Ça suffit, on a dit.

– Oui, papa. Mais, attends, mon père est assis à côté de maman. Alors, qui êtes-vous monsieur ?, je demande ironiquement, ma voix montant d'un cran tandis que les doigts de Xander escaladent ma jambe et se posent sur ma cuisse pour avancer petit à petit à l'intérieur. Je resserre aussitôt les jambes, mais c'est une erreur car je prends ses doigts au piège et je le sens me caresser au plus profond de mon intimité. Oh là là, pourquoi est-ce aussi bon ? Je voudrais lui dire d'aller se faire voir, mais je ne peux pas. Une partie de moi prend son pied. Je sais que cela paraît horrible, mais il faut bien comprendre la situation : j'ai en face de moi mon horrible sœur qui se croit supérieure à tout le monde et qui me considère comme une vulgaire crotte de chien sur les talons de ses Jimmy Choo.

– Ça suffit, Liv, lance finalement mon père. Ce n'est pas le moment de vous chamailler toutes les deux.

– Je ne me chamaille pas. J'affirme juste… aah…

Je ne peux pas finir ma phrase car je sens l'index de Xander caresser légèrement mon clitoris. Je vais le tuer.

– Tu es jalouse…, reprend Gabby sur un ton agressif.

– Ça va, les filles, interrompt Scott. Nous avons des invités. Il est inutile de vous donner en spectacle devant Xander et Henry, ils vont penser que nous sommes tous fous dans cette famille !

– Et qu'est-ce que je pense, moi ?, lui demande Alice avec un petit sourire.

– Toi, tu as déjà compris que c'était vrai !

Il lui fait un clin d'œil et elle confirme.

– En effet !

– Vous n'avez pas bientôt fini tous les deux ?

Aiden les regarde et je vois Xander, d'habitude hautain, interloqué. Et s'il avait raison ? Et si Scott et Aiden avaient tous les deux des sentiments pour Alice ? C'est vraiment n'importe quoi, cette famille.

– Ne vous inquiétez pas pour nous, s'il vous plaît, dit Xander tandis que son doigt continue de me caresser doucement. Mon frère et moi sommes heureux de partager ces moments avec vous. Nous avons perdu nos parents il y a quelques années et nous sommes heureux de rejoindre votre famille maintenant.

– Vous êtes orphelins ?, je demande, soudain attristée par cette nouvelle.

– Nous avons un grand-père qui est encore bien vivant, raconte-t-il en souriant. Il continue de travailler pour l'entreprise familiale et il a toutes sortes d'exigences.

– Lesquelles ?

– Par exemple, il veut que nous donnions des héritiers à l'entreprise, précise Henry en riant. Plutôt dépassé, non ? Il a décidé de ne pas nous transmettre nos actions tant que nous ne sommes pas tous les deux mariés avec des enfants.

– Ouah, c'est fou !

Je regarde Henry. Bien sûr, je mentirais en disant que je ne réfléchis pas à toute vitesse en entendant cela. Voilà donc la raison pour laquelle Xander épouse Gabby ?

– C'est une bonne chose alors que tu sois déjà enceinte, n'est-ce pas Gabby ?, intervient Alice. Xander aura une femme et un bébé à présenter à son grand-père.

Un silence de mort s'abat sur la table après ces mots et je vois Alice porter la main à sa bouche, les yeux écarquillés. Elle a complètement oublié que mes parents ne sont pas au courant pour le bébé.

– Quel bébé ?

Aiden fronce les sourcils en toisant Gabby.

– J'ignore ce dont elle parle. Allez, on passe commande, plutôt ?

Gabby est écarlate.

– C'est pour cela que tu l'épouses si vite ?, lance Scott à Xander.

– Ça suffit. Mon père se renfrogne en examinant le menu. Le moment est mal choisi pour avoir cette conversation.

– Tu as vraiment besoin de surmonter ta jalousie, Liv, me reproche Gabby. Et arrête tes commérages sur moi. Je sais que tu n'as pas de vie, mais ce n'est pas ma faute.

Ses paroles me laissent sans voix et je ne peux plus me retenir. J'ouvre mon menu et en le parcourant, j'avance le bras sous la table et commence à caresser le pantalon de Xander en m'assurant que ma main s'attarde sur son sexe. Je descends lentement sa braguette et y plonge la main pour le toucher. Il s'agite sur sa chaise tandis que mes doigts s'emparent de sa queue et je souris en moi-même en la sentant durcir sous mes caresses. Je jette un regard rapide vers Gabby à quelques mètres de nous : elle ne se doute de rien.

Je me replonge dans le menu en décidant d'être encore plus audacieuse. Je sors entièrement le sexe de Xander de son pantalon et je l'entends gémir légèrement tandis que ma main va et vient rapidement. Je sens sa main attraper mon poignet, il se penche en avant et me murmure à l'oreille d'une voix légère :

– Arrête ça, Liv.

– Arrêter quoi ?, je demande innocemment.

– Arrête. Il plante son regard incandescent sur moi. Ne joue pas avec le feu si tu ne veux pas te brûler.

– J'ai déjà été brûlée. Je ne suis pas à une cicatrice près !, réponds-je doucement puis mon souffle se fait plus court lorsque je sens ses doigts glisser sur le côté de ma petite culotte et commencer à caresser mon clitoris avec une certaine vigueur.

– On dirait que tu es déjà suffisamment humide pour éteindre le feu. Il murmure à voix basse en continuant à me caresser. Tu es déjà prête pour moi, n'est-ce pas ? Petite cochonne !

– Tu es un porc. Mes doigts vont et viennent plus vite sur lui.

– Alors, qu'est-ce que tu prends ?, me demande Alice de l'autre côté de la table. Je lui adresse un regard coupable, effrayée à l'idée que quelqu'un se rende compte de notre petit manège. Si quelqu'un laisse tomber quelque chose et se penche pour le ramasser, on pourrait voir ma main s'activer sur la bite de Xander et ses doigts explorer ma petite culotte.

– Je n'ai pas encore choisi, réponds-je, haletante.

– Pourquoi tu ne prends pas des pancakes à la saucisse ?, suggère Xander malicieusement. J'ôte ma main de son sexe et tente de l'ignorer. Tout à coup, le danger absolu de nos actes me rattrape puissance dix. Pourquoi prendre ces risques ?

– Je me fiche des saucisses. Je le toise. Elles n'ont pas l'air appétissantes.

– Ah oui ? Il se réajuste sur sa chaise et je sens ses doigts sortir de ma culotte. Je redescends vite ma jupe et je me tourne vers la gauche.

– Oui, je préfère le bacon. Je raconte n'importe quoi, mais il faut que je contrôle ma respiration.

– J'aime les deux, répond-il. En fait, je peux manger de tout, si c'est de qualité. Il ramène ses doigts à son visage avec désinvolture puis les suce un à un. Le goût est très important. Il me fait un clin d'œil et je me détourne. Je suis soudain encore plus excitée qu'avant.

Nous passons tous commande et une ambiance plutôt calme s'installe autour de la table. La conversation se fait principalement entre mon père et Xander qui discutent d'actions et d'obligations et d'autres trucs ennuyeux. Je mange en silence. Mais je remarque qu'Aiden et Scott discutent tous les deux avec Alice qui paraît adorer cela. Je vais devoir lui demander ce qui se passe en rentrant à la maison.

Je partage mes pancakes avec Henry et je commence à regretter de ne pas l'avoir rencontré avant Xander. Il semble beaucoup plus sympathique que son grand frère.

– Si vous voulez bien m'excuser quelques minutes.

Dès que je termine mes pancakes, je me lève et quitte la table pour me dépêcher d'aller aux toilettes. Je jette un coup d'œil à Alice pour qu'elle comprenne qu'elle doit me suivre, puis je me m'éloigne. En entrant, je vais tout de suite devant la glace pour me remettre du rouge à lèvres et vérifier ma coiffure, puis j'attends. Quelques minutes plus tard, la porte s'ouvre.

– Qu'est-ce que tu fais là ?

Xander se tient devant moi.

– À ton avis ?

Il s'avance, l'air autoritaire.

– Tu n'as rien à faire ici.

– Pourquoi ?

Il s'arrête devant moi et ses bras se glissent autour de ma taille pour m'attirer contre lui.

– Xander. Je gémis comme il m'enlève mon tee-shirt et dégage mon sein gauche de mon soutien-gorge. Qu'est-ce que tu fais ?

– Qu'est-ce que tu en penses ?

Il se penche pour me sucer le téton. J'étouffe un cri lorsqu'il le mordille de plus en plus fort.

– Xander, je proteste mollement. Nous ne pouvons pas faire ça.

– Viens. Il me prend par la main pour me conduire vers l'une des cabines puis ferme la porte derrière nous. Ses mains se glissent jusqu'à ma poitrine et titillent mes mamelons dans ce minuscule espace. Seul le bruit de ma respiration vient rompre le silence.

– Ce n'est pas correct !

Je gémis en sentant ses mains remonter ma jupe et commencer à pétrir mes fesses.

– Pourquoi ?

– Tu es fiancé avec ma sœur.

– Nous sommes plus amis qu'autre chose. Il se penche et me lèche le cou, me mord la peau. J'attrape ses cheveux et mes mains glissent sur ses épaules puis à l'intérieur de sa chemise pour pouvoir toucher son torse nu.

– Pourquoi tu l'épouses ?

– C'est un simple arrangement.

Il saisit mon visage dans ses mains et m'embrasse à pleine bouche. Sa langue s'immisce entre mes lèvres, prenant le contrôle de la mienne et me possédant tout entière. Ses lèvres sont rugueuses et je lui rends son baiser passionnément, incapable de lui résister. Il est mon seigneur et je suis son vassal, telle est notre relation en ce moment précis. Il me soulève et j'enroule mes jambes autour de sa taille. Tellement absorbée par l'action, je ne songe pas une seule seconde à l'arrêter. Je sens sa main descendre entre nos deux corps pour ouvrir sa braguette. Sa bite est fièrement dressée, comme pour nous faire savoir à tous les deux qui mène la danse. Sa main derrière moi me redresse un peu avant qu'il n'écarte ma culotte.

– Xander. Je l'interroge du regard.

– Oui ?

Il sourit et enfonce son sexe en moi en guise de réponse.

– Oh.

Je pousse un cri. Il me plaque contre la porte et commence à bouger d'avant en arrière.

– Accroche-toi.

Il poursuit ses mouvements.

– Oh !

Je crie de plus belle comme il s'écrase en moi. Il s'arrête.

– Chuuuut, ma belle. Mords-moi à l'épaule si besoin, mais tu ne peux pas crier comme ça.

– J'essaie.

Je ne peux réprimer un gémissement lorsqu'il me pénètre facilement à nouveau. Je le sens s'enfoncer de plus en plus profondément et mon orgasme monte rapidement. Je suis presque au sommet de la montagne et je sais que la descente va être explosive.

– Tu es très sexy. Il m'embrasse tout en poursuivant son va-et-vient, plus lentement maintenant. Regarde-moi, ordonne-t-il et je le fixe droit dans les yeux. Très, très sexy. Il ajuste sa position puis accélère légèrement.

– Ce n'est pas correct, je proteste faiblement, tout en sachant que je ne veux pas qu'il s'arrête.

– Pourquoi ? Il gémit tout en me relevant un peu plus haut.

– Parce que…

Soudain, j'entends la porte des toilettes s'ouvrir.

– Liv ! Liv, tu es là ?

La voix de Gabby résonne dans la pièce et je me fige. Xander réprime un fou rire. Quel homme peut bien trouver amusant d'être pris en flagrant délit par sa fiancée pendant qu'il baise sa sœur, dans les toilettes d'un restaurant ? Ce type est malade, et je n'arrange pas son cas en le laissant me baiser. Je sais que j'aurais dû l'arrêter lorsqu'il a commencé à jouer avec moi sous la table, mais ma sœur m'avait rendue complètement folle.

– Nous irons en enfer, je lui murmure à l'oreille, tandis qu'il continue de me baiser après que Gabby est ressortie.

– Parle pour toi. Il augmente sa cadence et bouge plus durement. Je le sens exploser en moi quelques secondes après que j'ai joui. Mon corps tremble très fort contre la porte et son corps au moment de notre orgasme. Je me laisse alors retomber et me redresse sur mes deux jambes. Je me sens atrocement coupable en le regardant. Il se relève, remet en place mon soutien-gorge sur mes seins puis rabaisse mon chemisier.

– Ça, c'est du petit déjeuner !, s'exclame-t-il en souriant.

– Pardon ? De quoi tu parles ?

– J'adore une bonne baise au petit déjeuner. Il se penche en avant et m'embrasse. Mais je suis désolé de ne pas avoir fait travailler ma langue. Peut-être plus tard.

– Tu es vraiment un porc. Tu n'as pas honte ?

– Honte ? Moi ? Il rit en ajustant sa chemise et son pantalon. Pas vraiment. Il ouvre la porte de la cabine et sort. Je ne prononce pas un mot. Il s'arrête à la porte des toilettes et se retourne. Oh, au fait, Liv, arrête de flirter avec Henry. Il ne se passera rien entre vous.

– Pardon ?

– Mon frère ne veut pas de mes restes. Il plisse les yeux. Alors, arrête de l'allumer.

– Espèce de salaud. Mon cœur bat la chamade en l'entendant prononcer ces mots. À ce moment-là, je nous déteste tous les deux. Comment oses-tu ?

– Comment j'ose quoi ? Il me dévisage des pieds à la tête. Laisse mon frère tranquille.

– Je fais ce que je veux.

– Tu es aussi perverse que moi, Liv. Tes grands airs de mademoiselle effarouchée, c'est fini maintenant. Tu viens de baiser avec moi dans des toilettes pendant que ta sœur attendait dehors. Tu connais le refrain maintenant et pourtant, tu l'as fait. Je ne suis pas le seul porc, ici.

– Comment oses-tu ?

Je suis au bord des larmes. Ce n'était pas du tout ainsi que j'avais imaginé les choses.

– Je sais que tu ne comprends pas mes raisons d'épouser Gabby, alors que je ne l'aime pas. Il hausse les épaules, le regard brûlant. Mais ce n'est pas fait pour que tu comprennes. Certains ont bien saisi que l'amour est la raison la plus stupide qui soit pour se marier.

– Quoi ?

– Je t'ai dit que j'ai demandé Gabby en mariage la semaine dernière parce que j'avais fait quelque chose que j'ai regretté le week-end dernier. Tu m'as demandé si c'était le fait d'avoir fait l'amour avec toi. Ses yeux sont noirs tandis qu'il me fixe. Et la réponse est oui. J'ai regretté de t'avoir baisée le week-end dernier. C'est toi qui m'as fait me décider de la demander en mariage. Non pas parce que tu es sa sœur. Je ne le savais pas alors.

– Qu'est-ce que j'ai fait alors ?

– Cela n'a pas d'importance. Son visage s'adoucit pendant un moment tandis qu'il me regarde. Tout ce qui compte maintenant, c'est que je suis fiancé à elle et que tu vas devoir faire avec.

– Je te déteste !, je lance, en proie à la déception et à la colère. La vérité, c'est que je nous déteste tous les deux. Je me déteste d'avoir été si faible pour baiser à nouveau avec lui.

– Mais non voyons. Il rit en se tournant. Tu détestes juste ce que je te fais ressentir. Tu détestes ne pas pouvoir te contrôler lorsque tu es près de moi. Tu détestes devoir reconnaître que tu te sens comblée quand je viens en toi. Tu détestes que ton corps m'appartienne.

– Comment ? La voix me manque. Pourquoi tu dis ça ?

– Parce que c'est exactement ce que je ressens aussi. Il me jette un dernier regard puis sort des toilettes, me laissant plantée là dans un état second.

14.

– Où étais-tu passée ?, me demande Alice en sortant du restaurant.

– Ne pose pas de questions. Je fais la moue. Et toi donc ?

– Ne pose pas de questions non plus.

Alice fait une drôle de tête et nous nous regardons quelques secondes sans rien dire.

– Oh, Alice, je suis épuisée.

– Qu'est-ce que tu as fait ?

– J'étais dans les toil…

– Ah, te voilà. Je te cherchais.

Gabby sort du restaurant en courant et me jette un regard désapprobateur.

– Je suis là. Qu'est-ce que tu veux ?, je lui demande en détournant les yeux.

Je suis trop mal à l'aise pour la regarder en face. Je ne veux pas qu'elle perçoive ma honte.

– Je voulais m'excuser.

Je n'en crois pas mes oreilles. Elle veut quoi ?

– Hein ?

Alice semble tout aussi surprise que moi.

– Je voulais m'excuser auprès de vous deux. Je me suis mal comportée… Je n'ai pas été très sympa avec vous à table. J'ai toujours été jalouse de votre amitié et je me suis défoulée ce matin. Je n'aurais pas dû.

– Comment ?, réponds-je en m'étranglant. Je suis surprise de lire dans ses yeux de la sincérité. Pourquoi faut-il qu'elle choisisse précisément ce jour-là pour changer et devenir une grande sœur affectueuse ? Pourquoi faut-il qu'elle choisisse pile le moment où je viens de la trahir ? Pourquoi, mais pourquoi ?

– Je ne me suis vraiment pas montrée très cool. Elle me prend la main. Je suis désolée. Je n'aurais pas dû dire des trucs pareils ce matin ni l'autre jour.

– Je, euh, pourquoi ce revirement ?

– J'ai parlé avec Chett, répond-elle doucement. Il savait déjà à propos du bébé. Et il sait qu'il n'est pas de Xander. Elle hésite. J'ai vraiment beaucoup de chance d'avoir trouvé un homme comme Xander.

– Oh ! Je souris timidement. *S'il te plaît, ne me dis pas maintenant que tu es amoureuse de lui. S'il te plaît, s'il te plaît, s'il te plaît.*

– Il n'était pas obligé de se charger de moi et d'un bébé qui n'est pas de lui. Elle hoche la tête. Je me sens tellement reconnaissante qu'il soit...

– Je suis vraiment contente pour toi, l'interrompt Alice dont je bénis l'intervention. Je ne suis pas certaine de pouvoir rester là deux secondes de plus à entendre Gabby parler encore et encore de Xander sans avoir envie de vomir. Tu dois être tellement heureuse de préparer le mariage.

– Oui, je le suis, soupire Gabby.

– Ce doit être agréable de savoir qu'un beau mec comme Xander veut sortir avec quelqu'un comme toi !

– C'est quoi cette remarque de merde ?, rétorque froidement Gabby. Je me fige au son de sa voix. Alice et moi échangeons un court regard. Je sais que nous pensons toutes les deux la même chose. Est-ce que Gabby a vraiment changé ou bien est-ce que quelqu'un l'a poussée à le faire ?

Henry et Xander sortent du restaurant et je tourne la tête lorsque ce dernier regarde dans ma direction.

– Tu as parlé à ta sœur, Gabby ?, demande Xander et je comprends tout de suite que c'est lui qui l'a incitée à présenter ses excuses.

– Oui, répond Gabby.

Alice et moi échangeons un sourire entendu.

– Bien. Xander se dirige vers moi et me donne un petit coup sur l'épaule. On s'inquiétait pour toi.

– Ah bon, mais pourquoi ?

– Tu avais disparu. Son regard brûlant plonge dans le mien.

– Disparu ?

– Oui. Il me fait un petit sourire. J'avais peur que tu sois partie ou que tu sois tombée dans un trou ou quelque chose comme ça.

– Mais oui, bien sûr…

– Elle va bien. Alice s'avance et fixe Xander d'un air sévère. Pas la peine de t'inquiéter.

– Très bien. Il regarde Alice puis se tourne vers moi. Je sais qu'il se demande pourquoi elle est si froide avec lui. Pour être honnête, je suis tout autant surprise. Je n'ai encore jamais vu Alice toiser quelqu'un de cette façon-là.

– Allons-y et attendons les autres près de la voiture.

Alice me prend par le bras et nous nous éloignons de Xander. Je sens son regard dans notre dos.

– Quel est le problème ?, je demande.

– Il ne me plaît pas. Elle grimace. Il ne devrait pas s'amuser avec ta sœur et toi. C'est un con. Je n'aime pas qu'il passe son temps à te provoquer.

– Oui, je ne sais pas à quel jeu il joue.

– Garde tes distances, me conseille-t-elle alors que nous arrivons près de la voiture. Il pense qu'il peut avoir le beurre et l'argent du beurre, et à mon avis il se trompe. OK, c'était un mec sympa à draguer pour le fun à un mariage, mais tu mérites mieux que ses manigances merdiques.

– Tu as raison. Et dire que je viens juste de coucher avec lui une fois de plus…

– Tu as quoi ?

– Oui.

– Mais où ?

– Dans les toilettes.

– Je ne veux même pas savoir. Oh, Liv !

– Quoi ? Je cache mon visage dans mes mains. Je suis nulle, hein ?

– Je ne sais pas. Tu n'as quand même pas fait ça ? Elle rit et feint de désapprouver.

– Non, je ne l'ai pas sucé dans les toilettes. Et il n'a pas eu l'occasion non plus d'utiliser sa langue miraculeuse.

– Juste sa bite miraculeuse !

– Alice ! Je me mordille la lèvre. Putain, c'était torride. Tellement torride et tellement… déplacé.

– C'est pour cela que ce qui est mal est toujours super excitant. Elle jette un coup d'œil autour d'elle

avant de poursuivre. C'était aussi bon que la dernière fois ?

– C'était même mieux ! Pourquoi, pourquoi,
pourquoi ? Pourquoi est-ce qu'il faut que cela m'arrive à moi ?

– Ce n'est pas ta faute.

– J'ai le chic pour tomber sur des tocards.

– Oui, mais au moins ce tocard est un bon coup
au lit.

– Ou aux toilettes d'un restaurant !

– Je ne comprends pas pourquoi on ne tombe
pas sur des mecs bien, soupire-t-elle. C'est quoi
notre problème ? Nous sommes des filles sympas.
Nous sommes mignonnes. Sincères. Nous aimons
nous amuser. Putain, si j'étais lesbienne, je sortirais
avec nous deux.

– Tu sortirais avec toi-même ?

– Eh bien oui. Elle sourit. Je suis plutôt géniale.

– C'est vrai.

– Je voudrais simplement que les autres s'en aper-
çoivent. Elle s'appuie contre la voiture. Qu'est-ce
qui ne va pas chez nous, Liv ? Pourquoi est-ce
qu'on se fourre toujours dans ce genre de plan
galère ?

– Mais c'est quoi le plan foireux, en ce qui te
concerne ?, je lui demande doucement. Je t'ai parlé

de moi et de Xander, mais que s'est-il passé de ton côté ?

– J'étais en train de flirter avec le serveur pour rendre Aiden jaloux et le type a essayé de m'embrasser. Aiden nous a vus et m'a regardée comme si j'étais une traînée.

– Oh, Alice, je soupire, heureuse qu'elle n'ait rien fait avec Scott.

J'imagine si elle avait été à l'origine d'une dispute entre eux, s'ils en étaient venus aux mains. Ma famille se serait vraiment montrée en spectacle ! Ce qui était déjà plutôt le cas...

– Je sais. Je sème une vraie pagaille.

– Moi aussi !

– Qu'allons-nous faire ?

– Il faut tous les oublier. Allez, on sort ce soir pour rencontrer de nouveaux mecs et s'amuser.

– Tu crois ? Alice ne semble pas enthousiasmée outre mesure.

– Oui ! Nous n'avons pas besoin d'eux ! Nous sommes deux filles canon. Nous avons besoin de deux garçons sexy qui sachent nous apprécier.

– Je ne sais pas. Quand on était étudiantes et qu'on sortait, on ne tombait jamais sur les bons numéros.

– C'est parce qu'on était des gourdes. Et on ne connaissait pas les règles du jeu. On jouait la prudence et c'est comme ça qu'on se retrouve avec des loosers. Tu es sortie avec Luke et maintenant, il est marié avec Joanna, notre ancienne colocataire. Et je suis sortie avec Justin et Evan, pas la peine de rappeler combien ils étaient géniaux.

— Evan était accro à sa PlayStation, pouffe Alice.

— Et à ma culotte. Je frissonne. Mais pas en mode sexy malheureusement…

— Parce qu'il existe un mode sexy ? Alice me regarde avec curiosité.

— Oui, si tu me piques une petite culotte pour la renifler par exemple. OK, formulé ainsi, ça fait grave pervers, mais c'est plutôt hot en réalité. Enfin bref, si on veut me piquer ma culotte, c'est pour la renifler ou se branler avec, mais surtout pas pour la porter…

— J'aurais bien voulu voir sa tête lorsque tu l'as surpris dans ton string noir avec ton rouge à lèvres carmin.

— Il a abîmé mon rouge à lèvres. C'était un Chanel qui m'a coûté quarante-deux dollars et il ne l'a même pas remplacé.

— À mon avis, il a dû aussi niquer ton string, ricane Alice.

— Carrément !, je réponds, morte de rire. Je le lui ai laissé comme cadeau d'adieu lorsque nous avons rompu.

– Sacré Evan, dès le début j'ai pensé qu'il était bizarre, poursuit Alice. Écoute, c'est pas normal d'apporter sa PlayStation et ses jeux chaque fois qu'on va chez sa petite amie !

– Un pauvre type, c'est tout ! Et Justin, ce n'était pas tellement mieux…

– Très juste, renchérit Alice. C'était quoi le problème avec ses cheveux, déjà ?

– Ses cheveux étaient le cadet de ses soucis. Je ris en me remémorant cet autre ex. Tu te souviens lorsque nous l'avons surpris avec ton anti-cernes pour dissimuler son acné !

– Je l'ai trouvé aussi une fois avec ma brosse à dents. C'était répugnant. Aïe, c'est à croire que je suis attirée par les boulets.

– Ne bouge pas, la petite bande se dirige vers nous, me prévient Alice à voix basse.

– Oh non, je ne peux plus regarder Xander ou Gabby en face. S'il te plaît, dis-moi que tu es d'accord pour qu'on sorte ce soir.

– OK. On va voir si on peut se mettre encore un peu plus dans le pétrin.

15.

– Faisons une partie de scrabble ce soir.
Scott fait son apparition dans ma chambre un peu plus tard, cet après-midi-là.

– Désolée, nous sortons. Je lève les yeux vers lui depuis ma coiffeuse.

– Vous allez où ?, se renfrogne-t-il. Ce n'est pas cool.

– On sort pour rencontrer des garçons car on ne veut pas finir vieilles filles.

– C'est trop tard pour ça. Il sourit et je lui donne un coup dans le ventre.

– Bien, maintenant, file, Alice et moi devons nous maquiller.

– Vous ressemblez toutes les deux à des clowns, rétorque Scott sans sourciller. Des clowns qui devraient rester à la maison et jouer au scrabble ce soir.

– Nan. Pas question.

– Eh les filles, on se fait un scrabble ce soir !

Aiden entre à son tour dans la chambre et je proteste à haute voix.

– On sort ce soir. On passe notre tour pour le tournoi familial.

– Comment ça, vous sortez ? Aiden regarde Alice en fronçant les sourcils. On est censé passer un week-end en famille.

– J'ai eu ma dose de famille pour la journée. Je me dirige vers ma penderie et j'en ouvre les portes. Ce soir, j'ai juste besoin de vous oublier tous.

– Liv, commence-t-il et je me tourne vers lui, prête à le fusiller du regard. S'il ose me dire que je ne peux pas sortir, je vais le frapper. Parfait alors, amuse-toi bien, ajoute-t-il simplement et j'en reste muette.

– Alors, c'est tout ?

– Tu es adulte. Tu fais ce que tu veux.

– Ça alors, je n'en crois pas mes oreilles ! Je regarde Alice en souriant. Aiden n'essaie pas de me dire ce que je peux ou ne peux pas faire !

– Je suppose que les miracles existent, commente-t-elle avec facétie.

Aiden se met à rire.

– Sans doute. Je sors une robe moulante noire de mes années de fac et je la lui montre. Est-ce que ça va, pour ce soir ?

– Super sexy, confirme Alice. Sans hésitation, mets celle-là.

– Bon, je crois que je vais y aller.

Scott sort précipitamment de la chambre.

– Alors, où allez-vous toutes les deux ?, s'enquiert Aiden. Je le regarde, étonné. Pourquoi est-il resté dans la chambre ? Pourquoi se soucie-t-il de savoir où nous allons ? Les hommes sont difficiles à comprendre. Je n'ai aucune idée des intentions d'Aiden, alors que c'est quand même mon frère.

– Ce n'est pas encore arrêté. C'est Liv qui décide.

– Tu lui fais confiance ?, plaisante Aiden et ma surprise va en grandissant. Est-ce bien mon frère qui taquine gentiment ma copine ?

– Tout à fait.

Alice pique un fard.

– Quel genre d'endroit cherchez-vous, les filles ?

– Un endroit avec des hommes sexy qui vont nous dévorer, réponds-je d'humeur badine.

– Hmm. Aiden me lance un air réprobateur. Je connais un super bar à vins si ça vous intéresse !

– Non, on risque de tout casser en dansant. On boira sûrement du vin, mais dans un bar avec de la musique à fond et des hommes qui vont droit au but. Je me mets à danser en me dandinant. Je veux un mec qui sache bouger son corps sur du hip hop, mon cher.

– OK, répond Aiden. Ça va être sympa.

– On va s'éclater !

– Du coup, j'ai bien envie de venir.

– Comment ? Ma bonne humeur se dissipe illico. Non, tu ne peux pas venir.

– Aller où ? Xander s'avance vers nous.

– Mais qu'est-ce qui vous prend, tous ? Pourquoi tout le monde pense que l'on peut entrer dans ma chambre comme dans un moulin ?

– Peut-être parce que tu pratiques une politique de porte ouverte ?, répond Xander avec un sourire malicieux.

Comment ai-je pu craquer pour ce type insupportable ?

– Elle n'est pas ouverte pour toi.

– Que veux-tu, Xander ? Alice le foudroie du regard et un sentiment de bonheur m'envahit. Voilà pourquoi Alice est ma meilleure amie. C'est pour ce genre de réactions que je lui fais confiance dans ma vie. Elle me sauve toujours la mise.

– Les filles, nous interpelle Aiden. Pourquoi vous vous acharnez ainsi sur ce pauvre Xander !?

– Mais non, on ne s'acharne pas, réponds-je calmement. Xander, tu nous trouves méchantes ?

– Non. Il me regarde dans les yeux. Je ne crois pas.

– Alors, que puis-je faire pour toi Xander ? Tu t'es perdu ? Besoin d'aide pour retrouver la chambre de Gabby ? Je retourne à ma penderie et prends une robe rouge. Ou bien celle-ci ? Je la montre à Alice qui approuve avec enthousiasme.

– Essaie-les peut-être toutes les deux et montre-moi ce que cela donne.

– Tu mets une robe pour jouer au scrabble ce soir ? Xander semble déconcerté. Une robe rouge vif très fendue… C'est quoi ce nouveau genre de scrabble ?

Il sourit en interrogeant Aiden du regard.

– Elles sortent danser.

– Danser ? Xander me regarde. J'ignorais que nous allions danser ce soir.

– Toi, tu ne vas nulle part. Je sors avec Alice.

– Juste toutes les deux !? Xander regarde Aiden. Ce n'est pas un peu dangereux ?

– Mais encore ? Nous ne sommes plus des gamines.

– Je voulais aussi les accompagner, mais elles ont refusé, ajoute Aiden d'une voix douce, tout en scrutant Alice.

– Bon, après tout, peut-être que vous pouvez venir, les garçons, confirme faiblement Alice que je foudroie aussitôt du regard.

– Désolée messieurs, mais vous restez là. C'est une soirée entre filles. Je pose les mains sur mes hanches. Alice et moi avons besoin de faire des rencontres sexy.

– Mais ça va pas ?, s'emporte Xander, dont les yeux verts me lancent cette fois des éclairs de fureur. Vous êtes sûres que c'est une bonne idée ?

– Oui, pourquoi ?, je lui demande avec un culot que je ne soupçonnais pas.

– Je pense juste que ce n'est pas raisonnable.

Il pince les lèvres.

– Toi qui me trouvais trop protectrice…, se moque Alice. On dirait bien que tu as un nouveau grand frère qui va te donner des ordres, Liv.

– Oh ouais, encore un grand frère ennuyeux, je grogne en me dirigeant vers Xander, à qui j'adresse une rapide accolade suivie d'un baiser sur la joue. Bienvenue dans la famille, frangin.

– Merci.

Xander conserve une expression bizarre sur le visage. Je vois bien que je l'ai légèrement ébranlé. J'ignore ce qu'il pense, mais je sais qu'il n'est pas aussi prétentieux et sûr de lui que d'habitude.

– Maintenant, dehors, j'aimerais essayer mes robes.

– Ouais, et moi aussi, ajoute Alice avant de s'adresser à Aiden. S'il te plaît, sors de la chambre.

– On y va.

Aiden lui fait un sourire qui me soulève le cœur. Apparemment, cela va vraiment arriver. Alice va finir par sortir avec Aiden, ils vont se marier et je serai bonne pour me le coltiner encore plus.

– À moins qu'on vous aide toutes les deux à choisir ?, propose Xander sans bouger.

– Pardon ? Je le regarde le cœur battant.

– Nous pouvons vous dire quelles robes sont les plus jolies.

– Nous ne sommes pas dans *Pretty Woman*. Nous n'avons pas besoin de votre aide.

– Bien. Il s'éloigne. Alors on vous laisse tranquilles.

– À plus tard.

– Allons-y, Xander.

Aiden sort de la chambre, Xander sur les talons.

– Il est difficile à cerner, non ?, soupire Alice.

– Oui. Je ne le comprends pas du tout.

– Est-ce que ça n'est pas triste que la seule chose à laquelle je puisse penser, c'est à ce que je ressentirais en l'embrassant ?, me confie-t-elle sur un ton mélancolique.

– Tu veux embrasser Xander ?

– Hein ? Mais non, je parle d'Aiden.

– Oh, désolée.

– Ah, les hommes !, s'exclame-t-elle d'un air entendu.

– Je vais aller lire un peu dans le bureau.

J'ai besoin de sortir de la chambre et de m'éclaircir les idées car je ne sais plus où j'en suis.

– OK. Nous pouvons essayer les robes d'ici une heure ou deux !

– Oui ! Très bien.

– Bon, je vais faire une sieste tout de suite alors. Elle se met à bâiller. Je suis encore fatiguée.

16.

La jalousie fait partie des émotions que j'adore détester. Je déteste me sentir jalouse parce que j'ai alors l'impression d'être faible, mais j'adore qu'un mec se montre jaloux à mon égard. La jalousie, c'est bizarre. La frontière est parfois mince entre jalousie et folie... Je dois reconnaître que je suis jalouse de la relation que ma sœur entretient avec Xander, même s'ils n'ont jamais couché ensemble, *soi-disant*. Je ne connais personne qui ait entretenu une relation platonique avec sa fiancée. Cela me fait bouillir à l'intérieur. Bon, ce n'est pas comme si c'était mon mec attitré, mais j'éprouve quelque chose pour lui. Je veux qu'il veuille que ce soit moi, sa fausse fiancée. Pourquoi n'aurait-il pas pu me demander de l'épouser ? Même si cela pourrait être plus compliqué pour nous. Puisque nous avons eu des relations sexuelles et tout ça. Et d'autant plus que j'éprouve à son encontre des émotions bien réelles. Je ne sais simplement pas pour quelle raison ils vont se marier, d'autant plus qu'elle attend un bébé d'un autre homme.

– Qu'est-ce que tu lis ?

Sa voix grave interrompt mes réflexions lorsqu'il entre dans le bureau et s'assied près de moi, sur le canapé.

– Hemingway. Je donne le premier nom qui me passe par la tête. Ernest Hemingway. *Pour qui sonne le glas*, poursuis-je, pas très sûre de savoir d'où me vient ce mensonge tandis que je dissimule la couverture de *Cinquante nuances de Grey*. Il ne faut pas qu'il pense que je suis nymphomane. J'ignore ce qu'il pourrait imaginer s'il découvre que je lis un roman qui parle de trucs sado-masos. Il ne faut pas qu'il m'attache sur le bureau de mon père et me baise, le cul à l'air, en me flanquant une fessée parce que je suis une méchante fille. Je n'ai pas besoin qu'il fasse tout ça, même si je dois avouer qu'imaginer un tel scénario est bien excitant. Nous pourrions peut-être nous livrer à un jeu de rôles : il serait Christian Grey et moi Ana. Mais je ne veux aucun de ces trucs hardcores, je ne tiens pas du tout à être fouettée, par exemple. Une fessée de ses mains fermes suffirait.

– Ah oui, vraiment ?

Il paraît très impressionné et je me demande s'il regarde aussi ma sœur de cette façon.

– Ah oui vraiment quoi ?, je répète, distraite par son regard.

– Tu lis vraiment Hemingway. Il sourit. C'est quel roman, déjà ?

– *Le Vieil Homme et la mer*, dis-je précipitamment avant de jurer intérieurement. Je veux dire, *Pour qui sonne le glas*. Je rougis et baisse la tête. Voilà pourquoi je ne vais pas le laisser m'attacher et me faire l'amour dans le bureau. Lorsque je suis près de lui, mon cerveau se liquéfie. Qui sait ce qui se passerait si nous baisions comme des bêtes ?

– Oh, de quoi ça parle ?

– De quoi ça parle ?, je lui demande l'air absent tout en l'imaginant me donner une petite fessée, puis une autre, un peu plus forte. Je me demande jusqu'où il pourrait aller. Est-ce que mes fesses me feraient mal lorsque sa main s'abattrait sur elles ?

– Le livre.

– Oh, c'est l'histoire d'un homme qui attend devant une église. Il va à l'église chaque jour et il attend que la cloche sonne.

– Il attend que la cloche sonne ?

Xander fait la moue.

– Oui, je confirme. C'est un livre magique, elle ne sonne que pour les sorciers. Comme Harry Potter, tu sais !

– Hmm, je vois. Il me prend le livre des mains. *Cinquante nuances de Grey* ?, lit-il en découvrant la couverture. C'est un nouveau titre d'Hemingway alors ? Un roman dont je n'ai jamais entendu parler !

– Rends-le-moi. Je le lui arrache des mains, toute rouge. Qu'est-ce que tu fais là, de toute façon ? Tu ne m'as pas assez vue aujourd'hui ?

– Je ne savais pas que tu serais là. Je pensais que tu faisais ton défilé de mode avec Alice.

– Ah ah, un défilé de mode, vraiment ! Nous essayons simplement des tenues pour décider ce qui nous va le mieux.

– Si tu le dis. Puis il ouvre le livre. Maintenant, parle-moi de ce livre.

– Ce n'est qu'un roman. Je rougis et tends la main pour le récupérer. Rends-le-moi.

– J'ai une question à te poser.

Il me tend le livre, les yeux brillants.

– Quoi ?, je demande sèchement, gênée par le tour que prend cette conversation.

– C'est quoi, la sucette de Christian Grey ?, glisse-t-il, le regard perçant.

– Hein ? Je lui donne un coup sur l'épaule avec le livre. Tu es un pervers.

– Ah c'est moi le pervers ! Il sourit. Ce n'est pas moi qui lis du porno en plein milieu de la journée…

– Je ne lis pas du porno

– Écoute, si tu te sens excitée, je peux t'aider.

– M'aider ?

– Avec ma langue miraculeuse. Il caresse sensuellement ses lèvres de sa langue souple et agile. Je dois reconnaître que le voir ainsi ne me laisse pas de marbre. Une chaleur douce se diffuse à l'intérieur de mes cuisses et mes seins se font plus lourds.

– Xander. Tu n'as pas honte !

– Non. Il se penche en avant et je sens sa langue dans mon oreille. Je n'ai pas honte du tout, murmure-t-il avant d'aspirer mon lobe. Laisse-moi te faire jouir, Liv. Laisse-moi enlever ta culotte avec les dents puis laisse ma langue lécher l'intérieur de tes cuisses de bas en haut… Elle veut s'immiscer en toi autant que tu le souhaites.

Je me lève du canapé et lâche le livre sur ses genoux.

– Je me moque de ta langue. Je n'ai pas besoin de la sentir en moi. Merci beaucoup.

– Tu en es sûre ?

Ses doigts se promènent sur mes lèvres tremblantes. Je repousse sa main et sors rapidement du bureau, le cœur battant. Pourquoi, mais pourquoi Xander me trouble-t-il autant ? Il est comme une drogue : mon corps le réclame malgré sa nocivité. Il m'intoxique tout en me rendant accro, même si je sais que cette dépendance ne m'apporte rien de bon. Je sais que je devrais me sevrer de lui, avant qu'il ne soit trop tard. Je ne vais pas laisser Xander et sa langue miraculeuse me faire sombrer davantage.

17.

– Ne bouge pas, Liv. Alice se tient devant moi pour me coiffer avec son fer à friser. Si tu continues à gigoter, je vais te brûler.

– Ne t'avise pas de me cramer, la préviens-je. J'en peux plus.

– J'ai presque terminé, soupire-t-elle. Encore un peu de patience.

– Cela fait vingt minutes que je suis assise là. Qu'est-ce que tu es en train d'inventer comme coiffure ?

– Quelque chose de séduisant, de sensuel. Tous les mecs de la boîte seront sous le charme.

– Si je les rends tous fous de moi, que te restera-t-il ?

– Je trouverai bien quelqu'un. Elle rit et ramène en arrière ses longs cheveux bruns balayés de mèches blondes.

– Oh là là ! Tu es sûre que mon maquillage ne fait pas trop allumeuse ?

– C'est possible d'être trop allumeuse ?

– Oui. Je ne veux pas qu'on me propose vingt dollars en échange d'une petite pipe derrière les poubelles.

– Et pour cent dollars ?

Nous éclatons de rire.

– Ce soir, on fait la fête.

– On l'a bien mérité. Elle recule et m'admire un instant. Tu es très belle.

– Tu crois ?

Je me précipite vers la glace pour me regarder en détail. Mes longs cheveux bruns ondulés encadrent mon visage. Mes yeux marron brillent d'excitation et mon regard charbonneux me donne un air de belle salope.

– Ce rouge à lèvres n'est pas trop vif ?, je demande en faisant la moue devant la glace.

– Pas du tout. Et il va très bien avec ta robe rouge. Vas-y, enfile-la.

– D'accord. Je cours vers le lit pour prendre ma robe fraîchement repassée. Je dois rentrer le ventre pour la faire passer au niveau de ma taille avant de la faire descendre le long de mes hanches. Cette robe est beaucoup plus étroite que dans mes souvenirs. Je jette un œil à mes cuisses et m'étrangle. Je ne suis pas très sûre, Alice. Je ne suis pas une brindille, tu sais. Les filles comme moi, avec des rondeurs, ne devraient pas porter des vêtements trop serrés.

– Tu es vraiment sexy, super belle, tu es parfaite ! Elle me pointe du doigt. Aux chiottes toutes les garces maigrelettes ! Les hommes veulent une femme avec des formes.

– Je n'en sais rien, ris-je.

– Eh bien, si un mec veut une brindille, alors il n'est pas pour nous. Elle sourit en enfilant sa courte robe noire.

– Exact.

– Le type qui cherche une brindille sera déçu avec moi. Je n'en serai jamais une, mes seins sont trop gros.

– Les hommes adorent les grosses poitrines.

– La mienne ne m'a pas beaucoup aidée jusqu'à présent.

– Ce soir, ça va changer. Elle fixe mes seins.

– Waouh, quel sex-appeal !

– Merci, Alice.

– Allez, je suis prête. Elle enfile ses escarpins puis m'interroge. Et toi ?

– Oui, c'est bon. J'attrape mon sac dans la penderie avant de me glisser dans mes talons aiguilles noirs. J'espère que je ne vais pas me casser la gueule. J'ai déjà les pieds en compote.

– Ça va aller. Tiens-toi à mon bras.

– J'ai besoin d'alcool, je plaisante en sortant de ma chambre.

– Moi aussi. Ce soir, je veux me saouler.

– Je veux m'arsouiller, j'ajoute.

– C'est quoi, s'arsouiller ?

– Aucune idée. J'ai entendu ce mot-là récemment et je le trouve marrant.

– Tu as raison. Ça a l'air cool. Alors arsouillons-nous !

– Arsouille toi-même, ma cocotte.

Nous nous prenons par le bras en nous dirigeant vers la porte d'entrée.

– Liv.

La voix d'Aiden résonne dans la maison au moment où j'ouvre la porte.

– Oui.

Je m'arrête, contrariée.

– Rejoignez-nous dans le salon, s'il vous plaît.

– Pourquoi ?

– Inspection avant permission de sortie.

– Hmm.

Je regarde Alice et nous grimaçons toutes les deux. Qu'il est pénible ! Ennuyeux comme un patriarche qui veille au grain. Oups. Je fais la moue en regardant Alice.

– Allez, d'accord. Elle me fait un sourire en coin. Je suis sûre qu'il sera un bon père de famille.

– Allons affronter l'armée et partons, je murmure en poussant un soupir exaspéré.

Nous nous dirigeons donc vers le salon, où tous les regards se tournent vers Alice et moi. C'est amusant de constater les différentes expressions des uns et des autres. Aiden est éberlué, Henry impressionné, Gabby furieuse, Chett a l'air de s'ennuyer, Scott est excité et Xander, eh bien Xander a toujours cet air maussade. Je le sens m'inspecter des pieds à la tête et cela m'oblige à regarder ailleurs.

– Alors, où allez-vous comme cela toutes les deux ? Aiden se lève et se dirige vers nous.

– Dans un bar.

– Quel bar ?, s'enquiert-il avec une légère expression de colère.

Je me demande s'il pourrait renoncer un jour à vouloir tout savoir sur tout.

– Je pense que nous allons aller au *Beach Lagoon*, je lâche enfin.

– D'accord, sur Fifth Street, c'est bien ça ?

– Oui chef, je confirme en le saluant.

– Très drôle.

– Si maman et papa n'éprouvent pas le besoin de nous surveiller et de nous mitrailler de questions, pourquoi le fais-tu ?

Aiden me dévisage quelques secondes puis se tourne vers Alice.

– Tu es superbe.

– Merci, répond-elle en rougissant.

– Tu ne risques pas d'avoir froid dans cette robe ? Il fixe ses jambes et ses épaules dénudées.

– Bah, l'alcool me réchauffera.

– C'est qui le capitaine de soirée ?

Aiden se tourne à nouveau vers moi en fronçant les sourcils.

– Nous avons réservé un Uber pour les trajets. J'essaie de ne pas m'énerver. Nous ne sommes pas irresponsables, tu sais. Cela nous a juste coûté vingt-deux dollars et un peu de cervelle.

– Je voulais simplement m'assurer que tout était OK.

– Je peux vous conduire si vous voulez, propose Xander en se levant.

– Oh, ce n'est pas nécessaire. Gabby semble agacée. Je sens qu'elle ne pourra plus faire semblant d'être gentille encore bien longtemps.

– Je ne veux pas que l'on profite de vous, les filles.

Xander se tient debout près d'Aiden et me dévisage. Cette fois, je ne peux pas éviter de le regarder. Il a l'air furieux. Je ne suis pas certaine de savoir quel est exactement son problème, mais je ne peux pas m'empêcher de frissonner près de lui. Je recule d'un pas.

– Tout se passera bien. Je me mordille les lèvres avec anxiété.

– Oui, tout ira bien, répète Alice, qui elle échange de petits regards avec Aiden.

– Fais-moi confiance, Xander. Alice et Liv n'auront aucun problème. Gabby s'empresse d'aller dans notre sens. Ce sont toutes les deux des pros pour ressembler à des pétasses et ne pas se laisser marcher sur les pieds.

– Gabby !, s'exclame Aiden.

– C'est vrai quoi !, lance-t-elle en haussant les épaules. Elle nous détaille de haut en bas puis se tourne vers Xander et Aiden. On ne sort pas avec des talons de cette hauteur et des robes aussi courtes sans se douter que les mecs vont essayer de vous glisser une main entre les jambes ou dans le chemisier.

– Gabby, tais-toi !, crie Scott. Non mais ça va pas ?

– C'est peut-être la grossesse qui lui ramollit le cerveau ?, lance Henry avec un petit sourire à mon attention.

– Ouais, mais elle n'a pas été enceinte toute sa vie, je murmure. Cela n'excuse pas ses vacheries permanentes.

– Liv, m'arrête Aiden.

Je me tourne vers Alice.

– Prête ?

– Oui ! Elle acquiesce avec enthousiasme. Allons-y.

– Attendez une minute ! Aiden l'attrape par le poignet. Est-ce que je peux te parler une seconde, s'il te plaît ?

– Euh, d'accord.

Elle me regarde en grimaçant puis elle le suit dans un coin de la pièce.

– Je dois aussi parler à Liv, déclare Xander en s'adressant à Gabby avant de me saisir par le bras et de m'inviter à le suivre dehors.

– Qu'est-ce que tu fais ?

– Qu'est-ce que tu fais dans cette tenue ?

– Je vais en boîte.

– Ce n'est pas convenable. Il me jette un regard furieux.

– Convenable pour quoi ?

– Tu envoies de mauvais signaux.

Il baisse les yeux sur mon décolleté pigeonnant.

– Tu peux préciser ?

– Le signal « Je cherche à me faire baiser », murmure-t-il en me poussant contre le mur.

– Qui dit que je ne veux pas émettre ce signal ?, je réponds, le souffle court, tandis qu'il me saisit les mains pour les plaquer contre la cloison à côté de ma tête.

– C'est ce que tu veux ? Il se penche et m'embrasse langoureusement dans le cou.

– Xander. J'avale ma salive tandis qu'il fait descendre ses lèvres le long de mon cou jusqu'à hauteur de ma clavicule pour arriver ensuite au-dessus de mes seins. Arrête, n'importe qui peut sortir et nous voir.

– Qu'est-ce que ça peut te faire ?

– Xander, arrête.

Je gémis au moment où sa main glisse le long de mon corps et s'arrête sur mes cuisses.

– Arrêter quoi ? Il appuie son sexe dur contre mon ventre en initiant un mouvement de va-et-vient. Arrêter de ne pas te montrer quel effet tu me fais dans cette tenue sexy qui te laisse quasi nue ?

– Y a-t-il autre chose que tu voulais me dire ?

Je détourne la tête au moment où il se penche pour m'embrasser.

– Pourquoi essaies-tu de m'ensorceler ?

– De quoi tu parles ?

– Rien. Il soupire et recule. Pourquoi faut-il que tu sois la sœur de Gabby ?

– Pourquoi faut-il que tu sois son fiancé ?

– Tu ne comprends pas. Ce n'est pas simplement pour moi. Il s'agit de protéger quelqu'un que j'aime.

– Je ne comprends pas ce que tu dis.

– Cela n'a pas d'importance. C'est comme ça.

– Je peux te demander quelque chose ?

– Bien sûr, répond-il en portant son regard sur mes seins.

– Est-ce que tu l'épouses pour pouvoir toucher ton héritage ? Ça a un rapport ?

– Pourquoi, ça t'intéresse ?, s'agace-t-il, et je me sens encore plus désemparée.

Quel culot ! Comment peut-il me demander pourquoi j'essaye de comprendre la situation tout en cherchant encore une fois à m'enlever ma petite culotte ? À quel genre de fille pense-t-il avoir affaire s'il croit qu'il n'y a pas de problème ?

– Je m'en moque, Xander, dis-je dans un souffle. Fiche-moi la paix. C'est toi qui n'arrêtes pas de me harceler. Ce n'est pas moi qui viens vers toi. J'en ai marre de tes conneries, d'accord ? Ce n'est pas cool de ta part de t'immiscer dans ma culotte et de me reprocher ensuite d'essayer de comprendre ce qui se trame entre Gabby et toi.

– Tu te moquais bien de savoir qui j'étais ou ce que je faisais le week-end dernier.

– C'était le week-end dernier. Je croise les bras. Il s'agit maintenant de ce week-end-ci. Et ce week-end, tes conneries et toi, vous ne m'intéressez plus du tout.

– Mes conneries et moi ! Il a un léger rictus, et cela ne fait que m'exaspérer. Comment ose-t-il

trouver cette situation amusante ? Comment ose-
t-il avoir l'air si prétentieux et content de lui pendant que je fulmine intérieurement ? Mes doigts me
démangent de le gifler. Il n'aurait plus l'air si fier
avec l'empreinte de ma paume sur sa joue.

– Laisse-moi, Xander. Je n'ai plus rien à voir avec
toi. Je lui donne un coup sur le torse. Je vais sortir
dans ma robe de pouffiasse et faire ce que je veux.
Je tomberai peut-être sur un type bien qui me fera
oublier de t'avoir rencontré.

– Je te le déconseille. Il serre très fort les lèvres
et il attrape mes poignets. Ce n'est pas la réponse à
tout ce qui se passe.

– Ce n'est pas ton problème, n'est-ce pas ? J'ai un
grand sourire. Je fais ce que je veux.

– Liv. Il prononce lentement mon prénom et son
regard se fait intense.

– Oui, Xander ?, je demande, d'une voix légère.
Je ne vais pas mentir. Notre conversation m'excite.
Je suis excitée de constater que je peux l'énerver en
parlant d'autres hommes. Sa jalousie me titille. Le
seul problème, c'est qu'il ne propose pas ce que je
veux vraiment obtenir. Il ne rompt pas avec Gabby
et il ne reconnaît pas combien la situation est délicate. Il ne m'attire pas vers lui pour me dire qu'il
me désire moi, et moi seule. Il ne me dit pas que
Gabby et sa fortune familiale ne signifient rien

pour lui. Tout ce qu'il fait, c'est me montrer qu'il a envie de moi. Mais je le sais déjà. J'attends plus de sa part. Je veux qu'il me regarde autrement qu'avec du désir. Je veux déceler dans ses yeux quelque chose qui ressemble à de l'amour. Je sais que c'est irréaliste. Il me connaît à peine et réciproquement, mais voilà ce que je souhaite ardemment. Voilà ce que j'espère au fond de moi. Je veux voir chez lui une émotion véritable. Une émotion sincère, pure et stupéfiante qui n'a rien à voir avec un simple regard lubrique.

– Passe une bonne soirée, lance-t-il finalement. Sois sage, ajoute-t-il en retournant dans le salon.

Je reste là, sans bouger. Je me sens vidée et rejetée. J'ai encore la sensation de ses lèvres sur mon cou, et je me déteste.

– Tu es prête ?

Alice sort du salon, les yeux brillants.

– Qu'est-ce qu'Aiden t'a dit ?, je lui murmure en téléchargeant l'application Uber sur mon téléphone.

– Rien d'agréable, soupire-t-elle. Il m'a juste demandé de m'assurer que tu ne ferais pas de bêtises.

– Comment ? Ma voix monte d'un cran. Qu'est-ce qu'il est lourd ! Je sais que tu l'aimes bien, mais j'hallucine comme il est rigide !

– C'est plutôt mignon qu'il soit si protecteur.

Alice a l'air perdue dans ses pensées.

– Fais-moi confiance, Alice. Tu ne trouveras pas ça mignon si tu sors avec lui. C'est insupportable !

– SANTÉ !, s'écrie Alice en pouffant au moment de prendre une autre tequila au bar. Puis nous levons nos verres. Aux hommes que nous avons aimés, à ceux que nous avons perdus, à ceux que nous avons baisés et à ceux que nous avons sifflés. Aux hommes à venir et à ceux qui nous feront jouir.

– Alice !, dis-je dans un éclat de rire.

– Je n'ai pas fini. Elle me fait un clin d'œil et élève la voix pour couvrir le bruit de la musique. Aux hommes à venir et à ceux qui nous feront jouir. Aux hommes qui durent toute la nuit et à ceux qui rendent nos journées lumineuses, à celui que nous finirons par prendre pour mari à condition que son sexe soit plus gros qu'un ferry.

– Plus gros qu'un ferry ?, je répète avant de descendre mon verre puis le sien. Comment une bite peut-elle être plus grosse qu'un ferry ?

– Tu as une autre rime avec *mari* ?

– Attends, hmm, laisse-moi réfléchir. Je m'arrête pour danser au rythme de la musique, mes idées se délitant à mesure que l'alcool circule dans mes veines. Et que dis-tu de *canari* ?

– Canari ? Alice se met à rire. J'espère bien que la bite de mon mari sera plus grosse qu'un canari !

Je ris de plus belle. Je sens dans mon dos quelqu'un qui commence à se frotter contre mon corps et je tourne la tête pour voir s'il est beau. C'est un homme plus âgé que moi avec les cheveux en brosse et de vilaines cicatrices d'acné. Je suis sur le point de le repousser lorsque je décide de le laisser simplement danser à mes côtés. Quel mal y a-t-il à cela ?

– Un canari ? Ah ah !, recommence Alice. Trop drôle.

– Pourquoi ton amie rit-elle si fort ?, murmure à mon oreille le type derrière moi. Son bras s'enroule autour de ma taille.

– À cause de vous. Je lui donne un coup de coude et m'éloigne. Allons danser ailleurs, je propose à Alice en lui prenant la main.

– Je veux un autre verre, hoquette-t-elle.

– Non, attends. Mieux vaut éviter d'avoir la gueule de bois demain. Allons danser, nous boirons ensuite.

– D'accord, répond-elle. Nous nous dirigeons vers la piste de danse. Près du bar, je vois mon soupirant éconduit rejoindre l'arrière de la salle avec quelqu'un. Il semble extrêmement mécontent. Les battements de mon cœur s'accélèrent, je me demande ce qu'il trafique. Puis j'essaie d'oublier tout ça, d'autant que résonne soudain l'une de mes chansons préférées de Jay-Z.

– Je trouve que Jay-Z et Justin Timberlake devraient collaborer sur toutes leurs chansons, s'écrie Alice tandis que nous nous trémoussons en cadence.

– Je croyais que tu rêvais plutôt d'une collaboration entre Jay-Z et Taylor Swift.

– Eh bien, ils n'ont qu'à faire une chanson tous les trois ensemble. Ce serait génial.

– Oui, c'est sûr.

J'approuve de la tête, puis je ferme les yeux en dansant. J'adore cette sensation : en boîte de nuit, je me sens intensément vivante. Être sur une piste bondée, se déhancher au milieu de la foule, c'est une expérience tellement forte. Je lève les bras en chantant et en dansant. Alice me saisit les mains et nous sautillons ensemble en nous époumonant.

– Oh là là, j'adore ce morceau !, hurle Alice tandis que résonnent les premières notes d'un vieux tube des Backstreet Boys.

– Moi aussi, réponds-je aussi fort qu'elle. Nous pouffons. Nous sommes toutes les deux juste assez pompettes pour nous amuser vraiment. Je commence à tournoyer quand je remarque plusieurs types qui me dévisagent. Cela m'encourage à bouger encore plus et à reproduire une chorégraphie d'un clip de Britney Spears. Je commence même à oublier Xander et son arrogance. Je souris lorsqu'un blond sexy s'approche de moi.

– Salut !, lance-t-il en commençant à danser à mes côtés.

– Salut.

– Quoi ?, crie-t-il en se rapprochant encore.

– J'ai dit « salut », je crie à mon tour tout en fixant ses yeux bleu foncé.

– Oh. Il se met à rire. Tu veux danser ?

– Bien sûr, j'acquiesce.

Il sourit et se met à onduler derrière moi. Alice me fait un clin d'œil tandis que je sens les mains du gars se poser sur ma taille. Je continue à danser lorsque je vois un type superbe avec un corps d'athlète attraper Alice et l'attirer vers lui. Elle commence à danser avec lui et je ferme les yeux en me laissant aller avec la musique. Mais au bout de quelques minutes pourtant, je me sens mal à l'aise. J'ouvre les yeux pour scruter attentivement la foule autour de moi. Je commence à avoir la chair de poule, j'ai l'impression d'être épiée, surveillée. J'essaie de chasser cette impression pour me remettre à danser. Mais en vain.

– On va dehors ?, crie l'homme près de mon oreille et je sens ses mains remonter le long de mon ventre pour se diriger vers mes seins. Je les saisis au moment où elles s'apprêtent à atteindre leur objectif.

– Arrête de jouer les allumeuses, lance-t-il.

– Mais je ne joue pas les allumeuses, je rétorque, agacée.

– Viens, on sort.

Sa main droite se pose sur ma hanche et je suis sur le point de la repousser à nouveau lorsqu'il est tout à coup tiré en arrière.

– Hein ? Je me retourne, stupéfaite, pour découvrir Xander qui tient fermement le mec. Xander ! Qu'est-ce que tu fais là ?, je bredouille, à la fois énervée et excitée.

– Il t'emmerde ? Il serre fort l'homme par le bras et je dis non de la tête. Dégage. Il le repousse. Et t'as pas intérêt à revenir l'emmerder, t'as compris ?

– Je ne l'emmerdais pas. Le type semble furieux. Elle était d'accord.

– Dégage. Xander le repousse de nouveau et je crains que cela ne dégénère en bagarre.

– Qu'est-ce que tu fais là ?

– Comment ? Xander se rapproche de moi. Je ne t'entends pas.

– Qu'est-ce que tu fais ici ?, je répète en hurlant, cette fois dans son oreille.

– Aiden et moi voulions être sûrs qu'Alice et toi alliez bien.

– Quoi ? Je suis encore plus agacée maintenant. Nous ne sommes pas des gamines.

– En tous cas, vous vous comportez comme des ados attardées. Le corps de Xander est maintenant tout contre le mien et je tremble. Nous voulions nous assurer que vos deux robes ne vous créaient pas d'ennuis et on dirait que nous sommes arrivés juste à temps.

– Peu importe, réponds-je en regardant autour de moi. Où est Aiden ?

– Parti s'assurer qu'Alice n'a pas de problème avec le catcheur.

Il me fait un clin d'œil et je ne peux m'empêcher de rire.

– Tu dis vraiment n'importe quoi.

– Est-ce une façon de remercier ton sauveur ?

– Mon quoi ?, je me moque en me passant la langue sur les lèvres devenues soudainement sèches.

– Ton sauveur. Il sourit et s'avance de sorte que ses lèvres se posent doucement sur les miennes. Est-ce que j'ai droit à un baiser en guise de remerciement ?

– Non, pas du tout. J'avale ma salive, mais ne me dérobe pas. Je sens le bout de sa langue passer sur mes lèvres et mon corps tout entier tremble à son contact.

– S'il te plaît, insiste-t-il.

Il me défie de lui rendre son baiser tandis qu'il pousse le bout de sa langue dans ma bouche entrouverte.

Je fais non de la tête, mes lèvres se ferment sur sa langue pendant quelques secondes et l'aspirent. Puis je m'écarte de lui.

– Ah vous voilà ! Aiden et Alice s'approchent de nous. Il est temps d'y aller.

– Pardon ?

Alice et moi tombons des nues.

– Il est temps de rentrer.

Aiden semble furieux, plus furieux que je ne l'ai jamais vu. Je regarde Alice, qui a l'air énervée. Je les observe quelques secondes et me demande si leur relation n'est pas terminée avant même d'avoir commencé. Cela servirait de leçon à Aiden. Il se comporte vraiment comme un idiot. J'ai l'habitude de son caractère autoritaire, mais je sais qu'Alice vient d'en découvrir un tout premier aperçu et qu'elle ne va probablement pas apprécier.

– Aiden, on n'a pas envie de partir !, je crie, laissant exploser ma colère. Vous n'auriez pas dû venir ici tous les deux.

– Nous voulions nous assurer que vous alliez bien. Il tourne la tête vers Alice et se renfrogne en la voyant sourire à un type qui danse près d'elle. De nos jours, deux filles célibataires doivent se montrer prudentes.

– Nous sommes grandes. Je soupire puis regarde Xander. Où est Gabby ?

– Avec Henry. Ses yeux plongent dans les miens. Tu préférerais qu'elle soit là ?

– Non, et toi ?

– Non, répond-il simplement.

Les battements de mon cœur s'amplifient dangereusement tandis que je le fixe. Qu'est-ce que cet homme a donc pour embraser mon cœur et mon âme d'un seul regard, et pour me laisser dans un douloureux état de manque absolu d'un simple geste ?

– S'il te plaît, va-t'en, dis-je doucement. Cette soirée, c'est la nôtre. Je ne veux pas de ce casse-tête-là, Xander. Je me frotte le front en sentant poindre une migraine. Je ne peux pas te laisser surgir comme ça.

– Juste une danse, supplie-t-il, ses yeux ne lâchant jamais les miens.

– Comment ?

– Une danse et je partirai en emmenant Aiden avec moi.

– Pourquoi tu veux une danse ?

– Difficile de ne pas avoir envie de danser avec une sirène sexy comme toi…

– Je ne suis pas une sirène.

Je m'empourpre.

– Quand tu dansais, je ne pouvais pas m'empêcher de te regarder. Tu m'ensorcelles comme une sirène. Il m'attire vers lui. Danse avec moi, Liv.

– Et Aiden et Alice ?

– Eh bien quoi ?

– Bon d'accord, une danse. Mais je te préviens, pas de truc chelou.

Liv

– Quel truc chelou ?

Il me regarde d'un air innocent et je ris.

– N'essaie pas de glisser tes mains sous ma jupe, par exemple, je chuchote à son oreille.

Il m'attire plus près de lui en riant.

– Je ne peux rien promettre.

Il enroule ses bras autour de ma taille et nous commençons à danser. C'est excitant et délicieusement dangereux de sentir ses mains monter et redescendre sur mon dos et mes fesses. Nous dansons en silence, nos corps ondulant harmonieusement, comme si nous avions déjà dansé un million de fois sur un million de chansons différentes. Avec son corps contre le mien, je suis comme un poisson dans l'eau et je m'autorise à me détendre. J'enroule mes bras autour de son cou et pose la tête sur son épaule. Nous bougeons lentement, comme si nous étions à un bal. Notre danse est complètement en décalage dans cette boîte de nuit bondée, mais nous nous en moquons. Nous avons beau être cernés par la foule qui s'amasse sur la piste, il n'y a que nous. Je suis surprise qu'il n'essaie pas de me caresser. Ses mains restent là, sans chercher, et ses lèvres ne se risquent jamais vers les miennes. Je sens les battements de son cœur, me rappelant qu'il n'est qu'un être humain, tout comme moi. Je me recule un peu et je le fixe pour voir si je peux deviner ses pensées. Son regard est brûlant, il ne sourit plus. Nous nous dévisageons simplement en dansant, comme pour nous souvenir de chaque détail des traits de l'autre. C'est comme s'il était mon mari prêt à partir pour la guerre et que c'était la dernière danse que nous nous étions promise avant qu'il n'embarque. Nous nous regardons, nous imprégnant simplement l'un de l'autre. Comme si nous nous rencontrions pour la première fois. C'est la première fois aussi que nous partageons un moment sans baise ni dispute. C'est notre moment rien qu'à nous. Un moment pour ceux que nous aurions pu être dans d'autres circonstances. Dans d'autres circonstances, cette danse aurait pu être magique, malheureusement, elle est gâchée. Gâchée par le fait que nous ne sommes pas seulement deux étrangers apprenant à se connaître l'un l'autre. Des liens nous unissent déjà et nous ne pourrons jamais les effacer ni les oublier. Nous sommes l'un pour l'autre un sale petit secret et, tandis que je continue à l'admirer, je sens une vague de honte me traverser. Pourquoi danser avec cet homme que je ne pourrai jamais avoir ?

– La danse est terminée. Je fais un pas en arrière avec un bref sourire. Tu devrais partir maintenant.

– Et si je ne veux pas que ce soit terminé ?, demande-t-il en me faisant le plus beau sourire de tous les temps.

— Alors je répondrai que je suis désolée. Je hausse les épaules et me dépêche de rejoindre Alice avant qu'il ne me rattrape. Je me fraye un chemin au milieu de la foule et la prends par le bras. Allons boire un verre.

— Je me demandais où tu avais disparu, me dit-elle dans un soupir.

Aiden est là tout près, le regard désapprobateur, et je comprends que leur échange ne s'est pas bien déroulé.

— Que s'est-il passé avec Aiden ? Nous nous dirigeons vers le bar, plus tranquille.

— Il m'a dit que je l'avais déçu. Qu'il faut être une vraie gourde pour danser avec une armoire à glace.

Elle fait la moue.

— Pourquoi ?

— Il m'a expliqué que je n'aurais pas pu repousser le type si jamais il avait tenté quelque chose avec moi ; j'ai essayé de lui démontrer le contraire.

— Aiden est le roi des rabat-joie.

— Je ne comprends pas pourquoi il s'obstine à être toujours sur mon dos. Il croit que j'ai dix ans ou quoi ?

— Rassure-toi Alice, ce n'est pas qu'avec toi… Qu'est-ce que tu prends ? C'est moi qui régale.

— Allez, une autre tournée de vodka-coca.

– Et allons-y pour quelques pipes aussi ! Je fais signe au barman en riant. Mon amie et moi nous voudrions deux vodka-coca et deux pipes s'il vous plaît !

– Tout de suite. Il sourit. Je ne serais pas contre une petite gâterie non plus.

– Ça, je n'en doute pas, je rétorque pour l'allumer. Il se penche en avant.

– Je peux vous offrir les verres vous savez…

– C'est-à-dire ?

Je souris en me passant la langue sur les lèvres.

– Tout ce que vous devez faire en échange, c'est monter sur le bar et danser lascivement, un peu comme tout à l'heure sur la piste.

– C'est dans mes cordes, j'acquiesce. Et mon amie accepte aussi.

– Parfait. Il se met à rire. Faites-le tour sur le côté et je vous aiderai à monter.

– D'accord. Viens Alice, on a nos boissons gratos si on danse sur le bar !

– Tu es sûre ?, me demande-t-elle, l'air sceptique.

– Oui, certaine. Je lui saisis la main. Allons-y et montrons à Xander et à Aiden ce qu'ils ratent.

Nous nous dirigeons rapidement vers le côté du bar où le barman sexy nous aide à grimper. Je regarde la foule en contrebas et pendant une seconde, je me dis que je vais redescendre. Je ne suis plus très sûre que ce soit une bonne idée, mais Alice me prend par la main et commence à danser. Je l'imite.

– Voilà vos boissons, mesdemoiselles. Il nous tend les verres. Je veux vous voir les boire avec la même sensualité que si vous tailliez des pipes.

– Pas de problème ! Nous rions toutes les deux en attrapant nos cocktails. Je ferme les yeux et lèche le verre puis avale tout d'un trait. Je commence alors à me balancer. J'entends quelques types nous siffler et j'accentue le mouvement de mes hanches pour jouer les stars. Mais trois secondes après, je sens deux bras s'enrouler fermement autour de ma taille et me soulever du bar. J'ouvre les yeux et je vois le visage furieux de Xander face à moi.

– Tu as décidé de me rendre fou ce soir, c'est ça ?, maugrée-t-il en me reposant par terre.

– Je n'ai rien fait !

– Tu étais sur le point de tomber, Liv. À quoi tu joues ?

– De quoi tu parles ? Nous avons juste eu deux verres gratuits pour…

– Vous déhancher sur le bar, comme des putes !, m'interrompt-il d'un air consterné.

Je regarde derrière moi et remarque qu'Aiden a aussi fait descendre Alice et semble lui tenir le même discours.

– Je ne suis pas une pute.

– Viens avec moi. Il me soulève de nouveau, nous traversons la foule et nous sortons. C'est quoi le problème, Liv ?

– Qu'est-ce que tu veux dire ?

– Pourquoi tu joues avec mes nerfs comme ça ?

Puis il se penche pour m'embrasser brutalement, ses lèvres se plaquant contre les miennes tandis que ses doigts plongent dans mes cheveux pour m'attirer contre lui.

– Pas du tout, je proteste en lui rendant ses baisers. Mes mains courent dans sa chevelure et s'accrochent à lui de toutes mes forces.

– J'ai tellement envie de toi, gémit-il en posant ses mains sur mes fesses. Je veux te baiser là, tout de suite, devant tout le monde, me murmure-t-il en me suçant la lèvre. Je veux que tout le monde sache que tu es à moi et que je serai le seul ce soir dont les doigts et la bite pourront se glisser sous ta jupe trop courte.

– Xander, dis-je dans un souffle, excitée par le son guttural de sa voix. Mes mains se dirigent vers son entrejambe pour palper son sexe déjà dur. Je suis sur le point de baisser sa braguette lorsque je m'arrête net. Je le repousse et fais un pas en arrière. Non, ça suffit, je halète en essuyant mes lèvres à la hâte. Nous ne pouvons pas faire ça.

Liv

– Quoi ?, supplie-t-il, le regard sombre plein de désir.

– Tu ne peux pas continuer à souffler le chaud et le froid avec moi et je ne peux pas continuer à te laisser faire. Je ne suis pas ton jouet. Je ne vais pas te laisser me baiser à chaque fois que tu en as envie. Nous avons couché ensemble la semaine dernière et tu l'as tellement regretté que tu n'as rien trouvé de mieux que de demander ma propre sœur en mariage. Tu sais quoi, Xander ? À présent, tu peux t'en aller et la baiser. C'est terminé. Tu peux me laisser.

Il semble sonné par mes paroles. C'est comme s'il réalisait enfin combien cette situation me pesait. C'est comme si sa queue avait compris qu'elle ne pouvait pas simplement s'amuser avec ma chatte à chaque fois qu'elle le voulait. Je ne vais pas être cette fille-là. Pas avec lui. Il est sur le point de dire quelque chose lorsque Aiden et Alice sortent de la boîte.

– Ah, vous voilà.

Alice court vers moi, l'air furieuse.

– Tout va bien ?

– Ton frère est un connard, point barre, murmure-t-elle en détournant le regard.

– Laissez-nous, maintenant, les mecs !, je hurle, en colère. Et quand je dis maintenant, ça veut dire que si vous n'avez pas quitté cet endroit dans moins de trente secondes, je vais crier si fort que la police arrivera en courant pour vous arrêter tous les deux.

– Liv, commence Aiden, avant de s'arrêter. Je suis désolé.

– C'est trop tard. Je prends une profonde inspiration et regarde Xander. Tu ne peux plus me traiter comme ça. Je ne le supporte plus. Rentrez et laissez-nous tranquilles.

Je me retourne, attrape Alice par le bras et nous retournons vers le club. Nous savons très bien que notre soirée entre filles est déjà gâchée, mais aucune de nous deux ne veut l'admettre et encore moins rentrer à la maison.

18.

– Bienvenue à la maison.

Scott nous ouvre la porte lorsque nous rentrons quelques heures plus tard.

– Ouais, merci, je marmonne d'une voix lasse en passant devant lui.

– Je file prendre une douche, d'accord, Liv ?, me demande Alice à voix basse.

– OK, je vais boire un verre d'eau et m'installer un petit moment dehors, dans le rocking-chair.

Elle s'éloigne et je vois Scott l'accompagner dans le couloir. Je soupire en allant à la cuisine chercher de quoi manger dans le réfrigérateur. Je prends une bouteille d'eau avec un morceau de fromage, et je sors dans le jardin, espérant ainsi me débarrasser de ma mauvaise humeur. Ce soir, le ciel est superbe, presque majestueux dans l'obscurité veloutée. J'observe les étoiles qui scintillent et je me renfonce dans le fauteuil, profitant de la brise fraîche qui me caresse le visage.

– Je vois que tu es rentrée à la maison sans encombre.

La voix grave de Xander m'interrompt dans mes pensées.

– Encore toi ! Je me tourne pour le regarder. À nouveau, il est torse nu, vêtu seulement d'un caleçon. Qu'est-ce que tu veux ?

– Je voulais m'excuser. Il se tient près de moi. Je suis désolé pour tout à l'heure.

– Très bien. Je hausse les épaules en regardant ailleurs.

– Nous pouvons aller nous asseoir dans l'herbe ?, demande-t-il doucement. Je me sens bizarre d'être debout alors que tu es assise.

– Je ne veux pas m'asseoir dans l'herbe, je rétorque avec humeur.

– J'aimerais que nous ayons une petite conversation, Liv, et je préférerais que nous soyons tous les deux confortablement installés.

– D'accord. Je me lève d'un bond. Je vais chercher une couverture. Je ne peux pas m'asseoir dans l'herbe avec cette robe.

– J'en ai apporté une. Il la tend devant lui. Juste au cas où tu aies été là, dehors.

– Tu m'attendais ?

– Oui. Je me suis dit que nous avions besoin de parler.

– OK.

– D'abord, je veux te redire que je suis désolé de vous avoir rejointes au club. Je sais que c'était un peu n'importe quoi.

– Ouais, juste un peu, réponds-je sur un ton sarcastique tandis qu'il étend la couverture sur le gazon.

Ensuite, nous nous asseyons tous les deux en nous installant du mieux possible.

– Cela a été un choc pour moi, tu sais, de te voir là-bas, lance-t-il.

Il dit avoir eu un choc ? Et moi donc !

– C'est de ta faute, Xander, si nous sommes encore dans cette situation.

Il me prend les mains.

– Regarde-moi, Liv. Tu m'as quitté : lorsque je me suis réveillé, tu étais partie. Je me suis senti profondément abandonné, seul et triste. Je n'avais jamais ressenti cela auparavant. Il soupire tandis que ses doigts jouent avec les miens.

– Qu'est-ce que tu veux dire par « je t'ai quitté » ? Je ne t'ai jamais quitté.

– Le week-end dernier. Il grimace. Nous avons fait l'amour toute la nuit à l'hôtel et lorsque je me suis réveillé, tu étais partie. Pas de mot, pas de numéro. Je ne connaissais même pas ton prénom. Et je me sentais mal. Je voulais passer la journée avec toi. Je voulais mieux te connaître.

– Alors, tu as demandé ma sœur en mariage parce que tu étais contrarié que j'aie baisé et décampé juste après ?

Je me mords la lèvre pour m'empêcher de rire. Je ne sais pas vraiment pourquoi j'ai dit « baisé et décampé », mais cela me donne envie de rire.

– Tu as bien dit « baisé et décampé » ?

Les yeux rieurs de Xander sont fixés sur moi.

– Oui. Ne me demande pas pourquoi !

– Peut-être parce que c'est la vérité. Il sourit. C'est ce que tu as fait ; sur le plan technique, je t'ai baisée, mais c'est toi qui es partie.

– Xander… Reviens à ce que tu voulais me dire.

– Excuse-moi, je me laisse distraire. Il se passe la langue sur les lèvres. Je viens d'avoir un flash de la façon profonde et intense avec laquelle je t'ai baisée. J'ai trouvé toutes tes zones érogènes, n'est-ce pas ?

– Xander !

Je rougis, je ne veux pas lui avouer qu'il en a même découvert de nouvelles.

– Désolé. Il a un petit rire. C'est pas évident d'oublier le meilleur coup de sa vie.

– Je suis le meilleur coup de ta vie ?

– Oui. Il me regarde d'une manière diabolique tandis que son pouce va et vient le long de mon poignet et de ma paume. Et c'est sans doute pour ça que ça m'a fait tellement mal de ne pas te voir le matin. Il reste un moment silencieux avant de me dévisager. J'étais en colère, Liv. J'étais furieux. C'était la première fois qu'après un plan cul, je ressentais quelque chose le lendemain, or c'était aussi la première fois qu'une femme me faisait du mal. J'ai réagi sans réfléchir. C'est dur de se rendre compte que des aventures d'un soir insignifiantes ne le restent pas forcément.

– Qu'est-ce que tu veux dire ?

– Je veux dire que tu étais différente. Ce que nous avions eu… cette étincelle dans l'église et puis à l'hôtel, eh bien, c'était particulier. Cela m'a fait me sentir différent, bizarre. Je ne sais même pas comment l'expliquer. Je n'aimais pas ce sentiment-là. Je ne l'aime toujours pas. Je n'aime pas être ici avec toi et avoir l'impression de voler. Je n'aime pas te toucher et avoir l'impression que nous sommes connectés. Je n'aime pas te regarder et avoir envie de sourire. Ce n'est pas mon genre. Je ne veux pas de ces sentiments-là. Je t'ai maltraitée et pour la première fois de ma vie, j'ai honte de ce que j'ai fait. J'ai honte de te donner l'impression que tu es un morceau de viande. Parce que pour la première fois de ma vie, je comprends que le sexe et les femmes ne sont pas simplement là pour mon plaisir. Tu m'as fait ressentir ça et j'ignore ce que je dois en penser !

– Qu'est-ce que tu dis, Xander ?

Je n'en crois pas mes oreilles. Soyons honnête, à ce moment-là je crois qu'il va me dire qu'il m'aime. Je sais, je suis folle à lier, il me connaît à peine et pourtant, je veux qu'il me dise qu'il m'aime. Et pour être tout à fait franche, je rêve qu'il me demande en mariage. Je veux qu'il dise qu'il a tellement besoin de moi qu'il souhaite passer le restant de ses jours avec moi. J'ai toutes les raisons de prendre mes désirs pour des réalités.

– J'ai entendu parler de Gabby quelques semaines avant le mariage, par l'intermédiaire de Luke, et le jour qui a suivi son appel, je l'ai rencontrée avec Luke et Henry.

– Luke qui venait de se marier ? Le Luke du mariage ?

– Oui.

– Il n'est pas parti en voyage de noces avec Joanna ?

– Il a été reporté.

– J'ignorais que Gabby connaissait Luke. Je me rassieds et réfléchis. Bon, il se peut qu'elle l'ait croisé par l'intermédiaire d'Alice, mais c'était il y a longtemps.

– Cela n'a rien à voir, Liv. Il soupire. Lorsque j'ai rencontré Gabby, elle était bouleversée parce qu'elle venait de découvrir qu'elle était enceinte, or le père du bébé ne voulait pas l'épouser. Elle avait peur de décevoir sa famille. Elle souhaitait pouvoir avoir un fiancé à ramener à la maison. Et Henry m'a rappelé que notre grand-père contrôlait l'entreprise familiale jusqu'à ce que je me marie, et c'est comme ça que l'idée m'est venue.

– Tu es fiancé à Gabby parce que tu te sentais mal pour elle et parce que tu veux contrôler l'entreprise de ta famille ?

– Fondamentalement, oui.

– Et rien ne te fera rompre ces fiançailles ?

– Ce serait idiot de ma part de laisser une nuit passée avec toi m'influencer et me faire modifier mes plans, Liv. Je ne cherche pas à être cruel, mais Gabby et moi avons passé un accord. C'est un arrangement qui nous profitera à tous les deux.

– Et moi là-dedans ?

– Je ne sais pas quoi dire, Liv. Je sais que je me suis comporté comme un pauvre type et je ne peux pas changer ça. Je ne peux que m'excuser, mais je ne sais pas quoi dire d'autre.

– Rien, je suppose.

Je retiens des larmes de déception. À quoi cela sert-il d'exprimer mes émotions et ma blessure ? Il pensera simplement que je suis une psychopathe. La seule personne qui pourrait comprendre ce que je ressens à cet instant précis, c'est Alice.

– Je voulais t'expliquer pour quelle raison Gabby et moi étions fiancés. Je ne voulais pas que tu penses que j'étais une sorte de salaud qui vous aurait draguées toutes les deux. Je ne ressens rien pour ta sœur, à part de l'amitié. Il n'y a pas cette alchimie incroyable qui existe entre nous.

– Tu m'as dit que tu voulais coucher avec elle.

Ma jalousie est sur le point d'éclater.

– Je ne suis pas sûr d'avoir dit ça, mais peut-être que je laissais entendre qu'il s'agissait de faire de ce mariage quelque chose de complet, à tous les niveaux. Je ne disais cela que pour te faire réagir.

– Bon, c'est parfait alors.

– Je me comporte comme un imbécile lorsque je suis près de toi. Je ne suis pas moi-même.

– Qui es-tu alors ? E.T. ?

– Peut-être.

– C'est bien ce que je pensais. Je réfléchis. Tu es un extra-terrestre, tu viens d'une autre planète, réponds-je avec un sourire, puis il commence à me chatouiller. Je tombe en arrière sur le sol en gloussant, tout en essayant de le repousser, mais il continue de me chatouiller sous les bras, sur le ventre et les genoux. Non, Xander, je souffle tandis que nous roulons sur la couverture.

– Je ne savais pas que tu étais si chatouilleuse. Il me sourit, les yeux brillants.

– Eh bien maintenant, tu sais.

– Oui. Il se penche et me dépose un baiser rapide sur le front. Puis il s'allonge sur la couverture à côté de moi, ses épaules contre les miennes. Il ne s'agit pas seulement d'argent, tu sais.

– C'est-à-dire ?, je demande doucement en gardant les yeux rivés sur les étoiles dans le ciel.

– Je ne veux pas de l'entreprise pour pouvoir gagner plus d'argent. J'en ai déjà beaucoup.

– Ah, je commente à voix basse dans l'espoir qu'il m'explique pourquoi il veut l'entreprise.

– J'ai une organisation humanitaire en Afrique. Nous aidons à purifier l'eau avec du chlore et nous creusons des puits. Sa voix est douce. À l'heure actuelle, je ne peux faire un don que d'un million de dollars par an par l'intermédiaire de la fondation de l'entreprise, mais si je prenais en main la société, je pourrais en modifier les règles.

– Tu n'as pas d'actionnaires ?

– Nous sommes une entreprise privée. Nous avons un conseil d'administration, mais nous ne sommes pas nombreux et je peux le contrôler. Sa voix devient passionnée. Je veux pouvoir le faire. Ma famille a beaucoup d'argent. Je veux pouvoir faire quelque chose de bien avec. C'est vraiment important pour moi.

– Je comprends. Et c'est vrai. C'est une noble cause. Une très noble cause. Une cause qui me surprend, pour être honnête. Du coup, je me sens coupable. Je me rends compte que je désire que ce beau garçon sexy me veuille, moi, qu'il me dise qu'il m'aime alors que je ne sais rien de lui. Tout ce que je sais, c'est qu'il fait des merveilles avec sa langue. Un sentiment de honte me rattrape. Depuis combien de temps as-tu cette ONG ?, je le questionne tandis que nous restons allongés, les yeux au ciel.

– Depuis mes dix-sept ans. J'ai commencé la dernière année du lycée avec un peu d'argent que mon père m'avait donné. Il m'a dit que je pourrais m'acheter une belle bagnole avec.

– Et tu ne l'as pas fait…

– Non, répond-il à voix basse. J'avais travaillé sur un projet scientifique à propos du choléra et des maladies générées par l'eau. J'avais conscience qu'énormément d'Africains mouraient dans différents pays en buvant de l'eau. J'ai pensé qu'il y avait quelque chose à faire.

– Alors, tu as voulu t'impliquer dans ce projet ?

– Exactement. C'était mon devoir, répond-il avec passion. J'en avais les moyens. Les gens qui meurent de maladies à cause de l'eau, cela peut s'éviter. Ce n'est pas comme les conflits au Moyen-Orient ou les guerres. C'est quelque chose de tangible. Un état de fait pour lequel il existe des solutions. Et nous connaissons les solutions. On sait comment agir. Il se retourne et cette fois, je le regarde. Ses yeux brillent. Lorsque je suis entré dans l'entreprise familiale, je me suis assuré que mon père investissait dans différents systèmes de purification d'eau. Nous allions les utiliser dans… Il s'interrompt. Désolé, je t'ennuie avec tout ça.

– Pas du tout. Je passe la main sur son visage. Et ensuite ?

– Mes parents sont morts dans un accident de voiture et mon grand-père n'était plus intéressé pour apporter son aide, en tous cas pas sans établir un ensemble de règles.

– Comme celle concernant ton mariage ?

– Tu as tout compris ! Il soupire. J'ai résisté le plus longtemps possible et j'ai essayé d'utiliser mon propre argent, mais ma responsabilité est liée en tellement de façons… En plus, je ne peux pas utiliser l'argent comme bon me semble. Je n'y ai pas totalement accès avant mes trente-cinq ans. Alors je me suis dit, et puis merde. Si je dois me marier pour faire ce que j'ai à faire, alors je me marierai. Et ta sœur avait besoin d'un mari. Alors, nous nous sommes mis d'accord. Cela semblait intelligent. Pratique. Et c'était sûr. Il n'y avait pas de sentiments pour compliquer ou embrouiller les choses.

– C'est bien.

Je baisse les yeux en essayant de ne pas lui montrer combien je suis à nouveau blessée et déconcertée.

– Je t'aime vraiment beaucoup, Liv. Il me saisit par le menton pour que je le regarde dans les yeux. Mais je ne te connais même pas, tu sais. Je ne comprends pas comment je peux me sentir si proche de toi. Ou comment tu as pu me manquer ce matin-là, lorsque tu es partie. Je suis un mec simple. Quelqu'un de débrouillard, mais plutôt nul dans les relations ou les émotions. Ou les sentiments. On ne peut pas se fier à ses sentiments.

– Je comprends.

– Vraiment ? Son regard cherche le mien.

– Oui. Je me penche pour lui donner un baiser léger. Je comprends, Xander.

– Je ne peux pas laisser cette folie entre nous tout changer. Je ne peux pas laisser mes émotions influencer cette décision.

Il donne l'impression d'essayer de nous en convaincre tous les deux.

– Tu dois faire ce qui te semble juste.

Je recule légèrement en retenant mes larmes. Je ne vais pas m'autoriser à pleurer devant lui.

– Tu vas passer la nuit avec moi ?, demande-t-il doucement. Nous n'avons pas besoin de faire l'amour. Je veux juste te tenir dans mes bras. Je veux juste sentir ton cœur battre près du mien. Je veux juste me réveiller à tes côtés.

– Non, désolée. Je me lève lentement. Je suis navrée, Xander, mais comme je te l'ai déjà dit, je ne suis pas ce genre de fille. Merci de m'avoir expliqué pourquoi tu épouses Gabby, mais cela ne change rien. Tu es son fiancé, elle reste ma sœur et je suis moi. Et je ne veux pas être l'autre femme, dans tous les sens du terme. Je rajuste ma robe et je le regarde, en essayant de fixer son expression blessée. Je suis presque certaine que je ne le reverrai jamais dans cet état. Tu es un chic type, Xander, mais tu n'es pas le mien. Bonne nuit.

Je traverse le jardin et regagne la maison. *Ne trébuche pas, ne trébuche pas.* C'est la seule chose à laquelle je suis capable de penser alors que je me dépêche de m'éloigner de lui, le cœur battant et le visage baigné de larmes.

19.

– Tes parents vont être furieux, non ?, demande Alice tandis que nous entrons dans notre appartement tôt le lendemain matin.

– Non, ils ne remarqueront probablement même pas notre absence, je mens.

– Je suis contente que tu aies voulu aussi partir de bonne heure, soupire Alice. J'ai mal au crâne.

– Moi aussi, renchéris-je en me passant la main sur le front. Je ne voulais pas avoir affaire à eux ce matin.

– Ouais, moi non plus. Elle bâille. C'était une bonne idée de se réveiller à cinq heures du mat' pour partir en catimini, mais du coup je me sens complètement naze.

– Tu veux retourner te coucher ?

– Je crois que je préférerais que tu me parles de ce qui s'est passé hier soir. Elle se laisse tomber sur le canapé.

– Qu'est-ce que tu veux dire ?

– Je sais qu'il s'est passé quelque chose entre Xander et toi quand nous sommes rentrées du bar.

– Comment tu sais ?

– Je le sais, c'est tout. Alors, tu vas tout me raconter ou bien tu préfères que je te chatouille jusqu'à ce que tu craques ?

– Oh, Alice, je gémis en m'asseyant à côté d'elle. C'est tellement compliqué…

– Que s'est-il passé ? Elle écarquille les yeux. Tu n'as pas recouché avec lui, si ?

– Non. Nous étions dans le jardin.

– Tu l'as sucé ?

– Alice !

Je lève les yeux au ciel.

– C'est lui qui t'a léchée alors ?

– Rien de tout cela. Je me mets à rire bêtement. Il m'a raconté qu'il lève des fonds pour aider les gens en Afrique à bénéficier de l'eau potable. C'est vraiment un chic type. Pas un pauvre mec comme je le pensais.

– Hmm ? Elle s'assied. Je suis désolée, mais quoi ? Je n'y comprends plus rien. Pourquoi est-ce que c'est un problème ? Ce n'est pas une bonne nouvelle au contraire ? Tu as découvert que ton coup d'un soir est en fait une personne honnête et dévouée.

– Tout devrait bien aller dans le meilleur des mondes, non ?, réponds-je en grognant. Mais pas du tout, c'est pour cela qu'il épouse Gabby. Soi-disant qu'en l'épousant, il peut obtenir plus d'argent par l'entreprise de sa famille et aider plus de monde ou quelque chose comme ça.

– Alors, pourquoi est-ce qu'il ne peut pas simplement t'épouser, toi ? Pourquoi est-ce qu'il choisit Gabby ? Je suis sûre que son grand-père n'a pas posé comme condition qu'il épouse la pire garce de tous les temps.

– Oh, Alice, je glousse. Je pense qu'il se sent obligé de l'épouser parce qu'elle est enceinte.

– Hmm, d'accord, rétorque Alice en fronçant les sourcils. Finalement, son problème, c'est qu'il est trop gentil ?

– Sans doute. Je me rallonge et soupire. Même si je ne connais personne qui dirait de Xander que c'est un chic type. Canon, oui. Super sexy, ça oui. Un bon coup au lit, oui, mais un chic type ? Je ne sais pas, j'ajoute en pouffant.

– Ouais, je ne dirais pas de lui que c'est un gentil garçon, reprend Alice. Il a quand même un côté *bad boy*.

– Il m'a dit qu'il avait passé un bon moment le week-end dernier et que je lui avais manqué lorsque j'étais repartie le lendemain matin, qu'il n'était pas habitué à ces sentiments-là et que c'est pour cette raison qu'il avait demandé Gabby en mariage.

– Tu déconnes ? C'est l'argument le plus débile que j'aie jamais entendu ! Il passe la nuit avec une fille superbe, ils font l'amour comme des bêtes et parce qu'elle repart le matin, il décide d'épouser une autre fille ? Il a fumé ou quoi ?

– Quand tu présentes ça comme ça, c'est carrément aberrant. Mais il a mieux expliqué les choses que moi, il a dit que c'était parce qu'il n'était pas habitué à éprouver des sentiments aussi profonds.

– Quels sentiments aussi profonds ? Alice me regarde comme si j'étais folle. Écoute, je ne voudrais pas jouer les rabat-joie et arrête-moi si je me trompe, mais au final, il t'a juste fait le cunnilingus de ta vie au mariage, puis vous avez baisé comme des bêtes une nuit dans sa chambre d'hôtel, et ça s'arrête là ?

– C'est bien ça, je confirme.

– Est-ce que vous avez eu des conversations profondes et complices, tard dans la nuit, que tu m'aurais cachées ? Est-ce que vous vous êtes rendu compte que vous étiez âmes sœurs?

– Nous avons un peu discuté, mais rien d'essentiel, je concède, tandis que mon cœur s'arrête. Alors, tu penses qu'il ment ?

– Je n'en sais rien, soupire-t-elle. C'est juste bizarre. « J'ai fait l'amour avec toi, tu m'as laissé et cela m'a rendu triste » : ça sonne faux ! Je pense que la plupart des mecs se réveilleraient super contents si la fille qu'ils avaient chopée la veille n'était plus là au petit matin pour leur tenir la jambe.

– Ouais, c'est vrai.

– Et puis, il est toujours avec Gabby, non ? Est-ce qu'il a dit qu'il arrêterait tout avec elle ?

– Non. Il a dit qu'il espérait que je comprenais, qu'ils avaient un arrangement.

– N'importe quoi, réplique Alice en levant les yeux au ciel. Des conneries tout ça.

– Ouais, sans doute. Je ferme les yeux. C'est pour ça que je voulais partir ce matin, avant que tout le monde ne soit levé.

– Je comprends, dit-elle doucement, puis elle me prend dans ses bras. Je suis désolée, Liv. Elle me frotte le dos et je me mets à pleurer. Les larmes jaillissent et je sanglote sans pouvoir m'arrêter.

– Je suis désolée.

– Ne le sois pas, me console-t-elle. Ça va aller.

– Je me sens tellement bête. Je ne sais pas pourquoi j'avais placé mes espoirs aussi haut. Je ne sais pas pourquoi je pensais que ce serait différent. J'espérais juste que lorsqu'il me reverrait et me toucherait, il me voudrait, moi, tu vois ? Je voulais avoir cette relation magique que tout le monde connaît, sauf moi.

– Je n'y ai pas droit non plus, répond Alice et j'aperçois des larmes dans ses yeux.

– Oh Alice, que se passe-t-il ? Je la dévisage. Je suis désolée, j'ai oublié de te demander ce qui s'était passé hier soir. Pourquoi étais-tu si pressée de partir tôt toi aussi ?

– Je ne veux pas en parler. Elle se mord la lèvre en baissant la tête. J'ai fait une bêtise et j'ai tout gâché.

– Dis-moi ce qui s'est passé, je demande doucement, la boule au ventre.

Qu'a-t-elle fait ?

– Cela n'a pas d'importance. Je ne veux pas en parler maintenant. Je t'en parlerai plus tard, d'accord ?

– Bien sûr. J'essuie une larme sur sa joue. Tu peux compter sur moi, à tout moment.

– Je t'aime, me répond-elle avec un soupir. Tu es la meilleure amie que je pouvais souhaiter.

– Tu sais que je ressens la même chose pour toi. Je lui souris avec reconnaissance. Nous avons peut-être perdu à la loterie des mecs, mais nous avons tiré le gros lot en amitié.

– Ouais, c'est vraiment dommage que nous ne soyons pas lesbiennes. Elle rit à travers ses larmes. Nous pourrions vivre heureuses pour toujours.

– Est-ce que tu me dragues, Alice ? Je lui fais un clin d'œil et elle me donne une tape sur l'épaule.

– On ne sait jamais, glousse-t-elle en s'essuyant les yeux. Nous trouverons des types bien, un jour ou l'autre.

– Ouais, mais ne les cherchons pas en boîte de nuit ! Je ris au souvenir de notre soirée. Je ne pense pas qu'il y ait des mecs pour nous dans ce genre d'endroit.

– Ouais, ah ah. Nous pouvons oublier les garçons en boîte.

– C'est sûr, réponds-je en m'étirant avant de me relever. Bon, je pense qu'il est temps de se recoucher.

– Je suis d'accord. Elle se remet à bâiller puis s'essuie les yeux. À tout à l'heure alors.

– À cet après-midi !, réponds-je en riant et je me dirige vers ma chambre. Je me laisse tomber sur le lit comme une masse et avant que je ne m'en rende compte, je me suis déjà endormie, rêvant encore une fois de ma nuit avec Mister Tongue.

20.

Le son continu de la sonnette me réveille et je bougonne, la tête dans l'oreiller. *Faites que ça cesse !*

Ding dong. Ding dong. Ding dong.

– J'arrive !, je hurle en sautant du lit pour me précipiter vers la porte d'entrée. C'est dans ces moments-là que j'envie Alice et sa capacité à dormir quoi qu'il arrive. Oui ? J'ouvre la porte brusquement et mon cœur dérape en voyant Xander sur le seuil, l'air contrarié.

– Salut, Liv.

– Xander. Qu'est-ce que tu fais là ? Tu m'as réveillée, tu sais.

– On est dimanche après-midi, Liv. Il entre dans l'appartement. Pourquoi n'es-tu toujours pas levée ?

– Je suis fatiguée, je murmure. Mais entre donc, fais comme chez toi !

– Pourquoi es-tu partie si tôt ce matin ?

Il me fixe tandis que nous restons debout dans le couloir.

– Pardon ?

Je bâille et le regarde à mon tour.

– Alice et toi êtes parties aux aurores.

– Nous devions rentrer. Nous avions du travail.

Alice choisit ce moment-là pour sortir de sa chambre en se frottant les yeux.

– Qui est-ce ?

– Tu dormais aussi ?, lui demande Xander.

– Ouais, pourquoi ? Elle se dirige vers nous en bâillant de nouveau.

– Quel travail si urgent aviez-vous donc à faire, Liv ?

– Ce n'est pas tes affaires. Je regarde ailleurs. Pourquoi est-il ici ? Comment as-tu eu mon adresse ?

– Aiden me l'a donnée, répond-il sèchement.

– Je suis étonnée qu'il ne soit pas venu avec toi.

– Je ne pense pas qu'il voulait venir, dit Xander et je vois Alice rougir.

Que diable s'est-il donc passé entre eux ? Je l'observe quelques secondes, mais elle évite mon regard.

– Je vais faire du café, propose-t-elle finalement. Vous en voulez ?

– J'en veux bien une tasse, répond Xander. Noir, s'il te plaît.

– Volontiers, avec du lait et du sucre, comme d'habitude, j'ajoute et elle se dirige vers la cuisine. Je me tourne vers Xander. Allons nous asseoir dans le salon. J'imagine que tu ne vas pas partir avant d'avoir bu ton café ?

– Tu imagines bien, rétorque-t-il en m'emboîtant le pas.

– Alors, qu'est-ce que tu veux, Xander ? Je pensais que nous nous étions tout dit hier soir.

– Tu n'as pas dit au revoir.

– Pardon ? Je fronce les sourcils.

– Tu es partie ce matin sans dire au revoir. Il me fixe et je me demande à quoi je ressemble. Je dois avoir l'air pathétique. Je n'ai pas pris la peine de me démaquiller hier soir et je sens que mes cheveux ont perdu leur parfaite ondulation…

– Tu te fous de moi ? Pourquoi dois-je dire au revoir ? J'essaie de ne pas remarquer combien ses lèvres sont roses ce matin.

– Pourquoi t'entêtes-tu à être si immature, Liv ? Je pensais que nous nous étions réconciliés hier. Je pensais que tu avais compris qui j'étais vraiment. Je pensais que nous étions amis.

– Qu'attends-tu de moi, Xander ?, dis-je d'un ton irrité, incapable d'empêcher ma frustration d'éclater. Nous nous dévisageons quelques instants puis il hausse les épaules.

– Je ne sais pas, soupire-t-il. Rien, sans doute.

– Alors va-t'en. Je me rassieds et détourne les yeux.

– Je ne veux pas partir.

– Je ne coucherai pas avec toi, si c'est la raison pour laquelle tu es ici.

– Ce n'est pas pour ça que je suis ici. Il m'attrape la main pour me tirer vers lui. Je ne sais pas quoi dire, Liv. Je ne sais pas ce que tu veux de moi. Je ne te connais même pas. Je ne sais vraiment rien de toi. Je ne peux tout simplement pas changer ma vie pour toi.

– Ça, tu me l'as déjà dit, je soupire en retirant ma main.

– Je le reconnais : j'aime le sexe. Généralement, ce que je veux, je l'obtiens. Et habituellement, c'est plutôt moi qui suis du genre à partir discrètement le matin.

– Tant mieux pour toi. Je me lève lorsque Alice entre dans le salon avec le café. C'est fini, Xander. Je le regarde les bras croisés tout en choisissant soigneusement les mots que je vais prononcer. Tu l'as dit toi-même, tu ne me connais pas. Si tu me connaissais, tu saurais que je ne suis pas le genre de fille qui se contente de plans cul. Je ne suis pas la copine qu'on baise. Je ne suis pas du genre à me laisser piétiner par un homme. Je fixe son visage et ses yeux verts impénétrables. J'ignore ce que tu veux. Et tu ne le sais pas toi-même. Ce n'est pas possible, Xander. Et je ne tiens pas à jouer les seconds rôles derrière ma sœur.

Ensuite, je sors du salon pour me diriger vers ma chambre. Je ferme la porte derrière moi, allume mon ordinateur et écoute ma musique aussi fort que possible. Puis, je vais dans la salle de bains et je fais couler l'eau, avec du bain moussant. Je reste là, à attendre que la baignoire se remplisse. Je refuse de penser à Xander. Je ne vais pas le laisser faire. Je me fous de ce qu'il pense. Je me fous de savoir s'il me trouve complètement folle. Rien à foutre. Rien à foutre. Rien à foutre. Je continue de me répéter cela en me déshabillant. J'entre dans la baignoire et je ferme les yeux, laissant l'eau chaude me calmer. Quel pauvre type de jouer ainsi avec mes sentiments. Pourquoi ne peut-il pas tout simplement m'oublier ?

21.

– Tu veux regarder un film, Alice ?

Je sors de ma chambre environ quatre heures plus tard, revigorée. J'entends la télévision en fond sonore dans le salon où je me rends, déterminée à ne plus penser à Xander.

– Tu as un titre en tête ?

Xander est assis près d'Alice, un sourire chaleureux sur le visage.

– Toi ? Je me renfrogne. Qu'est-ce que tu fais encore là ?

– C'est à mon tour d'aller prendre un bain, annonce Alice en souriant.

– Qu'est-ce qui se passe, Alice ?

Je la regarde, blessée qu'elle soit assise en train de bavarder avec lui après tout ce qu'il m'a fait.

– Je discutais simplement avec Xander. Elle me passe la main sur l'épaule en sortant de la pièce. Ce n'est pas un si méchant garçon…

– Peu importe. Je le regarde de nouveau en soupirant au moment où Alice quitte le salon. Je pensais t'avoir dit de partir.

– En fait, je crois que tu ne l'as pas dit. Il me sourit puis tapote le coussin à côté de lui. Assieds-toi.

– Pourquoi ?

Je me sens bouillir.

– Je sais que ton anniversaire est en septembre, je sais que tu es du signe de la Vierge. Je sais que tu travailles pour une association, où tu t'occupes du marketing. Je sais que tu aurais souhaité être meilleure en sciences parce que tu voulais être vétérinaire. Je sais que tu adores les chiens, que tu détestes les chats et que tu as une peur bleue des araignées et des serpents. Je sais que tu rêverais de participer à *Koh-Lanta* ou à *Pékin Express*. Je sais que tu penses que Matthew McConaughey est le plus bel acteur d'Hollywood. Je sais que tu adores les cupcakes et les frites et que tu détestes les légumes, mais que tu te forces à en manger parce que c'est bon pour la santé. Je sais que tu adores ta famille, même si elle t'exaspère, et je sais que si tu pouvais choisir n'importe quelle voiture, ce serait une Range Rover de sport noire.

– Une Range Rover, ce n'est pas une simple voiture, c'est un SUV, je précise, toute étourdie.

– Je sais que tu es une personne romantique et que tu crois à l'Amour avec un grand A et aux contes de fées.

– Alice t'a dit ça ?

J'en reste bouche bée. Je vais tuer Alice.

– Non. Il hoche la tête. Alice m'a dit tout le reste jusqu'à l'histoire de la voiture. J'ai trouvé tout seul pour ton côté romantique.

– Oh, je rétorque, un peu sonnée. Mais pourquoi tu lui as demandé tout ça ?

– Tu as dit que je ne te connaissais pas et tu avais raison. Il m'adresse un petit sourire. Je voulais une chance de te connaître et je craignais que tu ne veuilles pas répondre à mes questions.

– Je vois.

– Vraiment ? Il se lève vers moi. Tu te doutes de pourquoi, Liv ?

– Pas vraiment. Je secoue la tête, le cœur battant, tandis qu'il me prend les mains et m'attire vers lui. Pourquoi lui avoir posé toutes ces questions ?

– Je ne sais pas. Je ne comprends pas vraiment ce qui se passe entre nous.

– Moi non plus, j'avoue.

– J'aimerais simplement que tu arrêtes de jouer avec mes sentiments comme dans la chanson, tu sais, « *you would quit playing games with my heart* ».

Il me fait un clin d'œil tandis que j'éclate de rire.

– Elle t'a aussi dit que c'était ma chanson préférée des Backstreet Boys ?

– Oui, s'amuse-t-il. Tu as tout compris.

– Je vais tuer Alice.

– Non, s'il te plaît. Il se penche vers moi et m'embrasse. Ou, en tous cas, pas tout de suite.

– Bon, puisque tu y tiens, je lui laisserai la vie sauve.

Je lui rends son baiser et laisse échapper un gémissement en sentant ses mains remonter sous mon tee-shirt et caresser mes seins.

– Pas de soutien-gorge ?, susurre-t-il près de mes lèvres, au moment où ses doigts me pincent les tétons.

– Je suis à la maison, je n'en ai pas besoin.

– Il faut que je vienne plus souvent chez toi. Il soulève d'un coup mon tee-shirt avant de sucer mon sein droit.

– Xander, tu ne peux pas faire ça, je gémis comme il pince mon autre sein avec gourmandise.

– Si, je peux, répond-il au moment de passer à mon sein gauche.

– Et si Alice débarque ?

À présent ses dents tirent doucement mon téton. Mes mains se glissent dans ses cheveux. Xander. Je prononce son prénom à haute voix dans un souffle.

– Alors, allons dans ta chambre.

– Je ne sais pas.

– S'il te plaît.

Il se passe la langue sur les lèvres puis il m'embrasse de nouveau.

– Mais nous en sommes toujours au même point. Je ne sais pas quoi faire.

– Est-on obligé de prendre une décision tout de suite ? Il m'embrasse dans le cou puis me murmure à l'oreille : Ma langue veut te montrer combien tu lui as manqué.

– Tu connais les mots pour me faire craquer, avoue ! Je ris en le conduisant vers ma chambre. Viens vite avant que je ne change d'avis.

– Et personne ne souhaite ça, n'est-ce pas ? Personne ! Nous entrons dans ma chambre et je m'assure que la porte est bien refermée derrière nous. Pas question qu'Alice n'entre pendant que la langue de Xander s'occupe de moi. Jolie chambre ! Il jette un coup d'œil autour de lui et sourit. Et pas de poster des Backstreet Boys.

– Très drôle. Je me penche pour l'embrasser encore. Si tu continues de te moquer de moi, il se pourrait que je ne cède pas à tes caresses.

– Oh, vraiment ? Il m'enserre la taille pour me soulever. Je commence à crier puis il me dépose sur le lit et me regarde un instant. Je ne compte pas prendre ce risque. Il me fait un clin d'œil, se baisse et ôte mon tee-shirt. Il reste le regard rivé sur mes seins. J'aime bien lorsque tu ne portes pas de soutien-gorge, dit-il en enlevant mon short. Et pas de petite culotte non plus, miam-miam, gémit-il en écartant mes cuisses avant de tomber à genoux.

Je me mets à frémir en sentant son visage entre mes jambes. Je sais qu'il sent combien je suis humide tandis que sa langue va et vient doucement sur mon clitoris. Mon corps tout entier se tend grâce à sa langue qui continue de jouer avec moi, glissant délicatement en moi.

– Oh, Xander.

Je couine pendant qu'il me baise avec sa langue. J'avais presque oublié combien c'est délicieux d'être avec lui.

– Retourne-toi, murmure-t-il pendant qu'il me met sur le ventre.

– Pourquoi ?, je m'écrie. Je ne veux surtout pas qu'il s'arrête, je suis sur le point de jouir.

– Chuuut. Il se relève, je tourne la tête et le regarde enlever d'un coup sa chemise et son pantalon. Je respire profondément en découvrant son sexe, dressé devant lui.

– Qu'est-ce que tu…, je commence, mais il me donne une légère tape sur les fesses.

– Chuuut, répète-t-il avec un sourire et un clin d'œil. Baisse la tête, ferme les yeux et écarte les jambes.

– Quoi ? Je ne sais pas à quoi m'attendre tandis que les battements de mon cœur s'accélérent.

– Ne pose pas de question, fais simplement ce que je te dis.

Il me redonne une tape, un peu plus forte cette fois, et je gémis lorsque ses doigts se glissent entre mes jambes pour caresser mon clitoris.

– Oh !

Je crie en écartant les cuisses.

– Bien, c'est bon comme ça.

Il murmure lorsqu'il baisse la tête et me mord doucement les fesses.

– Qu'est-ce que tu fais ?

Je sens à présent sa langue lécher mon anus par petits coups vifs et rapides.

– Pas de question.

Il me donne de nouveau une tape puis il revient sur mon clitoris pour le caresser.

– Ouiiiiii !

Je crie, mon corps tout entier tendu au maximum.

– Tu apprends vite, dit-il doucement comme ses mains écartent à nouveau mes jambes. Je sens son souffle sur ma chatte et mon corps frissonne lorsqu'il lèche mon clitoris avec sa langue chaude et chatouilleuse. Je ferme les yeux et étouffe mes cris dans les draps pendant qu'il me lèche. Les sensations sont différentes dans cette position-là, mais quoi qu'il en soit, c'est encore plus intense, plus excitant. Et puis, je sens sa langue monter plus haut et je me fige. J'ouvre les yeux tandis qu'elle s'active de nouveau sur la raie de mes fesses. Que fait-il ?

– Détends-toi. Il m'embrasse dans le dos. Je sens son sexe raide frôler ma jambe et ma respiration s'accélère.

– Qu'est-ce que tu fais ?, je demande tandis qu'il me serre les fesses.

– Je te montre combien de miracles peut réaliser ma langue.

– Avec mon cul ?, je murmure en sentant à nouveau sa langue se rapprocher inexorablement de mon anus.

– Tu viens juste de prendre un bain, n'est-ce pas ?

– Oui. Pourquoi ?

Il ne me répond pas par la parole, mais par le geste : le bout de sa langue s'immisce alors dans un endroit jamais exploré auparavant. Au début, je suis choquée en silence. Je ne peux pas croire qu'il soit en train de me lécher l'anus, et surtout je n'arrive pas à croire que cela puisse être aussi délicieux. Je ferme les yeux en agrippant les draps, presque gênée par le plaisir énorme qui inonde mon corps. Après, il s'occupe à nouveau de mon clitoris quelques instants, avant de revenir vers mes fesses. Les sensations sont incroyables. J'ai du mal à réprimer mes cris lorsqu'il enfonce sa langue dans les deux orifices. Je me sens sale et j'adore ça. Et puis son sexe pénètre ma chatte en une seule poussée, dure, et je ne peux pas me retenir. Je jouis immédiatement et je hurle son nom pendant qu'il s'écrase contre moi, chaque poussée plus profonde que la précédente.

– Oh, Xander !, je crie comme il grogne derrière moi, sa queue me comblant entièrement.

– Oh oui, Liv ! Hurle mon nom ! Il se retire et me retourne. Hurle mon nom, Liv !

Il me sourit et me pénètre de nouveau rapidement. Je gémis en levant les yeux vers lui, puis il m'attrape les mains en les tenant serrées tout en commençant à bouger un peu plus lentement.

– Oh putain, Xander. Je vais encore jouir. Je crie tandis que son gland continue de titiller mon point G à chacun de ses assauts.

– Jouis pour moi, Liv, murmure-t-il et puis je sens son corps trembler lorsqu'il accélère son rythme pour exploser en moi.

Il s'effondre à mes côtés sur le lit quelques secondes plus tard, puis m'embrasse sur la joue.

– Promets-moi quelque chose, Liv, me chuchote-t-il à l'oreille.

– Quoi ?, je lui demande doucement tandis qu'il m'embrasse le visage.

– Ne quitte pas ce lit avant que nous soyons tous les deux réveillés.

– Promis, réponds-je, le cœur vibrant, dans ses bras.

– Mais bien sûr, tu peux sortir pour aller aux toilettes, je ne veux pas que tu mouilles le lit, ajoute-t-il d'un air lubrique. Je lui donne une tape sur le bras en riant aussi et je ferme les yeux. Je ne sais pas comment il a réussi son coup, mais je me sens infiniment mieux maintenant. Notre situation me pèse moins. Je suis confiante : on devrait pouvoir trouver un moyen pour que cela marche. Je lui plais, je lui plais vraiment et le fait qu'il reste pour poser toutes ces questions à Alice doit signifier qu'il veut sincèrement que notre relation aille de l'avant. Il est prêt à nous donner une deuxième chance. Il faut la saisir.

22.

– Bonjour. La voix de Xander est chaude lorsque je me réveille.

– Bonjour. Bien dormi ?

– Disons que j'ai mis un petit moment à trouver le sommeil.

– Oh non, qu'est-ce que tu as encore fait ?

– Je t'ai regardée, répond-il avant de se mettre à rire. Je ne m'attendais pas à ce que cela soit aussi effrayant.

– Je suis effrayante quand je dors ? Je ris et sens mon cœur bondir tandis qu'il me regarde et se penche pour m'embrasser.

– Je ne suis pas un salaud. Il m'embrasse plus fort et glisse ses mains dans mes cheveux. Promis.

– Hmm, je te crois sur parole. Je ris. Même si tu m'as embrassé le cul, hier. Je rougis en y repensant.

– J'ai fait plus que l'embrasser, si je me souviens bien. Il me fait un clin d'œil en glissant ses doigts le long de mon ventre pour se diriger entre mes jambes et me caresser doucement.

– Xander, je proteste en repoussant sa main. Pas maintenant.

– D'accord. Tu sais que j'ai découvert le secret.

– Quel secret ?

– Le secret pour m'assurer que tu ne partes pas le matin.

– C'est quoi, ce secret ?

– Faire l'amour avec toi… chez toi !

Nous rions ensemble.

– T'es con. Je fais glisser légèrement mes doigts le long de son torse et joue avec ses tétons.

– Con et sexy à la fois.

– Peut-être. Je me penche et je l'embrasse tendrement sur la poitrine pendant qu'il passe sa main dans mon dos. Alors, la suite des événements ?, je demande doucement et il se fige. Je lève les yeux vers lui avec un léger froncement de sourcils et scrute son visage. Tout va bien ?

– Oui, bien sûr.

– Alors, et maintenant ?, je répète.

– Je ferai tout ce que tu veux, Liv. Il m'embrasse sur le front et se rallonge.

– Tout ce que je veux ? Mon cœur bat, ce ne
sont pas les mots que je souhaite entendre.

– Oui, si tu ne veux pas que j'épouse ta sœur, je
peux revenir sur cette décision, confirme-t-il.

– Mais toi, qu'est-ce que tu veux ? Je le regarde
attentivement. Est-il prêt à rompre ses fiançailles ?
Je sens comme une fièvre envahir mon corps.
J'aurais dû être heureuse qu'il veuille accéder à
mes désirs, mais je ne le suis pas. Je veux qu'il
fasse ce que lui a envie de faire. C'est à lui de décider d'annuler ses fiançailles. Je veux qu'il prenne
cette décision parce qu'il n'y a pas d'autre option
dans son esprit.

– Je n'en sais rien. Il prend un air indifférent. Je
veux tout ce qui peut te rendre heureuse.

– Pourquoi tu m'aimes, Xander ? Je veux dire, à
part le fait que je t'ai abandonné au petit matin dans
la chambre d'hôtel. Pourquoi tu m'aimes ?

– Tu m'as intrigué dès que je t'ai vue à l'église.
Il me caresse les cheveux. Je t'ai trouvé super belle
et sexy. Et culottée aussi. Et puis tu m'as appelé
Mister Tongue et j'ai pensé qu'une fille avec suffisamment de confiance en elle pour draguer un
inconnu à un mariage et lui donner un tel surnom
était forcément une fille qui méritait le détour.

– Je vois, réponds-je en soupirant. Je ne sais pas
ce que j'espère de lui.

– Et tu m'intrigues toujours. D'ailleurs tu m'intrigues chaque jour davantage. Il m'embrasse. Alors dis-moi, Liv, qu'est-ce que tu décides pour la suite ?

– Tu as dit que tu avais rencontré Luke, Gabby et Henry ce jour-là ?, je lance pour l'interroger sur ce qui me préoccupe. Comment connais-tu Luke ?

– Son grand-père et le mien ont grandi ensemble, explique-t-il tout de suite. Je le connais depuis mon enfance.

– Comment se fait-il que nous n'ayons jamais entendu parler de toi ou que nous ne t'ayons jamais rencontré lorsqu'il sortait avec Alice ?

– Je ne sais pas.

Il hausse les épaules.

– Comment Luke a-t-il connu Gabby ? Et pourquoi vous vous souciez tous les deux de ce qui lui arrive avec cette grossesse ?

– C'est compliqué. Xander fait la moue. Je ne pense pas que ce soit important.

– J'essaie juste de comprendre.

– Écoute, je dois y aller maintenant, j'ai rendez-vous avec Henry. Il m'embrasse avec force plusieurs fois puis s'écarte. Henry et moi avons prévu de voir Luke ce matin pour discuter de certains points.

– Oh, d'accord.

– Ne sois pas en colère contre moi, OK ? Il me fixe dans les yeux. Tout va s'arranger. Il faut juste que tu me dises ce que tu souhaites.

– Je veux que tu fasses ce que toi tu veux, réponds-je doucement. Je veux que ce soit toi qui prennes la décision.

– Bien sûr, acquiesce-t-il en sortant précipitamment du lit. Je dois y aller. On se voit ce soir ?

– Oui, appelle-moi, dis-je en essayant de rester neutre.

– À tout à l'heure, Liv.

Je le regarde s'habiller puis sortir de la chambre. Je me rallonge en poussant un soupir et je ferme les yeux. Peut-être qu'un jour, nous parviendrons à régler tout cela.

23.

– Alors comme ça, tu penses que Luke pourrait être le père du bébé ?

Alice est stupéfaite. Nous prenons place sur une banquette dans notre petit restaurant de quartier pour manger des nuggets.

– Oui, c'est la seule hypothèse un peu rationnelle. Chaque fois que je prononce le nom de Luke, il se comporte d'une manière bizarre. C'est fou, non ?

– J'y crois pas ! Je savais que c'était un connard, mais là, il fait vraiment fort !

– Depuis le jour où il t'a trompée avec Joanna, on sait que c'est un connard fini.

– Je me demande s'il est sorti avec Gabby pendant notre relation ? Ce mec est vraiment dégueulasse.

Je bois une gorgée de coca.

– Ma sœur est vraiment une salope. Et maintenant, elle épouse mon mec.

– Pourquoi est-ce que Xander l'épouse ? Ce n'est pas comme s'il s'agissait de son bébé, questionne Alice.

– Je pense que Luke et lui sont bons amis. C'est aussi pour l'aider.

– C'est impossible qu'ils soient si bons amis, précise Alice. Je n'avais jamais entendu parler de lui avant.

– Je sais, c'est ce je me disais aussi. Ça fait beaucoup de choses bizarres dans cette histoire.

– Oh là là ! Alice se redresse subitement. Ne regarde pas derrière toi, mais Gabby vient d'entrer dans le restaurant.

– Oh non !

– Elle est avec Henry.

– Henry ? Ma voix monte d'un cran et je ne peux m'empêcher de jeter un coup d'œil vers l'entrée. Je reste scotchée en apercevant Gabby et Henry s'installer. Il a posé son bras sur le dos de Gabby et la caresse tendrement. Qu'est-ce que c'est que ces conneries ? Je me retourne vers Alice. On se croirait dans *Twilight* !

– Peut-être.

Elle hoche la tête et je vois bien qu'elle est aussi abasourdie que moi.

– Je n'y comprends plus rien.

– Moi non plus. Et puis, soudain, une idée me traverse l'esprit. Et si c'était Henry le père ?

– Tu déconnes ?

– Et si c'était Henry le père du bébé ?, je répète alors que l'idée commence à faire son chemin dans ma tête. Peut-être qu'Henry n'a aucune envie de se marier, du coup c'est Xander qui s'y colle ? De cette façon, ils peuvent toucher l'héritage tout en s'assurant que le bébé est entre de bonnes mains.

– Ça paraît logique. Je me demandais bien pourquoi Henry était là le week-end dernier.

– C'est bizarre, hein ? Et il n'a pas arrêté de parler de bébés. Putain, je devrais ouvrir mon agence de détectives privés !

– Et Luke ?, se demande Alice en fronçant les sourcils.

– Qui sait ? Nous regardons Gabby et Henry en train de flirter de l'autre côté du restaurant. Attends une minute, j'ai un appel. J'ouvre mon sac pour prendre mon téléphone. Allô ?

– Allô.

La voix de Xander est douce et sexy.

– Salut, réponds-je en souriant. C'est Xander, j'articule vers Alice qui sourit.

– Je ne te dérange pas ?

– Je suis en train de déjeuner avec Alice.

– Tu as bientôt terminé ?, demande-t-il doucement. Je veux te voir.

– Eh bien, je suis avec Alice…

Je me tais en interrogeant cette dernière du regard.

– C'est bon, chuchote-t-elle. Je vais rentrer à la
maison me faire les ongles.

– Tu es sûre ?

– Absolument. Va t'amuser avec Xander.

– OK. Tu es toujours là, Xander ?

– Oui.

– Bon, je suis en ville. Viens et retrouve-moi à la
librairie sur Steamer Avenue, dans une heure.

– D'accord, dans une heure, confirme-t-il avant
de raccrocher.

– J'ai trop hâte de savoir ce qui se passe, sourit
Alice.

– Je te l'ai déjà dit.

– D'accord, Sherlock.

Je lui fais un clin d'œil, impatiente de revoir
Xander et de découvrir quelle est sa décision en fin
de compte.

24.

– Tu m'as manqué aujourd'hui.

Xander m'embrasse et me prend dans ses bras.

– Tu m'as manqué aussi, réponds-je avec insouciance, heureuse de le voir. Alors, avant d'aller plus loin, j'ai une question à te poser.

– Je t'écoute ?

Il me regarde, étonné.

– En fait, c'est Henry le père du bébé de Gabby ?

Xander paraît gêné.

– Qui te l'a dit ?

– J'en étais sûre ! Scotland Yard, me voici.

– Tu t'exiles en Angleterre ?

– Sérieusement, c'est lui le père du bébé ?

– Nous n'en sommes pas sûrs, mais nous le pensons. Il soupire. N'en parle à personne, mais c'est soit Henry, soit Luke.

– Quoi ? Ils se sont fait un plan à trois ? Je reste sans voix.

– Liv, mais non, pas du tout !

– Alors comment ?

– Elle a couché avec les deux. Mais d'après les dates, il est probable que ce soit plutôt Henry le père.

– Oh là là ! Je me mordille la lèvre. C'est complètement fou !

– Je suppose que Gabby ne t'a rien raconté du tout.

– Non, effectivement. J'ignorais que c'était une telle chaudasse.

– Liv !

– Bah quoi ? Je dis simplement les choses.

Je ris tandis que nous traversons la librairie.

– Bon, maintenant tu comprends pourquoi tout est si compliqué. Il soupire au moment où nous nous arrêtons devant les livres de développement personnel.

– Non, pourquoi ?

– Henry a couché avec Gabby, mais il ne veut pas avoir une relation suivie avec elle. En revanche, il ne veut pas être séparé du bébé. Cela semblait être une solution parfaite. Grâce à mon mariage, je prends le contrôle de l'entreprise et Henry peut nouer une relation avec son enfant.

– OK.

Mon souffle reprend un rythme plus lent en entendant ces mots.

– En fait, ce mariage résout deux problèmes.

– Qu'est-ce que tu es en train de dire, Xander ? Tu ne veux pas rompre tes fiançailles ?

– Nous ne serions mariés que pour un an. C'est le délai dont j'ai besoin pour obtenir le contrôle de l'entreprise.

– Donc, tu veux toujours épouser ma sœur et coucher avec moi en même temps ?

– Il n'est pas question de te négliger !, s'exclame-il, presque en colère. Il n'y a rien entre Gabby et moi, tu le sais. Il s'agit d'un arrangement purement intéressé.

– Je ne le crois pas. Je ne peux pas te croire.

– Qu'est-ce qu'il y a ?

– Rien. J'en ai assez. Je recule d'un pas. J'en ai plus qu'assez.

– Qu'est-ce que tu as ? Écoute, si tu veux que j'arrête tout, pas de problème. Je disais simplement que…

– Oublie, Xander. Je ne veux pas que tu fasses quelque chose contre ton gré. Je veux que tu laisses tomber cette histoire de mariage avec Gabby parce que tu ne peux pas supporter cette mascarade une

seconde de plus. Et non pas parce que je t'ai dit de
ne pas le faire.

– Ne t'énerve pas, Liv. Il veut me prendre par le
bras, mais je le repousse.

– J'ai toutes les raisons du monde d'être énervée.
Va retrouver Gabby, amuse-toi à jouer les maris
modèles, mais laisse-moi en dehors de tout ça.

Je sors en courant de la librairie et éteins mon
téléphone. Est-ce trop lui demander de prendre
lui-même la bonne décision ? Ai-je tort de refuser
de partager son lit alors qu'il sera marié avec ma
sœur ? Est-ce qu'il pense vraiment que cette situation est vivable ? Quelle personne saine d'esprit
peut imaginer un seul instant que cet *arrangement*
peut fonctionner ?

25.

Alice et moi traînons toutes les deux les pieds en arrivant devant la porte d'entrée de la maison de mes parents.

– Merci d'être venue, lui dis-je en souriant tristement. Tu n'étais vraiment pas obligée.

– Pas de problème. Je voulais pouvoir te soutenir aujourd'hui. Elle prend une profonde inspiration. Et puis, qu'est-ce qu'on en a à faire de ce qu'Aiden ou Xander ont à raconter ? Nous sommes là parce que tes parents te l'ont demandé. Tu n'es pas ici pour eux, ni même pour cette idiote de Gabby.

– Allons-y.

J'ouvre la porte et nous entrons. Tout le monde est là, y compris Henry et Xander. Je reste là, affichant un sourire de façade. Je ne vais pas me comporter comme si j'attachais de l'importance au fait qu'il ne m'ait pas appelée depuis deux semaines. Je me moque de ne pas avoir eu de ses nouvelles depuis notre discussion à la librairie. Il fait ce qu'il veut. Il ne signifie rien pour moi. Puisqu'il peut m'oublier aussi facilement, j'en suis aussi capable.

– Bonjour tout le monde.

– Salut petite sœur.

Scott se lève et me prend dans ses bras. Puis il se tourne vers Alice et l'embrasse sur la joue. Je surprends Aiden à les regarder et je me demande ce qui s'est exactement passé entre eux, qu'elle ne m'a pas encore raconté.

– Alors, qu'y a-t-il de si important pour nous faire venir ce week-end ?

Je regarde Gabby qui me lance un sourire diabolique.

– Ma présence. Voilà ce qui est si important.

– Hein ? On m'a fait venir ici simplement parce que tu es là ?

– Oui. Elle sourit. La vie est belle, non ? Ah, au fait, juste au cas où quelqu'un aurait voulu prévoir quelque chose avec moi plus tard dans la journée, sachez que j'ai déjà un truc de programmé avec des copines.

– D'accord…

Je lève les yeux au ciel.

– Nous fêtons mon mariage.

– Mais bien sûr… Je regarde Xander qui me fait un petit sourire. Je me tourne ensuite vers Scott. Et vous, quels sont vos projets ce week-end ?

– Ce que tu veux.

Nous nous sourions avec reconnaissance.

Ding dong.

– Qui est-ce ? Aiden se lève, surpris. Vous attendez quelqu'un ?

– Non, pas moi en tout cas. Je remarque qu'Alice rougit. Alice, tu attends quelqu'un ?

– Hmm, oui, laisse-t-elle échapper.

– Qui ça ?

– Ne me tue pas, articule-t-elle et je me gratte la tête d'un air pensif. Qu'est-ce qu'elle manigance ?

– Liv, me reprend Aiden d'un ton glacial tandis qu'il revient dans le salon.

– Oui ?, je m'écrie en détaillant des pieds à la tête les deux colosses qui l'accompagnent. Qu'est-ce qu'il y a ?

– Ces messieurs sont venus pour Alice et toi. Il fixe Alice, le visage fermé. Ils disent qu'ils sont venus vous rejoindre pour le week-end.

– C'est quoi cette histoire ?

Je ne sais plus ce que je dois croire.

– Brock et Jock, vous voilà ! Alice se précipite vers l'un d'eux et lui fait la bise. Nous sommes tellement contentes de vous voir, n'est-ce pas, Liv ?

Elle me regarde et j'acquiesce lentement.

– Oh oui, bien sûr. Je me dirige vers Alice avec un regard interrogateur et elle se tourne vers les autres. Voici Brock et Jock, rencontrés récemment, nous voulions vous les présenter.

– Oh oui, ah ah. Je me mets à rire en affichant une fausse bonne humeur. Tellement contente que tu sois là, Brock.

J'embrasse l'autre sur la joue et il me fixe, tel un automate.

– Moi, c'est Jock, répond-il froidement.

– Je sais bien, je te taquinais, chéri.

Je le prends par le bras et jette un œil vers Xander, ahuri.

– Brock et Jock ?, demande Gabby en riant. Jolis prénoms.

– Nous sommes frères, répond Jock.

J'aurais voulu pouvoir lui dire de se taire. Où Alice est-elle donc allée les pêcher ?

– Nous adorons sortir tous les quatre, n'est-ce pas ?, déclare Alice avec un grand sourire. Et faire des soirées pyjama, ajoute-t-elle en gloussant.

Aiden semble de plus en plus furieux.

– Tant mieux pour vous. Gabby remet ses cheveux en ordre. Je suis heureuse que vous ayez réussi à trouver des mecs capables de supporter deux pauvres filles comme vous.

– Tais-toi, Gabby !, je crie.

– Sinon, quoi ?, persifle-t-elle doucement.

– Grr, dis-je en rongeant mon frein. Rien.

– C'est bien ce que je pensais. Elle éclate de rire puis se penche pour embrasser Xander sur la joue. Je sors. On se voit tout à l'heure, mon cœur ?

– À tout à l'heure, Gabby, dit-il sans me quitter des yeux. Liv, on peut se parler ?

– Non. Je secoue la tête. Allons-y, Jock et Brock.

– Vous venez juste d'arriver, fait remarquer Scott.

– Eh bien, c'est comme ça, nous ressortons, réponds-je sèchement en attrapant la main de Jock. Allons-y, les garçons.

Nous nous précipitons tous vers la porte d'entrée puis je prends Alice à part.

– À quoi tu joues ?

– Je pensais qu'on pourrait tirer profit de la présence de deux types sexy, que ça nous aiderait à nous sentir mieux. Et si ça pouvait rendre jaloux nos deux compères…

– Et le mieux que tu aies trouvé, c'est Brock et Jock, ces deux ploucs ?

– Ils sont strip-teaseurs ! Elle rit.

– Oh Alice. Qu'est-ce qu'on va faire ?

– D'abord leur dire de rentrer chez eux, puis aller faire les boutiques et boire un verre ?

– Bonne idée.

Nous donnons quarante dollars aux deux frères puis sautons dans ma voiture pour gagner le centre commercial du coin.

26.

– J'adore la thérapie par le shopping, je souris avec bonheur tandis que nous entrons dans le bar à vin, chargées de tous nos achats.

– Moi aussi, confirme Alice. Même si ma carte bleue n'est pas du même avis.

– La mienne non plus. J'éclate de rire. Bah, on y pensera dans un mois, lorsque les factures arriveront.

– Tu as raison, renchérit-elle et nous commandons une bouteille de chardonnay. Jusqu'à ce que la note arrive, tout va bien.

– Exactement.

– Oh non !

– Qu'est-ce qu'il y a ?

– Tu ne devineras jamais qui est là !

Elle soupire.

– Qui ça ? S'il te plaît, ne me dis pas que c'est Gabby avec Xander ?

– À moitié. C'est Gabby avec ses copines.

– Oh, génial… Je grimace puis jette un coup d'œil vers elle.

– C'est bizarre, elle boit du vin, je crois. Alice écarquille les yeux, pétrifiée. Elle boit du vin, il n'y a aucun doute.

– Qu'est-ce que c'est que ces conneries ? Elle ne peut pas boire d'alcool ! Elle est enceinte.

– À quoi elle joue ? C'est vraiment une garce, elle ne pense qu'à elle.

– Je vais aller la voir et lui dire ce que j'en pense. Je me lève, furieuse. Qu'est-ce qui te prend ?, je crie en m'approchant de ma sœur qui ne cesse de ricaner.

– Oh, salut, Liv !, répond-elle en souriant. Je montre ma bague à Shannon.

– Je me fous de ce que tu lui montres, je crie à nouveau. Je prends son verre pour le sentir. C'est du vin. T'es malade ou quoi ?

– Hein ? Elle fronce les sourcils.

– Tu n'as pas le droit de boire, Gabby.

– Quoi ? Elle prend son verre et en boit quelques gorgées devant moi. Alors, qui est-ce qui décide ?

– Et le bébé ?, je demande. Comment oses-tu boire alors que tu attends un bébé ?

– Je ne suis pas enceinte.

Elle rit en se renfonçant dans la banquette.

– Quoi ? Je reste bouche bée. Et Xander, et Henry ? Et le bébé, et les fiançailles ? Qu'est-ce que tu veux dire par « je ne suis pas enceinte » ?

– Oh, Liv. Elle hoche la tête. Tu n'as toujours pas compris ? Elle boit une autre gorgée de vin.

– Comprendre quoi ?

– Luke et moi, nous avons eu une aventure. Bon, il s'agissait juste de sexe. Ne dis rien à Alice, mais c'était lorsqu'ils sortaient encore ensemble.

– Oh mon Dieu. J'écarquille les yeux.

– Ouais, il est plutôt pas mal au lit. Elle sourit. Pourquoi j'aurais dit non ?

– Oh, Gabby, dis-je d'un air navré.

– Et puis il a rencontré cette garce de Joanna. Elle se met en colère. Et au lieu de rester avec moi, il a largué Alice et a commencé à sortir avec elle.

– Désolée.

– Non, faut pas l'être. Elle hausse les épaules. On continuait de baiser de temps en temps. Et j'avais espéré qu'il reviendrait à la raison.

– Et Henry, dans tout cela ?

– C'était un ami de Luke. Je l'ai rencontré un soir et j'ai essayé de rendre Luke jaloux. Il était d'accord. Je ne m'intéressais absolument pas à lui.

– Pourquoi tu as menti à propos du bébé ?

– Je voulais que Luke annule le mariage. Son visage est devenu triste. Je pensais qu'il l'annulerait pour m'épouser s'il pensait que j'étais enceinte de lui.

– Oh...

– Mais cet idiot d'Henry lui a révélé que nous avions couché ensemble et au bout du compte, ils ont fini par penser que c'était le sien. Et puis, après, Xander est entré dans la partie en me proposant de l'argent pour que je l'épouse, à condition que lui et Henry puissent rester présents dans la vie du bébé.

– Et tu leur as laissé croire qu'il y avait toujours un bébé.

– Il m'a offert cette énorme carotte et m'a promis beaucoup d'argent. Elle hausse les épaules. Pourquoi aurais-je refusé ?

– Mais il n'y a pas de bébé, Gabby. Tu ne peux pas mentir comme ça et te dire que tout va bien.

– Qu'est-ce que cela peut te faire ? Elle boit une autre gorgée de vin.

– Je ne peux pas croire que tu aies fait ça. Je croyais que tu étais enceinte. Tout le monde croit que tu portes le bébé d'Henry.

– Je ne suis pas idiote, Liv. Je prends la pilule. Elle se recoiffe d'un geste. Tu penses vraiment que j'aurais des rapports non protégés et que je risquerais d'avoir un bébé qui abîmerait ma silhouette parfaite ?

– Tu es vraiment une sale garce, une putain d'égoïste.

– Merci. Elle sourit en portant de nouveau le verre à ses lèvres. Et santé à toi aussi.

– Laisse tomber. Je m'éloigne, sentant des coups me marteler le crâne lorsque je retrouve Alice.

– Que se passe-t-il ?, demande-t-elle doucement lorsque je reprends ma place sur la banquette. Qu'est-ce qu'elle a dit ?

– Elle n'est pas enceinte, réponds-je dans un état second. Elle n'est pas enceinte, Alice.

– Pas possible ! Elle me regarde, choquée.

– Elle a menti à tout le monde. Je me passe la main sur le front et ferme les yeux quelques secondes.

– Ça va, Liv ? Alice m'attrape les mains, je les rouvre lentement et acquiesce.

– Oui, ça va.

– Tu n'as pas l'air bien.

– C'est juste quelque chose qu'elle a dit qui me fait réfléchir.

– À quel sujet ?

– Je ne prends pas la pilule.

– Et alors ? Alice hausse les épaules.

– J'ai couché avec Xander.

– Et donc ? Il a utilisé des préservatifs, non ?

– Pas les dernières fois. J'enfouis mon visage dans mes mains en gémissant. Comment j'ai pu être aussi stupide, Alice ? Il a joui plusieurs fois en moi, j'ajoute d'une voix plaintive, puis je relève la tête. Gabby n'est pas enceinte, mais il se peut que je le sois ?

– Qu'est-ce que tu veux faire ?

– Rentrons à la maison.

– Chez tes parents ?

– Non, à l'appartement.

– Tu ne veux pas toucher un mot à Xander de ce que vient de te dire ta sœur ?

– Non. Il a pris sa décision. À lui de se débrouiller avec la pagaille que son *arrangement* a créé. C'est son problème.

– Oh, Liv, soupire Alice. Promets-moi une chose.

– Quoi donc ?

– Achète un test de grossesse.

– J'en achèterai un cette semaine.

Nous laissons quelques pièces sur la table puis sortons du restaurant en entendant Gabby rire avec ses amies. Je ne sais pas très bien quoi penser ou ressentir. Une partie de moi aimerait être enceinte et l'autre en a une peur bleue. Je voudrais tellement raconter la vérité à Xander, mais je ne veux pas être celle qui la lui dise. Je ne veux pas être la fille qui lui court après pour l'obliger à rester avec elle. Ce n'est pas une façon de commencer une relation. Pas du tout.

27.

Il y a un paquet marron posé sur mon lit lorsque je rentre du bureau et je l'observe avec curiosité. Qui m'envoie un colis ? Ce n'est pas mon anniversaire et je n'ai rien commandé sur Internet depuis longtemps. Je suis impatiente de voir ce qu'il contient. Je me mets à sourire devant un tel enthousiasme. C'est la première fois depuis plus de deux semaines que je ressens ça. Alice et moi ne sommes pas retournées chez mes parents après l'épisode du bar à vins, et je n'ai eu de nouvelles de personne.

Je suis triste de constater que ma famille ne se donne même pas la peine de savoir pour quelle raison nous étions parties, mais je suis encore plus blessée que Xander ne se soit pas manifesté. J'ai espéré le voir ce soir-là, mais il n'est pas venu. Je ne sais même pas s'il est au courant que l'histoire du bébé était montée de toutes pièces. Je suis persuadée que Gabby ne le lui dira pas. Elle n'a aucune morale. Elle s'en fiche. Je m'assieds sur le lit et déchire le paquet. Je fixe le contenu en fronçant les sourcils. C'est une langue. Je la prends et c'est à ce moment-là que je vois le mot. Il est de Xander : « S'il te plaît, appelle-moi vite. Je veux te parler. » Je jette le mot et la langue sur le lit et me dépêche de sortir de ma chambre. Est-ce qu'il se croit drôle ? Je vais chercher un verre d'eau à la cuisine et essaie de calmer les battements de mon cœur.

– Salut, je ne t'ai pas entendue rentrer, dit Alice avec un petit sourire en me rejoignant dans la cuisine.

– Oui, je viens juste d'arriver. J'ai vu le paquet. Merci de l'avoir déposé dans ma chambre.

– Pas de problème, acquiesce-t-elle. Une bonne nouvelle ?

– Non. Mon téléphone sonne. C'est Aiden. Je finis par décrocher. Allô ?

– Liv, c'est Aiden, commence-t-il froidement.

– Je t'écoute.

– Tu viens à la maison ce week-end ?

– Non.

– Je pense que tu devrais venir, répète-t-il, plus doucement cette fois. Gabby a besoin de ton soutien.

– Pourquoi ?, je demande sèchement.

– Xander l'a quittée.

– Vraiment ?, réponds-je, surprise, sans vouloir l'admettre. Je ne veux pas non plus reconnaître combien cette nouvelle me rend heureuse. Pourquoi ?

– Je suppose que ce n'étaient pas de vraies fiançailles. Il soupire. Je pense qu'elle n'a pas perdu ses mauvaises habitudes, ou quelque chose du genre.

– Ah ?

– Oui, en plus elle a menti en disant qu'elle attendait un bébé... Je crois qu'elle a vraiment besoin de soutien.

– Wouah ! Je fais semblant d'être sous le choc.

– Il lui a demandé de rompre dès ce week-end. Elle a essayé de l'en dissuader en lui disant que maman et papa la déshériteraient si elle n'était pas fiancée.

– Oh ! N'importe quoi.

– Oui, donc nous allons tous nous retrouver ce week-end pour qu'elle se sente mieux.

– Je ne viens pas, désolée.

– Tu devrais venir, Liv. Avec Alice.

– Alice et moi n'irons pas, je crie et je vois Alice me dévisager. Elle doit se demander de quoi nous parlons.

– S'il te plaît, Liv.

– Si tu veux voir Alice, appelle-la et invite-la à sortir.

– Liv, gémit-il. Je ne veux pas sortir avec Alice.

– Euh, alors pourquoi veux-tu la voir ce week-end ?

– Liv, c'est compliqué.

– Aiden, grandis un peu. Je sais que tu aimes bien Alice, invite-la simplement, je suggère au téléphone et je vois Alice secouer la tête en me regardant.

– Liv, j'ai vu Alice et Scott en train de s'embrasser, explique doucement Aiden. Il n'y a rien entre Alice et moi. Elle a déjà fait son choix.

– Tu quoi ? Tu as vu quoi ?

– Le soir où nous sommes tous allés au club. J'attendais pour m'excuser auprès d'Alice et en me dirigeant vers ta chambre, je l'ai vue avec Scott. Ils s'embrassaient.

– Oh. Je laisse échapper un cri et je comprends en voyant le visage d'Alice qu'il dit la vérité. Je l'ignorais.

– Oui, c'est comme ça.

– Je suis désolée, Aiden, dis-je doucement.

– Ça va. Il soupire. On peut peut-être se prévoir un déjeuner bientôt.

– Toi et moi ?

– Oui, toi et moi. Je pense que nous sommes assez grands maintenant pour être amis, tu ne crois pas ?

– Oui, pourquoi pas, réponds-je en souriant. Avec plaisir.

– Oh, Liv…

– Oui, Aiden ?

– Vas-y doucement avec Xander. C'est un type bien.

– De quoi tu parles ?, je demande, le cœur battant, toute rouge.

– Tu le sais bien. On se voit bientôt, termine-t-il avant de raccrocher.

Je mets mon téléphone dans ma poche et regarde Alice en silence, ne sachant pas très bien quoi dire.

– Tu as embrassé Scott ?, finis-je par demander.

– Non, oui, pas vraiment. Elle fond en larmes. Il m'a accompagnée à ma chambre ce soir-là et il s'est penché pour m'embrasser devant la porte. Et j'ai pensé, quel mal peut-il y avoir à s'embrasser ? Tu m'as toujours dit de foncer avec lui. Alors je me suis penchée et il m'a embrassée, mais dès que nos lèvres se sont touchées, j'ai su que je ne l'aimais pas comme il l'espérait, mais c'était trop tard. À ce moment-là, j'ai vu Aiden dans le couloir qui nous observait et je suis restée pétrifiée. Elle sanglote. Liv, qu'est-ce que je vais faire ?

– Oh, Alice, nous avons vraiment tout bousillé.

– Je suis complètement perdue, lance-t-elle en pleurant. J'apprécie vraiment Aiden et maintenant, il me déteste.

– Non, pas du tout, je soupire. Je vais trouver un plan. Nous allons trouver une solution.

– Merci, Liv. Elle se frotte les yeux. Je vais m'allonger.

Je la regarde sortir de la pièce. Je reste immobile quelques secondes, puis sors le téléphone de ma poche et compose un numéro.

– Bonjour.

Sa voix a un accent traînant sexy et je sens mon cœur bondir en l'entendant.

– C'est Liv.

– Je sais. Il rit. J'imagine que tu as reçu mon cadeau.

– Oui. Effectivement.

– Qu'en penses-tu ?

– Je pense que tu es un gros pervers. Faut vraiment être obsédé pour envoyer une langue en plastique, dis-je en riant.

– Comme moi, répond-il doucement. Tu l'as déjà utilisée ?

– Utilisée ? De quoi tu parles ?

– Oh, tu ne sais pas encore ce que c'est ?

– Non, de quoi s'agit-il ?

– Ôte-la de son emballage et regarde bien.

– OK. Je prends la boîte pour en sortir la langue. Je l'examine soigneusement jusqu'à repérer un petit interrupteur. Je le mets en marche et la langue

Liv

commence à trembler d'avant en arrière. Oh mon Dieu, c'est un vibromasseur ?

– Oui. Il se met à rire.

– Xander ! Comment as-tu pu ?

– Comment j'ai pu quoi ? J'ai pensé qu'à défaut de ma langue miraculeuse, il te fallait un autre jouet.

– Oh, comme c'est gentil de ta part. Je me rallonge sur le lit en riant.

– Je fais de mon mieux, dit-il malicieusement. Je suis content que tu aies appelé, Liv.

– J'ai appris, pour toi et Gabby, dis-je doucement.

– Oui, c'est de l'histoire ancienne.

– Je suis désolée pour tout. Je suis désolée qu'elle ait menti à propos de sa grossesse.

– J'ai rompu avant de savoir qu'elle mentait, Liv, précise-t-il. J'ai mis fin à nos fiançailles le week-end où tu es arrivée avec Brock et Jock.

– Comment ? Il y a deux semaines ?, je questionne, piquée au vif qu'il ne m'ait pas appelée depuis.

– J'étais en colère contre toi, Liv. Je voulais te parler ce week-end-là, mais tu es sortie avec Alice et tu n'es pas revenue.

– J'étais trop blessée et jalouse.

– Je comprends pourquoi tu étais énervée contre moi. J'ai agi comme un imbécile. Il soupire. Je

297

n'aurais pas dû m'attendre à ce que tu sois d'accord sur mon mariage avec Gabby, même s'il s'agissait d'un mariage arrangé.

– C'était fou, mais j'aurais pu être plus compréhensive.

– Nous étions tous les deux un peu fous. Je ne suis même pas sûr de savoir à quoi je pensais. Tout ce que je sais, c'est que ma première nuit avec toi a causé des dégâts irréversibles dans mon cerveau.

– Oh, Xander.

– Alors, est-ce que tu vas tester la langue ?

– Quoi ?

– Je veux que tu essaies la langue et que tu me dises si tu préfères la mienne ou pas.

– Xander. Je me sens rougir. Je ne vais pas faire ça ?

– Ou peut-être que je peux te donner un coup de main ou bien voir par moi-même.

– Voir par toi-même ?

– Je veux voir si tu cries plus fort avec ton cadeau ou bien avec ma langue miraculeuse.

– Hmm, je vais y réfléchir.

– Décide-toi vite. Je suis là !

J'entends la sonnette de la porte d'entrée.

– Tu es là ? Chez moi ?

– Oui. Devant ta porte. Maintenant viens vite m'ouvrir.

– Attends. Je sors en courant pour aller à sa rencontre. Xander !

– Oui, c'est moi, en chair et en os.

– Je ne sais pas quoi dire. Je rougis puis il m'attire vers lui pour m'embrasser.

– Dis-moi que tu veux que j'entre et que je visite ta chambre. Il me fait un clin d'œil puis éteint son téléphone.

– Entre, je propose faiblement.

Nous allons rapidement dans ma chambre. Xander ferme la porte derrière lui puis m'attire pour m'embrasser encore.

– Ton odeur m'a manqué, dit-il doucement. Tu m'as manqué.

– Tu n'as pas appelé, fais-je remarquer en lui rendant son baiser.

– Je voulais te laisser du temps pour que je te manque aussi. Il rit. Bon, voyons voir cette langue.

– Tu tiens vraiment à ce que je l'utilise maintenant ?

– Oh que oui. Il me masse les seins.

– Hmm, je vais y réfléchir. Je lève sa chemise et touche son ventre, laissant mes doigts glisser dans son pantalon pour effleurer son sexe.

– Oh, Liv, gémit-il en me saisissant la main. Ne commence pas quelque chose que tu ne peux pas finir.

– Oh, je peux finir. Je lui souris en me passant la langue sur les lèvres.

– Je veux que tu m'accompagnes à un mariage ce week-end, dit-il tout contre mon oreille, tandis que ses mains font remonter mon chemisier.

– Juste pour que tu puisses avoir encore une partie de jambes en l'air à l'église ?, dis-je en riant. Il dégrafe mon soutien-gorge et me lèche les seins avec excitation. Oh Xander, je gémis tandis que ses mains descendent pour défaire le bouton de mon jean.

– Ce n'est pas pour ça que je veux que tu viennes avec moi.

– Euh…, je balbutie en le regardant ôter sa chemise.

– Je veux que tu sois ma cavalière. Il lève les yeux vers moi avec un sourire tout en baissant son pantalon. Je veux que ce soit notre premier rendez-vous officiel.

– Hmm, vraiment ?, je souffle tandis qu'il m'attrape pour me porter jusqu'au lit.

– J'en suis sûr. Il m'embrasse dans le cou pendant que ses doigts se glissent entre mes jambes et me caressent doucement.

– Oh, Xander, je gémis comme il m'embrasse en bas du ventre puis s'arrête net à mon nombril.

– Oui, ma chérie ?

– Tu m'as manqué, dis-je doucement en passant les mains dans ses cheveux.

– Tu m'as manqué aussi. Je sens ses lèvres remonter sur mon ventre puis il me fixe du regard. J'ai presque failli laisser mes peurs gâcher la meilleure chose qui me soit jamais arrivée.

– Ah ?, réponds-je fébrilement sans le quitter des yeux. Quelle est la meilleure chose qui te soit arrivée ? Faire une rencontre à un mariage ? Avoir une aventure d'un soir avec moi ?

– Ce qui s'est passé entre nous n'est pas une aventure d'un soir. Il m'embrasse langoureusement sur la bouche. C'était tellement plus que cela. Et ce ne sont pas que des mots. Je ne t'invite pas au mariage pour que nous puissions baiser dans une sacristie. Je t'invite parce que je veux t'avoir à mes côtés en une occasion particulière. Je veux montrer à mes amis et à ma famille que j'ai une petite amie et que je suis fier de la présenter à tous ceux que je connais et que j'aime.

– Oh, Xander ! Je l'embrasse avec force, le cœur brûlant.

– Et Liv, je veux te faire une promesse. Il me sourit.

– À quel sujet ?

– Je te promets que le prochain mariage où nous ferons l'amour sera le nôtre, déclare-t-il d'une voix grave, pleine d'émotion, tandis qu'il me fixe, les yeux pleins d'amour.

– Oh, Xander !

Je n'ose croire ce que j'entends.

– Je t'aime, Liv. Il m'embrasse sur les lèvres, le nez et les joues. Je t'ai aimée dès que je t'ai vue. Tu m'as fait craquer. Tu es tout pour moi. Je ne m'attendais pas à ressentir cela. Je n'avais jamais voulu me réveiller auprès de quelqu'un auparavant. Cela m'a pris au dépourvu, mais maintenant je sais combien j'ai de la chance. Je t'aime, Liv et je sais que je t'aime de tout mon cœur. Je sais que tu es la seule avec laquelle je veux passer le reste de ma vie. Je sais que tu éprouves la même chose. Alors, sache que cette promesse est sincère. Je nous vois nous marier, Liv. Personne ne pourra t'aimer plus que moi parce que je t'aime avec tout ce que l'amour signifie. Nous ne nous connaissons pas encore très bien, mais nous avons le reste de notre vie pour apprendre à nous découvrir. Il m'embrasse encore doucement puis me caresse le visage. Est-ce que tu veux bien que je sois Mister Tongue pour le restant de notre vie, Liv ?

– Oh oui, Xander ! Je t'aime aussi.

– Bien, répond-il d'un air satisfait. Il est temps alors de passer au test. Il sourit. Je veux que tu fermes les yeux, comme cela tu ne pourras pas voir s'il s'agit de ma langue ou du jouet, et que tu me dises ensuite lequel des deux te paraît le mieux.

– Oh, Xander !

Je suis sur le point d'ajouter quelque chose, mais en le voyant pointer sa langue vers moi, je préfère me taire. Pourquoi refuserais-je ce petit jeu ? Je dois me concentrer au maximum et me préparer aux orgasmes qui ne manqueront pas de se succéder. C'est un travail difficile, mais indispensable.

Épilogue

Trois mois plus tard

J e sais que vous vous demandez si je suis enceinte. Comment pourriez-vous ne pas vous poser la question ? Eh bien, je suis heureuse de vous annoncer que Xander et moi n'attendons pas de bébé. Pas encore. Je veux avoir des enfants, beaucoup d'enfants, mais pas tout de suite. Pas avant que nous ne soyons mariés. Pas avant que nous ne nous connaissions un peu mieux tous les deux, parce que pour être honnête, nous avons encore beaucoup de choses à découvrir l'un sur l'autre.

L'autre chose que je dois avouer, c'est que Xander et moi avons tous les deux menti l'un à l'autre. Je lui ai dit que le vibromasseur ne le valait pas, lui et sa langue miraculeuse, mais franchement, à ma grande surprise, ça s'est joué à peu de choses. Peut-être que le vibro m'a fait forte impression parce qu'à chaque fois que je l'ai utilisé, j'ai fermé les yeux en imaginant que c'était Xander qui me léchait. Je pense qu'il a compris que je mentais parce qu'un jour, la langue en plastique a tout simplement disparu. Lorsque je lui ai demandé où je pourrais en acheter une autre, il m'a dit qu'il ne savait pas bien.

Et Xander a menti lorsqu'il m'a promis que le prochain mariage au cours duquel nous ferions l'amour serait le nôtre. Nous avons assisté à deux mariages depuis cette conversation et nous avons fait l'amour au dernier. Une baise bruyante et plutôt ratée à cause d'une porte cassée. En effet, nous étions appuyés contre une porte qui a lâché lorsqu'il m'a pénétrée avec vigueur. Mais nous avons eu de la chance. Seule la mariée nous a vus dans toute notre gloire. Elle a levé les yeux au ciel et a passé son chemin. Comportement typique de Gabby… Oui, j'ai bien dit Gabby ! Elle s'est mariée trois mois après avoir rompu avec Xander. Ne soyez pas surpris. Je ne le suis pas. Elle a trouvé un pigeon sur un site de rencontres en ligne et elle lui a fait le coup de la fausse grossesse pour l'effrayer. Je suppose qu'elle s'est dit que puisque cela avait presque marché une fois, elle pouvait réessayer. Mais ce coup-ci, elle lui a dit la vérité avant qu'il ne la découvre. Elle a eu de la chance parce qu'il ne l'a pas larguée aussi sec. Il s'avère qu'il espérait la mettre enceinte de toute façon.

Ma famille a été étonnamment calme en apprenant notre relation. Aiden et Scott avaient déjà deviné qu'il se passait quelque chose entre nous, Chett s'en moquait et Gabby... Eh bien Gabby m'en a touché deux mots, mais elle a surmonté tout cela assez vite. Mes parents ont été les plus surpris, mais compte tenu du passif de mes frères et surtout de celui de ma sœur, le fait que je sorte avec son ex-fiancé ne les a pas plus choqués que cela. Je suppose que lorsque vous avez dû gérer le fait que l'une de vos filles couchait avec votre pasteur, vous pouvez faire face à tout.

Cela devrait vous faire plaisir de savoir qu'entre Xander et moi, tout va très bien. On pourrait penser qu'une relation qui commence sur des bases aussi chaotiques est condamnée d'avance, et pourtant tout se passe très bien. Nous sommes très amoureux. Nous sommes tellement heureux que je peux à peine le croire. Cependant, nous nous disputons beaucoup à propos de tout un tas de choses. Il reste toujours insupportablement prétentieux et j'ai toujours envie de le gifler à un moment ou à un autre. Mais les disputes ont un bon côté, la réconciliation sur l'oreiller est géniale. Et quand je dis géniale, je veux dire qu'il me prouve nuit après nuit qu'il est mon incomparable Mister Tongue. Je l'appelle aussi Mister Dick avec Alice, mais nous avons décidé qu'il valait mieux ne pas le lui révéler. Je ne veux pas le rendre encore plus arrogant. Il est déjà bien assez imbu de lui-même.

Nous allons emménager ensemble d'ici quelques semaines. Je suis super excitée à cette idée. Je pensais que c'était un peu rapide, mais Xander dit qu'il ne veut pas passer une seule nuit de plus tout seul dans son lit. Je me suis sentie heureuse quand il a dit ça. C'est le genre de discours romantique que j'espérais. Mais je me suis bien gardée de le lui dire. J'ai appris à laisser Xander en prendre conscience tout seul. Cela met ma patience à rude épreuve, mais notre relation n'en est que meilleure. J'ai vraiment de la chance et je le sais. Nous pensons déjà à des projets communs, des choses à faire. Nous avons prévu un voyage à Paris, un cours d'éducation sexuelle (chut) et une soirée spéciale pour fêter notre installation. Cette soirée sera pour Alice et Aiden, nous espérons les voir sortir ensemble. En tous cas, moi je le souhaite, Xander s'en fiche un peu. Vous connaissez les garçons ! Tant qu'il fait régulièrement l'amour, il est content de vivre. Et cela me va. Vraiment. Ma vie est merveilleuse aujourd'hui. Je suis heureuse et je m'amuse comme une petite folle. Comment aurais-je pu imaginer un seul instant que mon aventure d'un soir ouvrirait un tout nouveau chapitre de ma vie ?

Remerciements

M erci à tous mes lecteurs pour avoir soutenu mes livres depuis 2014. J'écris pour vous. Je pense que c'est la meilleure motivation du monde.

Merci à mon éditrice Emma Mack pour le temps consacré à revoir mes romans.

Merci à Tanya Kay Skaggs, Katrina Jaekley, Stacy Hahn, Cilicia White, Tianna Croy, Chanteal Justice, Kathy Shreve, Barbara Goodwin Lisa Miller, Kelly Sloane pour l'aide que vous m'avez apportée, tant au niveau de la lecture du livre que pour le retour que vous en avez donné, chapitre après chapitre, tandis que j'écrivais l'histoire de Xander et de Liv.

Et enfin, pour terminer, merci à Dieu.

#2 Alice

Prologue

Un conseil : ne tombez jamais amoureuse du frère de votre meilleure amie. Ne succombez pas à son sourire enfantin ou ses magnifiques yeux bleus. Ne craquez pas pour ses biceps saillants et son petit air satisfait. C'est dangereux. Croyez-en mon expérience. Je m'appelle Alice et je suis follement amoureuse d'Aiden, le frère de ma meilleure amie Liv. Il possède toutes les qualités que je recherche chez un homme, mis à part son côté trop protecteur, agaçant et... son charme dévastateur !

Aiden Taylor est l'homme de mes rêves, et pourtant je ne l'aurai jamais. Je ne peux pas sortir avec lui au risque de voir tout s'effondrer ensuite : Liv est ma meilleure amie, elle est comme ma sœur. Si je sortais avec Aiden et que cela ne marchait pas, cela pourrait gâcher notre amitié. Et puis, j'ai peur de ce qui se passerait si la vérité éclatait. Il y a des secrets sur Aiden et moi que personne ne connaît. Des secrets qu'aucun de nous ne veut voir exposés au grand jour.

Il arrive pourtant qu'un secret doive être révélé. Parfois, c'est le secret qui pose problème. Parfois, c'est vous.

1.

Ne suivez jamais
vos propres conseils

– Alice, tu dois apprendre à t'écouter.

Liv me lance un regard en changeant la chaîne de la télévision. Ses yeux de biche me défient. Je connais bien ce regard. C'est normal, c'est moi qui le lui ai appris.

– C'est quoi, ce conseil ?

Je prends le bol de pop-corn sur la table du salon avant de me rasseoir. J'envoie les grains en l'air pour les happer, et me régale de leur douceur amère en attendant qu'elle prononce les mots que je redoute d'entendre.

– Il faut que tu aies une aventure d'un soir avec Aiden. Et épargne-moi tes lamentations.

Elle attrape du pop-corn, puis s'assied dans le canapé en cuir beige flambant neuf que nous venons d'acheter.

– Fais attention quand tu manges, je lui lance d'un ton ferme. Je ne veux pas voir des traces de gras sur le nouveau canapé. (Je ris à sa grimace.) Et non, je n'envisage pas d'avoir une aventure d'un soir avec ton frère.

Je regarde fixement l'écran de la télévision tandis que mon cœur s'emballe. Je ne vais pas raconter d'histoire, je rêve de coucher avec Aiden depuis des années (et quand je dis coucher, je pense à tout sauf à dormir). Mais il m'a toujours considérée uniquement comme la meilleure amie de sa petite sœur. Et même ainsi, je ne pense pas qu'il m'ait vraiment porté beaucoup d'attention. Enfin, ce n'est pas tout à fait exact. Il y a eu une nuit durant laquelle il m'a vue autrement que cette « pauvre petite Alice ». Une nuit où il m'a regardée comme une femme. Mais je ne vais pas parler de cela.

– Je ne pensais pas non plus avoir une aventure d'un soir, mais pourtant, cela m'est arrivé et regarde où j'en suis aujourd'hui.

Liv coupe le son de la télévision et se tourne vers moi. Elle a lâché ses longs cheveux bruns et enroule une mèche autour de son doigt.

– Qui aurait pu penser que Xander et moi nous serions… ?

– Ouais, ouais, je vois, l'interromps-je.

Je ne suis vraiment pas d'humeur à l'entendre me raconter combien sa relation avec Xander, son petit ami, est merveilleuse. Xander James est beau, sexy, riche et soi-disant un bon coup – il est particulièrement doué avec sa langue. J'ai beaucoup entendu parler de lui au cours de ces derniers mois, et je ne sais vraiment pas comment un mec peut être aussi parfait. Je suis heureuse pour Liv, après tout c'est ma meilleure amie, mais pour être honnête, je suis aussi un peu envieuse. Je voudrais un type qui me fasse tourner la tête et tombe follement amoureux de moi. Un type qui me regarderait comme si j'étais la seule femme sur terre. Pour le moment, je trouve des hommes qui me regardent comme un morceau de viande en promotion ou un spectacle gratuit. « Salut, je ne suis pas ta strip-teaseuse personnelle (à moins que tu ne laisses des milliers de dollars et que tu ne t'attendes pas à pouvoir me toucher) et non, je ne vais pas (encore) revêtir pour toi mon déguisement de sirène de la fac. » Le fait est que Liv a gagné le gros lot avec Xander tandis que moi je racle le fond du panier.

– Je t'ennuie avec mes histoires ?

Ses yeux marron reflètent la crainte de Liv de se comporter comme cette amie que tout le monde déteste : celle qui tombe amoureuse, qui trouve l'homme de sa vie, et ne peut s'empêcher d'en parler sans arrêt. En général, cela ne me dérange pas. Mais je ne veux pas qu'elle évoque Aiden alors qu'elle parle de sa vie amoureuse. Tout simplement parce que j'ai envie de lui depuis des années.

– Pas du tout, dis-je dans un grand sourire, alors que tout mon être lui crie que oui, elle m'ennuie !

Personne ne veut entendre parler chaque jour de la semaine de l'amant parfait de sa meilleure amie. Mais je suppose que je suis injuste car Xander est vraiment loin d'être parfait. Je souris avec ironie en repensant à leur relation.

– Pourquoi est-ce que tu souris ? Serais-tu en train de me cacher quelque chose, Alice ?, me demande-t-elle en s'approchant de moi.

– Peut-être.

J'éclate de rire tandis qu'elle me regarde fixement, l'air perplexe, et je le regrette dès que je vois l'inquiétude sur son visage. Elle commence à se sentir mal et à se poser des questions. C'est l'une de ses plus grandes faiblesses, mais c'est aussi pour cela que je l'aime : elle est trop sensible. Elle garde en elle toutes ses émotions et a toujours peur de faire de la peine à quelqu'un.

– Je plaisante, Liv. Je suis heureuse pour toi et Xander. Tu mérites de trouver l'amour, je la rassure en lui attrapant le bras.

– C'est gentil. Mais je veux que toi aussi tu le trouves. Je veux sincèrement que tu sois aussi heureuse que moi.

– Je rencontrerai bientôt quelqu'un. Écoute, nous pouvons sortir demain soir si tu es dispo. On ne sait jamais, je pourrais tomber sur un type bien.

– Xander ne veut plus que j'aille en boîte de nuit avec toi, lâche-t -elle avant de le regretter aussitôt.

– Ne me dis pas que tu laisses Xander te dicter ta conduite ?

Comment ose-t-il lui interdire de sortir avec moi ? Est-ce que j'ai une mauvaise influence ?

– Bien sûr que non, répond-elle dans un ricanement gêné. On n'a qu'à ne rien dire.

– Tu vas lui mentir ? Si tu lui mens et qu'il s'en rend compte, il va me détester.

– Non, bien sûr que non. Je vais simplement ne pas préciser où nous allons.

– Vraiment ? (Ses yeux brillent de malice.) Je ne suis pas sûre de te croire, Liv. Tu vas tout raconter à Xander qui va s'empresser de le répéter à Aiden, cela va se terminer en troisième guerre mondiale dans la boîte et nous ne pourrons plus jamais y retourner.

– Appelle-le, je t'en supplie.

– Hors de question. Je vais chercher de la glace. Tu veux quelque chose ?

– Non. (Elle bondit du canapé.) Pourquoi tu ne l'appelles pas ? C'est complètement débile. Explique-lui que tu ne voulais pas embrasser Scott.

– N'insiste pas.

Je rougis au souvenir du regard d'Aiden lorsque j'ai embrassé son frère, il y a quelques mois de cela. Il a semblé choqué et je me suis sentie mal lorsque nos regards se sont croisés. Je n'ai vraiment pas eu de chance. Je n'ai même pas voulu embrasser Scott, mais je l'ai laissé faire, histoire de voir s'il se produisait une étincelle. Je voulais expliquer à Aiden que c'était une erreur, mais j'avais trop honte pour lui dire quoi que ce soit. Surtout étant donné notre histoire passée ensemble.

– Alice..., soupire Liv en faisant la moue.

– Ne me bombarde pas de « Alice », Liv, je la stoppe, d'un ton agacé. À ma place, tu n'appellerais pas non plus.

– Peut-être que non.

Nous restons silencieuses un moment, quand son téléphone sonne.

– Réponds, dis-je en m'éloignant, ton épouvantable prince charmant t'attend.

– Il n'est pas épouvantable ! Bon, d'accord, j'admets qu'il peut être légèrement horripilant. (Elle décroche.) Salut, murmure-t-elle d'une voix suave.

Je me dépêche de regagner ma chambre.

Je m'installe sur mon lit avec mon ordinateur, me connecte sur Facebook. Je tape « Aiden Taylor » et me fige lorsque des photographies inconnues apparaissent sur l'écran. Aiden m'aurait-il retirée de sa liste d'amis ? Je navigue sur la page, le cœur battant. En fait, j'ai tapé « Tyler » au lieu de « Taylor ». Ouf ! Je retrouve la photographie familière d'Aiden sur l'écran. Je clique sur ses photos pour voir s'il y en a de nouvelles et mon cœur se serre : une fille répondant au nom de Elizabeth Jeffries a laissé ce commentaire : « J'ai vraiment hâte de te voir ce week-end. » Je clique sur son nom, mais son profil est privé et je ne peux rien voir d'autre.

Qui est donc Elizabeth Jeffries ? Est-ce que c'est sa petite amie ? Est-ce qu'il l'aime ? Grr ! Les questions se bousculent dans ma tête tandis que je sens mon estomac se nouer. Je tape son nom sur Google. C'est ce que je déteste, mais que j'aime aussi avec Internet. C'est vraiment facile de traquer – je veux dire « rechercher » – les gens, mais on peut me traquer, moi, tout aussi facilement. Lorsqu'on tape « Alice Waldron » sur Google, il apparaît une photo – que je n'assume pas du tout – que j'avais présentée lors d'un concours pour maigrir sur un site Internet de perte de poids avec mon objectif (que je n'avais pas atteint). Je ne suis pas fière non plus de mes commentaires, visibles par tous les internautes, sur le blog consacré aux potins des stars qui notent différentes vedettes d'Hollywood. J'ai contacté Google et je leur ai demandé d'enlever ces sites de la recherche, mais ils n'ont pas réagi.

– Qu'est-ce que tu fais ?

Liv est entrée dans ma chambre avec deux tee-shirts dans les mains.

– Une recherche.

Est-ce que je dois lui demander qui est Elizabeth Jeffries ?

– Sur quoi ?, demande-t-elle en s'écroulant sur mon lit.

Je tourne l'ordinateur pour qu'elle ne puisse pas voir l'écran. C'est une chose d'être un traqueur, mais c'en est une autre d'être pris en train de traquer. Surtout lorsque cela implique le frère de votre meilleure amie.

– Du travail, dis-je en évitant son regard.

– Qu'est-ce que tu dois chercher pour le travail ?, poursuit-elle, d'un ton suspicieux.

C'est vrai que l'argument n'est pas vraiment crédible. Je suis assistante dans une agence immobilière. Je n'ai pas grand-chose à faire au bureau, et encore moins à la maison.

– Tu es de la police ?

– Ok ! Alors, qu'est-ce qu'a fait Aiden ces derniers temps ? Je ne suis pas idiote, Alice. Je me doute que ta recherche concerne mon grand frère. Tu n'as jamais eu de recherche à faire pour ton travail.

– Trahie par mon boulot facile ! (Je tends mon ordinateur à Liv en riant.) Connaîtrais-tu Elizabeth Jeffries par hasard ?

– Elizabeth qui ?

– J'en déduis que non, hélas. Est-ce que tu sais si Aiden voit quelqu'un ?

– Pas que je sache. Pourquoi ? Il a une relation sur Facebook ?

– Pas exactement. Mais cette putain d'Elizabeth fait des commentaires sur son mur.

– Quoi? Une pute?, s'étonne Liv en regardant mon ordinateur pour voir de quoi je parle.

– Euh… Je ne sais pas si c'est réellement une pute, je bredouille en regrettant d'avoir utilisé ce terme.

– Tu m'embrouilles. Mon frère voit une pute ou non ?

– Oh, bon sang, Liv. J'étais en train de regarder le profil d'Aiden sur Facebook et j'ai vu une fille répondant au nom d'Elizabeth qui avait fait un commentaire sur son mur disant qu'elle n'en pouvait plus d'attendre ce week-end pour le voir. Je l'ai traitée de putain parce que je suis jalouse et que *je* veux le voir ce week-end. Et si tu n'avais pas la tête ailleurs, tu aurais compris de quoi je parlais.

– Ah, d'accord ! Ce n'est pas une prostituée au sens propre, mais c'en est une parce qu'elle court après ton mec.

– Je préfère mon explication, la tienne me fait ressembler à une psychopathe. Et puis, elle ne court pas après mon mec, pour la simple raison que ce n'est pas mon mec.

– Alice, tu m'embrouilles complètement.

– C'est toi qui m'embrouilles. Bon, alors, tu la connais oui ou non ?

– Je n'avais jamais entendu parler d'elle jusqu'à aujourd'hui. Tu veux que j'appelle Aiden pour voir ce qui se passe ?

– Je ne sais pas. Tu penses qu'il te dira quelque chose ?, je demande en regardant à nouveau le profil d'Aiden. Oh, merde ! J'ai liké son commentaire sur son mur. Qu'est-ce que je dois faire ?

– Mets vite un « je n'aime pas ». Et après, like un autre commentaire. Comme ça, si Aiden reçoit des avis, il verra que tu as posté quelque part un « j'aime ».

– Pfff, il va savoir que je l'espionne sur Facebook. Je suis vraiment trop nulle !

– Alice, tout va bien. Je suis certaine qu'il ne se rendra compte de rien.

– Tu crois ?

– J'en suis sûre. Les mecs n'analysent pas les commentaires et les appréciations sur Facebook comme nous. Il ne remarquera probablement même pas que tu as apprécié telle ou telle chose, me réconforte-t-elle en me souriant.

– Tu as sans doute raison, réponds-je sans conviction.

Liv parle comme si elle savait tout sur les hommes maintenant qu'elle sort avec Xander, mais je ne suis pas certaine qu'elle en sache autant que ça. Elle ne voit pas Xander depuis très longtemps, et c'est moi qui lui ai donné plein de conseils jusqu'à ce qu'elle commence à le fréquenter. Au fond, Liv me redonne les conseils que je lui ai donnés sauf que, en toute honnêteté, je n'avais absolument aucune idée de ce dont je parlais lorsque j'étais celle qui la conseillait.

Avez-vous jamais fait quelque chose en sachant pertinemment que vous n'auriez pas dû ? Comme envoyer un message Facebook à un type au milieu de la nuit ? Et en n'ayant même pas l'excuse d'être ivre ! On peut pardonner des messages envoyés ou des appels passés en état d'ébriété, mais pas des messages stupides rédigés sans une goutte d'alcool dans le sang…

Je sais que je n'aurais pas dû envoyer un message à Aiden. Je sais que j'aurais dû attendre que lui me contacte. C'est ce que toutes les règles disent, non ? Si un type est intéressé, il vous contactera. Je sais cela, mais j'ai peur qu'il pense que j'éprouve quelque chose pour son frère Scott. Il m'a surprise en train de l'embrasser. En réalité, il a surpris Scott en train de m'embrasser, mais depuis ce soir-là, Aiden se comporte comme si j'avais la lèpre ou que j'étais invisible. Et je n'aime même pas Scott, ce qu'il devrait savoir, mais vous connaissez les hommes. Ils peuvent être bizarres et stupides, complètement odieux et arrogants. C'est donc pour cela que j'envoie un message Facebook à Aiden à vingt-trois heures.

« Salut Aiden, c'est moi, Alice. C'est un message depuis ma page Facebook. Je voulais juste te dire salut, alors salut ! » Et puis, j'appuie sur « envoi ». Et je me rallonge sur l'oreiller en soupirant. Pourquoi, mais pourquoi ai-je envoyé un message Facebook à Aiden ? Euh… C'est alors que j'entends un petit *ding*. Je me rassieds. Quelqu'un m'a envoyé un message. Je regarde sur mon compte Facebook.

« Salut, Alice. » C'est tout ce qu'Aiden a répondu, mais je me sens aussi étourdie qu'une souris ivre en fixant l'écran. Il m'a répondu. Il ne me déteste pas ! Je clique aussitôt sur ma page pour voir quelle photo j'ai sur mon profil. Je pousse un grognement en me voyant sourire bêtement, mes cheveux blonds mi-longs emmêlés et mes yeux bleus donnant l'impression de loucher. Ce n'est pas la photo que je voulais qu'Aiden voie en me répondant.

Alice : *Tu n'es pas encore couché ? Il est tard.*

Je sais, je sais, je n'aurais vraiment pas dû envoyer un autre message. Il n'a pas réellement montré d'enthousiasme dans sa réponse, mais tant pis. Le fait qu'il ait répondu me suffit.

Aiden : *Il n'est que vingt-trois heures...*

Je lève les yeux au ciel en lisant sa réponse.

Alice : *Je ne sors pas boire un verre tous les soirs, donc je ne sais pas.*

Aiden : *Juste deux, trois fois par semaine ? Uniquement lorsque Brock et Jock sont disponibles ?*

Alice : *Ha ha. Très drôle.*

Je grimace. Brock et Jock sont des frères jumeaux strip-teaseurs que j'avais engagés pour jouer le rôle de nos petits amis à Liv et moi afin de rendre Xander jaloux lorsque les choses n'allaient pas très bien pour eux. Mon plan n'avait pas très bien marché, personne n'avait été dupe.

Aiden : *Que fais-tu debout si tard ? Tu cherches les ennuis ?*

Je reste pétrifiée en lisant son message. Est-ce qu'il essaie de me draguer ?

Alice : *Quel genre d'ennuis ?*

Aiden : *À toi de me le dire.*

Alice : *Qu'es-tu en train de me demander, Aiden ?*

Aiden : *Rien. Je plaisantais.*

Alice : *Oh, ok. Qu'est-ce que tu fais ?*

Aiden : *Sur le point d'aller me coucher. J'ai une grosse réunion au bureau demain.*

Alice : *Ah, ok.*

Je suis déçue. Ce n'est pas ce soir qu'Aiden Taylor va me déclarer son amour.

Aiden : *Fais de beaux rêves, Alice. Et sois sage.*

Alice : *Cela risque d'être difficile.*

Aiden : *Je m'en doute.*

Alice : *Qu'est-ce que cela veut dire ?*

Aiden : *À ton avis ?*

Alice : *Je n'ai plus seize ans.*

Aiden : *Content de te l'entendre dire.*

Alice : *C'était une erreur. Non, pas une erreur, un mensonge.*

Aiden : *Je sais, tu me l'as déjà dit.*

Alice : *Je me suis trompée de lit.*

Aiden : *Bien sûr.*

Alice : *Qu'est-ce que cela veut dire, "bien sûr" ?*

Aiden : *Fais de beaux rêves.*

Alice : *Nous devrions en parler, Aiden. Je ne veux pas que tu te fasses de fausses idées.*

Aiden : *C'était il y a longtemps, Alice. Je suis passé à autre chose.*

Alice : *Très bien, bonne nuit.*

Je referme mon ordinateur et saute du lit, nerveuse. Qu'est-ce qu'il veut dire par « je suis passé à autre chose » ? Est-ce qu'il est toujours en colère contre moi ? Fâché ? Est-ce qu'il essaie de me dire qu'il en a fini avec moi et que je n'ai aucune chance avec lui ? En allant à la cuisine, j'entends Liv et Xander chuchoter et faire Dieu sait quoi dans le salon.

— Prenez une chambre, les jeunes !, je leur crie sur un ton hargneux.

Je suis soudain en colère contre eux deux.

— Alice ? Tout va bien ?, me demande Liv en me rejoignant dans la cuisine.

— Oui, ça va. Je me demande juste pourquoi vous trouvez normal de vous peloter dans notre salon comme des ados excités. Ton petit ami n'est pas millionnaire ou quelque chose comme ça ?

— On ne se pelote pas, on regarde un film.

– Alors, pourquoi je vous entends chuchoter et vous embrasser ?

– Tu nous entends nous embrasser ? Xander m'a demandé de lui passer le pop-corn et je lui ai dit de se débrouiller avec le sien. Que se passe-t-il ?, ajoute-t-elle en me regardant dans les yeux.

– Rien. (Je me mords la lèvre, rouge de honte.) Désolée.

– C'est bon. C'est Aiden qui te rend triste ?

– Ce n'est qu'un pauvre type. Je ne sais vraiment pas pourquoi ça me touche autant.

– Parce que tu l'aimes bien, conclut Liv en souriant.

– Oui, je suppose.

Je me sers un grand verre de lait et j'attrape des gâteaux. J'ai besoin de sucre pour me sentir mieux.

– Ne t'en fais pas. Il oubliera ce petit baiser idiot et il reviendra.

– Ce n'est pas tout, j'ajoute en sortant ma boîte mauve de Fingers Cadbury. C'est un petit cadeau que je me fais. Ils sont plus chers que des gâteaux ordinaires, parce qu'ils sont importés d'Angleterre, mais j'adore ces bâtonnets recouverts de chocolat au lait.

– Qu'est-ce que tu veux dire ? Tu as couché avec Scott ?

– Quoi ? Bien sûr que non ! Comment peux-tu penser un truc pareil ?

– Eh bien, tu te comportes d'une manière tellement bizarre ! Tu as autre chose à me dire ?

– Huumm. (Xander entre dans la cuisine en se raclant la gorge.) J'ai mis le film sur pause, mais je me demande si je ne ferais pas mieux de vous laisser. On dirait que vous avez besoin de parler toutes les deux, dit-il à Liv après m'avoir lancé un regard.

– Merci, lui fais-je.

– Non, reste.

– Tu es sûre ?, insiste-t-il avec un sourire suffisant sur les lèvres. Cela ne me gêne pas et on dirait qu'Alice a vraiment besoin de parler.

Il me jette à nouveau un regard et je me sens mal. Je ne peux pas regarder Liv. Si elle lui dit de rester, cela signifie clairement qu'il est plus important que moi. Ce qui ne serait pas sympa. Je suis sa meilleure amie, je suis prioritaire. Si elle lui demande de rester, je vais me sentir vraiment triste.

– Puisque cela ne t'ennuie pas…, lui répond Liv en l'embrassant sur la joue. Je te revaudrai ça.

Mes épaules se détendent à ces mots. Elle ne fait pas passer Xander avant moi. Pas encore.

– Je te prends au mot, rétorque-t-il avant de l'attirer contre lui et de l'embrasser goulûment.

Je détourne le regard. Comme j'aimerais qu'Aiden me prenne comme ça et m'embrasse d'une manière aussi possessive.

– Ça te va, Alice ?

– Merci.

J'avale mon verre de lait.

– Alice, je raccompagne Xander et je reviens. Verse-nous un verre de merlot. Je pense que la nuit va être longue.

– Ok.

J'ai vraiment de la chance d'avoir Liv pour meilleure amie, j'en ai conscience et je ne le prends pas pour une chose acquise.

J'attrape deux verres et une bouteille de vin dans le placard, et je fais griller du pain. Quand Liv me retrouve dans la cuisine, j'ai peur qu'elle ne soit contrariée d'avoir renvoyé Xander chez lui.

– Miam, tu fais griller du pain ?, sourit-elle en se glissant à côté de moi.

– Ouais, et j'ai sorti le brie aussi. J'espère que ça te va ?

– Bien sûr ! J'ai pris du chocolat aussi.

– Super !

– C'est du noir, celui qu'on aime.

Elle sort la tablette du réfrigérateur. C'est du chocolat noir Lindt à la menthe. Je souris. C'est le chocolat noir que je préfère parce qu'il n'a pas un goût râpeux et amer, la menthe rendant le chocolat crémeux. Il est délicieux.

– Je suis désolée que Xander soit rentré chez lui à cause de moi.

Je retourne les tranches de pain pour qu'elles soient grillées des deux côtés. Notre grille-pain n'est pas très performant...

– Pas de problème, dit-elle en posant sa main sur mon épaule. Je n'allais pas te laisser te morfondre et il me connaît suffisamment pour savoir que je ne pourrais pas rester assise là sans bouger alors que tu ne vas pas bien. Il sait que tu es ma meilleure amie et, que cela lui plaise ou non, il doit faire avec.

– Il me déteste ?, je demande en ouvrant le réfrigérateur pour sortir le beurre.

– Non. (Elle rit.) Je ne dirais pas détester, mais je pense qu'il n'aime pas le fait que lorsque nous sommes toutes les deux, nous pouvons nous montrer un peu immatures.

– Immatures ? (Je reste bouche bée.) Il pense que je suis immature ?

– Il pense que nous sommes toutes les deux un peu puériles. Je lui ai dit qu'il se trompait, mais reconnais que nous avons parfois tendance à nous comporter comme des adolescentes, glousse-t-elle.

– Je le prends mal, tu sais. (J'éclate de rire.) Et ce n'est pas tout le temps, juste quelquefois.

– C'est exactement ce que je lui ai dit. Tout le monde a le droit de se comporter comme un ado s'il en a envie.

– Tout à fait. Et nous n'avons que vingt-deux ans.

Je dispose le pain sur une assiette avec le fromage.

– Je te laisse apporter le vin et les verres.

– Ok.

En voyant les bougies allumées sur la table basse du salon et la couverture de laine couleur crème en faux angora que Liv adore, disposée sur le canapé, je me sens mal. Il y a aussi une rose rouge sur la table, à côté de la bougie.

– Oh, Liv, j'ai gâché une soirée romantique !, lui dis-je d'un air désolé.

– Ne t'inquiète pas.

– Il t'a offert une rose rouge ? C'est tellement charmant !

– Il m'a dit qu'il n'avait jamais offert de rose rouge à une femme avant moi, et il m'a expliqué qu'il s'était juré de ne jamais offrir de roses rouges à une femme tant qu'il n'aurait pas rencontré celle qu'il aimait.

– Mon Dieu, c'est magnifique ! Tu es vraiment tombée sur le mec parfait !

– Il m'a dit qu'il n'arrivait pas à croire qu'il ait autant de chance. Et il a ajouté que je lui donnais la foi et qu'il ne voulait pas passer une journée ou une nuit sans moi.

– Merci, comme ça je me sens encore plus mal, je maugrée. Il est vraiment adorable. Je n'aurais pas dû le faire partir. Appelle-le et dis-lui de revenir. Nous discuterons demain.

– Pas question, on discute ce soir. Je veux savoir ce qui se passe, Alice, dit-elle en s'asseyant sur le canapé pour ouvrir la bouteille de vin.

– C'est sans importance. Appelle Xander et dis-lui de revenir, comme ça tu pourras t'envoyer en l'air. Et dis-lui que toi non plus tu ne veux pas dormir sans lui.

– Il peut passer une nuit sans faire l'amour ! Il me désirera encore plus.

– Tu es bête !

Elle m'adresse un sourire, puis me regarde fixement.

– Maintenant, dis-moi ce que tu m'as caché.

J'avale une autre gorgée de vin, puis je prends une profonde inspiration.

– J'ai perdu ma virginité avec Aiden.

Sous le choc, Liv recrache le vin qu'elle vient de boire.

2.

Le philtre d'amour,
cela n'existe pas

Vous connaissez l'adage ? À propos du téléphone que l'on regarde et qui ne sonne jamais ? Eh bien, c'est faux. Mon téléphone n'a pas arrêté de sonner toute la matinée. La seule personne qui ne m'ait pas appelée est celle que j'ai envie d'entendre. J'ai reçu un appel de l'entreprise de ma région qui gère la communication par satellite pour me dire que je devais passer au câble. J'ai répondu que je le ferais s'ils pouvaient me promettre que je ne devrais débourser qu'un dollar par mois pour les dix années à venir. Mon interlocutrice m'a maudite puis elle a raccroché lorsque je lui ai dit que je voulais également un nouveau téléviseur 50 pouces pour adoucir la note. J'ai reçu également un appel de mon dentiste. Enfin, c'est sa secrétaire qui m'a appelée pour me dire que j'avais raté mes deux derniers rendez-vous et que je devais aller les voir pour un détartrage. Pas de sitôt, Dr Rosenberg. La dernière fois que je suis venue pour un détartrage, j'avais plusieurs caries qu'il a fallu soigner. Je n'ai toujours pas fini de payer la facture. Merci quand même, une prime d'assurances de 300 dollars par mois. Et bien sûr, j'ai également eu un appel de ma chère vieille grand-mère qui voulait savoir quand je vais me marier et lui donner des arrière-petits-enfants. Je lui ai dit qu'elle pouvait aller au square à côté de chez elle pour regarder les enfants jouer, mais cela ne l'a pas amusée. Alors oui, j'ai reçu beaucoup d'appels aujourd'hui, mais aucun d'Aiden, l'homme que j'ai vraiment envie d'entendre.

Aiden Taylor est le frère aîné de Liv. Je le connais depuis mon enfance et j'ai flashé sur lui lorsque j'avais dix ans et lui seize. Non pas qu'il m'ait jamais accordé la moindre attention. Il ne me voit toujours que comme la meilleure amie de sa petite sœur. Enfin, presque toujours. Une fois, j'ai été plus que cela. Nous avons partagé un moment que je me suis repassé en boucle tous les jours depuis que c'est arrivé. Le hic, c'est que je ne peux pas en discuter avec lui. J'ai même de la chance qu'il continue à me parler après cet épisode. Nous sommes les seuls à savoir. Enfin, nous étions les seuls à être au courant. Jusque très récemment. Je n'en ai pas parlé à Liv sur le coup. Pourtant je voulais vraiment le lui raconter. Mais comment pouvez-vous raconter quelque chose comme ça ? Comment pouvez-vous dire à votre meilleure amie que son frère avait raison et que vous êtes la mauvaise influence dont personne ne veut pour ses enfants ?

Je crois que je devrais me sentir reconnaissante qu'Aiden n'ait jamais rien dit. Je suppose que lui aussi était gêné. Ce n'est pas spécialement quelque chose que l'on crie sur les toits. « Eh, Liv, j'ai couché avec ta meilleure amie. En fait, je l'ai même dépucelée. » Ok, il n'a pas dit ça. Et je ne l'ai pas dit non plus à Liv. Comment aurais-je pu lui dire que je m'étais glissée dans le lit de son frère en espérant le séduire ? Comment pouvais-je lui révéler que nous avions fait l'amour et que cela avait été la meilleure nuit de ma vie ? Je ne savais pas comment le lui dire, et puis je m'étais sentie trop coupable pour en parler. Mais maintenant, elle sait, et honnêtement, je ne me sens pas mieux. Je sais maintenant que la seule personne à laquelle j'ai vraiment besoin de parler de cette nuit-là est le seul homme qui ne veut rien avoir à faire avec moi.

– Alice !, crie Liv en entrant dans l'appartement. Où es-tu ?

– Dans le salon ! Pourquoi nous crions, au fait ?

– J'ai eu une idée géniale.

Ses yeux brillent, elle frappe dans ses mains et effectue une petite danse en me souriant, décidée à conserver son bel enthousiasme.

– Quelle idée ?

– J'ai trouvé un moyen pour que tu recommences à parler à Aiden.

– Vraiment ? (Mon cœur s'emballe.) C'est une bonne idée ou une idée farfelue ?

– Depuis quand ai-je des idées farfelues ?

– Depuis que tu es ma meilleure amie.

Malheureusement, c'est vrai. Nous semblons toutes les deux avoir des idées qui jaillissent sur un coup de tête et qui nous amènent des ennuis. Pour être honnête, c'est généralement moi qui ai des idées vraiment idiotes, mais elle m'a rendu la monnaie de ma pièce ces derniers temps.

– Nous allons intégrer une équipe de flag football.

– De quoi ?

– Flag football, répète-t-elle, tout excitée. Xander m'en a parlé. Il va en faire aussi.

– D'accord, reprends-je, moins enthousiaste. En quoi cela va-t-il m'aider avec Aiden ?

– Il va jouer dans la même équipe. (Elle sourit.) Ce sera parfait.

– Je ne sais pas, Liv. Tu penses vraiment que le fait que je joue au football va m'aider avec les garçons ? Je ne suis pas exactement ce qu'on appelle une athlète.

– Fais-moi confiance, m'encourage-t-elle en attrapant mes mains, ce n'est pas le seul plan que j'ai en tête. C'est simplement la première étape.

– Première étape ?, je répète, à la fois inquiète et excitée.

Je ne suis pas dingue de football, mais si le fait d'intégrer une équipe me permet de voir Aiden toutes les semaines, je suis partante.

– Oh, oui, chérie. J'ai trouvé un moyen infaillible pour m'assurer que tu finisses dans les bras de mon frère.

Elle semble si satisfaite et enthousiaste que je m'abstiens de râler. Je ne veux pas lui gâcher son plaisir, mais j'ai déjà eu un plan comme ça et il m'avait explosé à la figure.

– De quoi s'agit-il ?, je lui demande timidement.

Il y a des moments où je m'en veux d'avoir autant déteint sur Liv. Lorsque nous étions plus jeunes, Liv était innocente et calme et j'étais la fauteuse de troubles, cherchant toujours à me lancer dans quelque chose. J'avais toujours un plan ou un projet, qui ne réussissaient pas comme je le prévoyais.

— Tu vas venir aux matchs de flag football avec Xander et moi. Tu vas être mignonne et flirter avec tous les beaux garçons célibataires. Tu vas être gentille, mais pas excessivement sympathique avec Aiden, et lui montrer tout ce qu'il a raté ces dernières années.

— Tu crois vraiment qu'il va remarquer quelque chose ?

— J'en suis certaine. Maintenant que je sais ce qui s'est passé entre vous, je comprends beaucoup mieux la dynamique qui vous lie.

— Vraiment ?

— Oh oui ! Je me suis toujours demandé pourquoi il adoptait une telle attitude protectrice avec toi, mais aussi une sorte de possessivité et de jalousie.

— Il fait la même chose avec toi.

Je joue l'indifférence, mais l'espoir me gagne.

— Pas du tout !, plaisante-elle. Oui, il est surprotecteur et un peu idiot, mais il ne s'est jamais comporté en homme jaloux lorsque je parle d'un autre type et il n'a jamais réagi en se montrant possessif ou contrarié lorsqu'il me voit avec un autre garçon. Cela lui est égal. Tu sais, il m'a dit qu'il était content que je sorte avec Xander parce que maintenant, c'est au tour de Xander de se faire du souci pour moi.

– Oui, mais ce ne sont que des mots. Il t'aime.

– Oui, bien sûr, je suis sa sœur. Mais il a des sentiments pour toi aussi. Des sentiments qui sont plus forts que ceux d'un grand frère. Je parie qu'il est un peu perdu.

– Pourquoi perdu ?

– Il est perdu parce qu'il a passé cette nuit avec toi il y a longtemps qui lui a plu, mais il se sent coupable et il n'est pas sûr de savoir ce qu'il doit faire.

– Tu crois ?

– Oui, je le pense vraiment. Le problème, c'est qu'il continue de te voir comme une ado. Tu dois lui montrer que tu es une femme maintenant.

– Et le flag football va m'aider ?

– En short court en train de courir sur un terrain avec des types sexy à tes fesses, tes longs cheveux blonds flottant au vent, c'est garanti. Tu sais comment sont les hommes.

– Et Scott ? Et mon message sur Facebook ?

– Oublie. Ça ne veut rien dire.

– Tu crois ?

– Je le sais.

– Qu'est-ce que tu sais ?

La voix de Xander qui vient de résonner dans le salon m'arrache un cri.

– Qu'est-ce que tu fais ici ?, je lui demande sur un ton de reproche.

Il éclate de rire.

– Ravi de te voir aussi, Alice. Je suis venu chercher ma petite amie pour l'emmener dîner. Cela te pose problème ?

– Aucun problème.

Je regarde Liv qui rit.

– Il garait la voiture. J'ai laissé la porte ouverte pour qu'il puisse entrer.

– Ah, d'accord. Je me demandais si tu lui avais donné une clef.

– Cela te poserait un problème ?, me taquine Xander. Je ne vois rien de mal à cela.

– Je m'en doute.

– Je parie que cela ne t'ennuierait pas si Aiden avait une clef. (Il me fait un clin d'œil.) Peut-être que cette fois, c'est *lui* qui se glissera dans *ta* chambre et dans ton lit.

– Liv ! Tu as tout raconté à Xander ?, je lui crie en rougissant.

– Xander ! À quoi tu penses ?, lui dit Liv, furieuse.

– Quoi ?

– Pourquoi tu as dit à Alice ce que je t'avais raconté ? (Elle pousse un soupir et me regarde, l'air désolé.) Je suis navrée, mais il voulait savoir ce qui était si important pour que je le mette dehors hier soir.

– Alors, tu le lui as dit ? (Je reste bouche bée.) Je ne peux pas croire que tu aies dit à Xander que j'avais perdu ma virginité avec Aiden.

– Tu as couché avec Aiden ?

Xander semble choqué. Mon cœur se serre.

– Tu ne savais pas ?

– Je ne lui ai pas tout dit. Je ne voulais pas tout lui dire. Je lui ai juste dit que tu t'étais glissée dans le lit d'Aiden un soir et que tu l'avais embrassé, soupire Liv.

– Coucher est un peu plus qu'un baiser. (Xander rit en me regardant.) Bien, bien, bien, Alice Waldron, plus j'en apprends à ton sujet, plus tu deviens intéressante.

– Laisse tomber.

– J'ai besoin de savoir exactement ce qui s'est passé. (Il rit en regardant Liv.) Et moi qui pensais que nous étions sortis ensemble dans des circonstances incroyables.

– Vous au moins vous êtes ensemble. Aiden ne m'a pas laissé de chance après notre nuit.

– Mais ce n'était pas exactement la même chose, Alice, non ? Il ne savait pas que c'était toi, au départ.

– Inutile de me le rappeler. Je me sens tellement mal. Je devrais passer à autre chose. Aiden ne pourra jamais oublier cet incident.

– Tu n'en sais rien, répond Liv. Qu'est-ce que tu en penses, Xander ?

Elle jette un regard rayonnant à Xander tandis qu'il l'embrasse sur la joue et lui caresse le dos.

– Je pense que j'ai besoin de savoir exactement ce qui s'est passé. (Ses yeux verts me regardent avec sérieux.) Je sais que cela peut te mettre mal à l'aise, mais fais-moi confiance : je peux te dire si c'est aussi désespéré que ce que tu penses ou non.

– Je suis juste gênée, dis-je en baissant la tête.

– Ce n'est pas aussi grave que de draguer un inconnu à un mariage, dit Liv.

– Ce n'est pas aussi grave que d'aller dans la chambre d'hôtel d'un inconnu, poursuit Xander, et de le surnommer Mister Tongue.

– Xander !, s'exclame Liv en lui donnant une tape sur l'épaule.

– Tu veux dire « Mister Tongue » ?, réplique Xander en souriant.

– Peu importe, répond Liv.

– Ce n'est pas ce que tu disais ce matin, murmure Xander.

Liv lui donne un coup plus fort.

– Tais-toi, Xander.

– Bon, ça suffit ! Je vais vous dire ce qui s'est passé, mais uniquement parce que je veux savoir si vous pensez que j'ai la moindre chance. Et aussi si je dois me joindre à l'équipe de flag football.

– Une équipe de flag football ?, s'exclame Xander en fronçant les sourcils.

– Liv m'a dit qu'Aiden allait rejoindre une équipe et que nous devrions y aller aussi.

– Elle quoi ? (Il se retourne vers Liv.) Tu ne m'as jamais dit que tu voulais en faire partie, lorsque j'en ai parlé.

– Disons que je me suis décidée très récemment.

– Hum, je suis sûr que non. Alors, vous allez vous inscrire toutes les deux ?

– Peut-être, réponds-je en même temps que Liv. Je ne sais pas si c'est une bonne idée, Liv. Je sais que tu penses que c'est un bon moyen, mais ce genre de plan ne fonctionne pas toujours.

– Ça veut dire quoi, un bon moyen ? Liv ?, demande Xander.

– Rien. Je veux juste qu'Alice et Aiden se voient chaque semaine pour qu'il comprenne ce qu'il rate.

– Hum, hum.

– Et elle veut que je porte des shorts courts. Ce que je ne pense pas être une bonne idée.

– Des shorts courts ?, s'exclame Xander en riant. C'est votre plan pour accrocher un mec ? Bouger votre cul devant lui ?

– J'ignorais que j'essayais d'accrocher un mec. Mais je suppose que je peux en porter un aussi, lui assène Liv.

– Ne t'avise pas de le faire, réplique Xander en regardant ses fesses pendant quelques secondes. Ton gros cul est à moi et à moi seul.

– Mon gros cul ?

Je ris en mon for intérieur. C'est sur le point de dégénérer. Xander n'a pas la moindre idée de ce qu'il vient de déclencher. Liv déteste ses fesses et je sais que pour elle, son commentaire n'a rien d'un compliment.

– Ouais. J'aime les gros culs, ajoute-t-il en lui donnant une tape sur les fesses.

– Tu quoi ?

Sa voix a monté d'un cran.

– J'aime les gros culs. Ton gros cul, c'est moi qui dois en profiter et pas tous les Tom, Dick et autre Harry qui sont sur le terrain de foot.

– Je n'ai pas un gros cul, balance-t-elle en commençant à faire des flexions. Retire ça.

– Retirer quoi ?

Xander semble déconcerté et j'éclate de rire tandis que Liv fait des mouvements de bas en haut, le visage contrarié.

– Et puis d'abord, ces flexions, tu les fais mal. Ta forme laisse à désirer.

– Quoi ?

– Tu ne devrais pas courber ton dos comme ça. Tu devrais…

– Tais-toi, Xander. (Elle me regarde.) Est-ce que tu peux le croire ? Il m'a dit que j'avais un gros cul !

– C'est inimaginable. Tu devrais avoir honte, dis-je à Xander.

– Quoi ? (Il lève les mains, le regard perdu.) Je n'ai jamais dit que tu avais des grosses fesses. J'ai dit que tu avais un gros cul. Un gros cul que j'aime – que j'adore, même. (Il gémit en voyant le regard meurtrier de Liv.) Je me tais, maintenant.

– Ouais, arrête. (Liv se redresse et étire ses bras.) Ouille. J'ai mal aux jambes.

– Je ne vais pas te dire que tu devrais t'entraîner davantage, renchérit Xander avec un petit sourire satisfait. Aïe, les filles !, crie-t-il alors que nous le frappons toutes les deux.

– Alice, est-ce que tu es prête à dire à mon abruti de fiancé ce qui s'est passé avec Aiden pour que nous puissions élaborer un plan d'action ?

– Eh, là, attendez ! Je ne suis pas là pour vous aider à mettre au point des sortilèges ou des stratagèmes, mais plutôt pour vous donner mon avis.

– Nous ne sommes pas des sorcières. Nous ne lançons pas de sorts et nous ne trompons personne non plus.

– Vous ne cherchez à tromper personne ? Vraiment ? Et Brock et Jock ?

– Oh, oublions-les. Tu es sûre que tu veux un petit ami, Alice ? Tu veux supporter tout ça ?

– Cela ne me dérangerait pas. Je sais que tu as dit qu'il pouvait être chiant, mais parfois, c'est bon d'avoir quelqu'un d'un peu chiant.

– Qu'est-ce que tu lui as raconté ?, demande Xander à Liv avec un clin d'œil.

– Je ne lui en ai pas dit assez, visiblement. Bon, assez parlé de toi et moi. Alice, je veux que tu racontes ton histoire.

– C'est tellement gênant et incroyable…

– Ne t'inquiète pas, rien de ce que tu peux me dire ne me semblera invraisemblable. Liv m'a déjà raconté des histoires à propos de vous deux, alors crois-moi lorsque je dis que je peux tout entendre.

– Merci, dis-je en faisant la moue. Je ne suis pas sûre que ce soit un compliment.

– Ça suffit. Xander cherche juste à se créer des problèmes.

– Ok. (Je soupire et je ferme les yeux.) Je devrais commencer par le début.

Xander attend mon histoire. Je me sens rougir au moment de raconter comment j'ai séduit Aiden Taylor, le frère aîné de ma meilleure amie.

Soudain, mon téléphone sonne. C'est l'appel que j'attendais avec impatience depuis ces six dernières années. Et je n'ai absolument aucune idée de la raison de son appel.

3.

Parfois, il suffit de se glisser
dans un lit

Je suis raide dingue d'Aiden Taylor depuis que j'ai dix ans. Je sais ce que vous pensez : comment peut-on être amoureuse à dix ans d'un garçon qui en a seize ? C'est très facile. Aiden Taylor a toujours été beau gosse. Et lorsqu'il avait seize ans, toutes les filles à l'école rêvaient de lui. Ses cheveux aujourd'hui bruns avaient à ce moment-là une couleur blond foncé, ils étaient aussi plus longs, style surfeur, même s'il faisait partie de l'équipe de base-ball. Ses yeux bleus lumineux étaient malicieux et j'adorais qu'il ne prête pas attention à moi. J'adorais passer du temps avec lui, j'adorais quand il nous laissait jouer avec lui aux jeux vidéo, quand il me chatouillait ou qu'il jouait aux jeux de société avec nous. Aiden était le frère aîné autoritaire, mais qui prenait le temps de traîner avec nous. C'était facile de rêver qu'il devienne mon petit ami, sans que cela se produise un jour. J'étais trop jeune pour lui et il ne m'avait jamais considérée comme autre chose que la meilleure amie de sa sœur. Du moins, jusqu'à son retour de l'université. Il était rentré chez lui pour l'été, diplômé, avec sa petite amie, Lisa ou quelque chose comme ça. Je me souviens encore de la première fois où nous nous étions regardés. Cela avait été un moment magique. J'avais seize ans, presque dix-sept, et il en avait vingt-deux. Nous ne nous étions pas vus depuis environ deux ans car il ne revenait que pour les vacances de Noël, et seulement quelques jours.

Aller chez les Taylor et revoir Aiden cet été-là avait été aussi merveilleux et impressionnant que découvrir la montagne ou l'océan. Tout le monde devrait connaître un moment comme celui-là au moins une fois dans sa vie. Je m'en souviens très clairement. J'étais entrée dans le salon et Aiden avait levé la tête pour voir qui était là. Ses yeux s'étaient illuminés pendant dix secondes magiques pour me détailler de la tête aux pieds. À cet instant-là, j'étais Alice Waldron, le beau cygne ; il m'avait saisie dans toute ma gloire. Ses yeux avaient rencontré les miens, il m'avait souri de ce sourire enjôleur qui avait affolé mon cœur des millions de fois. Et puis Liv était arrivée en courant, elle m'avait prise dans ses bras pour m'embrasser, et il était redevenu le garçon autoritaire, se comportant comme s'il avait été personnellement affecté à notre surveillance et que nous étions ses prisonnières.

Je ne sais plus très bien comment j'ai trouvé ce stratagème. Je n'y avais pas réfléchi, je ne passais pas mon temps à comploter pour séduire Aiden Taylor. Pas du tout. Je pense que cela m'est venu à l'esprit sur le moment, par jalousie et sous le coup de l'excitation. Cela m'avait vraiment contrariée de voir qu'Aiden n'était pas seul cet été-là. D'autant plus que cette Lisa était belle et sympa – du moins, je supposais qu'elle l'était. Certes, elle dormait dans une chambre à part, mais il est facile de se glisser dans la chambre de l'autre pour aller se peloter. Cette idée me rendait dingue. Un soir, Lisa m'avait donné un mot à remettre à Aiden. Bien sûr, je l'avais lu. Et bien sûr, j'avais vu rouge. Lisa lui disait qu'elle viendrait le retrouver dans sa chambre à minuit ce soir-là. Elle lui demandait de laisser les lumières éteintes et d'avoir un préservatif à portée de main. Elle ajoutait qu'elle ne voulait surtout pas manquer de respect à ses parents, mais qu'elle avait trop envie de lui et qu'elle était incapable de passer une autre nuit sans lui. Elle écrivait aussi – ce qui m'avait fait sourire – qu'elle était triste qu'il ne pense pas que leur relation puisse marcher et qu'elle l'aimait toujours, même s'il n'était plus son petit ami. Cela m'avait aussitôt rendu heureuse. Bien sûr, je les avais vus se disputer, mais je ne me doutais pas qu'ils avaient rompu.

J'avais donc encore une chance. J'oubliais évidemment que j'étais au lycée et qu'il était tout juste diplômé de l'université. C'était un détail. J'ai remis le mot à Aiden. Il l'a chiffonné, puis l'a jeté dans la poubelle. J'ai dit à Lisa qu'Aiden ne voulait pas qu'elle vienne dans sa chambre. Elle a semblé contrariée, mais elle a accepté sa décision avec calme. Je me suis sentie un peu coupable lorsque je l'ai entendue téléphoner pour qu'on vienne la chercher. Ce sentiment a disparu lorsque, une trentaine de minutes plus tard, j'ai vu arriver un type sexy à la Bradley Cooper. Il l'a embrassée comme s'il revenait de la guerre et qu'il ne l'avait pas vue depuis des années. Lisa est partie si vite que je me suis sentie mal pour Aiden car elle ne lui avait même pas dit au revoir. Bon, enfin, pas si mal que cela. Je ne peux pas jurer que c'est là que j'ai eu cette idée, mais en tout cas je l'ai trouvée géniale. Mon plan était très simple : j'allais me glisser dans le lit d'Aiden, me serrer contre lui, et j'allais le séduire. Et cela avait marché. Je m'étais faufilée dans sa chambre vers minuit, vêtue seulement d'un long tee-shirt. J'étais entrée dans son lit et j'avais posé mes bras autour de son torse nu puis je m'étais collée contre lui.

– Tu n'as rien à faire ici, avait-il grogné d'un air endormi tandis que ses doigts attrapaient les miens.

– Chhhuuut.

Je l'avais embrassé dans le dos et fait glisser mes pieds le long de ses jambes musclées. Ses poils chatouillaient ma peau douce et j'avais frissonné en le sentant si près de moi. Sa main avait couru le long de mes jambes et il s'était retourné avec un léger gémissement. Il faisait nuit noire dans la chambre, mais lorsqu'il m'avait allongée pour m'embrasser, j'avais eu peur qu'il me démasque et qu'il s'énerve. Il ignorait que Lisa était partie parce qu'il était rentré tard ce soir-là et qu'il était allé directement dans sa chambre. Sa langue s'était rapidement frayé un chemin jusqu'à ma bouche et je lui avais rendu son baiser avec une intensité qui offensait la décence. Il était resté immobile un instant, puis s'était écarté de moi en murmurant :

– Bon sang, tu ne devrais pas être là.

J'avais saisi sa tête et l'avais attiré vers moi en enroulant mes jambes autour de sa taille. À ce moment-là, j'étais persuadé qu'il pensait parler à Lisa, mais aujourd'hui, je n'en suis plus si certaine… S'il savait que c'était moi et qu'il a continué, cela signifie quelque chose, non ? Cette nuit-là avait été folle et passionnée, et lorsqu'il m'avait pénétrée, j'avais crié sous le coup de la douleur et de l'extase. Il avait été l'amant parfait : attentionné, bienveillant, dominateur et expérimenté.

Lorsque je m'étais réveillée le lendemain matin, il me regardait d'un air furieux. Je me souviens encore du choc et du dégoût dans ses yeux bleus glacés. J'avais dégluti, rougi et je m'étais empressée de sortir du lit, attendant qu'il me dise quelque chose, n'importe quoi pour que je sache que tout allait bien aller. Mais il n'avait rien dit. Ni à ce moment-là ni après. Pas jusqu'à dernièrement. Et aujourd'hui, tout ce que je veux, c'est revivre cette nuit-là. Mais cette fois, je veux que ce soit pour de vrai. Cette fois, je veux séduire le frère de ma meilleure amie et faire en sorte qu'il tombe amoureux de moi. Et je suis prête à tout pour que cela se produise.

– Allô, Alice ?

Sa voix est à la fois hésitante et forte. J'ai l'impression que le temps s'est arrêté. Mes doigts serrent le téléphone et je me sens rougir en prenant conscience que c'est Aiden qui est à l'autre bout du fil. Je regarde Liv en articulant : « Ce n'est pas vrai ! » plusieurs fois à son intention.

– Alice ?, répète-t-il.

– Oui, réponds-je d'un ton affecté digne d'une actrice hollywoodienne tout droit sortie d'un vieux film en noir et blanc.

– C'est Aiden, dit-il d'une voix rauque.

J'en sauterais au plafond, si Xander n'était pas assis en face de moi.

– Qui ça ?

Xander lève les yeux au ciel.

– Aiden Taylor, le frère de Liv.

– Oh, salut Aiden. Comment vas-tu ?, je demande d'un air distant tandis que j'échange un sourire complice avec Liv.

Xander nous considère tour à tour avec un regard encore plus amusé. Il pense probablement qu'il ne nous en faut pas beaucoup pour nous rendre heureuses.

– Ça va, me répond-il en s'éclaircissant la gorge. En fait, j'appelais juste pour prendre des nouvelles de Liv.

– Liv ?, je répète avec raideur.

– Je lui ai envoyé plusieurs textos et elle ne m'a pas répondu. Alors je passe par toi pour m'assurer que tout va bien.

– Elle va bien, dis-je en posant un doigt sur mes lèvres à l'attention de Liv. Attends une seconde, s'il te plaît. (J'appuie sur la touche « silencieux ».) C'est Aiden. Il dit qu'il a essayé de te joindre, mais que tu n'as pas répondu.

– C'est faux, je lui ai parlé ce matin.

– Oh… ! Alors il ment ? Est-ce que je lui dis que tu es là, près de moi ?

– Vas-y. Dis-lui que je suis là et que je te confirme que je lui ai parlé ce matin.

– D'accord.

Alors que je m'apprête à appuyer sur la touche « silencieux », Xander secoue la tête en soupirant.

— Vous avez vraiment tout faux ! (Il se lève et se dirige vers moi.) C'est toujours en mode muet ?

— Oui.

— Ok. Écoute-moi bien, me dit-il en me transperçant du regard. Ne dis pas à Aiden que tu sais qu'il ment. C'est une excuse pour t'appeler. Tu devrais t'en réjouir, au lieu de l'humilier. (Il se tourne vers Liv en secouant la tête.) Tes conseils sont vraiment nuls. Reprends le téléphone et demande-lui quelque chose. Sois gentille, douce, aie l'air contente d'avoir de ses nouvelles. Ne t'emballe surtout pas. Ne parle pas du baiser à Scott ni de ce qui s'est passé entre vous quand tu avais seize ans. Contente-toi d'évoquer des sujets sans danger. Tu as compris ?

— Oui, j'acquiesce docilement.

— Je ne sais pas pourquoi il t'appelle. Il a peut-être reçu un coup sur la tête et en fait, il t'aime bien.

— Xander !, gronde Liv.

— Désolé. Mais je pense vraiment que moi aussi j'ai reçu un coup sur la tête, dit-il en riant.

— Qu'est-ce que je dois comprendre ?

– Parce que je sors avec toi. Mais tu sais que je t'aime. C'est d'ailleurs pour cela que je te laisse t'installer avec moi.

– Quoi ? Tu t'installes avec Xander ?

– Aïe ! (Xander se mord la lèvre et recule d'un pas.) Tu ne lui as rien dit ?

Liv lui jette un regard furieux.

– Je suis désolée, Alice. J'allais t'en parler. Et ce n'est pas pour…

– Nous en parlerons plus tard. (Je remets le téléphone en mode normal.) Excuse-moi.

– Pas de problème, me répond Aiden d'un air froid. Où étais-tu partie ?

– J'avais un double appel. Pour me proposer une sortie.

– Oh ?

– Oui, c'est un garçon que j'ai rencontré le week-end dernier. Il s'appelle Sylvester.

Xander lève les yeux au ciel en m'entendant m'embarquer à nouveau dans des mensonges.

– C'est Sylvester Stallone ?

J'éclate de rire.

– Excellent ! Non, il n'a rien de Rambo.

– Tant mieux, parce que je ne pourrais pas lutter contre Rambo.

– Ah non ?

J'ai l'impression que mon cœur va exploser. Que sous-entend-il ? Qu'il m'aime bien ? Qu'il a envie de sortir avec moi ?

– Il pourrait ne pas apprécier que tu reçoives des appels d'autres garçons, même si ce ne sont que des amis, dit-il en riant.

– C'est certain, réponds-je, déçue.

– Et toi, est-ce que tu vas bien ?

– Pardon ?

– Depuis notre échange sur Facebook, l'autre jour. J'ai peur de t'avoir contrariée.

– J'aurais des raisons de l'être ?

– Je me rends compte que nous n'avons jamais vraiment parlé de cette nuit-là, et je voudrais m'excuser pour ce qui s'est passé, dit-il d'une voix embarrassée.

– T'excuser ?, je répète froidement.

J'ai l'impression de flotter. Comment se peut-il qu'il m'appelle pour parler de cette fameuse nuit pile au moment où j'en parle aussi ?

– J'aurais dû savoir. J'aurais dû tout arrêter dès que j'ai su, soupire-t-il.

– Une fois que tu as su quoi ?, je demande doucement, le visage brûlant de honte.

– Une fois que j'ai su que c'était toi qui étais dans mon lit.

– Tu savais ? Avant le matin ?

– Bien sûr que je savais, Alice. Comment aurais-je pu l'ignorer ?

– Mais… (Je me tais quelques secondes.) Je ne pensais pas que tu avais compris avant le lende-main matin.

– Je n'étais pas fier de moi. Mais oui, je le savais. Je l'ai su dès que tu es entrée dans mon lit et que tu t'es collée à moi. En fait, je l'ai su dès que tu es entrée dans la chambre. J'ai senti ton parfum à la fraise quand la porte s'est ouverte.

– Je ne sais pas quoi dire…

J'adorais cette eau de toilette à la fraise et le baume qui allait avec. Je les portais tellement que ma mère m'avait demandé si j'envisageais de déménager dans un champ de fraises.

– Excuse-moi, je n'aurais pas dû en parler. Je voulais juste m'assurer que tu allais bien. Nous sommes des adultes aujourd'hui et, bien que nous ayons eu récemment quelques moments difficiles, je voulais te dire que je te considère comme fai-sant partie de la famille, Alice. J'espère que tu le sais.

– Merci, réponds-je doucement.

Je suis totalement perdue. Pourquoi est-ce qu'il m'appelle ? Il m'aime ou non ? Que pense-t-il de la nuit que nous avons passée ensemble ? Et est-ce qu'il y pense parfois ? Est-ce que cela lui arrive de penser à moi ? Est-ce qu'il espère une autre nuit avec moi ? Ou beaucoup d'autres ?

— Bon, il faut que j'y aille, annonce-t-il d'un ton léger. Demande à Liv de me répondre par texto ou appelle-moi lorsque tu la verras. À bientôt, j'espère.

— Où vas-tu ?

Je sais que j'ai l'air pitoyable, mais je ne veux pas que la conversation se termine.

— J'ai un rendez-vous. Je l'emmène voir une exposition de Degas. Je dois te sembler ennuyeux, non ?

— Pas du tout !, fais-je sur un ton léger, mais j'ai le cœur lourd.

— Tu es tellement adorable, Alice, me dit-il d'une voix sexy à tomber. J'espère qu'Elizabeth appréciera l'expo.

— Elizabeth Jeffries ?, je lâche sans réfléchir.

— Oui, comment le sais-tu ?

— C'est mon petit doigt qui me l'a dit. Je dois y aller. On se parle bientôt.

— Oh… D'accord. Au revoir, Alice.

Je regarde Liv et Xander. Je suis désespérée.

– Qu'est-ce qui ne va pas ?, s'exclame Liv en courant vers moi. Qu'est-ce que mon frère t'a dit ? Je le tuerai s'il s'est mal comporté.

– Il sort avec une fille, dis-je, la voix cassée.

– Tu lui as bien raconté qu'un autre type t'avait appelée, commence Xander, mais le regard furieux de Liv le stoppe net.

– Oh, non !

– Et il savait que c'était moi, cette nuit-là. (Je me laisse tomber sur le canapé.) Il savait que c'était moi… Je n'arrive pas à le croire.

Je repense à ce qui s'est passé six ans plus tôt, à cette nuit qui a été à la fois la plus belle et la pire de ma vie. La nuit que je suis déterminée à revivre. Mais aujourd'hui, je suis une femme et je ne quitterai pas la chambre en catimini le lendemain matin, en me contentant de sourire et de laisser derrière moi un corps qui m'attire tant.

– Alors, qu'est-ce que tu vas faire ?, me demande Liv.

– Je ne sais pas. Je vais sans doute commencer par m'inscrire à l'équipe de flag football.

– Ne bouge pas, je vais nous chercher quelque chose à boire.

– Il faut que je te parle, me dit Xander au moment où Liv quitte la pièce.

Il s'approche de moi sur le canapé et je commence à flipper. Que fait-il ? Est-ce qu'il va me draguer ? À quel genre de femme croit-il avoir affaire ? Il pense vraiment que je vais le laisser me draguer alors qu'il sort avec ma meilleure amie ?

– De quoi ?

Je lève les yeux vers lui avec méfiance et ses yeux verts me dévisagent d'un air amusé. *Oh, mon Dieu ! S'il te plaît, ne me dis pas que tu veux que je fasse connaissance aussi avec ta langue miraculeuse ! S'il te plaît, ne m'oblige pas à te gifler.*

– À quoi tu penses, Alice ?

– Liv est ma meilleure amie et je lui dirai si tu as le moindre geste déplacé. Alors, elle te quittera et tu…

– Alice !, m'interromptil en levant les yeux au ciel. Je n'essaie pas de te draguer. Je veux juste te dire un truc que Liv ne doit pas entendre, ça risquerait de la mettre mal à l'aise.

– De quoi est-ce que tu parles ?

– Il s'agit d'Aiden.

– Quoi, Aiden ?, je rétorque, le cœur battant.

Qu'a-t-il à me dire à propos d'Aiden que Liv ne peut pas entendre ?

– Je pense qu'Aiden est un dom.

– Pardon ?

J'ouvre grand les yeux.

– Je pense qu'Aiden est un dominant.

– Quoi ?

J'imagine Aiden avec un fouet dans la main, moi couchée sur ses genoux. Est-ce que cela pourrait fonctionner ? Est-ce que je voudrais même qu'il utilise un fouet ? Je me mordille la lèvre tandis que les images défilent dans ma tête. Ou alors, je suis sur ses genoux et il utilise ses mains… Oui, c'est mieux qu'un fouet.

– Un dominant, c'est une personne qui prend une position supérieure au lit et… Xander m'interrompt dans ma rêverie et je rougis.

– Je sais ce que c'est. Je ne suis plus une gamine !

Je ne suis jamais sortie avec un adepte de ce genre de jeux. J'ai bien essayé, mais cela n'a jamais marché pour moi.

– Ok, Alice, me répond Xander d'un air suffisant.

– Qu'est-ce qui te fait dire qu'il est dominant ?

Mon cœur s'emballe à cette idée excitante. Aiden a-t-il confié à Xander qu'il voulait me soumettre ? Je ne sais pas ce que je répondrais. Je ne suis pas vraiment du genre soumis. Je pense que je parle trop et je refuse les ordres. En fait, j'aime commander les hommes. Surtout au lit. J'aime faire savoir à un homme ce que je veux très clairement.

– Chuut ! Parle moins fort, je ne veux pas que Liv sache.

– Pourquoi ?

– Tu voudrais savoir, toi, si ton frère était dominant ?

– Je n'ai pas de frère, réponds-je en haussant les épaules.

– Est-ce que tu voudrais savoir si Liv est dominante ou soumise ?

– Elle me le dirait. Nous partageons tout.

– Huuumm. (Il réfléchit un instant.) Eh bien, je ne pense pas que Liv souhaite savoir que son frère a une sexualité SM.

– Quoi ? Il donne des petites fessées à ces partenaires ?

J'éclate de rire, en faisant un clin d'œil à Xander qui rougit. J'ai fait exprès de parler de fessée parce que Liv m'a dit que Xander adore lui donner une claque sur les fesses avant de la prendre en levrette. Mais bien sûr, je ne vais pas lui raconter tout ça. Je ne suis pas certaine qu'il soit heureux de savoir que je connais des détails intimes de leur vie sexuelle.

– Je ne sais pas ce qu'il fait exactement. Mais peut-être que tu le ferais, toi, non ?

– Je ferais quoi ?

Je baisse la tête pour qu'il ne devine pas mon excitation.

– Des trucs coquins, précise-t-il avec une lueur dans les yeux. C'est peut-être un moyen pour toi de l'attirer. Fais-lui comprendre que tu es prête à en faire l'expérience.

– Oh !

Je hoche la tête à cette idée. Peut-être Xander a-t-il raison. Peut-être qu'Aiden est méfiant parce qu'il ignore si j'accepterais de baiser de toutes sortes de manières. Il faut que je lui fasse comprendre que je peux être soumise. Je ne suis pas sûre de faire ça très bien, mais je peux essayer. Je suis douée, après tout ; j'ai quelques arguments… Même si je ne sais pas si mon savoir-faire va m'aider pour ce genre de pratique. Qu'est-ce que je pourrais porter ? Des jambières en cuir ? Est-ce que des pinces au bout des seins lui plairaient ? Je grince des dents en pensant à la douleur que ces trucs-là doivent infliger aux tétons. Il a intérêt à assurer. Il faudrait que je cherche sur Internet ou que j'aille dans une boutique spécialisée en accessoires. Je vais demander à Liv de

m'accompagner. Je pourrais peut-être me pro-
curer une tenue sexy ou des jouets que je laisse-
rais voir à Aiden, mine de rien. Je pourrais laisser
tomber des menottes de mon sac la prochaine fois
que je le verrai, ou un truc comme ça.

– Alice, ça va ?

La voix de Xander semble inquiète. Je lève la
tête vers lui avec un sourire contrit.

– Excuse-moi, j'étais ailleurs.

Je chasse ces idées d'un mouvement de tête, je
m'emballe trop. J'ai hâte de raconter à Liv ce que
Xander m'a confié. Comment peut-il penser que
je ne vais pas le lui dire ? On se dit tout, et il est
hors de question que je garde ça pour moi. Je vais
montrer à Aiden que je peux être la meilleure fille
soumise qu'il puisse avoir et Liv va m'y aider.

– J'espère que je ne t'ai pas choquée avec tout
ça ?

– Oh non, pas du tout !

Je souris. Xander ne m'a pas choquée du tout.
En réalité, il m'a offert l'idée parfaite pour séduire
Aiden une bonne fois pour toutes.

4.

Maître de l'univers

Chez les Taylor, les jeux de société le soir sont une vieille tradition. Ce qui est cocasse, c'est qu'Aiden et Liv sont les deux seuls qui aiment ça. Leurs parents ne jouent jamais, Scott quelquefois, Chett déteste ça.

– Je vais tous vous ruiner.

Aiden nous regarde Xander, Liv et moi d'un air sérieux et les sourcils relevés. Je me retiens de rire. Il est loin d'être intimidant lorsqu'il a cette tête-là, mais je sais qu'il ne plaisante pas. Aiden ne plaisante jamais quand il joue. Il joue pour gagner et il y réussit presque toujours.

J'étudie son visage un instant. Comment peut-il être aussi séduisant sans être arrogant ? Aiden Taylor est beau, au sens classique du terme, ce qui veut dire que presque toutes les femmes peuvent le regarder et trouver quelque chose à apprécier chez lui. Mais ce n'est pas pour cela qu'il me plaît. Certes, ses yeux d'un bleu vif évoquent un ciel d'été. Oui, ses cheveux foncés et soyeux, légèrement ondulés, lui donnent un air dangereusement sexy. Oui, ses lèvres pleines et roses dessinent une expression malicieuse sur son visage. Oui, sa peau est hâlée et il a un corps bien bâti et musclé sans pour autant avoir l'air de Monsieur Univers… Et oui, son physique m'attire, mais ce que je préfère par-dessus tout chez Aiden, c'est que sous ses airs de grand frère autoritaire, il est profondément attentionné, remarquablement intelligent et il a un côté secret coquin que j'adorerais explorer. Et plus que tout cela, il a toujours été là pour moi, même lorsque j'ignorais que j'avais besoin de lui.

– Tu joues, Alice ?, me demande Aiden en me donnant un coup sur l'épaule.

– Pardon, je réfléchissais.

Je lui souris en prenant le dé. Il me sourit à son tour, puis détourne le regard pour compter son argent. Je ris en voyant son air joyeux. Aiden a toujours aimé jouer au Monopoly et c'est le champion pour acheter des maisons et des hôtels.

Il agit comme si le jeu était la vraie vie et il déteste perdre, ce qui lui arrive très rarement – une seule fois, à ce jour.

– Réfléchir n'est pas agir, dit-il avec un visage sévère. Lance le dé et joue.

– Tu vois ce que je te disais, Xander ?, dit Liv en l'embrassant. Aiden prend ce jeu trop à cœur. Il pense qu'il achète réellement de vraies maisons et de vrais hôtels.

– Ne sois pas mauvaise joueuse, Liv, rétorque Aiden.

– Nous commençons à peine, tu n'as pas encore gagné, lui répond-elle en riant.

– Pas encore, reprend-il d'un air suffisant avant de se tourner vers moi. Tu joues, oui ou non ?

– Oui, je joue, pfff. (Je lance le dé et fais avancer mon pion.) Je n'achète pas, dis-je après avoir jeté un œil à ma réserve de billets.

– Quoi ? (Aiden me regarde comme si j'étais folle.) Comment peux-tu ne pas acheter ? Il faut toujours acheter.

– Je fais des économies.

Je hausse les épaules tout en réajustant la bretelle de mon top. Les yeux d'Aiden suivent ma main, et son regard devient plus intense comme je remonte la bretelle de mon soutien-gorge. Il se penche vers moi. Je crois qu'il va m'aider à dégager mes doigts qui sont pris dans la bretelle, mais il n'en fait rien. Je reprends mon souffle et lui ses distances.

– C'est à ton tour, lui dis-je gentiment.

– C'est un mauvais choix. Combien de fois dois-je vous répéter, à Liv et à toi, de toujours acheter une propriété ?

– Je n'en avais pas envie.

Liv lève les yeux au ciel tandis que Xander commence à sourire.

– Eh bien, tu aurais dû, insiste Aiden en prenant le dé. Je sais que cela te plaît d'être compliquée, Alice, mais tu devrais vraiment m'écouter lorsqu'il s'agit de jeu de société.

– Je sais, je sais. Tu as toujours raison. Tu es le roi du Monopoly, le seigneur dès lors qu'il s'agit d'acheter de fausses propriétés, le maître de l'univers.

– Le maître de l'univers, vraiment ?

Aiden sourit et se passe la langue sur les lèvres.

– Je ne sais pas si je suis le maître de l'univers, mais je peux être le maître d'autres choses.

J'ai le souffle coupé et je détourne les yeux en rougissant. Aiden est-il en train de confirmer ce que Xander m'a dit ? Il n'y a aucune raison pour

qu'il sache que je suis au courant de ses penchants SM. Je regarde ses mains et je frissonne
en les imaginant me faire des choses cochonnes.
Très, très cochonnes.

– Quelles autres choses ? (Je baisse les yeux
sur sa ceinture.) Des choses en cuir ?

– Des choses en cuir ?

Nos regards se croisent sans que je puisse déchiffrer son expression.

– Bon, d'accord, j'achète cette avenue.

Il change de sujet et je regarde Liv qui semble
déconcertée. Il faut vraiment que je lui raconte ce
que Xander m'a dit. Je sais qu'elle va être gênée
d'entendre que son frère est dominant, mais ma
santé mentale en dépend.

– Vous êtes prêtes à me donner tout votre
argent, petites garces ?

Aiden semble euphorique. Liv en a le souffle
coupé.

– Est-ce une façon de parler aux femmes ?,
demande-t -elle sur un ton acerbe. Garces ? C'est
ça, Aiden ?

– Non. Désolé, les filles, je me suis un peu
emballé. Toutes mes excuses à vous deux, douces
damoiselles.

– Je ne suis pas une damoiselle. Ne te sens pas obligé d'être gentil avec moi, je réplique.

– C'est bon à savoir, me répond Aiden avec un clin d'œil. (Il me dévisage pendant quelques secondes.) Quelqu'un veut une bière, ou autre chose ?

– Je viens avec toi chercher les bières, dit Xander en se levant. Les filles ?

– Je vais prendre un Blue Moon, s'il te plaît, et des chips.

– Moi aussi. Et apporte aussi de la sauce.

– Autre chose, ma'am ?, la taquine Xander.

– Oui, du pop-corn, ajoute-t-elle en lui tirant la langue. N'oublie pas !

– Comment pourrais-je l'oublier ?

– Que se passe-t-il ?, me lance Liv dès qu'ils sont sortis.

– De quoi tu parles ?

– Mon frère et toi, vous êtes en train de flirter. (Elle pointe un doigt vers moi.) Maître de l'univers et damoiselle en détresse ? À quoi vous jouez tous les deux ?

– À rien, hélas. J'aimerais bien que ce soit le cas, j'aimerais qu'il s'intéresse à moi.

– Alice, crois-moi, Aiden te drague. (Elle penche la tête sur le côté.) Pourquoi ai-je la curieuse impression qu'il y a quelque chose dont tu ne m'as pas parlé ?

– Liv, je chuchote tout en fixant la porte du regard. Tu ne vas pas croire ce que je vais te dire.

– Oh, mon Dieu ! Quoi donc ?

Elle se penche en avant avec impatience.

– Xander m'a dit... (Je baisse encore la voix.) Surtout, ne lui dis pas que je t'en ai parlé.

– Mais bon sang, qu'est-ce qu'il t'a dit ?

– Chuut, Liv ! Je n'ai pas le temps de t'en parler maintenant, je te le dirai plus tard.

– Tu me tues ! Je ne peux pas attendre.

– Sérieusement, je ne peux pas te le dire maintenant.

– Donne-moi un indice, au moins. Tu ne peux pas me laisser mariner comme ça.

– Je ne te laisse pas mariner. Je peux juste te dire qu'Aiden aime avoir le contrôle.

– Hein ? Qu'est-ce que cela veut dire ? (Liv semble perdue.) Qu'entends-tu par « Aiden aime avoir le contrôle » ?

– Je veux dire qu'il aime commander, dis-je en insistant sur le dernier mot et en écarquillant les yeux.

J'imite le mouvement rapide d'une claque avec la main, mais je vois bien que Liv ne saisit pas l'allusion.

– Voilà les bières.

Aiden entre dans le salon à ce moment-là et je rougis en prenant la bouteille qu'il me tend. Chaque fois que je regarde Aiden, maintenant je ne pense qu'à une chose : il me donne une tape sur les fesses ou bien il joue au caïd avec moi dans la chambre. Malheureusement, je ne sais pas vraiment comment fonctionne une relation SM. Il va falloir que je me renseigne si je veux lui faire croire que ce type de sexualité m'intéresse.

– Alors, à qui est-ce le tour maintenant ?, demande Aiden en me tendant les chips.

– Liv. (Elle est occupée à embrasser Xander.) À toi, Liv.

– Oh, désolée, répond-elle avec un petit sourire tandis qu'elle s'amuse avec les cheveux de Xander.

Je regarde le jeu et je souris en mon for intérieur pendant que nous attendons.

– Cela me rappelle le bon vieux temps, dit Aiden d'une voix douce.

– Ah bon ?

– Liv, occupée à penser à un garçon, et nous qui devions attendre. Tu te souviens de ce soir où nous jouions ?

– Oui, réponds-je tranquillement, surprise qu'il s'en souvienne. J'avais treize ans et toi dix-huit. C'était le jour de la Saint-Valentin.

– Ouais. Et tu étais très contrariée parce que Liv avait passé toute la nuit à discuter avec son copain au téléphone.

– Quel copain ?, demande Xander en fronçant les sourcils.

Liv a un petit rire et lui donne un coup sur l'épaule.

– J'avais treize ans. Il s'appelait Lucas Johnson, il avait quatorze ans, et je pensais que nous allions nous marier et vivre heureux pour toujours.

– Huumm, fait Xander d'un ton légèrement jaloux.

– Ils ne se voyaient pas vraiment, je précise. Liv avait juste un petit faible pour lui et ils passaient la plupart de leurs conversations téléphoniques à parler de catch.

– Et de *heavy metal*. Je ne sais pas comment il pouvait croire que j'aimais écouter du *heavy metal* !

– Du *heavy metal* ?, répète Xander, visiblement perdu.

– Liv lui avait dit qu'elle adorait le *heavy metal* et le catch parce qu'il aimait bien ça et qu'elle voulait se rapprocher de lui.

Je ris en repensant aux mensonges idiots que nous inventions lorsque nous étions adolescentes.

– Il aimait parler de musique, précise-t-elle pour se défendre. J'avais l'habitude de chanter cette chanson des Guns and Roses chaque fois que je le voyais.

Nous entonnons en même temps à tue-tête *Knock, Knock, Knocking on Heaven's Door !*, le seul titre des Guns and Roses que nous connaissons, puis nous éclatons de rire.

– En fait, vous êtes restées un peu immatures, non ?, demande Xander d'un ton amusé, en regardant Liv amoureusement.

– Je ne dirais pas immatures, je rétorque sur la défensive, en pensant à mes manœuvres pour essayer de séduire Aiden.

– Nous ne sommes pas immatures, nous aimons simplement nous amuser, renchérit Liv en donnant une tape sur le bras de Xander.

– Hum, hum, fait Aiden en me regardant fixement.

Je me demande à quoi il pense. Il affiche un demi-sourire et j'ai très envie de l'embrasser. Je laisse échapper un soupir involontaire ; son regard descend sur mes lèvres puis remonte vers mes yeux. Un frisson me parcourt. Tout le monde s'est tu. Je me sens tendue et excitée. J'ai du mal à respirer. La tension entre nous est palpable et j'attends en retenant mon souffle qu'il dise quelque chose.

– Revenons à mon histoire. Tu te souviens comment je t'ai sauvée de la dépression éternelle et de la désillusion ?

– Hum, hum, dépression éternelle et désillusion, rien que ça !

Je joue l'étonnée, mais mon cœur s'emballe. Je me souviens de ce soir-là comme si c'était hier. C'est un de ces moments qui me rappelle pourquoi j'ai craqué pour lui.

J'avais treize ans et j'étais un peu gauche. En fait, Liv et moi avons été deux adolescentes un peu gauches. Nous avons été des élèves moyennes, toutes les deux avec des bagues aux dents et une légère acné. Pas des ados cool, mais pas réellement rebelles non plus. Nous avons juste été normales, un peu niaises, nous intéressant aux garçons, parlant d'eux et espérant vraiment nous faire remarquer par un mec mignon. Liv m'avait invitée pour une soirée pyjama le jour de la Saint-Valentin, mais elle avait reçu un appel environ dix minutes après mon arrivée et je m'étais assise dans le salon des Taylor pour regarder la télévision avec ses parents en me sentant un peu seule. Scott et Chett étaient sortis, et Aiden travaillait pour un examen quelconque. À treize ans, je me sentais un peu nulle et j'avais été super excitée lorsqu'en me voyant assise avec ses parents devant la télé, Aiden m'avait demandé si je voulais être sa Valentine. À ce moment-là, il n'y avait pas de sous-entendu romantique – j'avais treize ans et il en avait dix-huit – ; il avait simplement voulu me réconforter.

Évidemment, j'avais accepté avec empressement. Aiden était pour moi une sorte de dieu grec, à la fois excitant et intouchable. J'avais sauté du canapé à toute vitesse et nous nous étions rués sur le placard des jeux de société dans la cuisine. Il avait pris le Monopoly (son jeu préféré) et m'avait demandé si je voulais partager une pizza. Là encore, j'avais accepté, même si j'avais déjà dîné chez mes parents. Aiden avait sorti une pizza du congélateur et nous avait servi un verre de Sunkist à l'orange. Nous nous étions assis à la table de la cuisine et nous avions joué toute la nuit au Monopoly. Je m'étais sentie aux anges, surtout quand il m'avait préparé des fraises pour les tremper dans le chocolat.

C'était sans doute la première fois que j'avais pensé à Aiden d'une façon vraiment romantique. Je n'en revenais pas de voir combien il s'était montré attentionné. Je me souvenais encore des mots qu'il avait prononcés lorsque je lui avais avoué redouter de ne jamais trouver l'âme sœur. Liv avait son Valentin et elle m'avait laissée regarder la télévision avec ses parents. Moi, je n'avais personne.

Il n'avait pas ri et avait ajouté que j'étais trop jeune pour avoir de telles inquiétudes. Il ne m'avait pas traitée de nulle. Il n'avait fait aucun commentaire sur le fait que j'avais treize ans et que j'étais trop jeune pour aimer. Non, il m'avait souri, il avait pris ma main et s'était penché vers moi pour me regarder droit dans les yeux. D'une voix grave, il m'avait dit qu'un jour, je rencontrerais un garçon qui me donnerait le sentiment d'être la seule fille au monde. Un jour, je me moquerais de la Saint-Valentin parce que chaque jour de ma vie serait spécial. Que l'homme que je finirais par trouver vaudrait la peine d'avoir attendu et que je ne devrais jamais me contenter de quelque chose qui ne soit pas le véritable amour. Il avait ensuite caressé mes cheveux et m'avait dit qu'un jour, je rencontrerais la bonne personne, l'homme qui m'était destiné et que rien ne serait plus important pour moi que cet homme-là.

À cet instant, j'avais su au plus profond de mon cœur qu'il était cet homme-là. Je n'avais rien dit, bien sûr, car je savais qu'il me voyait simplement comme la meilleure amie de sa petite sœur. Je savais que j'étais quelqu'un dont il prenait soin, qu'il me considérait encore comme une petite fille. Pourtant, au fond de moi, j'avais su. Il était cet homme pour moi. L'instant n'avait pas duré longtemps car il avait lâché ma main quelques secondes plus tard pour se concentrer sur la partie de Monopoly et me gronder de ne pas avoir mis à niveau mes maisons par rapport aux hôtels, mais je m'en moquais. Le fait qu'Aiden ait passé la Saint-Valentin à essayer de me réconforter avait signifié davantage pour moi que n'importe quoi d'autre au monde. Cela voulait dire que je pouvais supporter son air supérieur lorsque nous jouions au Monopoly, parce que je savais au fond de moi que même si Aiden était autoritaire et arrogant, il avait un cœur en or et se souciait de moi et de mes sentiments. Je savais que c'était un garçon sur lequel je pourrais toujours compter.

– Alice, c'est à toi de jouer.

La voix d'Aiden me détourne de mes pensées et je cligne lentement des yeux en le regardant, oubliant momentanément que j'ai vingt-deux ans désormais, et non plus treize.

– Désolée.

Je prends le dé et le fais rouler doucement. Je me demande s'il se souvient de notre conversation ce soir-là, de la façon dont il m'a dit d'attendre l'homme qui me conviendrait. Je me demande s'il sait que j'ai pensé que c'était lui. Que dirait-il s'il connaissait les plans que je prépare pour nous deux ? Je soupire intérieurement. Une partie de moi me conseille d'être simplement patiente et de laisser faire le destin, mais d'un autre côté, je me sens trop impatiente pour attendre plus long-temps.

5.

Tous les athlètes
ne sont pas en forme

Avez-vous jamais éprouvé la sensation que vous pourriez passer du rire aux larmes en une seule seconde ? Comme si vous ne saviez pas comment exprimer vos sentiments. Voir Aiden à l'entraînement de flag football une semaine après notre soirée jeu de société, vêtu de son short noir et de son tee-shirt blanc moulant, me fait cet effet. Je suis tellement submergée par l'émotion que pendant quelques secondes, j'ai l'impression de manquer d'air.

– Alice, qu'est-ce que tu fais ?

Liv me pousse en avant au moment où je m'arrête en plein milieu du terrain.

– Aiden, dis-je d'une voix faible.

Mes jambes vacillent, mon cœur bat à toute vitesse et j'ai le visage en feu. J'ai l'impression d'avoir à nouveau dix ans et de voir mon amoureux de l'époque, Tommy Walker, assis pendant le cours d'anglais, se passant les mains dans ses longs cheveux blonds de surfeur.

– Ça va ?

– Oui, tout va bien.

J'inspire longuement et me remets en marche.

– Salut Liv, salut Alice, nous lance Aiden en nous faisant un rapide geste de la main avant de reprendre ses étirements.

– Salut, dis-je dans un souffle.

– Salut, l'intello, lui crie Liv.

Elle rit tandis qu'il hoche la tête. Il semble surpris de nous voir là.

– Grandis un peu, Liv.

Aiden semble sur le point d'ajouter quelque chose, mais il se tait. Il me regarde et me sourit.

– Salut, Alice.

– Salut.

Je voudrais dire plus qu'un simple bonjour. Je voudrais dire quelque chose de drôle et de spirituel, je voudrais le faire rire pour qu'il pense : « Ouah, Alice est vraiment drôle, belle et intelligente. Il faut que je m'intéresse à elle. » Mais

bien sûr, tout ce que je trouve à répondre, c'est
« Salut ».

– Alors maintenant, vous vous intéressez au
football ? Au football ou aux footballeurs ?

– Très drôle, Aiden, réplique Liv en élevant la
voix. Heureusement que mon fiancé n'est pas là
pour entendre ça.

– Entendre quoi ?

Sorti de nulle part, Xander fait son apparition,
et je le vois regarder Liv comme s'il voulait la
dévorer. Si seulement Aiden pouvait me regarder
comme ça…

– Aiden pense que nous sommes venues ici
pour rencontrer des garçons, dit Liv d'une voix
résolument sarcastique.

En ce qui me concerne, Aiden a raison : j'ai envie
de rencontrer des garçons. Enfin… surtout un.

– Vraiment ? Avec moi qui suis là aussi, c'est
embêtant.

– C'est tout ?, rétorque Liv, les mains posées
sur les hanches. C'est embêtant ? C'est tout ce
que tu trouves à dire ?

– Tu ne penses pas que c'est gênant ?

– Alors cela ne te dérangerait pas que j'essaie
de draguer un autre type ? Elle a l'air furieux. Tu
serais juste légèrement ennuyé ?

– Bien sûr que non. Tu préfères que je dise que je lui flanquerais mon poing dans la gueule ?

– Je rejette la violence, répond Liv d'un ton sérieux, puis elle éclate de rire. Mais oui, je me sentirais mieux.

– Hé, Liv !, crie Henry en arrivant en courant sur le terrain. Henry est le frère cadet de Xander et il est superbe : mêmes cheveux foncés et courts que Xander, mêmes yeux verts et un corps de footballeur, avec de longues jambes, des cuisses et des mollets musclés et un torse à la Michel-Ange.

– Salut, Alice. (Il siffle en nous regardant.) Vous êtes toutes les deux bien élégantes pour un match de flag football.

– Merci.

Je lui rends son sourire. Xander et Aiden froncent les sourcils au moment où Henry nous serre rapidement dans ses bras.

– Je ne savais pas que vous vous intéressiez au football.

– Eh bien, maintenant tu le sais. Nous voulons faire un peu d'exercice.

– Ouais, nous voulons avoir un ventre plat, poursuit Alice, et des fesses rebondies.

– Je ne serais pas contre l'idée de sortir avec l'une de vous deux, commente Henry en nous faisant un clin d'œil.

– Alice est célibataire, répond Liv. (Je rougis tandis qu'Henry me jette un regard intéressé.) Vous devriez sortir ensemble un de ces soirs.

– Cela me plairait, cela me plairait beaucoup, répète-t-il en me regardant de la tête aux pieds.

– Bon, on joue ou quoi ?, interrompt Aiden et je sens ses yeux me transpercer. C'est un terrain de flag football, pas un site de rencontres.

– Arrête de jouer les rabat-joie. Si Henry et Alice veulent s'arranger une rencontre torride, c'est leur affaire.

– Liv, sérieusement, grandis un peu, lui répond Aiden, la voix dure, puis il se retourne et siffle. Bon, les gars, on commence. S'il vous plaît, approchez-vous pour que nous formions les équipes.

– Autoritaire, comme d'habitude, me murmure Liv tandis que nous nous dirigeons vers le groupe qui s'est rassemblé devant Aiden. Je ne comprends vraiment pas pourquoi tu veux sortir avec lui. Il est insupportable.

– Peut-être que ce sale caractère fait des étincelles au lit. Quelque chose de très *supportable*, au contraire.

– Tu me raconteras. Bien sûr, pas dans les détails, mais je compte sur toi pour me dire si le sexe le rend plus aimable.

– Si nous y arrivons, je soupire. Au rythme où vont les choses, nous ne sommes pas encore au lit !

– Qu'est-ce qui prend du temps ?, demande Xander qui s'est rapproché de nous.

– Aiden et Alice.

– Je croyais que c'était déjà fait.

– Oui, nous avons couché ensemble une fois. Mais je me demande si cela va se reproduire.

Ma voix a monté d'un cran malgré moi et je m'aperçois que quelques joueurs me regardent.

– Tu es prête, Alice ?, me demande Aiden d'un ton sarcastique. Ou tu préfères qu'on attende que tu aies fini de raconter ta vie sexuelle ?

– Non, vas-y, je lui crie en le foudroyant du regard. *Quel type insupportable !* Je détourne la tête, furieuse d'être revenue à mon excitation d'adolescente. Je suis plus âgée aujourd'hui. Plus sûre de moi. Je ne suis plus une gamine imma-ture. Je suis une adulte et je ne vais pas laisser Aiden me traiter comme une vilaine petite fille. En tout cas, pas en dehors de la chambre.

– Je suis content que tu sois dans mon équipe.

Henry me sourit au moment où nous nous retrouvons à l'extrémité du terrain, tout essoufflés.

– Moi aussi.

Je prends une profonde inspiration. J'ai le cœur qui bat fort après avoir couru et je voudrais m'écrouler par terre.

– L'autre équipe semble vraiment trop sérieuse, dit-il en regardant Aiden et Xander qui continuent de lancer le ballon.

– Je ne sais pas comment Aiden et Xander font pour se retrouver dans la même équipe. Cela semble presque injuste. Mais je suis contente parce que je ne me retrouve avec aucun d'eux.

– Pauvre Liv !

Nous la regardons crier après les deux garçons pour qu'ils lui passent le ballon.

– C'est sûr, dis-je en riant. Tu crois que nous devrions courir pour essayer d'attraper les drapeaux ?

– Non, pas encore. Nos coéquipiers peuvent gérer la défense pour le moment. On dirait que tu n'as pas encore tout à fait récupéré ton souffle.

– En effet. Je suppose que c'est le lot de ceux qui travaillent dans un bureau.

– Qu'est-ce que tu fais ?

– Rien de passionnant. Je suis assistante, secrétaire et réceptionniste pour une agence immobilière. C'est ennuyeux, mais cela paie les factures en attendant mieux, je confesse dans une grimace.

– Qu'est-ce que tu aimerais faire ?

– J'adorerais être actrice. N'est-ce pas la suite logique après avoir été assistante ?

– Je pense plutôt qu'il faut avoir été barmaid.

– Exact. Bon, d'accord, c'était un mensonge. Je ne veux pas vraiment être actrice.

– Oh ? C'est bizarre comme mensonge.

– Je sais, c'est idiot. Cela sonnait simplement plus glamour que ce que je veux vraiment faire.

– C'est quoi, alors ? Laisse-moi deviner. Tu veux préserver les insectes ?

J'éclate de rire.

– Pas du tout.

– Attends, laisse-moi une autre chance. (Il se pince les lèvres et semble réfléchir, ses yeux verts malicieux fixés sur moi.) Tu veux présenter de la lingerie chez *Victoria's Secret* ?

– Non !

– Quel dommage…

Il me fait un clin d'œil et je me sens rougir. Est-ce qu'il est en train de me draguer ?

– Cela n'arrivera jamais. Ce serait mon pire cauchemar.

– Qu'est-ce qui serait ton pire cauchemar ?

Liv arrive vers moi en courant, le visage tout rouge, le regard rageur après tout l'cxercice physique que nous venons de faire.

– Être modèle pour de la lingerie.

– Quoi ? (Elle commence à rire.) Qui t'a proposé ce travail ?

– Personne. Henry disait simplement que…

– Liv ! Arrête de bavarder, crie Aiden qui arrive en courant.

Il la fusille du regard et donne un coup de sifflet.

– Tout le monde arrête !

– Pourquoi tu siffles ? Que se passe-t-il ?

– C'est ce que j'aimerais savoir. (Aiden fronce les sourcils puis me dévisage avant de détourner le regard.) Alice et Henry ne font rien et maintenant, c'est toi qui restes là à bavarder. Vous êtes sûrs que vous voulez participer à ces matchs ?

– Je joue, s'énerve Liv. Je me suis arrêtée parce qu'Alice me parlait de l'offre qu'elle a reçue pour présenter de la lingerie.

– Je n'ai pas dit que l'on m'avait proposé ce travail.

– Je pense qu'il y a eu une certaine confusion, rectifie Henry. Alice n'a pas encore reçu de proposition de travail, c'est juste le travail qu'elle rêve de faire, présenter de la lingerie chez *Victoria's Secret*.

– Non, pas du tout !, je m'exclame en regardant Aiden d'un air suppliant. Henry m'a demandé si je voulais poser comme modèle pour de la lingerie et j'ai dit non.

– Je me fous de vos sujets de discussion. Réserve tes discussions personnelles pour après le match.

– Euh… Je joue. J'essayais juste de récupérer un peu parce que je me sentais fatiguée d'avoir couru.

– Tu peux peut-être l'emmener à ta salle de sport et l'entraîner ?, suggère Liv. Qu'en dis-tu, Aiden ?

– Je suppose que oui.

Mon cœur s'affole à l'idée d'un tête-à-tête avec Aiden.

– Tu peux venir dans ma salle de sport si tu veux. Je suis un super coach personnel, me propose Henry en souriant.

– Oh, merci.

J'ai du mal à cacher ma surprise. Je pensais qu'Henry se montrait simplement gentil avec moi, mais maintenant, je n'en suis plus si sûre. Est-ce qu'il est en train de me draguer ?

– Je pense que ce serait amusant. En plus, nous pourrions terminer cette conversation sans avoir un sifflet qui nous casse les oreilles.

– Terminer quelle conversation ?, demande Aiden en s'avançant vers nous.

– Alice me racontait ce qu'elle aimerait faire comme métier.

Henry sourit, ignorant visiblement qu'Aiden n'a pas l'air très content.

– Elle veut être agent de casting pour les stars de la télévision qui se produisent dans des *reality shows*, assène Aiden en me dévisageant. Même si cela me fait mal d'appeler star une personne qui participe à un *reality show*.

– Comment le sais-tu ?, je lui demande, sous le coup de la surprise.

– Comment je pourrais ne pas le savoir ? Tu en as parlé des millions de fois.

– Je ne savais pas que tu prenais la peine de m'écouter.

– Je t'écoute toujours, Alice, réplique-t-il, les yeux fixés sur moi.

Mais je ne comprends pas ce que son regard me dit. Est-ce qu'il m'écoute parce qu'il m'apprécie ou parce que je parle trop ?

– Alors, c'est pour cela que tu as dit actrice ?

Henry pose son bras autour de mes épaules et je vois Aiden se pincer les lèvres et reculer. Liv me regarde, les yeux brillants de plaisir et d'excitation. Elle paraît être la seule à prendre plaisir à cette conversation.

– Ouais, actrice semblait être une réponse beaucoup plus honorable qu'un casting pour *The Bachelor*.

Je lui souris en rougissant tandis qu'il me caresse innocemment. C'est ce que je pense en tout cas.

– Je ne sais pas. Les deux semblent être des professions plutôt coquines.

– Coquines ? Pourquoi coquines ?

– Vous êtes prêts à jouer tous les deux ?, interrompt Xander, le regard réprobateur.

– J'étais prête. C'est Aiden qui a arrêté le jeu, pas moi.

– Oui, Xander. C'est Aiden qui a sifflé, comme s'il était une sorte d'arbitre. (Liv jette un regard furieux à Xander.) Ce doit être un match amical, il ne s'agit pas de la Ligue nationale de football.

– Ils ne jouent pas au flag football dans la Ligue, lui répond Xander avec un sourire amusé.

– C'est bien ce que je dis : nous ne sommes pas dans la Ligue nationale de football.

– Liv, si Alice et toi vous ne voulez pas faire d'efforts, alors vous pouvez partir.

Cette fois, Aiden a élevé la voix et mon cœur s'arrête.

– Lorsque nous faisons un match, nous jouons. Nous ne sommes pas ici pour entendre parler de vos vies sexuelles ou de la lingerie sexy que vous achetez. Ou bien du temps que vous devez passer à vous entraîner parce que vous ne pouvez pas vous maintenir à notre niveau.

J'ai du mal à croire ce qu'il vient de dire et je reste bouche bée. Rouge de honte, je fixe son visage arrogant et supérieur. Est-ce qu'il sous-entend que nous sommes des feignasses ?

– Aiden, tu n'es qu'un con prétentieux, lance Liv avant de se tourner vers Xander. Et toi, un beau connard.

– Moi, je suis un connard ? Je n'ai rien dit, se défend-il en levant les mains.

– Exactement. Comment tu peux laisser Aiden nous parler comme il le fait ?

– Quoi ?

Xander semble contrarié. Je suis sur le point de l'interrompre et de dire quelque chose lorsque Henry s'éclaircit bruyamment la gorge.

– Écoutez, c'est de ma faute. C'est moi qui parlais à Alice et qui ai monopolisé son attention. Je ne le ferai plus sur le terrain. J'attendrai que nous sortions pour boire un verre plus tard.

– Peu importe, répond Aiden en sifflant de nouveau. Si tout le monde est prêt pour reprendre le jeu, nous pouvons peut-être nous y mettre.

– Nous étions en train de jouer avant que tu ne nous fasses arrêter, Aiden, lance Liv d'une voix forte. Je pense que nous sommes tous prêts à reprendre, on attend juste tes consignes, tu es si fort pour donner des ordres…

– Arrête tes gamineries, Liv. Je pensais que tu commençais à te comporter comme une adulte maintenant que tu es fiancée.

– Pardon ?

Liv se dirige vers lui et, au passage, Xander l'attire pour lui murmurer quelque chose à l'oreille. Elle se tourne alors vers moi et me jette un regard exaspéré, comme pour me dire : « Pourquoi tu tiens tant à sortir avec mon frère ? C'est vraiment un pauvre type. »

Et pour couronner le tout, comme si cette journée ne nous avait pas déjà réservé suffisamment de moments embarrassants, une voix de gamin retentit sur le terrain :

– Me voilà, les mecs !

Nous nous retournons tous pour voir Scott arriver en courant vers nous, un large sourire sur son beau visage. Je sens l'angoisse m'étreindre en le voyant se diriger directement vers moi. C'est la dernière chose dont j'avais besoin. Je suis supposée rendre Aiden jaloux et nerveux avec des types rencontrés au hasard, pas avec le riche frère du fiancé de sa sœur ou son propre frère. Je me souviens encore du soir où Aiden a vu Scott en train de m'embrasser et je voudrais hurler ma frustration. Pourquoi faut-il que cela m'arrive à moi ? Pourquoi est-ce que ce sont les garçons dont je ne veux pas qui me tournent autour comme des vautours ?

– Salut, Alice. (Scott s'arrête près de moi et m'embrasse sur la joue.) C'est sympa de te voir ici.

– Salut, fais-je d'une petite voix.

Je jette un coup d'œil rapide à Aiden. Il me fixe du regard, le visage fermé et je lui fais un petit sourire. Il reste impassible.

– J'ai appris que tu allais jouer, alors je…

Aiden donne un gros coup de sifflet pour interrompre Scott.

– Scott, tu ne peux pas être dans l'équipe d'Alice. Et vous discuterez plus tard. Au bar. (Il se tourne ensuite vers moi en souriant légèrement.) N'oublie pas de prendre un numéro, Henry a déjà le sien pour lui parler en premier.

Il siffle à nouveau puis fait demi-tour. Personne sur le terrain ne comprend ce qui se passe, à l'exception de Liv, Xander et moi. Je ne pense qu'à une chose, aller voir Aiden que je trouve vraiment trop con. Je sais qu'il va me le faire payer quand je serai dans son lit, c'est sûr. Je repense à ce que Xander a dit à propos d'Aiden et de ses penchants SM, et je sais exactement comment je vais m'y prendre. Je vais faire en sorte qu'Aiden pense que je veux me soumettre à lui, mais au lieu de le laisser faire, je vais l'allumer jusqu'à ce qu'il me supplie d'arrêter. Je pourrai alors effacer ce petit sourire suffisant de son visage beaucoup trop beau.

– Au prochain match, il faut que nous leur mettions une raclée, me murmure Liv à l'oreille, en jetant un regard furieux vers son frère.

– Ouais. Nous allons leur montrer que nous, les filles, nous pouvons aussi les battre à plates coutures au football.

6.

Comment sauter
sur les genoux d'un homme
pendant un film d'horreur

– Aïe, j'ai encore des courbatures après notre match de football. Pourquoi est-ce que je suis en si mauvaise forme ?, dis-je en me touchant les mollets.

– C'est la même chose pour moi. Il faut que nous commencions à nous entraîner.

– Ce n'est pas une perspective réjouissante.

– Nous allons faire du tapis en salle. Et nous pourrions peut-être aussi nous entraîner à lancer le ballon dans le parc ?

– Pourquoi ?

– Pour nous préparer. Je veux que tout le monde voie que nous dominons complètement le jeu. Nous avons besoin de montrer à Aiden et à Xander que nous ne sommes pas des filles molles et fragiles.

Je n'ai pas du tout apprécié la manière dont ils m'excluaient du jeu.

– Je sais. Ce n'était pas sympa du tout.

– Nous devons montrer à ces garçons que les filles peuvent aussi en découdre en sport.

– Je suppose. (Je soupire en étirant les jambes.) Même si je ne sais pas si je botterai jamais les fesses de quelqu'un au foot.

– Oui, tu le feras, Alice. Tu dois être optimiste.

– J'essaie. En tout cas, j'essaie d'avoir une attitude positive vis-à-vis d'Aiden.

– À propos, revoyons le plan. (Elle regarde son carnet.) Je vais inviter Aiden à venir voir un film pour enterrer la hache de guerre. Il pense que nous n'étions pas à notre place hier sur le terrain de football et que nous ne devrions pas nous disputer comme cela devant les autres.

– Depuis quand se préoccupe-t-il d'avoir l'air d'un imbécile devant les autres ?

Je suis surprise, mais contente d'apprendre qu'il va venir.

– Depuis qu'il a compris que je ne suis plus une enfant. Bon, je vais lui dire d'apporter un film et une bouteille de vin : il nous doit bien ça pour se faire pardonner.

– Mais tu ne seras pas là, c'est ça ?, je demande, pour m'assurer que le plan n'a pas changé depuis ce matin.

– Je serai là quand il arrivera, mais juste avant le début du film, je partirai précipitamment parce que Xander aura besoin de moi.

– Il sait qu'il aura besoin de toi, c'est sûr ?

Je suis sceptique. Je ne suis pas certaine que nous puissions compter sur l'aide de Xander.

– Fais-moi confiance, il sait qu'il va avoir besoin de moi. Je lui ai dit de m'appeler à vingt heures pile. Je lui parlerai et puis je partirai. Et Aiden et toi, vous pourrez regarder le film. J'ai demandé à Aiden d'apporter un film d'horreur…

– Oh non ! Tu sais que je déteste les films d'horreur.

– C'est bien pour ça que je lui ai demandé d'en apporter un. Tu crieras, tu sauteras dans ses bras et il te protégera.

– De la télévision ?

– Disons qu'il posera son bras sur tes épaules pour te réconforter du danger que tu verras à l'écran et tu pourras te blottir contre lui. Allez, Alice, tu sais comment ça se passe. C'est toi qui m'as appris le truc du film d'horreur.

– Je sais. Mais je sens que ça ne va pas marcher avec Aiden.

– Ça marche avec tous les hommes, même avec ceux qui sont totalement repliés sur eux-mêmes et qui sont déjà en couple. Dans ce dernier cas de figure, c'est vrai qu'il y a peu de chance que cela se conclue par un baiser.

– Et pas davantage de chance avec Aiden.

– Alice, s'il te plaît, fais un effort.

– D'accord, je vais regarder un film d'horreur avec lui. J'espère simplement qu'il n'aura pas l'impression d'avoir été pris au piège et qu'il ne partira pas. Il ne semblait pas vraiment s'intéresser à moi pendant le match de football.

– Nous courions sur le terrain dans tous les sens, il n'avait pas le temps de flirter.

– Peut-être. Mais reconnais que son attitude indiquait tout le contraire.

– Il jouait au type jaloux, totalement macho. Crois-moi, il s'intéresse à toi. Même Xander est de mon avis. Même s'il ne m'a toujours pas dit qu'il t'avait prévenue qu'Aiden était un dominant. (Elle semble contrariée.) Et j'y ai fait allusion aussi.

– Oh, Liv ! Tu n'es pas censée le savoir, tu te souviens ?

Je joue avec une mèche de cheveux avant de reprendre :

— Xander pense vraiment que je plais à Aiden ?

— Oui, répond-elle en souriant. Mais il pense aussi que tu plais à Scott et à Henry. Et à cet autre type aussi, monsieur Je-ne-sais-pas-son-nom.

— Qui ça ?

— Jackson. Le type qui n'arrêtait pas d'essayer de t'aborder.

— Oh, le grand type avec le nez crochu et les cheveux blonds décolorés ?, dis-je en faisant la grimace. On aurait dit qu'il essayait d'attraper mes seins.

— Ouais, lui. (Liv éclate de rire.) Il a aussi essayé avec moi et Xander lui a donné un coup de coude.

— Oh, Xander !, je m'exclame en riant.

— J'adore lorsqu'il est jaloux. Mais revenons à nos moutons. C'est l'occasion idéale pour toi de dire que tu as toujours été friande d'expériences.

— Quelles expériences ? La drogue ?

— Mais non, idiote ! Des expériences au lit.

— Oh ! Tu penses que je devrais lui dire que je veux savoir ce que c'est que d'être soumise ? Ce n'est pas trop tôt ?

– Si, c'est trop tôt. Tu ne dois en aucun cas évoquer ta volonté d'être soumise. C'est beaucoup trop évident et honnêtement, je ne veux pas penser à toi et à mon frère dans une relation SM, ajoute-t-elle du même ton mélodramatique que le lendemain de la soirée où nous avions joué, quand je lui avais raconté ce que Xander m'avait appris sur Aiden.

– Alors, que dois-je dire ?

– Dis simplement, par exemple, que tu as toujours été intriguée par les couples qui ont des styles de vie alternatifs et que tu aimerais rencontrer un homme qui pourrait te posséder et te dominer.

– Je ne vais certainement pas dire ça ! En fait, pour rien au monde je ne vais dire quelque chose de ce genre. C'est tout aussi nul que de parler de moi en fille soumise et de lui en homme dominant.

– Bon, d'accord. Ou alors que tu souhaiterais rencontrer un homme qui aime prendre les choses en main ?

– Hum… Autant lui demander directement de m'emmener dans sa chambre.

– Ce n'est pas ce que tu veux ?, réplique-t-elle avec un clin d'œil.

– Si, mais pas parce que j'aurai fait une remarque comme ça. On croirait que je le supplie de me sauter dessus.

– Et c'est faux ?

– En fait, non ! (J'éclate de rire.) Mais je ne veux pas qu'il me saute dessus parce qu'il pense que je suis une obsédée sexuelle qui l'implore de la prendre et de la dominer.

– Il ne va pas penser cela, crois-moi.

– Quoi qu'il en soit, je ne veux pas dire ça. Je vais réfléchir à quelque chose.

– Mets une tenue sexy aussi.

– Liv, comment je vais pouvoir mettre une tenue sexy ? Je ne peux pas porter une nui-sette sexy par exemple, puisque tu seras là aussi. Réfléchis !

– Je sais, je sais. Je veux tellement que vous deux, vous sortiez ensemble. (Elle se frotte les mains nerveusement.) Tu te rends compte ? Nous pour-rions sortir tous les quatre et voyager ensemble.

– Ce serait sympa. Qu'en pense Xander ?

– Je n'en sais rien. Je suis toujours contrariée qu'il t'ait demandé de ne pas me dire qu'Aiden était dominant.

– Il voulait simplement te protéger.

– D'accord, mais pourquoi ne pourrais-je pas savoir que mon frère est comme ça ?

– S'il te plaît, ne dis rien à Xander.

Je ne voudrais pas que Xander m'en veuille et qu'il ne me donne plus aucune information sur Aiden. J'en ai vraiment besoin, et il est le seul à pouvoir m'en donner.

– Ne t'inquiète pas, je resterai muette. Maintenant, revenons à ta tenue. Que vas-tu porter ?

– Je ne sais pas. Je ne veux pas que ce soit trop voyant. D'autant plus qu'il a une petite amie.

– Ce n'est pas sa petite amie. Il est juste sorti plusieurs fois avec cette fille.

– Il est sorti plusieurs fois ? Comment le sais-tu ?

– Je ne connais que celle-là. Je suppose qu'ils se sont vus plus d'une fois, non ?

– Je suppose aussi. Pourquoi est-ce que cette garce court après le garçon qui me plaît ? Je suis horrible ! Je parie que c'est une fille sympa et je la traite de garce. Elle n'a visiblement rien d'une garce.

– Ah bon ?

– Elle est allée étudier à Dartmouth pour son premier cycle. Elle a aussi un chien et un hamster et elle aime jouer au squash.

– Quoi ?, s'exclame Liv. Comment tu sais tout ça ?

– Par mon copain Google. En plus, elle a un blog où elle parle de sa vie, dis-je en levant les yeux au ciel. Et elle a des photos de Frodo son hamster et de son chien Noireaud.

– Ne me dis pas que son chien est noir ?

– Gagné !, je confirme en ricanant. Qui appelle encore son chien noir Noireaud ?

– Bonjour l'originalité ! Elle doit disparaître. Tu es bien mieux pour Aiden.

– Je doute qu'il le pense.

– C'est un imbécile, conclut-elle tout en consultant son téléphone qui bipe. C'est Aiden, il sera là vers sept heures.

– Oh, mon Dieu ! Qu'est-ce que je vais mettre ? Il sait que je serai là ?

– Bien sûr. Où pourrais-tu être ?

– C'est vrai… Où pourrais-je être ?

J'attends au café deux rues plus loin que Liv m'envoie un texto pour me prévenir de l'arrivée d'Aiden. Nous avons décidé que je ne serai pas à l'appartement lorsqu'il arrivera. Je débarquerai une demi-heure plus tard et je parlerai de mon rendez-vous super excitant.

J'ai l'impression d'être une pute assise dans le café, vêtue de ma mini-jupe noire et de mon tee-shirt court blanc avec mon soutien-gorge pigeonnant rouge et mes hauts talons. Un homme âgé me reluque dans un coin du café, ses yeux vont et viennent sur moi comme si j'étais une pièce rare qui devait être étudiée au microscope pour ne rater aucun détail.

Je sirote mon *latte* qui est maintenant froid tout en fixant l'écran de mon téléphone. J'espère que Liv va se dépêcher de m'envoyer un texto. Je regrette déjà les mensonges que je vais servir à Aiden lorsque je vais rentrer à l'appartement. Je ne suis même pas certaine qu'il me croie. Qui donc peut bien aller à un rendez-vous en mini-jupe noire et rentrer chez elle à dix-neuf heures trente ? Je sais qu'en me voyant arriver, il pensera que je suis une pute ou une menteuse, et aucune de ces deux options ne me satisfait.

– Bonsoir, madame.

Une voix grave résonne près de moi, je lève les yeux. L'homme âgé que j'ai vu quelques instants plus tôt se tient debout à côté de moi. J'essaie de ne pas me reculer et je fixe son visage ridé. Il semble même plus âgé que ce que j'avais pensé. Il a la soixantaine, des cheveux gris en bataille et il lui manque une dent.

– Bonjour, réponds-je d'une voix qui couine.

– C'est combien ?

Il s'assied en face de moi et me fait un clin d'œil.

– Pardon ?

Je tourne légèrement la tête car il sent mauvais, l'œuf pourri.

– Combien ? Qu'est-ce que je peux avoir pour ce prix-là ?, me demande-t-il en sortant un billet de vingt dollars.

– Qu'est-ce que vous avez pour vingt… ?, je répète bêtement.

Je suis sans doute la plus idiote et la plus immature des filles de vingt-deux ans au monde.

– Une petite pipe ou une branlette peut-être aussi ?

Il a baissé la voix et je manque d'air tout à coup.

– Quoi ?, je m'écrie en me levant. À qui croyez-vous parler ?

– Huum ?

Il regarde autour de lui, un peu effrayé. C'est la meilleure ! C'est moi qui devrais avoir peur ! Ce vieux m'accoste et se comporte comme si j'étais une prostituée.

– Casse-toi, sale type, dis-je un peu fort.

Un jeune couple dans un coin nous regarde avec de grands yeux et des sourires gênés. Aïe ! Je suis tellement agacée que je prends mon café et je sors. Je suis furieuse d'avoir suivi l'idée de Liv. C'était idiot et Aiden ne se soucie probablement pas de savoir que j'avais un rendez-vous.

Je monte dans ma voiture et je rentre à la maison, déprimée. J'allume la radio et je retrouve le sourire en entendant *I'm Not the Only One*. Je chante avec Sam Smith en essayant d'oublier que ma vie est nulle. Pourquoi suis-je si mauvaise sur le plan relationnel ? Pourquoi ne puis-je pas approcher Aiden en restant normale ? Pourquoi ne puis-je pas simplement flirter et être honnête ?

Cela a certainement à voir avec mon enfance qui paraît être celle de tout le monde. J'avais deux ans lorsque mon père nous a quittées, ma mère et moi. Je n'ai aucun souvenir de lui. Ma mère s'est remariée lorsque j'avais quatre ans et mon beau-père m'a adoptée. Il me considère comme sa propre fille, je l'aime et je l'appelle Papa. Pourtant, je me suis toujours demandé qui était mon vrai père. Je ne l'ai jamais revu. Lorsqu'il est parti, il n'a pas regardé en arrière. Cela ne m'a pas vraiment préoccupée, jusqu'à mes quinze ans. À ce moment-là, j'ai décidé de partir à sa recherche. J'ai navigué sur Internet et je l'ai retrouvé. Je l'ai appelé et j'ai appris qu'il avait une nouvelle famille et deux autres enfants. Il m'a dit qu'il me rappellerait et que nous irions dîner ensemble. Il n'a jamais appelé, mais je n'ai pas renoncé. Je l'ai rappelé et il m'a dit qu'il m'inviterait à déjeuner un dimanche pour que je rencontre sa famille. Je devais le rappeler quelques jours plus tard pour avoir l'adresse. J'ai appelé, mais le numéro n'était plus attribué... Je n'ai plus entendu parler de lui. Et je n'ai pas non plus tenté de le recontacter.

Je sais qu'au plus profond de moi, le rejet de mon père est douloureux, mais j'essaie de ne pas m'y attarder. Au contraire, je tente de voir le côté positif de la vie. J'essaie d'être farfelue, de rire et d'ignorer simplement les choses qui me font me sentir mal. Mais à cet instant, cela n'est pas aussi facile.

Je me gare, le cœur lourd, et je coupe le contact. Ne pas être aimée de la personne que l'on aime est sans doute l'une des choses les plus dures dans la vie. J'ai beau garder espoir (peut-on vivre sans espoir ?), au fond de moi, je ne pense pas avoir la moindre chance, même si Liv essaie de nous convaincre toutes les deux du contraire. Je me sens comme une imbécile avec tous ces stratagèmes. Je ne pense pas que cela puisse fonctionner avec Aiden, compte tenu de notre passé. Mais je continue d'essayer. Aiden est dans mon cœur depuis mon plus jeune âge. Il ne sait probablement pas combien il compte pour moi. Il ne se doute pas qu'il est celui qui a cicatrisé mon cœur après le rejet de mon père.

– Je suis rentrée, je crie en ouvrant la porte de l'appartement, un large et faux sourire affiché sur le visage. Il m'a offert des roses.

Tant qu'à mentir, autant en rajouter. Le silence en retour me fait courir au salon.

– Liv ?, j'appelle d'une voix confuse, surprise qu'elle ne réponde pas comme cela était prévu.

– Liv, dis-je encore en entrant dans le salon.

– Elle est sortie.

Aiden est assis dans le canapé, bien droit, l'air amusé.

– Elle m'a demandé de t'attendre parce qu'elle a essayé de t'appeler et de t'envoyer un texto, mais tu n'as pas décroché.

– Ah bon ? (Je regarde mon téléphone.) Je n'ai aucun appel manqué.

– J'étais là lorsqu'elle t'a appelée.

– Il ne devait pas y avoir de réseau. Je vais changer d'opérateur, j'en ai vraiment marre de toujours rater des appels.

– J'ai pensé que tu ignorais peut-être son appel à cause de ton rendez-vous galant, lance-t-il en me regardant curieusement.

Je détourne les yeux, rouge de honte.

– Alors, où sont-elles ?

– Qui ?

– Les roses !

– Les roses ?

Je répète bêtement sa remarque, alors que je sais exactement de quoi il parle. Moi et ma mémoire de poisson rouge ! J'ai fait croire, comme prévu, que mon soupirant m'avait offert des fleurs, mais j'ai oublié de les acheter avant de rentrer !

– Celles que ton chevalier servant t'a offertes. Comment il s'appelle, déjà ?

– Tu veux savoir son nom ?

– Tu ne veux pas me le dire ?

– Euh…

J'ai soudain la tête vide.

– Tu étais avec Scott ?

– Scott ? Non, bien sûr que non !, je me défends avec une grimace.

– Henry ?

– Henry, le frère de Xander ?, je m'exclame, sous le coup de la surprise.

– Oui, le seul que je connaisse. Celui avec lequel tu as flirté toute la journée au flag football.

– N'importe quoi !

– Ne me dis pas que tu prévois aussi de te glisser dans son lit.

– C'est dégueulasse ! Je ne peux pas croire que tu aies dit ça.

Je scrute ses yeux azur et je vois qu'il est pris de remords.

– C'était moche, en effet. Désolé.

– Ouais.

Je reste plantée là, mal à l'aise. Cela ne se passe pas du tout comme prévu.

– Pourquoi es-tu encore là ? Liv est partie.

– Elle s'est dit que nous pourrions regarder le film tous les deux lorsque tu rentrerais.

– Mais tu ignorais quand j'allais rentrer.

– J'étais prêt à attendre.

– Ah ?

Je sens mon cœur battre plus fort.

– Ouais. Je voulais voir ce film, et Elizabeth n'aime pas.

– Ah...

– Je pensais le regarder avec Liv, mais avec toi, ce sera bien aussi.

– Comme c'est flatteur ! Ce sera bien aussi avec moi ?

– Ouais, ce sera bien. Tu t'assieds ou tu veux d'abord te changer ?, demande-t-il en riant.

– Me changer ?

Il est en train de regarder mes jambes.

– Ouais, te changer. Je ne suis pas sûr de pouvoir retenir mes mains, me dit-il droit dans les yeux.

– Oh !

Qui te demande de les retenir ?

– C'est une tenue un peu osée pour un premier rendez-vous. Quel décolleté ravageur !

– Tu as peut-être raison. Un type m'a demandé si j'étais une prostituée.

– Sans blague ?

Il éclate de rire.

– Il m'a demandé ce qu'il pouvait avoir pour vingt dollars.

– Non ! (Il rit de plus belle avant de se reprendre.) Ce n'était pas lui, ton rendez-vous ?

– En fait, si, c'est le seul homme que j'ai rencontré ce soir.

J'éclate de rire à mon tour.

– Oh, je suis désolé. (Il se mord la lèvre pour s'empêcher de rire davantage.) Alors, ce n'était pas vraiment un super rencard ?

– C'est le moins que l'on puisse dire. Et il n'y a pas eu de roses. J'ai juste dit ça pour que Liv n'ait pas pitié de moi.

J'ai honte de mentir, mais il ne doit pas se douter que je savais bien que Liv ne serait pas là.

– Je comprends. Va te changer et regardons ce film, nous pourrons peut-être modifier le cours de cette soirée.

– On commande des pizzas ?, je propose en sentent mon ventre gargouiller.

– Ça peut se faire.

– Super !

La soirée s'annonce finalement mieux que prévu. Je ne me suis pas trop mal sortie de mon histoire de rendez-vous, finalement je n'ai pas tant menti que ça.

– Pepperoni et…

– Pepperoni, jambon et oignons, m'interrompt-il en me faisant un clin d'œil. Je sais, Alice, fais-moi confiance.

– Je n'étais pas sûre que tu t'en souviennes, dis-je d'un ton détaché alors que je suis folle de joie.

– Toi et Liv, vous commandiez des pizzas presque tous les week-ends. Et en petites pestes que vous étiez, vous ne me laissiez pas choisir la garniture de l'autre moitié de la pizza. Alors, oui, je m'en souviens.

– Est-ce que tu me traites de peste ?, je demande, la main posée sur la hanche.

– À ton avis ?

– Je pense que tu me traites de peste, je confirme en faisant un pas vers lui.

– Tu gagnes en intelligence avec l'âge !, se moque-t-il.

– Tu vas regretter d'avoir dit ça !, dis-je en levant les poings.

– C'est une ruse pour essayer de me tripoter, Mamie ?

Je reste bouche bée. Comment a-t-il deviné que j'espère le peloter en douce ? Ai-je de la bave aux coins des lèvres à la seule idée le toucher ?

– Ah, ah, très drôle ! Je ne suis pas vieille et je me moque bien de te tripoter.

– Vraiment ? C'est dommage, me dit-il en me saisissant le bras et en m'attirant contre lui.

– Qu'est-ce qui est dommage ?

– Que tu n'aies pas envie de me toucher, précise-t-il d'un ton léger en faisant descendre ses mains le long de mon bras.

– Pourquoi ?, je murmure, le souffle court et le cœur au bord de l'explosion.

– Parce que j'aime beaucoup qu'on me touche. (Il me fait un clin d'œil avant de reculer.) Maintenant, va te changer pendant que je commande la pizza. On ne va pas y passer la nuit.

– Cela ne me dérangerait pas.

Pas du tout, même. Il peut m'empêcher de dormir vingt-quatre heures d'affilée, s'il le veut. Merde, même trente-six heures, s'il me supplie. Je l'imagine, m'embrassant le cou et me suppliant de ne pas dormir pour pouvoir me prendre encore une fois. Sentir son corps contre le mien, sur moi, le sentir se glisser en moi… Le rêve.

– Alice ?

– Euh… oui ?

– Tout va bien ? Tu étais en train de marcher et tout à coup, tu t'es arrêtée.

– Oui, oui, ça va. Merci.

Je me dépêche de rejoindre ma chambre. Il faut que j'arrête de fantasmer sur Aiden. Ou nous sortons ensemble, ou je passe à autre chose. Je suis obsédée par cette tension sexuelle entre nous, cela me rend dingue.

Je sors quelques débardeurs et des tee-shirts de mon armoire. Je ne sais pas quoi mettre. Mon tee-shirt Mickey Mouse fait trop gamine et il est loin d'être sexy, mais je ne veux pas non plus mettre un débardeur à bretelles pour qu'il pense que j'essaie de l'allumer. Je ne sais pas non plus si je dois mettre un soutien-gorge ou non. Si nous étions restées toutes les deux, Liv et moi, je n'aurais pas réfléchi. J'aurais enlevé mon soutien-gorge dans la minute, sans me poser la question de savoir si je mettais un tee-shirt avec un personnage de dessin animé. J'opte finalement pour un Marcel noir avec un soutien-gorge pigeonnant (les seins ne sont jamais trop hauts ni généreux) et un short noir. Après tout, j'ai de longues jambes, autant que je les montre. Je passe à la salle de bains pour me raser en vitesse parce que je vois pointer des poils sur mes jambes. Je ne voudrais pas qu'Aiden passe les mains sur mes mollets et sente des poils ou Dieu sait quoi.

– Salut, je lance d'un ton léger en revenant dans le salon.

Je fais la moue au « Salut » qu'il me renvoie sans même lever les yeux vers moi. Je viens de passer un quart d'heure à me maquiller pour avoir l'air belle, et il ne me regarde même pas ! Grr ! Je me plante devant lui.

– Tu as commandé la pizza ?

– Ouais, répond-il tout en jouant avec son téléphone.

Je me sens vraiment idiote d'être plantée là.

– Super…

Je ne peux quand même pas lui dire : « Salut, Aiden. Regarde-moi. Je me suis changée et je veux que tu prennes mon corps chaud. » Non, bien sûr, je ne peux pas le dire. Au lieu de ça, je reste sans bouger avant de m'affaler à côté de lui sur le canapé.

– Prête pour le film ?

Aiden me jette quand même un coup d'œil rapide avant d'allumer la télévision. Je suis sûre qu'il n'a même pas remarqué le bleu de mes yeux avec mon nouveau mascara.

– Oui, réponds-je avec agressivité.

– Oh ! Qu'est-ce qui se passe, Alice ?

– Quoi ?

– Tu as l'air fâché ?

– Ah bon ?

Je le dévisage. Il m'énerve, avec son sourire débile sur ses lèvres roses qui me donnent l'impression d'être une gamine capricieuse !

– Souris, Alice.

Il se penche vers moi et commence à me chatouiller.

– Arrête, dis-je en le repoussant dans un éclat de rire.

– Je veux te voir sourire.

Il continue ses chatouilles sous mes bras et sur mes genoux.

– Aiden, arrête !, je crie en essayant de me dégager de ses mains.

– Toujours aussi chatouilleuse.

Nous rions tous les deux et je lui attrape les doigts.

– Aiden…

J'ai le souffle court et le visage dangereusement proche du sien.

– Oui, Alice ?, répond-il d'un ton léger en se rapprochant un peu plus de moi.

– Arrête, s'il te plaît.

– Tu ne disais pas la même chose la dernière fois que je t'ai chatouillée, réplique-t-il avec un regard diabolique. Je crois même que tu avais aimé ça.

Il se rapproche de mon oreille. Je sens ses lèvres et son souffle sur mon lobe.

– Aiden !

Je saute du canapé, le cœur battant tandis que les souvenirs affluent. La dernière fois qu'Aiden m'a chatouillée, c'était pendant cette fameuse nuit. Il était resté en moi, sans bouger, et je m'étais demandé ce qui se passait. Puis il avait approché ses lèvres de mon oreille et avait sucé mon lobe. J'avais senti sa langue et son souffle chaud. Et j'avais ri parce que cela m'avait chatouillée. Je m'étais tortillée sous lui et il avait recommencé à bouger en moi, tout en continuant à respirer contre mon oreille. Cela avait été l'expérience la plus incroyable de ma vie. Tout mon corps était tendu et lorsque j'avais joui, j'avais ressenti un plaisir total. J'avais compris que c'était une expérience hallucinante, mais ce n'est qu'aujourd'hui, alors que j'ai connu d'autres garçons, que je sais qu'il s'agissait de quelque chose d'unique. Aucun homme ne m'a donné plus de plaisir qu'Aiden cette nuit-là.

– Excuse-moi. Je te taquinais, je ne te ferai plus de chatouilles.

– Que voulais-tu dire lorsque tu as mentionné le fait je n'avais pas dit ça la dernière fois que tu m'avais chatouillée ?

Je replie les jambes sous moi et je le regarde avec curiosité. Je suis pratiquement certaine de savoir à quoi il fait allusion – c'est un moment que je n'oublierai jamais. Mais je veux qu'il me dise le souvenir que lui garde de cette nuit-là. Je veux qu'il me dise qu'il se souvient encore de ce que cela lui a fait d'être en moi.

– Tu sais très bien de quel moment je veux parler, Alice. (Il regarde mes lèvres, puis remonte sur mes yeux.) Pourquoi me poses-tu la question ?

– Pour rien, réponds-je en baissant la tête.

– On commence à regarder le film et on fait une pause lorsque la pizza arrive ?

Cela m'énerve qu'il change de sujet. Quand va-t-il se décider à parler vraiment de cette nuit-là, sans tourner autour du pot ?

– Parfait.

Je ne veux pas commencer la soirée en discutant de choses sérieuses avec lui. Je sens une sorte d'attirance entre nous, mais je ne suis pas certaine de savoir de quoi il s'agit, ni ce qu'il pense vraiment de moi. Surtout maintenant qu'il voit Elizabeth Jeffries.

La pizza arrive quinze minutes plus tard, et je suis contente de faire une pause. Le film s'intitule *Orphan* et il me fait déjà peur. Malheureusement, je n'ai pas l'impression qu'Aiden et moi en soyons au stade du « laisse-moi sauter sur tes genoux et me cacher le visage contre ton épaule ».

– Je peux relancer le film ?, me demande-t-il doucement.

Je hoche la tête. Il va éteindre les lumières et revient s'asseoir.

– Tu éteins la lumière ?, je marmonne, la bouche pleine de la délicieuse pizza bien grasse.

– Impossible de regarder un film d'horreur sans être dans le noir.

Il sourit et appuie sur « Play ». J'étouffe un cri et fixe l'écran tandis que la gamine à l'allure bizarre avec ses grands yeux refait son apparition. Je sais qu'elle cache quelque chose. Ce n'est pas possible autrement. Pourquoi ses nouveaux parents ne le voient-ils pas ? Mon cœur se met à battre plus fort, je pressens que quelque chose de terrible va arriver. Je suis tellement absorbée par le film que je ne me rends même pas compte qu'Aiden se rapproche de plus en plus de moi sur le canapé, que son bras s'est posé sur mes épaules et que je me penche vers lui. Je m'en aperçois au moment d'une scène particulièrement effrayante, où je crie et me retrouve la tête appuyée contre son torse ferme et chaud. Il sent bon, une fragrance musquée comme du bois de santal, ou le sable au bord de l'océan, une nuit parfumée. Je le sens et me retiens de l'embrasser. J'aimerais m'imprégner de lui et de son odeur.

– Ça va ?

Ses mains caressent mon dos et me massent les épaules.

– Ce film est flippant.

– C'est un film d'horreur.

Il rit près de mon oreille et je sens une onde de chaleur m'envahir.

– Je sais, mais cela ne m'empêche pas d'avoir peur.

Je recule légèrement, mais ses mains me retiennent.

– Ne t'inquiète pas. Je vais prendre soin de toi, me dit-il en jouant avec mes cheveux.

– Tu penses que je suis un bébé ?, lui réponds-je en le regardant dans les yeux.

– Je ne le pense pas du tout, dit-il en rapprochant son visage du mien.

À mon tour, j'avance vers lui.

– Non ?

– Si je le pensais, je ne serais pas en train de faire ça.

Et il presse ses lèvres contre les miennes.

– Mmm…

Je ferme les yeux. Je l'attire plus près de moi par le cou. Ses doigts glissent dans mes cheveux et je me sens fondre. Ses lèvres sont douces et fermes, et sa langue pénètre dans ma bouche brutalement tandis que son baiser se fait plus profond et plus assuré. Ses doigts courent le long de mon dos et je me presse contre lui, en appuyant mes seins sur son torse musclé.

Il gémit tandis que j'ondule sur ses genoux ; je me délecte de sa respiration rauque. C'est viril, puissant et vigoureux et je me sens forte. Je poursuis mon mouvement et ses doigts se serrent autour de ma taille pour m'attirer plus près de lui.

– Tu sens la pêche, murmure-t-il contre mes lèvres et je suce sa lèvre inférieure pendant quelques secondes, la tirant doucement pour la mordiller.

– Oh, Alice…

Il fait descendre ses doigts le long de mon corps, passant lentement sur mes seins.

– Oui, Aiden ?

– Que sommes-nous en train de faire ?

Ses yeux plongent dans les miens, l'air interrogateur.

– Ce que nous avons envie de faire, réponds-je doucement tandis qu'une alarme résonne dans ma tête. Nous sommes tous les deux adultes. Nous pouvons faire ce que nous voulons.

Je passe les mains dans ses cheveux et je l'embrasse. Je sens un léger renflement sous moi, je sais qu'il est dur. Je dissimule un sourire et commence à frotter mon sexe sur son membre raide.

– Alice… (Il m'attrape par la taille et me maintient immobile.) Tu n'avais pas un rendez-vous ce soir ?

– Peut-être. Mais il ne s'agit pas d'une relation. J'attends toujours le garçon qui sera aussi audacieux que moi, dis-je en lui tendant la perche.

– Audacieux ?

Il me regarde avec curiosité, et je tente de dissimuler un sourire triomphant. Je voudrais aller droit au but, lui dire que je sais qu'il s'intéresse aux trucs sadomasos et qu'il est dominant. Je voudrais lui confier que je suis prête à aller très loin au lit avec lui, que je flashe sur lui depuis des années, que je suis amoureuse de lui depuis des années. Mais je ne peux pas dire tout ça.

– Oui, je cherche un homme qui puisse m'emmener là où je ne suis jamais allée au lit. Un homme qui puisse m'apprendre des choses dont je n'avais aucune idée jusqu'ici.

– Tu veux que quelqu'un t'apprenne des choses ?, dit-il en haussant les sourcils.

– Oui. Je veux un professeur dont je serai l'élève, dis-je avec audace, en ayant conscience que je me montre très explicite.

– Tu as trouvé ce garçon ?, me demande-t-il en se passant la langue sur les lèvres.

J'ai l'impression qu'il peut entendre mon cœur battre à tout rompre tandis que je le regarde dans les yeux.

– Peut-être.

– Peut-être ? Tu as toujours été quelqu'un de malin, Alice.

– Pas du tout.

– Je pense qu'un Aiden de vingt-deux ans ne serait pas du même avis, objecte-t-il en riant.

– Je n'ai rien calculé. Je voulais simplement être avec toi.

– J'ai pris ta virginité.

Je suis incapable de dire s'il pose une question ou s'il énonce des faits. Je ne réponds rien.

– Mais tu savais que c'était moi et tu as pourtant continué.

– Oui.

– Pourquoi ?

Je retiens mon souffle.

– À ton avis ?

Il penche la tête et me regarde, sérieusement cette fois.

– Je l'ignore. (Je me mords la lèvre et descends lentement de ses genoux.) Tu veux venir dans ma chambre ?, je lui propose en lui attrapant la main.

– Ta chambre ?

– Oui, ma chambre.

Je le regarde, sans chercher à dissimuler le désir que je ressens. Je remets mes cheveux en place d'un geste de la main et reste là, debout, m'offrant sur un plateau.

– J'ai des menottes dans ma chambre.

– Des menottes ?, répète-t-il en gardant les yeux fixés sur moi pendant quelques secondes.

Son téléphone vibre. Il y jette un coup d'œil dans un léger froncement de sourcils. Il se lève, dépose son téléphone sur la table basse, puis me regarde.

– Excuse-moi, j'ai besoin d'aller aux toilettes.

– Pas de problème.

Je fais alors quelque chose que je ne devrais pas. Je vous jure que je ne suis pas une fille indiscrète, mais je ne peux m'empêcher de regarder son téléphone. J'appuie sur l'écran et à ma grande surprise, le téléphone s'allume. L'écran n'est pas verrouillé. Il me suffit de presser sur la touche des messages pour voir qui lui a envoyé un texto. Je me fige. Quel nom apparaît ? Celui d'Elizabeth Jeffries.

Je fais la moue avant de me tourner vers la porte pour m'assurer qu'Aiden n'est pas déjà en train de revenir. J'écoute avec attention et je l'entends fredonner dans la salle de bains. Je regarde autour de moi, alors que je suis seule, et je reprends son téléphone. Je clique sur le nom d'Elizabeth, pleine de honte. Je parcours l'écran du bout des doigts, tout en continuant à jeter un œil autour de moi et au plafond, comme si quelqu'un avait pu y dissimuler une caméra. Un craquement soudain me fait lâcher le téléphone. Aiden serait-il sorti discrètement de la salle de bains sans que je le remarque ? Va-t-il me surprendre avant que je n'aie pu lire les messages ? Je pousse un soupir de soulagement en comprenant que le bruit vient de mes voisins du dessus. Je ramasse le téléphone en vitesse et vérifie qu'il n'est pas abîmé. Je n'ai aucune envie de lui racheter un nouvel iPhone, mes finances sont au plus bas.

Je clique sur le nom d'Elizabeth Jeffries et attends que les messages se chargent. Je vois le *smiley* en bas de l'écran. Comment osent-ils s'envoyer des *smileys* ? Je fais défiler l'écran pour pouvoir lire tous les messages disponibles sur le téléphone avant qu'Aiden ne revienne. Il n'y a aucun doute : ils flirtent. Elizabeth lui demande s'il veut venir goûter ses lasagnes. *Lasagnes, mon cul*. Après, elle propose un poulet rôti. Puis ils parlent d'aller au musée et elle le remercie de l'y emmener. Mes doigts se crispent sur le téléphone en lisant un message où elle lui demande s'il veut faire du camping ce week-end. Il répond par un message dragueur, « uniquement si tu me promets de garder les ours loin de moi » et elle répond : « Ne t'inquiète pas, je te protégerai. » Mon visage est en feu au fil de ma lecture. J'ai le ventre retourné et la tête qui commence à me faire mal. Je suis contrariée. Pourquoi Aiden flirte-t -il avec elle s'il m'aime, moi ? Comment peut-il m'embrasser, mais aller chez elle manger des fichues pâtes ? Que se passe-t -il ? Aime-t-il Elizabeth ou moi ? Est-ce pour cette raison qu'il est allé dans la salle de bains sitôt qu'il a eu son message ? Peut-être s'est-il laissé emporter lorsque je me suis retrouvée sur ses genoux et le message d'Eizabeth lui a rappelé qu'elle était là ? Je repose son téléphone sur le bureau. Tout à coup, je ne me sens plus aussi légère et excitée.

– Excuse-moi, dit Aiden avec un sourire, avant de jeter un coup d'œil à sa montre.

– Pas de problème.

J'essaie de ne pas regarder ses lèvres. Ses lèvres que je viens d'embrasser et que je voudrais sentir contre les miennes encore une fois.

– Je vais y aller. Je viens de réaliser l'heure qu'il est.

– Oh !

Il part ? Juste après que je lui ai demandé de venir dans ma chambre et lui avoir révélé que j'étais prête à faire des expériences ! Je me sens honteuse en comprenant qu'il me laisse tomber.

– À moins que tu ne préfères finir de regarder le film d'abord et que tu aies besoin de quelqu'un pour te protéger ?

Il me caresse l'épaule et je lui rends un pauvre petit sourire.

– Je vais bien, réponds-je d'un air pincé.

Comment sommes-nous passés du pelotage à la relation polie, en moins de cinq minutes ? Je soupire. Je ne comprends décidément pas Aiden Taylor.

– Bon eh bien, je suis désolé que ton rendez-vous se soit mal passé.

Il me jette un regard lourd puis reste silencieux, mais je ne réponds rien.

– Merci pour cette bonne soirée.

– Je t'en prie.

Je ne trouve rien d'autre à répondre. Que peut-on répondre à un tel commentaire ? Merci de m'avoir laissée m'asseoir sur tes genoux et de t'avoir embrassé ? Merci de m'avoir laissée sentir ton érec-tion contre mon cul tandis que je suçais tes lèvres ? Merci d'avoir effleuré mes seins et de m'avoir donné l'impression d'être en feu, du genre « Je vais m'en-voyer en l'air et cela va être extraordinaire » ?

– Bonne nuit alors, dit-il doucement en s'ap-prochant de moi.

Ses yeux plongent dans les miens et je retiens mon souffle au moment où il dépose un rapide baiser sur mes lèvres.

– À plus tard, Alice.

Tout ce que je peux faire, c'est acquiescer comme une idiote tandis qu'il prend son téléphone et sort du salon. Je reste dans un état second. J'ignore ce qui vient de se passer, mais je sais qu'il y a un changement notable dans notre relation. Et je ne sais pas du tout ce que cela signifie.

7.

On se voit pour prendre un café ?

– **A**llez, Alice, j'ai rendez-vous avec Aiden au café dans quinze minutes, il faut que tu te dépêches.

Liv a ouvert la porte de ma chambre et elle frappe dans ses mains pour me réveiller.

– Je viens juste d'ouvrir les yeux. (Je m'étire.) Je ne peux pas y aller comme ça.

– Dis-lui que je t'ai dit de me retrouver là-bas aussi. Et après, j'enverrai un texto pour expliquer que je ne peux pas venir, ajoute-t -elle avec un sourire.

Bien que je ne veuille pas y aller, je saute du lit et ouvre mon placard en vitesse pour trouver quelque chose à mettre.

– Je n'y vais pas, Liv. C'est à toi qu'il a proposé de prendre un café, pas à moi. Et je n'ai aucune envie de revivre ce qui s'est passé hier soir.

Je lui ai tout raconté lorsqu'elle est rentrée à l'appartement et elle se demande ce qu'Aiden a dans la tête.

– Dépêche-toi. J'ai essayé de te réveiller plus tôt, mais tu n'as pas répondu.

– Je dormais, je maugrée en enfilant un tee-shirt par-dessus mon débardeur. De quoi j'ai l'air ?

– Ça va. Maintenant, brosse-toi vite les dents. Pas question que tu aies mauvaise haleine.

Je cours dans la salle de bains, j'attrape ma brosse à dents que je recouvre d'une généreuse dose de dentifrice.

– Et lave-toi le visage aussi. Tu as des saletés dans les yeux.

– Je te rappelle que je dormais il y a encore trois minutes, dis-je en bâillant sans retenue.

– Qu'est-ce qui compte le plus pour toi ? Le sommeil ou l'amour ?

– À cette seconde, le sommeil.

Je pousse un cri au moment où Liv brosse les nœuds que j'ai dans les cheveux.

– Liv ! Ça fait mal, je m'écrie en crachant le dentifrice dans le lavabo.

– Tu veux montrer à Aiden combien tu es jolie au réveil ou tu préfères avoir l'air de la fille qui bave dans son oreiller ?

– Je peux choisir la seconde option ? (Je m'asperge le visage d'eau froide et j'observe tristement mon reflet terne dans la glace.) Et tu es une menteuse, je n'ai pas l'air joli.

– Mais si, et Aiden se dira la même chose.

– Ouais… Il ne pensait pas que j'étais jolie hier soir.

– Bien sûr que si. Il t'a embrassée, tu te souviens ?

– Oui, avant de se défiler lorsque je l'ai invité dans ma chambre. Il s'est enfui comme s'il avait le feu aux fesses.

– On n'a jamais le feu aux fesses.

– Peut-être que si. En tout cas, il est parti à toute vitesse. Comme un voleur.

– Alice, ne sois pas ridicule. Je suis sûre qu'il s'est souvenu qu'il devait être tôt à son travail ou un truc comme ça.

– Sûrement. Comme si son travail était aussi important que ça.

– Il est avocat au sein d'un grand cabinet. Contrairement à nous, il ne peut pas appeler son patron quand il veut et faire semblant d'être malade pour passer sa journée à regarder des films.

– Je te l'accorde. Mais je n'arrive pas à croire qu'il s'intéresse à moi alors qu'il est parti hier soir.

– Il t'a embrassée.

– Je sais, mais que représente un baiser lorsque tu as connu mieux ? Il ne m'a peut-être embrassée que pour être poli ?

Mon ventre gargouille à cette éventualité. Est-ce qu'il m'aurait vraiment attrapée par la taille et tenue serrée s'il essayait juste de se montrer poli ?

– Aiden ne fait rien par politesse.

Liv a raison. Je me rappelle plusieurs occasions où nous avions demandé à Aiden de nous emmener quelque part ou de faire des trucs avec nous quand nous étions plus jeunes, et il nous avait répondu un non catégorique. Il ne s'était pas soucié que Liv ait même fait semblant de pleurer une fois, lorsque nous lui avions demandé de nous emmener au zoo. Il nous avait dit d'aller dans la salle de bains et de nous regarder dans la glace, nous pourrions y voir un rhinocéros et une girafe. Et il avait éclaté de rire. Je souris en moi-même en me souvenant combien Aiden a toujours été insolent. Liv a raison. Il est impossible qu'il m'ait embrassée s'il n'était pas partant, même un tout petit peu.

– C'est bon, je vais y aller. (J'applique mon nouveau rouge à lèvres rose en terminant par du gloss.) Mais je ne vais pas flirter avec lui, ni l'inviter à sortir, ni même le rendre jaloux.

– Très bien. Sois simplement sympa et décontractée. Fais-lui comprendre que cela t'est égal de le voir et qu'il soit parti hier soir sans demander son reste.

– Je m'en moque effectivement, je rétorque en me passant la main dans les cheveux. C'est un imbécile.

– C'est sûr.

– Oh, Liv, tu dis cela parce que je suis triste.

– Je ne veux pas que tu sois contrariée à cause d'un type comme Aiden.

Elle me regarde avec ses grands yeux bruns.

– Je sais. C'est bête d'avoir craqué pour ton frère. Qui peut bien faire un truc pareil ?

– Je pense que c'est très courant. Beaucoup de femmes craquent pour le frère de leur meilleure amie. Ce serait tellement cool si vous sortiez ensemble. Nous serions sœurs.

– Tu vois, tu as des doutes toi aussi, lui réponds-je, le visage triste.

– Des doutes sur quoi ?

– Tu as dit *si* nous sortions ensemble, et non pas *lorsque.*

– Oh… (Elle se mord la lèvre en tournant la tête sur le côté.) Je n'ai pas réalisé.

– Ce n'est pas grave. Mais regardons les choses en face. Toi, tu rencontres un garçon, tu lui fais comprendre que tu es intéressée et il te prend à même le sol, tu te retrouves avec sa tête entre les jambes. Moi, je rencontre un type, je lui fais comprendre que je suis intéressée, il me roule une pelle vite fait et puis il file avant même que je ne puisse l'embarquer.

– Rouler une pelle vite fait ?, glousse Liv.

– Je pense que dire « rouler une pelle » sonne mieux qu'« embrasser ».

– Au moins, tu ne dis plus « avec passion », rétorque Liv en riant.

– Où est le problème ? Je veux de la passion avec Aiden toute la nuit.

– Cela sonne bizarre.

– C'est un mot sexy.

En réalité, je ne pense pas vraiment que ce soit sexy. C'est différent, et pour moi, ce qui est différent est sympa.

– Tu es prête ?

– Ouais, allons-y.

Liv me prend par le bras.

– J'ai sérieusement besoin de m'assurer que mon frère ne gâche pas tout.

– Absolument. Parce que si tu ne le fais pas, qui sait où je finirai ?

Elle rit et nous sortons.

Liv et moi entrons dans le café et je manque laisser échapper un juron en voyant Scott assis avec Aiden. Pourquoi faut-il que Scott soit là aussi ? Comme si ce n'était déjà pas assez compliqué entre Aiden et moi !

– Regardez qui voilà, s'exclame Scott avec un sourire en se levant pour venir à notre rencontre.

Aiden aussi s'avance et me prend brièvement dans ses bras.

– Content de te voir, Alice.

Je sens son corps chaud près du mien et je n'ai pas envie de le laisser partir. Je sais, je suis pathétique.

– Salut. Tu ne devais pas aller au bureau tôt ce matin ?

– Non, pourquoi cette question ? (Il semble perdu et regarde Liv.) Je t'ai dit que je devais aller travailler tôt ce matin ?

– Non. Alice et moi nous sommes mélangé les pinceaux à propos d'un truc. Qu'est-ce que tu veux, Alice ? C'est moi qui invite.

– Un café glacé, s'il te plaît. Et un bagel avec du saumon et du fromage.

– D'accord, je reviens tout de suite.

Je m'assieds. J'ai du mal à déglutir en voyant Aiden et Scott debout devant moi.

– Alors, Alice, comment vas-tu ?, me demande Scott en s'asseyant à côté de moi.

– Bien et toi ?

Je sens le regard d'Aiden fixé sur moi.

– Bien, j'ai travaillé tard. (Il s'étire et ramène ses cheveux blonds en arrière.) J'ai entendu dire que tu étais allée chez nos parents il y a quelques jours ?

– Oui, Liv voulait que votre père passe plus de temps avec Xander. Mais au bout du compte, on a fait une partie de Monopoly tous les quatre puis nous sommes sortis.

– Très bien. Papa aime bien nous avoir tous à la maison. Malheureusement, Aiden et Liv sont les seuls enfants obéissants. Chett et moi y allons plus rarement.

– C'est dommage.

– J'aurais fait un effort si j'avais su que tu étais là, me glisse Scott en se penchant vers moi.

– Oh !

Je rougis en entendant ses mots. Que répondre à un garçon qui vous drague lorsque l'homme que vous désirez est assis juste à côté de lui ?

– Peut-être la prochaine fois, poursuit-il. Ou peut-être que nous pourrions aller…

– Scott, Liv t'appelle, l'interrompt brusquement Aiden.

– Hein ? Elle veut quoi ?

– Tu n'as qu'à le lui demander.

– Ok. (Scott se lève d'un bond et me sourit.) Nous poursuivrons cette conversation plus tard.

– D'accord, lui réponds-je en évitant le regard d'Aiden.

– Qu'est-ce qu'il y a entre toi et Scott ?, me demande-t-il d'un air accusateur.

– Qu'est-ce que tu veux dire ?

Je le fusille du regard. Est-ce qu'il s'engage vraiment sur ce terrain-là ? C'est lui qui m'a laissée seule hier soir.

– Il te plaît ?

– Beaucoup, je rétorque sur un ton irrité.

– Tu veux sortir avec lui ?

– Non.

Je voudrais ajouter « pauvre type », mais je me retiens. Je lui lance un regard noir.

– Est-ce que tu veux flirter à nouveau avec lui ?

– Nous n'avons jamais flirté. Il m'a embrassée. Une fois. Je ne lui avais rien demandé.

– Mais tu ne l'en as pas empêché. On dirait que cela te plaît d'embrasser les frères Taylor, non ?

– Non, je n'aime pas embrasser les frères Taylor. (Je me mords la lèvre avant de prendre une profonde inspiration.) J'aime embrasser l'un des frères Taylor seulement.

– Oh ?

Il fronce les sourcils sans me quitter des yeux.

– Oui.

Est-ce que je vais sérieusement lui dire ce que je ressens, à cet instant précis ?

– Lequel ?, insiste-t-il en se penchant vers moi.

Je peux voir ses pupilles dilatées.

– J'aime...

– Te voilà, chéri.

Une voix douce retentit près de nous et je lève la tête sous le choc. Elizabeth Jeffries est là, debout près de nous, en chair et en os. Que fait-elle là ?

– Lizzie !

Aiden se lève subitement, il rayonne. Le masque légèrement furieux a quitté son visage pour se transformer en pur bonheur.

– Désolée, je suis en retard.

Elle fronce le nez, mais même en faisant cette grimace, je dois reconnaître qu'elle est mignonne.

– Tu n'es pas du tout en retard. Tu es parfaitement à l'heure.

Il la prend dans ses bras pour l'embrasser sur la joue. J'ai envie d'éclater en sanglots en les voyant tous les deux ensemble.

– Elizabeth, je te présente Alice. Alice est la meilleure amie de ma sœur Liv. Alice, je te présente Elizabeth, une bonne amie à moi.

– Salut.

Elle me renvoie un grand sourire. Je ne peux m'empêcher de la dévisager. Elle a le nez légèrement tordu et des taches de rousseur sur les joues. Ses cheveux sont couleur miel, mais en regardant de plus près ses sourcils sombres, je me dis qu'elle doit les teindre. Elle est plus jolie que sur les photos et je la déteste pour ça.

– Ravie de te rencontrer, Alice, me dit-elle avec entrain avant de se pencher vers moi pour me prendre rapidement dans ses bras. J'ai tellement entendu parler de toi.

– Vraiment ?

Aiden lui a parlé de moi ?

– Oui, Aiden parle toujours de sa sœur et de sa meilleure amie, et de tous les trucs drôles que vous faites toutes les deux.

– Tous les trucs drôles que nous faisons ?

Je regarde Aiden. Que lui a-t-il raconté ?

– Oui, vos plaisanteries, vos coups tordus. Il m'a raconté aussi Brock et Jock, les deux strip-teaseurs que vous avez payés pour qu'ils fassent semblant d'être vos petits amis.

– Je vois.

Pourquoi Aiden lui raconte-t-il ces trucs-là ?

– Je trouve que votre plan était ingénieux, poursuit-elle en s'asseyant à côté de moi. Et ça a marché.

– Comment ça ?

– Eh bien, Liv a fini par sortir avec le garçon qu'elle voulait, non ?

– Ouais. Ouais, je suppose que cela a marché pour Liv.

– J'ai vraiment hâte de la rencontrer.

Elizabeth me sourit. Elle est sincère et sympa, et je l'aurais sûrement comme copine si elle n'essayait pas de mettre le grappin sur Aiden.

– Je suis certaine que Liv veut te connaître aussi. (Je me tourne vers Aiden.) Tu ne m'avais pas dit que ta petite amie devait venir.

– Elizabeth n'est pas ma petite amie, rectifie Aiden sur un ton aimable, sans me quitter des yeux.

– Nous avons juste fait quelques sorties tous les deux, précise Elizabeth.

– Tu sais où était Aiden hier soir ?

Je regrette immédiatement mon ton mesquin. Cela ne me ressemble pas. Pourquoi est-ce que je me comporte de la sorte ? Je suis en train de laisser ma jalousie prendre le dessus et je n'aime pas ça du tout.

– Non, je devrais ?, demande Elizabeth avec un petit rire avant de lever la tête vers Aiden. Tu étais où, hier soir ?

– J'étais chez Liv pour regarder un film avec Alice, répond-il avec nonchalance, un sourire à mon intention.

Je le fusille du regard. À quel jeu joue-t-il ?

– Oh, génial. C'était quoi, le film ?

Comment peut-elle être aussi confiante ? Si mon petit ami me disait qu'il était allé voir un film chez une fille, cela ne me ferait pas rire et je le prendrais mal. En fait, si je sortais officiellement avec Aiden et qu'il me disait qu'il était allé voir un film chez Elizabeth, je lui aurais fait savoir très clairement ce que je pensais de lui. Je ne suis pas du genre à laisser les garçons qui me plaisent sortir avec d'autres filles. Oui, je sais, la soirée d'hier n'est pas exactement ce que l'on peut appeler un rendez-vous. Mais nous nous sommes embrassés, je me suis retrouvée sur ses genoux et je l'ai excité. J'ai bien senti son sexe dur sous moi.

– Je ne m'en souviens pas, réponds-je en baissant la tête.

Je me sens tout à coup coupable. Pourquoi est-elle si sympa et moi si horrible ? Pourquoi est-ce que je me sens insignifiante ?

– C'était si bien que ça ?

Elle rit et nous levons toutes les deux la tête au moment où Scott et Liv s'approchent de nous. Elizabeth écarquille les yeux lorsqu'elle voit Scott et celui-ci la dévisage. Mais quand Aiden fait les présentations, ils sourient normalement et je me demande si je n'ai pas rêvé. Liv et moi échangeons un regard et je vois bien qu'elle est aussi déconcertée que moi par la présence d'Elizabeth. Nous nous demandons toutes les deux pourquoi cette fille est là. Elle ruine le plan que nous avons échafaudé pour qu'Aiden ait envie de moi. Comment faire maintenant qu'il y a une autre fille avec lui ? Pourquoi ferait-il attention à moi ? Et pourquoi se comporte-t-il de manière si étrange à propos de Scott, s'il est avec Elizabeth ? Peut-être est-ce simplement le cas classique qui consiste à vouloir ce qu'on ne désire pas vraiment, uniquement parce qu'on ne peut pas l'avoir. Tout à coup, je me sens vraiment mal.

– Excusez-moi, mais je ne me sens pas bien, dis-je en me levant.

Ma tête cogne. Je me sens fatiguée, vraiment fatiguée.

– Qu'est-ce qui ne va pas, Alice ?

Liv me dévisage. Elle voit bien que je suis sur le point de fondre en larmes.

– Rien, je couve peut-être un rhume. (J'essaie de tousser.) Je vais rentrer à la maison. J'ai été contente de te rencontrer, dis-je à Elizabeth.

– Moi aussi.

Elle paraît nerveuse et inquiète en me souriant et je la vois regarder Aiden un instant. Je n'ai aucune idée de ce à quoi il peut penser, son visage demeure impassible.

– Je t'accompagne, me dit Scott.

Aiden fronce les sourcils.

– Merci, lui réponds-je avec reconnaissance, sans me soucier de ce qu'Aiden pense à ce moment précis.

– Tu veux que je vienne ?, me demande Liv.

– Non. Reste, ça va aller. Je te verrai plus tard, d'accord ?

– Ok.

Elle regagne sa chaise.

– Prête ?, me demande Scott en me prenant par la main. Appuie-toi sur moi, je vais t'aider.

– Merci.

Je me dépêche de m'éloigner de la table. Nous sortons assez rapidement et je respire l'air frais.

– Ça va, Alice ?

Scott s'arrête et me tire sur le côté. Ses yeux cherchent les miens et un petit sourire se dessine sur son visage.

– Oui, pourquoi ?

– Je ne vais pas faire semblant de savoir ce qui se passe dans ta tête. Mais je vais te donner un conseil : il faut que tu te battes pour ce que tu veux. Il faut que tu prennes la vie à bras-le-corps et que tu poursuives tes rêves et tes objectifs.

– De quoi tu parles ?, dis-je, la gorge sèche.

– Je sais qu'Aiden te plaît. J'ignore pourquoi tu le préfères à moi, mais je sais que c'est ce que tu ressens.

– Je... euh...

Je ne sais pas très bien quoi lui dire. Est-ce que je me retrouve sans le savoir dans un triangle amoureux ? Ce serait bien ma veine. Je n'ai pas du tout envie de vivre ce genre de situation. Pas le moins du monde. Est-ce que le fait de me retrouver entre les deux frères ferait de moi quelqu'un de débauché ? Bon, c'est vrai, je les ai embrassés tous les deux, mais franchement, avec Scott, ce n'était qu'un bisou rapide. Je l'ai regretté au moment même où cela s'est produit. Je ne lui ai même pas rendu son baiser. Et aucun de nous n'a mis la langue, Dieu merci ! Alors vraiment, ça ne compte pas.

– Tu n'as pas besoin de t'expliquer.

Scott rit et nous reprenons notre marche.

– Je dis simplement que tu dois te battre pour ce que tu veux. Et si tu veux Aiden, il faut que tu le lui fasses savoir. Sans jouer avec lui. Sans mettre en place des stratagèmes. (Il se penche en avant et me tapote le nez.) Je sais que toi et ma sœur vous adorez jouer, mais ce n'est pas le genre de jeu qui plaît à Aiden. Il n'a pas la patience.

– Je n'ai aucune chance avec lui, de toute façon. Il y a Elizabeth.

– Je n'en suis pas si sûr, lâche Scott, d'un air pensif. Je ne sais pas très bien ce qui se passe entre Aiden et elle, mais je ne pense pas qu'il s'agisse d'une relation régulière.

– Alors de quoi s'agit-il ?

Je pense aussitôt à quelque chose de sadomaso. Est-ce qu'Elizabeth est soumise ?

– Je ne sais pas.

Nous arrivons devant chez moi.

– Ça va aller ? Je vais devoir te laisser, j'ai du travail.

– Oh, oui, bien sûr. Ça va aller. Merci de m'avoir raccompagnée.

– Je t'en prie, Alice.

Je n'ose pas lui demander s'il sait que son frère est dominant, ce n'est pas à moi d'en parler.

Scott me prend dans ses bras, puis je me précipite chez moi. Je suis allée là-bas et j'ai tout gâché. Je me sens très mal. Je suis en colère et jalouse d'Aiden et d'Elizabeth et en plus, il se peut que j'aie rendu Scott amoureux de moi.

La sonnerie du téléphone me réveille ; je grogne. Je n'avais pas prévu de me rendormir. J'ai juste voulu m'allonger, me détendre et repenser à tout ce qui s'était passé pendant quelques secondes. J'attrape mon téléphone pour regarder l'écran et mon cœur s'emballe. Aiden m'a envoyé un message.

Aiden : *Salut, je voulais juste savoir comment tu te sentais.*

Alice : *Je vais bien, merci.*

Je réponds vite en m'asseyant sur le lit. Je voudrais lui demander où est Elizabeth, mais je n'ose pas.

Aiden : *Nous n'avons pas terminé notre conversation.*

Alice : *Ah bon ?*

Aiden : *Non. Nous pouvons parler plus tard ?*

Alice : *Tu n'as pas des trucs à faire ?*

Aiden : *Quels trucs ?*

Alice : *Du travail*

En réalité, ce n'est pas de cela dont je veux parler.

Aiden : *Je n'ai pas besoin d'aller au tribunal aujourd'hui.*

Alice : *Ok.*

Ce n'est pas de cela dont je voulais parler !

Aiden : *Alors tu as du temps pour parler ?*

Alice : *Quand ?*

Aiden : *Peu importe, quand tu veux.*

Alice : *Je vois.*

Aiden : *À moins que tu n'aies des trucs à faire.*

Alice : *Comme quoi ?*

Aiden : *Scott.*

Je reste bouche bée. Je n'arrive pas à croire qu'il ait écrit ça.

Aiden : *Alors, tu es libre ?*

Alice : *Je suis disponible, il n'y a rien entre Scott et moi.*

Aiden : *Bon.*

Alice : *Pourquoi, bon ?*

Aiden : *Tu n'as pas besoin de t'amuser avec Scott et moi.*

Alice : *Et qu'en est-il entre toi et Elizabeth ?*

Je n'ai pas pu m'en empêcher.

Aiden : *Quoi Elizabeth ?*

Alice : *Comment tu peux sortir avec elle et m'embrasser ?*

Aiden : *C'est une des raisons pour lesquelles nous devons parler.*

Alice : *Je vois.*

Aiden : *Est-ce que je peux t'appeler maintenant ?*

Alice : *Non, je suis occupée.*

Je me rallonge sur mes oreillers.

Aiden : *Ok, alors ce soir ?*

Alice : *Demain ?*

Aiden : *Alice, tu es vraiment la fille la plus déroutante que j'aie jamais rencontrée.*

Alice : *Vraiment ?*

Aiden : *Si j'étais avec toi, je te poserais sur mes genoux et je te donnerais une fessée.*

Alice : *Tu aimerais ça, hein ?*

Aiden : *Je pense que tu aimerais davantage.*

Alice : *Et maintenant ?*

Je souris au téléphone. Il n'y a désormais plus aucun doute dans mon esprit : Aiden est définitivement un maître de l'excentricité au lit.

Aiden : *Je pense qu'il va falloir que nous attendions pour voir.*

Alice : *Et tu dis que je suis déroutante ?*

Je secoue la tête. Je suis convaincue qu'il me drague.

Aiden : *Je ne perdrais pas la tête s'il ne s'agissait pas de toi.*

Alice : *Qu'est-ce que cela veut dire ?*

Aiden : *Cela signifie que toi, ma chère Alice, tu as un effet sur moi beaucoup plus grand que ce que tu penses.*

Alice : *Oh ? Comment ?*

Aiden : *Il va falloir que tu attendes pour le savoir.*

Alice : *Ok.*

Je brûle d'envie de lui dire de m'appeler maintenant. Je voudrais qu'il m'appelle et que l'on en finisse.

Aiden : *Passe une bonne journée.*

Alice : *Merci, toi aussi.*

C'est tout ? Grr. Je suis contrariée qu'il arrête cette conversation qui prenait une bonne tournure.

Aiden : *Je te verrai demain au flag football.*

Alice : *Ok.*

Quoi ? Il va m'appeler ce soir ou non ?

Aiden : *Je suis content que tu te sentes mieux.*

Alice : *Merci.*

Aiden : *Prends soin de toi.*

Alice : *Promis.*

Aiden : *Veille à avoir tes huit heures de sommeil et mange tes légumes.*

Alice : *Oui, Papa.*

Aiden : *Il y a des surnoms plus excitants que ça.*

Alice : *Comme quoi ?*

Aiden : *Tu verras.*

Alice : *Comme Monsieur ?*

Je ris en me demandant quelle tête il fait en lisant le message.

Alice : *Ou Maître ?*

Aiden : *Comme tu veux :)*

Alice : *Aiden Taylor !*

Aiden : *Ça marche aussi :)*

Alice : *Bien. Peu importe. À demain.*

Aiden : *Oui et nous parlerons après.*

Alice : *Nous verrons.*

Aiden : *Bonne journée, Alice. Je sais que la mienne sera bonne. J'ai encore les lèvres qui me picotent après notre baiser d'hier soir.*

Alice : *J'espère que tu n'as rien attrapé…*

Aiden : *Est-ce qu'il y a quelque chose dont tu veux me parler ?*

Aïe. Finalement, ma petite blague se retourne contre moi.

Alice : *Trop drôle. Non.*

Aiden : *Appelle-moi si tu as besoin de quelque chose.*

Alice : *Merci. Je n'hésiterai pas.*

Je repose mon téléphone sur le lit en me rallongeant et je reste sans bouger, le regard fixé au plafond. Je me sens mieux. Toujours troublée, mais mieux. Peut-être qu'Aiden m'aime vraiment. Et peut-être ai-je une chance. Peut-être, je dis bien peut-être, vais-je pouvoir lui faire comprendre qu'il est le garçon qui m'est destiné et que je suis la femme de sa vie. J'espère simplement qu'Eliza-beth Jeffries va disparaître en même temps que mes doutes.

8.

Le football est une danse de séduction

La sensation la plus jouissive du monde, c'est lorsqu'un garçon vous plaît et que vous lui plaisez aussi. La seconde meilleure sensation du monde, c'est lorsqu'un autre garçon vous aime et qu'il rend le premier jaloux. Le seul truc qui peut transformer ces sensations exquises en sentiments négatifs, c'est si vous aimez aussi le second garçon. Il n'y a rien de pire que d'être attirée par deux garçons qui vous aiment tous les deux. Faites-moi confiance, j'en sais quelque chose. Bon, je suppose que j'exagère un peu. Je ne sais pas s'ils m'aiment bien tous les deux, comme moi. Et je ne les aime pas réellement tous les deux. J'en aime surtout un des deux, l'autre me fait me sentir bien et ce n'est peut-être pas parce qu'il m'aime. En vérité, je n'en sais rien. Ce que je sais en revanche, c'est qu'ils se comportent tous les deux sur le terrain de football comme s'ils m'aimaient. Qu'est-ce que cela signifie vraiment ? Il y a tellement de garçons qui aiment draguer juste pour draguer... Ce n'est pas un signe qu'ils vous aiment pour autant.

– Comment demandes-tu à un garçon de te dominer ?, je murmure à Liv tandis que nous avançons sur le terrain. Comment je peux faire pour évoquer ce sujet en passant, l'air de rien ?

– On dirait qu'il est déjà au courant que tu rêves d'une bonne fessée !

– Je n'en suis pas si sûre.

– J'aimerais que tu me laisses dire à Xander que je suis au courant pour Aiden.

– Non, tu ne peux pas le lui dire. Il ne me fera plus confiance après, lui dis-je en serrant fort son bras.

– Te faire confiance pour quoi ?

– Pour rien. Je ne veux pas qu'il pense que je ne sais pas garder un secret.

– Il doit se douter que tu me l'as répété. Je n'arrive pas à croire qu'il ne me dise rien.

– Il ne veut pas te choquer.

– Je suis une grande fille. Pour me choquer, il m'en faut plus que découvrir que mon frère est un pervers au lit.

– Ce n'est pas un pervers.

– Je ne veux pas dire pervers pervers. Je veux dire pervers bizarre.

– Ah, alors tu vas dire que je suis aussi bizarre ?

– Pourquoi je te trouverais bizarre ?

– Si je me soumets à Aiden ?

– D'abord, je ne peux pas t'imaginer en fille soumise, mais si cela te fait plaisir… Mais par pitié, ne mets pas de collier. Pas de collier avec des clous, c'est de mauvais goût.

– Qu'est-ce qui est de mauvais goût ?

Henry arrive en courant vers nous avec un grand sourire et il lève la main pour que nous échangions un *high-five*.

– Des colliers étrangleurs, précise Liv en faisant la moue.

– Oh, je n'ai pas vu de femme avec ça depuis… (Il se tait puis nous fait un clin d'œil.) Eh bien, depuis une folle nuit que j'ai passée il y a quelques années.

– Quel genre de folle nuit ?, je demande avec curiosité et Henry se passe la langue sur les lèvres avant de rire.

– Croyez-moi, les filles, il vaut mieux que vous ne sachiez pas.

– Tout le monde se rassemble, s'il vous plaît.

La voix d'Aiden résonne fort et je remarque qu'il ne jette même pas un regard dans ma direction pendant qu'il parle.

– Quelqu'un a contrarié l'ours ?!, dit Henry en riant, puis il me regarde.

– Ce n'est pas moi !

– C'est toujours toi, Alice. C'est toujours toi, réplique Liv avec un sourire.

– Cours, Alice, vas-y !, me crie Liv alors que je pique un sprint avec le ballon dans les mains. Je dévale le terrain à toute allure. Je vois les lignes qu'Aiden a tracées sur l'herbe avec une bombe aérosol, même si je suis presque certaine que cela va à l'encontre du règlement du parc. Cela m'étonne de la part d'Aiden, il n'est pas du genre à enfreindre les règles.

– Continue, Alice !, hurle Liv.

Je commets l'erreur de me retourner. Scott est à quelques mètres de moi et Henry se tient tout près de lui. Je prie pour que Henry parvienne au niveau de Scott avant que Scott n'arrive vers moi. Je vois aussi Aiden s'approcher vite derrière Henry et Elizabeth est plus loin sur le terrain, près de Xander et de Liv. Je reprends mon souffle. Je vois un des garçons de mon équipe me faire signe de lui lancer le ballon, mais je veux aller jusqu'au bout. Je veux être la meilleure joueuse du match et je ne veux pas que les garçons nous regardent Liv et moi comme deux filles naïves qui n'ont rien à faire sur le terrain. Nous ne sommes pas sportives comme Elizabeth : nous ne courons pas des marathons, nous ne jouons pas au basket au centre municipal et nous ne faisons pas de randonnées en montagne, nous ne surfons pas non plus sur l'océan Pacifique, le long de la côte d'une des îles Hawaï. Nous sommes des filles tout ce qu'il y a d'ordinaire, qui aiment s'amuser et faire du sport pour mettre un peu d'animation dans leur vie. Je sais que les garçons pensent que nous sommes plutôt nulles sur le terrain, surtout moi. Je ne peux pas leur en vouloir. Je ne suis pas au meilleur de ma forme, mais je sais que si je marque ce but on me regardera d'un autre œil. C'est le jeu. À ce moment précis, je me moque bien d'Aiden, Scott, d'Henry ou de n'importe quel autre type qui s'intéresserait à moi. Je me moque d'avoir l'air mignon, sexy ou spirituel. Je me fiche de rendre Aiden jaloux. Je n'ai qu'un objectif : gagner. Et je sais qu'à cet instant, pour la première fois de ma vie, j'ai une âme de sportive. Authentique, motivée et audacieuse. Je garde la tête baissée et j'ignore la douleur au niveau du ventre et les crampes dans mes jambes. Je ne vais pas ralentir. Je ne vais pas laisser la douleur prendre le dessus.

– Tu y es presque, Alice !

Je fonce. Je sens une main m'attraper dans le dos ; Scott est presque sur moi.

– Oh non, tu ne l'auras pas, je crie et je m'élance en voyant juste devant moi la ligne qu'Aiden a tracée.

– But !, je hurle en tombant par terre au moment où je frappe le ballon contre l'herbe. But !, je répète, enthousiaste, tandis que les larmes et la sueur coulent sur mon visage.

– Attention, Alice !, crie Scott en déboulant vers moi.

– Quoi ?

Je reste pétrifiée lorsqu'il s'écrase sur moi.

– Aïe !

Mes os déjà endoloris accusent le coup. Ses genoux heurtent mon ventre et je crie à nouveau. Il me regarde.

– Joli but.

Il me sourit. Ses yeux bleus pétillent tandis qu'il essuie son visage couvert de boue.

– Merci, réponds-je sur un ton léger en essayant de le repousser.

– Oh, excuse-moi. Je pense que tu peux dire maintenant que tu es une joueuse chevronnée.

– Je crois. (Je gémis en essayant de me relever.) Aïe ! Je me suis blessée, dis-je en posant ma main sur mon genou.

– On a gagné ! On a gagné !, hurle Liv en courant vers moi. Nous sommes des championnes, Alice !

– Ouais.

Je souris et gémis à nouveau, sous l'effet de la douleur qui augmente.

– Qu'est-ce qui se passe ?

Aiden est devant moi, le visage sombre.

– Je me suis blessée au genou. Et ce n'est pas la peine d'être furieux parce que nous avons gagné.

– Je ne suis pas furieux. Tu m'autorises à jeter un coup d'œil ?, dit-il en s'agenouillant devant moi.

Je le laisse remonter la jambe droite de mon survêtement. Nous regardons tous les deux mon genou en sang.

– Je me suis bien amochée.

Aiden me regarde, le visage inquiet.

– Tu vas bien ?

– Elle va bien, lance Scott en levant les yeux au ciel. Elle s'est juste égratigné le genou.

– Aie un peu de compassion, Scott !, rétorque Liv d'un ton sec en s'approchant de moi. Ça va, Alice ?

– Oui, je pense qu'il faut juste nettoyer la plaie.

– Tu vois, elle va bien. Je te promets que notre prochaine bagarre dans l'herbe te laissera indemne, me dit Scott en riant.

– Il n'y en aura pas d'autre, grogne Aiden avant de passer le bras autour de mes épaules. Appuie-toi sur moi, je vais t'aider à te relever.

– Ok.

– J'ai une trousse de premiers secours dans la voiture, je vais désinfecter ta plaie.

– Merci.

Je vois Liv sourire. J'observe Scott qui me fait un clin d'œil puis qui hausse les sourcils en direction d'Aiden. Je comprends qu'il ne s'intéressait pas à moi, mais faisait en sorte de rendre Aiden jaloux. Je ris intérieurement en comprenant qu'il est finalement aussi sale gosse que moi, mais comme il le faisait pour moi, je ne peux pas lui en vouloir.

– Ça va, Alice ?

Elizabeth se dirige vers nous, le visage inquiet.

– Oui, merci.

Je me sens mal à l'aise. Je suis en train de lui piquer son homme, juste sous le nez. Même s'il n'est pas vraiment son petit ami.

– Tant mieux. Excellent but, au fait. Meilleur coup de la journée ! À coup sûr, tu as donné une sacrée leçon aux mecs.

– J'ai essayé en tout cas.

C'est vraiment une chic fille. Je me sens coupable.

– Hé, et mon but ? (Scott regarde Elizabeth.) Je pense que ma prise était assez impressionnante.

– Impressionnante pour qui ?, sourit-elle.

– Tout le monde sur le terrain.

– Hum, si tu le dis.

Elle se passe la main dans les cheveux pour se recoiffer, et je suis presque sûre qu'elle rougit. J'observe alors Scott : il rayonne.

– Je confirme. Tu ne m'as pas vu ?

– Je t'ai vu, et j'ai aussi vu Alice, et c'est claire-ment elle qui a signé l'action du match !

– Huumm. (Scott se retourne vers moi.) Ok, je le reconnais pour cette fois.

– Ouah, c'est magnifique de ta part !

Elle rit puis tapote le devant de son tee-shirt. C'est à ce moment-là que je remarque des traits sinueux sur ses poignets.

– Tu es prête, Alice ?, me demande Aiden.

Il m'attrape par les épaules et m'aide facile-ment à me relever. J'adore qu'il agisse comme si j'étais un poids plume de quarante-cinq kilos et non le poids considérablement plus élevé que je pèse vraiment.

– Tu peux marcher ou tu veux que je te porte ?, me demande-t-il tandis que je me penche sur lui.

Je le regarde pour voir s'il me taquine, mais il a l'air sérieux. J'hésite à accepter qu'il me porte. Je pourrais boiter pour faire semblant d'être bles-sée, mais je m'abstiens. Ce serait trop gros. Il a vu mon genou. Il s'agit d'une éraflure, pas d'une blessure grave. C'est vrai, cela pique un peu et je me sens légèrement dans les vapes, mais cela ne justifie pas qu'il me porte. En tout cas, pas à cause de ma blessure. S'il m'avait proposé de me porter jusqu'à sa chambre, j'aurais eu une réponse complètement différente.

– Ça va aller, merci.

– Dommage.

Son visage est toujours aussi sérieux et je me demande si j'ai rêvé. Nous marchons jusqu'à sa voiture en silence et je sens son corps chaud près du mien tandis que nous traversons le terrain.

– Je sais que je t'ai dit que je voulais te parler, mais tu n'avais pas besoin de te blesser pour attirer mon attention.

– Je ne l'ai pas fait exprès. Je n'ai pas besoin de me blesser pour attirer l'attention, réponds-je d'un ton suffisant.

– C'est vrai, tu as raison.

Il rit.

– Qu'est-ce qu'il y a de si drôle ?

– Je pensais juste à tous les autres moyens que tu utilises pour attirer l'attention.

– Lesquels ?

– Comme lorsque tu dis que tu veux être modèle pour la lingerie de *Victoria's Secret*.

– Je n'ai jamais dit cela ! C'est Henry qui l'a inventé.

– Mais tu as semblé contente lorsqu'il en a parlé.

– Où veux-tu en venir ?, je demande en m'installant sur le siège arrière de sa voiture.

– J'ai l'impression que tu veux attirer l'attention des hommes en faisant ça.

– Pas du tout. (Il se glisse à côté de moi.) Pourquoi penses-tu une chose pareille ?

– Peut-être parce que c'est la seule chose à laquelle j'ai pu penser depuis la semaine dernière ?

– Quoi ? Ma conversation avec Henry ?

– Non, bécasse. (Il ouvre sa boîte à gants et en sort la trousse de premiers secours.) Toi, en lingerie.

– Moi en lingerie ?, je répète tandis qu'il relève la jambe de mon pantalon pour pouvoir nettoyer la plaie.

– Je ne pense qu'à ça depuis une semaine.

– C'est très audacieux de ta part.

Je laisse échapper un cri lorsqu'il applique l'antiseptique sur mon genou.

– Pourquoi ?

Il lève la tête pour me regarder tandis que ses doigts caressent ma peau.

– Parce que.

– Parce que quoi ?

– Juste parce que.

Ses lèvres se rapprochent dangereusement des miennes.

– Qu'est-ce que tu fais ?

– Qu'est-ce que tu veux que je fasse ?

– Aiden…

Il rit en reculant.

– Je pensais que tu aimais m'embrasser. Tu as aimé ça, la semaine dernière.

– Je ne te comprends pas, Aiden, lui dis-je alors qu'il pose un pansement sur mon genou et se penche pour l'embrasser.

– Voilà. Qu'est-ce que tu veux comprendre ?

– C'est quoi, les marques sur les poignets d'Elizabeth ?

– Les marques sur les poignets d'Elizabeth ? Quelles marques ?

– Elle a des entailles rouges. Je les ai vues. On dirait…

Je me tais avant de pouvoir dire « marques de menottes ».

– Elles ressemblent à quoi ?

Il rit en se penchant vers moi, ses cils me semblent plus longs que dans mes souvenirs.

– Tu le sais très bien.

J'ai du mal à déglutir. Comment puis-je lui demander quel type de relation ils ont tous les deux ?

– Non, je ne sais pas.

– On aurait dit des marques de menottes, finis-je par lâcher.

– Oh, vraiment ?

Il se passe la langue sur les lèvres de manière délibérée.

– Tu me demandes si Elizabeth a des marques de menottes sur les poignets ?

– Je te demande si tu sors vraiment avec elle, dis-je, n'y tenant plus. Je ne pense pas que ce soit sympa que tu nous voies toutes les deux en même temps.

– Je te vois ?, me demande-t-il avec un sourire en coin et ses yeux se posent sur mes lèvres.

– Enfin, tu sais...

Je dois avoir l'air d'une folle. Pourquoi j'ai dit ça ? On ne sort pas vraiment ensemble. Nous n'avons échangé qu'un baiser, en tout et pour tout.

– Non, je ne sais pas. (Il sort brusquement de la voiture.) Viens, dit-il en me tirant par les mains.

– Je me suis mal exprimée.

Les rayons du soleil m'aveuglent et je fixe un point sur son épaule au lieu de le regarder dans les yeux.

– C'est bon.

– Écoute, je suppose que tu la vois, mais tu ne sors pas avec moi.

– Non ?

– Si ?

Aiden passe ses bras autour de ma taille et m'attire vers lui.

– Est-ce que tu veux sortir avec moi, Alice ?

Je manque d'air.

– Je, euh, je…

– J'ai aimé t'embrasser l'autre soir. Et toi, tu as aimé m'embrasser ?

– Oui !

– Bon. (Il se penche et me donne un baiser rapide sur les lèvres.) Nous dînons ensemble ce soir, pour discuter.

– Ah bon ?, je m'exclame, cette fois d'une manière plus indignée.

– Oui.

Il m'embrasse à nouveau, cette fois de façon plus appuyée et plus longuement.

– Tu ne m'as même pas demandé si j'étais libre.

– J'ai bien retenu la leçon. Hier, je t'ai demandé si je pouvais t'appeler et tu es restée évasive. Alors, je me dis qu'il est inutile que je te demande. J'ai besoin de te parler.

– Eh bien, je ne sais pas quoi répondre, dis-je dans un souffle, mes lèvres tout contre les siennes.

– Dis-moi simplement à quelle heure je viens te chercher. (Il suce ma lèvre en la tirant doucement.) En fait, je passerai te prendre à vingt heures.

Mon ventre fait des loopings et je pose les mains autour de sa taille pour m'empêcher de saisir ses fesses musclées.

– Sois prête.

Il rit et me donne un baiser profond et dur, puis il s'éloigne.

– Sinon quoi ?

– Tu verras bien.

– Tu vas me donner une fessée ?

Les autres nous attendent sur le terrain, je me dirige vers eux. Nous ont-ils vus nous embrasser ? Et si oui, qu'en pensent-ils ? J'espère vraiment qu'Elizabeth ne croit pas qu'il y a quelque chose de sérieux entre elle et Aiden. J'espère aussi qu'il n'existe rien entre eux qui m'empêcherait de vivre mon histoire magique. Pourvu qu'ils ne se soient pas embrassés ou qu'ils n'aient pas couché ensemble. Je voudrais m'assurer qu'ils n'ont rien fait. Mais comment poser la question sans courir le risque que la réponse me brise le cœur ?

– J'ai vraiment hâte d'être à ce soir, dit Aiden debout derrière moi.

Je sursaute en sentant sa main me tapoter légèrement les fesses.

– Hé ! Qu'est-ce qui te prend ?

– Je réponds simplement à ta question…

Puis il part en courant devant moi.

Cette soirée pourrait bien aller au-delà d'une simple conversation…

La séduction est une danse. Il faut bouger en rythme et se laisser aller. Je me regarde dans la glace. J'ai l'air sexy. Du moins, aussi sexy que je peux l'être, sans styliste ni maquilleuse professionnelle à ma disposition. On ne peut pas dire que je me dégonfle. Lorsque Aiden m'a demandé si je voulais sortir dîner, j'ai cru que j'allais m'évanouir. Je me sentais faible et mon cœur battait à tout rompre. J'entendais les gazouillis des oiseaux dans mes oreilles et tout était lumineux et merveilleux. Tout cela parce qu'Aiden m'avait proposé d'aller dîner. Je sais, je suis un cas désespéré, mais c'est comme ça que les choses se passent lorsque le garçon que vous aimez vous demande de sortir avec lui. C'est magique. Absolument magique.

Aiden m'attendant, allongé nu sur son grand lit, un simple sourire sexy sur le visage... J'espère que ce sera bientôt la réalité. Je suis tellement excitée que j'ai du mal à me contenir. Je vérifie mon sac pour m'assurer que j'ai une boîte de préservatifs – pas question qu'un problème de capote nous empêche de baiser à mort ce soir. J'ai mon rouge à lèvres, parfaitement assorti à mes talons, un gloss parfumé à la fraise, un petit flacon de mon eau de toilette. J'en vaporiserai avant d'arriver au restaurant parce que ce parfum ne tient pas. Je prends une boîte de pastilles à la menthe pour être sûre de mon haleine fraîche, mais aussi parce que je sais que tailler une pipe avec ces bonbons dans la bouche fait beaucoup d'effet. J'ai aussi mon téléphone, quarante dollars en espèces, ma carte d'identité au cas où on refuserait de me servir un verre. Et aussi un petit ours en peluche que j'emporte toujours avec moi. C'est un ours qu'Aiden m'a donné quand j'étais enfant, il l'avait gagné à une fête foraine. Il ne s'en souvient probablement pas, c'était il y a si longtemps. C'est un de mes petits trésors. Parfois, lorsque je suis dans mon lit, tard le soir, et que je me sens seule, j'attrape cet ours, je le serre et je l'embrasse en imaginant que cela me rapproche d'Aiden. C'est vraiment quelque chose de puéril, mais cela m'a toujours réconfortée jusqu'à présent.

– Il est là, Alice !, crie Liv dans le couloir. Je le vois garer sa voiture.

– De quoi j'ai l'air ?

Je sors de ma chambre dans ma courte robe noire et Liv siffle.

– Huumm, plus chaude que le désert du Sahara.

Je souris tout en tournant sur moi-même.

– Je me sens plutôt chaude, en effet.

– Plus que chaude, torride !

Elle plante son doigt sur mon bras et hurle.

– Qu'est-ce qu'il y a ?, je lui demande, sans comprendre.

– Je me suis brûlée !

Nous éclatons de rire.

– N'importe quoi ! Heureusement que tu n'es pas un mec. Tu ne tirerais jamais un coup avec ce style de blagues pourries.

– Je pense que je serais un mec bien. Je saurais exactement quoi dire pour choper les filles.

– Huumm, huuum.

Je souris ; elle m'observe lentement de la tête aux pieds puis se passe la langue sur les lèvres.

– Tu mérites vraiment d'être goûtée, que ce soit par un homme ou par une femme. (Elle se tait un instant, puis se passe de nouveau la langue sur les lèvres.) J'ai faim, tu me proposes une petite gâterie ?

– Oh, mon Dieu, non ! (J'éclate de rire à nouveau.) Tu ne feras jamais tomber une femme avec des mots pareils !

– Ah, c'est si mauvais ? Je suis d'accord, c'était plutôt pourri. Merci mon Dieu, je suis une femme et j'ai Xander.

– Tu as de la chance avec Mister Tongue. Doux avec ses mots et avec sa langue.

– Détrompe-toi, pas toujours doux non plus.

– Liv !

– Quoi ? Je suis honnête. Il n'est pas toujours doux. Quelquefois, il est dur et du genre agité.

– Liv, stop.

Je me fige lorsque retentit la sonnette. Il est arrivé. Aiden est enfin là et je vais partir pour ce que je considère comme mon premier rendez-vous officiel avec lui. J'ai envie de hurler.

– Liv, je crois que je vais m'évanouir.

– Tu veux un peu d'eau ?, me dit-elle, inquiète.

– Mon premier rendez-vous avec Aiden… (La sonnette retentit à nouveau.) Pourquoi il s'excite comme ça sur la sonnette ?

– Parce que c'est Aiden. Il n'a aucune patience.

– Je vais lui ouvrir.

– Dépêche-toi avant qu'il ne défonce la porte. Tu es vraiment superbe, Alice. Aiden a de la chance de t'emmener dîner.

– Merci, Liv.

Je me précipite vers la porte et surprends Aiden, la main en l'air.

– Ne me dis pas que tu allais sonner encore une fois !

– Mais si.

Il sourit, puis me dévisage de la tête aux pieds. Ses yeux s'écarquillent sur mes hauts talons rouges.

– Tu es jolie, Alice.

– C'est tout ? Elle est *jolie* ?, râle Liv qui nous a rejoints à la porte.

– Oui, elle est jolie. Tu ne trouves pas ?

– Elle est sublime, renchérit Liv. Resplendis-sante.

– Merci, Liv.

Je ris et je vois Aiden hocher la tête en direc-tion de sa sœur.

– C'est vrai, Alice, tu es vraiment belle ce soir, me dit-il en me tendant la main. Très, très belle.

– Je préfère, approuve Liv.

– Tu es prête ? J'ai peur de devenir fou si je dois écouter ma sœur une seconde de plus.

– Je n'ai pas le temps de te rendre fou ce soir, mon cher frère. Xander m'emmène également dîner. Et je sais qu'il m'emmène dans un restau-rant sympa, pas au *Burger King*.

– Quel idiot !, plaisante Aiden.

Liv lui lance un regard furieux.

– Allons-y, dis-je en me retournant pour embrasser rapidement Liv. À plus tard.

– Salut. Ne fais pas de bêtise. (J'ouvre mon sac pour lui en montrer le contenu et elle ricane en voyant les menottes.) Ah, ben si.

– Pourquoi riez-vous toutes les deux ?, demande Aiden avec une mine intéressée.

Je referme rapidement mon sac et me tourne vers lui.

– Pour rien. Allons-y, je meurs de faim.

– Moi aussi, renchérit-il, et je sens sa main glisser autour de ma taille tandis que nous sortons. Mais je ne sais pas vraiment ce qui est au menu.

Nous nous dirigeons vers sa voiture et Aiden se précipite pour m'ouvrir la portière de ce qui semble une nouvelle Mercedes C300 noire.

– Tu n'as plus ta Lincoln Navigator ?

– Elle est à la maison.

– Oh ! Alors c'est ta deuxième voiture ?

– Ouais.

Je me glisse sur le luxueux siège en cuir. Il est moelleux et chaud contre mes jambes nues et je m'enfonce dans le siège avec un sourire heureux.

– Comment se fait-il que tu aies une autre voiture ?

– Parce que j'en avais envie. Pourquoi ? Tu n'aimes pas la Mercedes ?

– Elle paraît bien. Je n'étais jamais montée dans cette voiture-là avant.

– Elle est très silencieuse. (Il allume le contact et se tourne vers moi.) Tu entends comme elle ronronne doucement pour moi ?

– Pas vraiment.

Il pose sa main près de son oreille en imitant un bruit de casserole.

– Tu n'entends pas ?

– Non, Dieu merci. Si ce bruit-là venait de ton moteur, je ne serais plus là.

– Touché, dit-il en riant. Bon, tu es prête pour aller dîner ? Comment va ton genou ?

Il touche ma jambe et je frissonne au contact de ses doigts sur ma peau.

– Ça pique un peu, mais ça va.

– Tant mieux. (Ses doigts courent le long de ma jambe jusqu'à la cuisse et mon souffle s'accélère.) J'aime ta robe. (Il repose ses mains sur le volant.)

– Merci. Tu es également très élégant avec ta chemise et ta cravate.

– Je suis content que la cravate te plaise.

– J'apprécie toujours une cravate.

– En toutes circonstances ?

– Oui, dis-je en retenant mon souffle tandis qu'il me fixe du regard.

– Bien.

Il accélère brusquement.

– Où allons-nous ?

– Je pensais t'emmener dans un bon restaurant de grillades, me répond-il tandis que je cherche une radio. Tout sauf le Top 40, s'il te plaît.

– Qu'est-ce qui te déplaît dans le Top 40 ? Moi, j'adore.

– Je n'ai pas besoin d'entendre Katy Perry ou Beyoncé hurler dans mes oreilles qu'elles adorent être célibataires.

– Elles ne hurlent pas. Et elles ne sont pas célibataires. (Je trouve une station de musique *country*.) Tu préfères ?

– Non. Je n'ai pas envie d'écouter l'histoire d'un mec qui part au bord d'un lac au volant de son pick-up avec son chien pour oublier son ex.

– Tu es injuste !, dis-je en riant. Toutes les chansons de *country* ne parlent pas de pick-ups.

– C'est en tout cas une raison suffisante pour ne pas écouter cette station.

J'opte pour une station latino et nous écoutons un homme chanter de tout son cœur.

– Et celle-là ?

– Je n'ai aucune idée de ce qu'il dit. Il propose de bâiller ?

– Non, il parle de danser. Il dit « *bailamos* », cela n'a rien à voir avec bâiller.

– Je veux bien écouter cette radio si tu continues de me parler en espagnol.

– Tout ce que j'ai dit, c'est *bailamos*.

– Oui, mais avec une intonation très sexy. J'ai un faible pour l'accent espagnol.

– Mon accent n'est pas bon.

– Il est suffisamment bon, ma *señorita* sexy.

– Oh, Aiden !

– Prononce Aiiiden, crie-t-il en accentuant la première syllabe de son nom.

– Je peux aussi t'appeler Juan.

– Appelle-moi comme tu veux, *señorita*.

Nous rions tous les deux.

– Je suis sincèrement heureux que tu viennes dîner avec moi ce soir.

– Tu ne m'as pas vraiment laissé le choix. C'était presque un ordre.

– Alors, merci d'obéir aux ordres.

– Je t'en prie.

Il attrape ma main.

– Donc, je voulais parler de… commence-t-il au moment même où je demande :

– Qu'y a-t-il entre Elizabeth et toi ?

J'ajoute aussitôt :

– Bon, il faut croire que nous sommes tous les deux prêts à parler ?

– De quoi voulais-tu parler en premier ?, me demande-t-il avec un sourire.

– Qu'est-ce que tu allais dire ?

– Je voulais te parler de la nuit où tu es venue dans ma chambre.

– Encore !

– Je ne veux pas être le grand frère effrayant de ta meilleure amie.

– Tu n'es pas du tout effrayant.

– Parfois, je pense que je le suis. (La déception perce dans sa voix.) Liv et toi êtes amies depuis si longtemps, je ne veux pas que tu penses que j'essaie de m'immiscer entre vous deux.

– Aiden, je ne sais pas si tu t'en souviens, mais c'est moi qui me suis glissée dans ton lit. Et pas l'inverse. C'est moi qui te désirais.

– Je ne savais pas si j'allais te laisser entrer.

– Qu'est-ce qui t'a décidé ?

– Tu te rappelles, quand je te donnais des cours ?

– Tu veux parler des leçons de maths ?

J'étais en troisième, il avait passé l'été à m'aider en géométrie.

– Ouais. Et je t'avais aussi appris à embrasser. (Il se tait quelques instants.) Je me sens toujours coupable d'avoir fait ça.

– Pourquoi ?

Je le regarde, surprise qu'il se souvienne de cette époque-là.

– J'ai été ton premier baiser. Et le premier garçon avec lequel tu as couché. Je me sens un peu comme un idiot.

– Aiden, tu étais mon premier baiser et tu as été incroyable. Au contraire, c'est moi qui étais l'idiote. C'est moi qui t'ai pratiquement obligé à m'apprendre à embrasser.

– Tu ne m'as pas obligé.

– Je t'ai supplié pendant deux semaines. Et je t'ai pratiquement attrapé le visage à deux mains à ce moment-là.

– Tu étais un peu agressive, c'est sûr.

– Et tu étais si doux. Tu m'as conduite vers le lit de Liv, tu m'as allongée, tu m'as dit de fermer les yeux et tu m'as embrassée doucement.

– Et tu as enfoncé ta langue dans ma gorge. Et puis Liv est entrée et elle a hurlé.

Il éclate de rire.

– C'était hilarant. Je me souviens encore de l'air horrifié de Liv lorsque je lui ai dit que je t'avais embrassé et que tu étais mon premier baiser. On aurait dit qu'elle allait vomir !

– Elle ne m'a jamais laissé l'oublier. Je pense que c'est une des raisons pour lesquelles je n'ai jamais reparlé avec toi de cette nuit où nous avons couché ensemble. J'ignorais ce que tu ressentais et je ne voulais pas qu'il y ait un malaise entre Liv et toi.

– Oh, Aiden ! Je croyais que tu me détestais et que tu me prenais pour une cinglée.

– Absolument pas. (Il arrête le moteur et se tourne vers moi.) Tu sais que j'ai toujours été attiré par toi.

– C'est vrai ?

– Cela ne t'a pas sauté aux yeux ces derniers mois ? Je ne peux pas m'empêcher de te regarder.

– Mais tu n'as pas envie de poser les mains sur moi.

– J'ai du mal à ne pas te regarder et à ne pas te caresser. Le fait de nous retrouver ensemble dans l'histoire des fausses fiançailles de Gabby, puis avec Xander et Liv m'a fait vraiment comprendre ce que je ratais.

– Il est vrai que nous nous voyons beaucoup ces derniers temps. J'ai moi aussi du mal à détacher mon regard de toi.

– Je sais, je suis super canon !

Il dégaine son sourire arrogant et je lui donne une tape sur l'épaule.

– Et modeste !

– Toujours ! Nous allons dîner ?

– Oh, oui. Je meurs de faim.

– Alors, il faut y remédier. Tu ne peux pas te permettre d'avoir le ventre vide.

– Pourquoi donc ?

– Parce que tu vas avoir besoin de toutes tes forces ce soir.

– Que va-t-il se passer, ce soir ?, je l'interroge, le cœur battant.

– Tu verras.

Il sourit et je le regarde sortir de la voiture. Je détache ma ceinture de sécurité et jette un coup d'œil dans mon sac. Je souris en voyant les menottes. Je suis presque sûre que je vais expérimenter ça aussi ce soir. Je vais enfin voir Aiden allongé sur le lit et nous n'aurons l'un et l'autre qu'un grand sourire sur les lèvres.

9.

Comment dire au frère
de votre meilleure amie
que vous voulez être dominée ?

– Tu veux un verre de vin ?, me demande Aiden à peine me suis-je assise sur son canapé.

– Volontiers.

J'accepte davantage pour avoir le loisir de jeter un coup d'œil à la décoration de son salon que pour le verre.

– Blanc ou rouge ?

– Je te laisse choisir, réponds-je en retirant mes chaussures à talons.

La libération soudaine de mes orteils m'arrache un soupir de soulagement.

– Ça va ?, me demande Aiden en regardant mes pieds.

– Je n'en pouvais plus !

Je me masse les pieds ; Aiden se rapproche un peu plus.

– Pourquoi tu as mis ces chaussures, alors ?

– Tu as vu le regard de tous les mecs lorsque je suis entrée dans le restaurant ? Ces regards-là valent le coup de souffrir un peu.

– Et mon regard lorsque je t'ai vue sur ces talons vertigineux ?

– Quel regard ?

Il s'agenouille devant moi. Que s'apprête-t-il à faire ? Un million de scénarios différents défilent dans ma tête. Je l'imagine remonter ma robe, baisser ma petite culotte, écarter mes jambes et enfouir sa tête contre mon sexe pour y introduire sa langue. Je me tortille sur le canapé, soudain très excitée à cette idée.

– Celui-là.

Aiden approche son visage du mien et je lis le désir dans ses yeux. Il se baisse pour attraper mon pied droit qu'il commence à masser. Une vague de désir m'envahit.

– Qu'est-ce que tu fais ?, dis-je, magnétisée.

– Je soulage tes orteils, je ne veux pas te voir souffrir, me répond-il en passant à mon pied gauche.

– Ah non ?

– Non.

Il se penche pour embrasser mes pieds. C'est encore plus excitant que ce que j'aurais imaginé. Il saisit mon gros orteil dans sa bouche et commence à le sucer. Ma petite culotte est mouillée. Je ressens une légère douleur dans ma chatte tandis qu'il suce un à un mes orteils, les yeux fixés sur moi. Mon désir monte et j'ai l'impression d'être désarticulée.

– Tu te sens mieux ?, me demande-t-il avec un sourire suffisant, avant de se relever.

– Euh… Oui. Et le vin alors ?

– Est-il bien raisonnable que tu boives du vin ?

– Je n'ai pris qu'un verre au restaurant.

– As-tu vraiment besoin d'en boire un deuxième ?

– C'est toi qui me l'as proposé.

– Je veux simplement que tu sois complètement avec moi ce soir.

– Je suis avec toi.

Oh, mon Dieu ! Va-t-il me demander de lui appartenir ?

– Je plaisante, reprend-il en riant. Je sais que Liv et toi pensez que je suis quelqu'un d'autoritaire.

– Nous faisons plus que le penser, nous le savons. Tu es très autoritaire.

– Pourtant, tu es encore là.

– C'est vrai. Maintenant va chercher mon verre de vin.

– Qui est le plus autoritaire ? Ne bouge pas, je reviens tout de suite.

Je regarde autour de moi. L'appartement dans lequel Aiden vient d'emménager est immense. Je ne savais pas qu'il était si luxueux. Le sol, en marbre blanc de Carrare, est chaud sous mes pieds. Sous la table basse en verre, devant le canapé en cuir noir, est disposé un large tapis blanc. De grandes fenêtres donnent sur la ville et je regarde les lumières et les voitures en bas de la rue avant de me diriger vers la bibliothèque qui occupe un mur entier.

– Tu vois quelque chose qui t'intéresse ?, me demande-t-il en revenant avec une bouteille de vin et deux verres.

– Qu'est-ce que tu me recommandes ?

Il pose la bouteille et les verres sur la table, puis vient vers moi.

– N'importe quel titre de Vonnegut.

Il attrape un livre, *Slaughterhouse-Five*.

– Et si tu n'as pas encore lu *Fahrenheit 451* de Ray Bradbury, tu passes à côté de quelque chose.

Je regarde les titres avec un petit sourire. Je ne suis pas certaine que ses livres puissent m'intéresser.

– Qu'est-ce que tu aimes lire ?, me demande-t-il en me regardant fixement, un petit sourire aux lèvres.

– Surtout des histoires romanesques. J'aime bien aussi la littérature contemporaine.

Je regarde les rayonnages de sa bibliothèque, et en sors une édition reliée du *Kama Sutra* pour la regarder de plus près.

– Joli.

Je feuillette les images représentant un couple dans différentes positions.

– C'est une de mes ex qui me l'a donné.

Je remets immédiatement le livre à sa place, soudainement jalouse en l'imaginant avec une autre femme en train d'essayer de reproduire les pages du livre.

– Je plaisante, Alice, me rassure-t-il en me caressant le bas du dos. Scott me l'a acheté lorsque j'avais vingt et un ans.

– Tu m'as bien eue !, dis-je, aussitôt soulagée. Et ça ?

Je montre un livre noir de plus petite taille qui s'intitule *Le Marquis de Sade*.

– Il s'agit d'une biographie sur le marquis.

– Tu t'intéresses à lui ?

– Tu veux savoir si le sadomasochisme m'intéresse ? Je peux utiliser un peu de cire de bougie…

– D'accord.

– Le bondage et la domination, c'est une autre
histoire, ajoute-t-il avec un clin d'œil.

Je reste sans voix.

Il ouvre la bouteille de vin et me tend un verre
de vin rouge. J'avale une longue gorgée. Mon
cœur bat à tout rompre, et je ne suis pas sûre de
garder le contrôle très longtemps.

– Merci.

– Musique ? Qu'est-ce que tu aimerais écouter ?

– Garth Brooks, s'il te plaît.

– Très bien.

Il pose son iPhone sur son support et le grat-
tement des cordes de guitare jaillit des haut-
parleurs. Je me raidis en entendant la voix de
Garth sur son tube *Friend's in Low Places*.

– Tu écoutes Garth Brooks ?

– Bien sûr ! Tu danses ?

– Sur cette chanson-là ?, je réplique, de plus en
plus surprise.

– Tu ne crois pas que je puisse fréquenter les
bals populaires ?

J'éclate de rire.

– Non !

– Eh bien, tu te trompes.

Il me tend son verre et commence à bouger d'avant en arrière. Je reste bouche bée lorsqu'il pivote.

– Ouah, Aiden Taylor, tu me surprends de jour en jour !

– Pose ton verre.

Il attrape mes mains et commence à évoluer avec moi dans la pièce.

– « *I got friends* », chante-t-il en me regardant et mon cœur s'emballe.

Mais cette fois, cela n'a rien de sexuel. Cette fois, c'est l'épanouissement de l'amour au fond de mon cœur. L'instant est parfait et je sais qu'Aiden est fait pour moi.

– Bon, maintenant c'est moi qui choisis.

Il se dirige vers son téléphone. J'attends la chanson suivante.

– Sam Cooke ?, je m'exclame en souriant tandis que la voix douce du chanteur emplit la pièce et vient caresser mes oreilles. *Only Sixteen* ?

– Exact.

Il me prend à nouveau les mains et m'attire vers lui pour danser ce slow. Il chante près de mon oreille et nous ondulons au son de la musique, nos corps serrés l'un contre l'autre. Alors qu'il fredonne « *Only Sixteen* » en rythme avec la chanson, j'ai soudain le sentiment de me retrouver à l'époque de mes seize ans.

– Tu te souviens lorsque tu m'as appris à valser ?

Il baisse les yeux vers moi avec un sourire.

– Comment je pourrais l'oublier ? Tu m'as presque brisé les orteils !

– Pas du tout. C'est toi qui as failli casser les miens.

– Je ne comprenais pas bien pourquoi tu me demandais de t'apprendre à valser.

– Je voulais savoir au cas où un garçon me demande de danser au bal.

– Tu avais seize ans et tu étais au lycée. Aucun garçon n'allait t'inviter à valser.

– Je ne le savais pas. C'était mon premier bal. Je pensais que ce serait comme dans *Dirty Dancing*.

– Tu as dû être déçue, dit-il en me faisant basculer en arrière.

– Un peu. Mais uniquement parce que Patrick Swayze n'était pas là !

– Oh non ! Comment a-t-il osé te poser un lapin ?

– Aucune idée. (Aiden resserre son étreinte.) Il n'a même pas pu voir les nouvelles techniques que j'avais apprises.

– Des techniques que j'ai eu plaisir à t'apprendre, soit dit en passant.

– Pourtant, tu ne semblais pas vraiment content.

– Si, j'étais très heureux de le faire.

– Vraiment ?

Il s'arrête de danser et me regarde.

– J'étais très, très heureux. Presque autant que je le suis maintenant.

– Et pourquoi ?

Il me serre un peu plus et je sens quelque chose de dur contre mon ventre. Serait-ce la boucle de sa ceinture ? Je plaisante. Je sais qu'il s'agit d'autre chose, une chose qui attend de jouer avec moi.

– Je suis plus heureux aujourd'hui car nous sommes tous les deux adultes.

Ses mains descendent sur mes fesses et commencent à les caresser.

– Qu'est-ce que tu fais ?, je demande en rapprochant mon visage du sien et en fermant les yeux.

J'ai tellement envie de sentir ses lèvres sur les miennes que je glisse mes bras autour de son cou.

– Quelque chose comme ça. (Il soulève ma robe et pose ses mains sur mes fesses nues.) Ah, tu portes un string.

– Je suis démasquée.

Sa respiration se fait plus saccadée tandis que j'ondule contre lui.

– Alice !

Il m'embrasse goulûment, sa langue glisse dans ma bouche. Je sens la saveur enivrante du vin sur ses lèvres. Je plonge les mains dans ses cheveux et tire sur ses mèches soyeuses pendant qu'il continue de me pétrir les fesses.

– Aiden, dis-je dans un soupir.

Ses mains remontent le long de mon corps et commencent à caresser mes seins. Il joue avec mes tétons à travers le tissu léger de ma robe.

– Tu es si belle, Alice. Si belle.

Sa voix se fait rauque lorsqu'il m'attire vers lui. Il reste un instant immobile, avant de faire un pas en arrière.

– Enlève ta robe.

Je veux me serrer contre lui pour retrouver la chaleur de son corps.

– Non. Ne me touche pas. Pas encore, dit-il en pointant son doigt sur moi.

– Oh !

– Enlève ta robe.

– Et le mot magique ?

– Pas de mot magique, marmonne-t-il en m'attrapant par les poignets. Tu fais ce que je dis, quand je le dis.

– Sinon, quoi ?, je demande, le souffle court, excitée par son ton agressif.

– Sinon ça.

Il fait glisser ses doigts le long de mon corps de bas en haut, et pince mes seins. Il m'attire vers lui et me conduit vers la grande baie vitrée.

– Pose tes mains sur la vitre.

Il se place derrière moi. Je m'exécute en regardant les lumières qui brillent en face de nous.

– Personne ne peut nous voir, n'est-ce pas ?

Il attrape mes seins.

– Je n'en sais rien, me répond-il d'une voix rauque en saisissant mes mains pour les poser contre la vitre. Cela te gênerait qu'on nous voie ?, me chuchote-t-il à l'oreille.

Je sens son sexe dur sur mon cul et je ferme les yeux en murmurant quelque chose de façon incohérente. C'est beaucoup plus chaud et sexy que ce dont j'avais rêvé.

– Tu es à moi ce soir, Alice. (Il m'embrasse dans le cou.) Tu vas crier mon nom et faire des choses que tu n'aurais même pas imaginées.

– Quelles choses ?

– Enlève ta robe, ordonne-t-il en s'écartant de moi.

Je me retourne lentement pour le regarder. Ses yeux brillent de désir et je vois palpiter la veine de son cou. La cravate légèrement desserrée, c'est l'homme le plus sexy que j'aie jamais eu le plaisir d'admirer. Je reste debout devant lui sans rien dire, puis je retire lentement ma robe et la jette sur lui.

Il inspire profondément tout en observant mon corps presque nu. Je porte un string et un soutien-gorge en dentelle rouge assortis à mes chaussures à talons. Mon soutien-gorge transparent laisse entrevoir mes seins.

– Donne-moi ta petite culotte.

Je me sens légèrement décontenancée. Très excitée, mais décontenancée.

– Tu veux que je te donne ma petite culotte ?, je demande, le souffle court.

– Oui. Maintenant.

– Tu es sérieux ?, j'insiste, légèrement trem-
blante.

– Enlève. Ta. Petite culotte. Maintenant. *Por
favor.*

Il me fixe du regard sans sourire.

– Je croyais que tu ne connaissais aucun mot
en espagnol ?, je tente de plaisanter, mais il ne
répond rien.

Je prends une profonde inspiration, j'enlève
rapidement mon string et le lui tends.

– *Gracias.* (Il baisse les yeux vers mon sexe
avec un petit sourire.) Ce terrain d'atterrissage
me plaît, déclare-t-il d'un air satisfait.

– Espérons que tu puisses atterrir au bon
endroit.

– Ne crains rien. Je suis un pilote expérimenté.

Il fait alors quelque chose que l'on ne voit que
dans un film porno : il renifle mon string et ferme
les yeux en gémissant avant de les rouvrir pour
me regarder.

– Tu es bonne à déguster.

– J'en suis ravie.

J'ai du mal à déglutir et je me passe la langue
sur les lèvres avec nervosité.

– Tu m'as donné faim. (Il fourre ma culotte
dans sa poche.) Enlève ton soutien-gorge.

– Mes seins sont censés te rassasier ?

Il avance vers moi et fait glisser ma bretelle droite sur mon bras.

– Je croyais que tu voulais que je l'enlève.

– Je ne peux pas attendre.

Il détache mon soutien-gorge et le jette par terre. Il se penche sur mon sein gauche et commence à le sucer tout en jouant avec l'autre. Ses dents qui mordillent mon mamelon me font gémir ; sa succion se fait plus taquine.

– Oh, Alice, souffle-t-il. (Il s'agenouille devant moi.) Viens ici.

Il m'attrape par la taille et m'attire vers lui, collant mon sexe sur son visage.

– Qu'est-ce que tu fais ?

Je sens ma chatte frissonner tandis que l'air froid glisse entre mes jambes.

– Appuie-toi contre la fenêtre, commande-t-il en se reculant légèrement.

Je me retrouve le dos contre la vitre froide. Je me demande si quelqu'un peut nous voir et si oui, ce qu'il peut en penser. On doit voir mon dos nu, mes fesses et mon corps qui tremble.

– Ooohh… Aiden !

Je crie en sentant sa langue me lécher ; elle joue avec mon clitoris.

– Chhuuut !

Ses mains écartent davantage mes jambes. Sa langue continue son va-et-vient et je serre mes jambes autour de son visage tandis qu'il me donne du plaisir. Je ne pensais pas que cela pouvait être aussi bon. J'ai hâte d'en parler à Liv. Il faut qu'elle sache qu'il y a un autre Mister Tongue en ville. J'ai du mal à retenir mes cris sous les mouvements de sa langue qui me pénètre. Elle est si agile qu'il me semble que c'est sa queue tout entière qui me pilonne en cadence. Puis il immobilise mes hanches et me place juste au-dessus de son visage.

– Aiden, non…

Les différentes parties de son visage effleurent mon clitoris. C'est la chose la plus excitante que j'aie jamais faite ; je n'arrive pas à croire que je suis en train de vivre ça. Il arrête soudain de bouger mes hanches et sa langue me pénètre, violemment, tel un ouragan. Je jouis en quelques secondes. Mon orgasme semble décupler l'énergie d'Aiden qui continue de me lécher avec frénésie.

Quand il se relève, je suis épuisée et je l'enlace.

– Tu es rassasié ?, je murmure, les yeux brillants.

– Loin de là.

Je dénoue sa cravate et la jette. Puis je débou-
tonne sa chemise, mes doigts frôlent son torse
tandis que je la lui enlève.

– Le pantalon, maintenant.

Je défais sa ceinture, puis j'ouvre sa braguette
pour laisser surgir son sexe dur et tendu. Il gémit
lorsque mes doigts s'en emparent dans un mouvement de va-et-vient. Lui donner du plaisir m'excite. Il ferme les yeux pendant que je joue avec sa
bite, et je m'agenouille pour la prendre dans ma
bouche avec avidité. Elle est salée sous ma langue.
Je la suce avec enthousiasme, comme s'il s'agissait
d'une friandise juteuse.

– Continue, Alice, gémit-il, totalement à ma
merci.

Je donne des petits coups de langue sur son
gland, avant de m'arrêter brusquement. Il lâche
un juron.

– Qu'est-ce que tu fais ?, grogne-t-il en me
tirant vers lui.

– J'attends le mot magique, réponds-je avec un
sourire et il éclate de rire.

– D'accord, je vais te dire le mot magique.

Il me retourne et je me retrouve à nouveau face
à la fenêtre. Il enroule ses bras autour de ma taille

et me tire les fesses en arrière pour que je me penche en avant.

— Aiden !, dis-je en pleine confusion avant de me raidir en sentant le bout de sa queue se frayer un passage entre mes jambes. Oh, oh, oh !

Je crie au moment où il se frotte contre mon sexe très humide.

— Quel est le mot magique, Alice ?

Je le sens chercher dans sa poche. Sa main lâche ma taille pendant une seconde et je l'entends déchirer un paquet. Je vois tomber l'emballage du préservatif. Aiden le fait glisser sur son sexe raide qu'il caresse de nouveau contre moi.

— Oh, s'il te plaît !

Je crie en sentant son membre me pénétrer lentement. Je veux qu'il me baise. Fort. Je veux le sentir en moi.

— S'il te plaît ?, répète-t-il en riant, avant de ressortir aussitôt.

Ses doigts caressent mon clitoris, doucement d'abord, puis plus nerveusement.

— Aiden, s'il te plaît !

Je hurle lorsque ses doigts accélèrent, et sa bite me pénètre profondément.

— Aiden !

Il m'agrippe au niveau des hanches en accélérant son mouvement de va-et-vient. Mes seins sont pressés contre la vitre et je crois sortir de mon propre corps. Le plaisir est extrême, parfait. J'ai l'impression que je vais exploser. Ses doigts maintiennent leur mouvement sur mon clitoris en même temps que sa bite va et vient en moi. Je suis sur le point de connaître le plus grand orgasme de ma vie.

– Jouis pour moi, Alice, lâche-t-il en accélérant le rythme.

– J'y suis presque !

Mon corps tremble sous le coup de mon orgasme. Je sens alors Aiden s'enfoncer encore plus profondément puis s'immobiliser au moment où il explose en moi. Il se retire, me retourne et m'embrasse passionnément.

– Allons dans ma chambre maintenant.

– Tu as encore faim ?, dis-je en bâillant légèrement tandis qu'il m'embrasse sur la joue.

– J'ai toujours faim de toi. Et je n'en ai pas fini avec toi, ajoute-t-il en me mordillant la lèvre.

– Vraiment ?

Je me sens étourdie.

– Oh, non. Loin de là.

Il me soulève et m'emmène dans sa chambre.

– Est-ce une promesse que tu peux tenir ?

Je ris lorsqu'il me laisse tomber sur son lit.

– C'est une promesse que je peux tout à fait tenir. (Il se penche vers moi et m'embrasse passionnément.) Ne bouge pas, je vais chercher une bouteille d'eau.

– D'accord, réponds-je en me blottissant dans les draps.

– Ne t'endors pas.

Il sort précipitamment de la chambre. Je reste allongée, avec un large sourire et le sentiment d'être comblée.

Le lendemain matin, Aiden me réveille en m'embrassant dans le cou. Je souris en m'étirant contre lui.

– Bonjour, beauté, me dit-il en m'embrassant rapidement. Je vais préparer le petit-déjeuner, d'accord ?

J'acquiesce timidement.

– Après, je devrai partir. Il faut que je travaille sur des listings pour des agents immobiliers aujourd'hui.

– J'espérais que nous pourrions traîner un peu au lit. Y a-t-il un moyen de te faire changer d'avis ?, ajoute-t-il en me léchant l'épaule.

– J'adorerais rester, réponds-je en faisant glisser mes doigts le long de son dos, mais malheureusement, le devoir m'appelle.

– Dommage ! (Il saute du lit et se dirige vers la porte.) Ne bouge pas, je t'apporte le petit-déjeuner.

Alors que je me demande si je devrais appeler l'agence pour dire que je suis malade, le téléphone d'Aiden, posé sur la table de chevet, émet un bip. Je ne peux m'empêcher de le prendre pour lire le texto. Simple curiosité. C'est un texto d'Elizabeth qui lui demande : « Alors, elle a posé des questions à propos des marques de menottes ? » Je suis sous le choc. Qu'y a-t-il vraiment entre eux ?

J'avale mon petit-déjeuner en vitesse en faisant mon possible pour ne pas demander à Aiden à quel jeu il joue avec Elizabeth et moi. Je veux d'abord en parler à Liv. J'ai besoin de son avis et de ses conseils. J'ai vraiment envie d'être avec

Alice

Aiden, mais je ne sais pas ce que je peux exiger de lui, ni même si nous sommes réellement ensemble. J'ai besoin de réfléchir à tout cela pour décider de mon plan d'action. Une chose est sûre : je ne peux plus continuer ainsi. J'ai besoin de réponses et de vérité.

10.

Dring Dring

Dès que j'arrive à l'appartement en rentrant du travail, je comprends qu'il s'est passé quelque chose. L'air est frais et l'atmosphère trop calme. Je referme la porte et reste sans bouger pendant quelques secondes. Pourquoi ai-je l'impression de ne pas être chez moi sous mon propre toit ?

– Alice, c'est toi ?, crie Liv.

Je suis le son de sa voix jusque dans la cuisine.

– Bien sûr que c'est moi. Qui d'autre cela pourrait-il être ? Que se passe-t-il ?

Elle est assise devant la table de la cuisine, une théière et deux tasses posées devant elle.

– Tu veux du thé ?

– Non, merci. Nous ne buvons jamais de thé. (Je m'assieds en face d'elle.) Nous n'avons acheté ce service à thé qu'au cas où nous rencontrerions quelques Anglais sexy pour pouvoir les inviter et leur proposer du thé avec des petits gâteaux.

– Exact, mais ce n'est jamais arrivé.

– Ouais. Qui a dit que tous les Anglais sont sexy ?

– Ou aiment le thé. (Elle rit.) Ils préfèrent la bière.

– Les pintes, comme ils disent.

Je ris puis me rassieds en la dévisageant.

– Tu peux me dire ce qui se passe ?, je demande à nouveau, le cœur battant.

Est-elle sur le point de m'avouer qu'Aiden et Elizabeth sortent ensemble et qu'il a joué avec moi hier soir ? J'ai été nerveuse toute la journée de ne pas avoir pu lui demander ce qui se passait exactement entre eux. Une partie de moi redoute qu'Aiden ne dise quelque chose que je ne veux pas entendre. Liv semble mal à l'aise, elle me regarde étrangement.

– Liv, est-ce qu'Aiden sort avec Elizabeth ?, finis-je par lâcher, le souffle court.

– Quoi ? De quoi tu parles ?

– Est-ce qu'Aiden est avec Elizabeth ?

– Tu n'as pas passé la nuit avec Aiden ? Tu ne m'as pas envoyé un texto pour me dire que tu passais la nuit chez lui ?

– Si, bien sûr.

– Alors, pourquoi penses-tu qu'il est avec elle ?

– C'est une longue histoire. (Je soupire en la regardant jouer avec ses cheveux.) Tu n'es pas gravement malade, au moins ?

– Quoi ? Non, bien sûr que non.

– Alors, que se passe-t-il ?

– Xander m'a demandée en mariage hier soir.

Je la dévisage, sous le choc, tandis qu'elle me regarde d'une façon hésitante. Pour être tout à fait honnête, cette annonce m'inspire des sentiments contraires. Je suis bien évidemment folle de joie pour elle. Mais j'ai également peur. Sans doute y a-t-il une part de déception ou de jalousie, mais il se passe trop de choses, trop de changements, trop d'incertitudes dans ma vie ; j'ai du mal à me maintenir à flot. J'en pleurerais.

– Oh, mon Dieu, fais-moi voir la bague !, finis-je par demander en lui prenant la main. Ouah ! Est-ce qu'il est allé en Afrique du Sud et a creusé lui-même ? Il est énorme !, dis-je en étudiant le gros caillou à son doigt.

– Tu trouves, toi aussi ? Il est trop gros.

– Ce n'est jamais trop gros. Je pensais qu'il allait t'offrir la bague de famille.

– Il ne se voyait pas faire sa demande avec cette bague-là après l'avoir vue portée par Gabby.

Liv fait la grimace. C'est vrai que Xander avait fait office de faux fiancé auprès de Gabby, la sœur aînée de Liv.

– Je comprends. Oh, mon Dieu, Liv, je suis tellement contente pour toi !

– Tu ne m'en veux pas ?

– Mais non, pas du tout. Bon, d'accord, je reconnais que je suis un peu jalouse, mais tu sais très bien que je suis vraiment heureuse pour toi.

– Cela va être tellement bizarre…

– Quoi donc ?

– Partir d'ici, te laisser. Emménager avec Xander.

– Quand pars-tu ?, je demande d'un ton naturel, alors que j'ai le ventre noué.

Je vais me retrouver toute seule à vingt-deux ans. Elle avait prévu de partir de toute façon, mais maintenant, cela devient bien réel.

– Pas avant que nous ne soyons mariés. J'ai dit à Xander que je ne voulais pas que nous vivions ensemble avant le mariage.

– Oh… Est-ce que ce n'est pas un peu tard pour jouer à la vierge effarouchée ? Tu ne lui as pas déjà dit que tu allais emménager avec lui ?

– Vierge effarouchée ? De quoi tu parles ?

– Ne pas vivre avec Xander avant d'être mariée.

– Je ne fais pas ça parce que je refuse de vivre dans le péché, je le fais pour toi.

– Pour moi ?

– Oui ! Je sais que tu ne veux pas que je déménage et je n'en ai pas envie non plus. J'adorerais que Xander s'installe ici et que nous vivions ensemble, mais il n'acceptera jamais. Et je te rappelle qu'il m'a déjà demandé de m'installer avec lui et que j'ai déjà dit oui.

– Tu n'as pas besoin de faire ça pour moi. Si tu veux vivre avec lui maintenant, fais-le.

– Il m'a proposé de m'installer avec lui avant de me demander en mariage et même si j'étais heureuse, je ne savais vraiment pas quoi dire. Je ne savais pas non plus comment te l'annoncer et je me suis sentie tellement mal quand tu l'as appris. Mais comme je ne veux pas te laisser maintenant, je lui ai dit que je préférais que nous attendions d'être mariés.

– Ouah ! Je ne sais pas quoi dire…

– Lui non plus !, réplique-t-elle en riant. Je pense qu'il n'est pas très content que j'aie changé d'avis sur la date de mon emménagement.

– Alors, largue-le. Trouve un garçon qui sera plus conciliant. Qui a besoin de Xander, de toute façon ? Dis-lui de garder sa bague pourrie !, je plaisante et Liv éclate de rire.

– Tu sais combien je l'aime, me répond-elle d'un air rêveur et nous contemplons toutes les deux sa superbe bague.

– Je sais.

– C'est ma vie, Alice. C'est l'homme que j'attendais. C'est celui qui me comble. Il est ma meilleure moitié. Ma moitié parfaite. Et il m'aime. Il m'aime vraiment. Après tout ce qui s'est passé. (Elle se tait et attrape mes mains.) Je n'aurais jamais pensé que je rencontrerais quelqu'un comme lui.

– Je sais. Et tu le mérites. Il est parfait pour toi. Je suis si heureuse pour toi, Liv.

– Je te souhaite d'avoir ce que j'ai. Je veux que tu sois aimée et que tu aimes comme j'aime.

– Le ciel en a peut-être décidé autrement, réponds-je, les yeux humides. Je ne suis peut-être pas faite pour l'amour éternel. Je ne suis peut-être pas celle qui rencontre l'homme idéal.

Je suis peut-être destinée à rester toute seule pour toujours. (Une larme coule sur ma joue, je baisse la tête et je sens mon cœur se briser pour la millionième fois de la semaine.) Je suis peut-être condamnée à n'avoir personne.

– Tu as Aiden.

– Je ne sais pas ce que j'ai avec Aiden. (Mes larmes redoublent.) Nous avons passé la nuit dernière ensemble. C'était merveilleux. Tellement parfait que j'avais l'impression que mon cœur et mon âme étaient en feu. L'amant idéal.

– Huum, c'est bizarre d'entendre parler ainsi de mon frère.

– Excuse-moi.

– Ça va, je vais m'en remettre.

– Il m'a fait des choses, Liv… Tu n'imagines même pas ! Il m'a donné des ordres, puis il m'a fait me déshabiller et nous avons fait l'amour contre sa fenêtre.

– Sa fenêtre ?, répète-t-elle en écarquillant les yeux.

– Un truc de dingue ! C'était torride.

– Ouah !

– Mais Elizabeth lui a envoyé un sms.

– Qui disait quoi ?

– Elle lui a demandé quelque chose à propos du fait que j'avais remarqué les traces des menottes.

– Ce n'est pas possible ! Pourquoi lui aurait-elle demandé ça ?

– Je ne sais pas. J'étais trop effrayée pour lui poser la question. (Je soupire.) Tu crois qu'il nous voit toutes les deux ? Tu penses que je devrais faire semblant d'avoir un autre mec pour essayer de le rendre jaloux ?

– Surtout pas. (Elle réfléchit un instant.) Peut-être que nous prenons cela par le mauvais côté.

– Qu'est-ce que tu veux dire ?

– Nous avons peut-être été trop imprudentes. Nous avons peut-être essayé de jouer sur trop de tableaux.

– Tu crois ?

– Oui. Et Xander le pense aussi.

– Qu'est-ce qu'il a dit ?

– Il pense que nous devrions grandir.

– Quoi ???

– Je sais, moi aussi je me suis demandé pour qui il se prenait à me parler comme ça. Mais il a peut-être raison. Peut-être que tous nos jeux et nos stratagèmes ne conviennent pas pour trouver un type bien.

– Cela a bien marché pour toi.

– De justesse. Nos manigances ont bien failli me le faire perdre.

– Je suppose que nous sommes en train de grandir.

– Qui l'eût cru ?

– Un esprit malicieux, conclus-je en me mouchant.

– Je t'aime, Alice. (Elle serre ma main.) Mon frère est un imbécile s'il ne voit pas combien tu es parfaite pour lui.

– Nous savons déjà que c'est un idiot.

– C'est vrai. Avant d'oublier, est-ce que tu voudrais bien être ma demoiselle d'honneur ?

– Essaie de m'en empêcher !

– Je vais te donner un conseil. En réalité, le conseil vient de Xander, mais il est judicieux.

– Je t'écoute.

– Xander pense que tu dois avoir une conversation sérieuse avec Aiden. Il est d'avis que tu lui dises tout ce que tu ressens pour voir où il en est.

– Je ne sais pas. Je ne veux pas qu'il se dise que je suis un cas désespéré.

– Tu dois avoir une discussion avec lui, et j'ai une idée pour ça.

– Aïe, c'est quoi ? N'avons-nous pas dit que nous devions nous comporter en adultes à partir de maintenant ?

– Nous le sommes. Attends, je vais chercher quelque chose.

Elle se lève d'un bond et se précipite hors de la cuisine. Elle revient une minute plus tard avec son ordinateur portable.

– Il faut que tu ailles là.

– Où ça ?

Je regarde la page sur son écran. Le site indique *Kat's Corner* et affiche une paire de menottes en fourrure.

– C'est quoi, *Kat's Corner* ?

– C'est là que tu vas emmener Aiden.

– Je vais emmener Aiden à *Kat's Corner*... Pourquoi ?

– Pour lui montrer que tu peux te prêter à toutes ces choses. Imagine combien il sera choqué si tu apportes des trucs sadomasos, à moins bien sûr que vous n'en ayez parlé hier soir.

– Non, nous n'en avons pas parlé. Mais il est clair qu'il aime prendre le contrôle.

– Envoie-lui un sms. Demande-lui de te retrouver là-bas demain soir.

– Quoi ? Tu es sérieuse, là ?

– On ne peut plus sérieuse. Abats tes cartes et voyons comment il réagit.

– Tu penses vraiment que c'est une bonne idée ?

– J'en suis certaine. Mon frère doit arrêter de jouer.

– Très bien, allons-y, dis-je avec nervosité.

J'attrape mon téléphone et envoie un message à Aiden.

– Et voilà, c'est parti pour les boutiques spécialisées dans le sadomaso, et pour la vérité.

– C'est parti pour toi et Aiden. Maintenant, ouvrons une bouteille de champagne pour fêter mon mariage.

– À Xander et à toi qui allez vous marier, et à moi qui vais recevoir une bonne fessée d'Aiden. Ou bien c'est Aiden qui va recevoir une bonne fessée de ma part, dis-je en riant.

11.

Oups ! J'ai recommencé

Je ne connais pas grand-chose des rapports dominant-dominé en dehors de ce que j'ai lu dans deux romans érotiques et vu dans un de ces films à la limite du pornographique. C'est pour cette raison que j'ai décidé de louer une chambre chez *Kat's Corner*, un sex-shop qui est en même temps un club faisant découvrir aux couples l'univers SM. On peut y louer des chambres pourvues de toutes sortes d'équipements, de vêtements et de jeux pour quelques centaines de dollars. J'ai puisé dans mes économies destinées à l'achat d'un sac à main Louis Vuitton. Je veux montrer à Aiden que je suis une fille qui aime ce qui est épicé, et que j'apprécie son style de vie alternatif. En tout cas, c'est ce qu'a dit la femme à l'entrée de la boutique lorsque j'ai loué la chambre. Elle a dit que les modes de vie différents concernent aussi bien les hommes que les femmes qui aiment ce qui est un peu *hot* et n'hésitent pas à sortir des sentiers battus. J'ai acquiescé et souri d'un air entendu, comme si je savais exactement de quoi elle parlait. En réalité, je ne sais pas vraiment ce que je suis prête à faire et à accepter. C'est quelque chose de complètement nouveau pour moi et plus j'y pense, plus je crains de ne pas être du genre à me sentir détendue en faisant Dieu sait quoi. Même si ma dernière nuit passée avec Aiden a été torride.

Je m'étonne également qu'Aiden soit dans ce trip-là. Je ne le vois pas être complètement dominant... Mais après tout, qu'est-ce que j'en sais ? Il en a parlé avec Xander et Xander me l'a dit. Je vais donc lui montrer – enfin, j'espère – que je peux être la partenaire de tous ses fantasmes.

Toc. Toc. Je retiens mon souffle en prenant conscience que c'est Aiden. Il est temps pour moi d'entrer en action. J'inspire profondément et secoue les mains pour me calmer.

– Je peux entrer ?

La voix d'Aiden semble perplexe derrière la porte ; je sais qu'il se demande où il est. L'extérieur de la boutique est neutre, n'affichant qu'une discrète inscription *Kat's Corner*. On ne peut donc guère deviner qu'il s'agit d'un sex-shop, et encore moins qu'il abrite des chambres sadomasos. À moins, bien sûr, d'être un initié, mais je ne veux pas envisager cette éventualité.

– Une minute.

Je vérifie mon apparence une dernière fois dans la glace en remettant mes cheveux en ordre. Je me passe la langue sur les lèvres et me dirige vers la porte, que j'ouvre lentement. Aiden se tient là, l'air déconcerté, les yeux grand ouverts lorsqu'il se retrouve face à moi. Je porte une jupe courte à carreaux et un dos-nu blanc. J'ai adopté le look écolière coquine, comme dans le clip de Britney Spears, *Oops ! I did it again*, car j'ai lu que c'est l'un des fantasmes préférés des hommes et je tiens à mettre toutes les chances de mon côté pour exciter Aiden.

– Alice ?, dit-il d'une voix hésitante, toujours sur le seuil de la porte.

– Oui, Monsieur, je réponds le souffle court, jouant mon rôle.

– Monsieur ?

Il me dévisage avec curiosité. Je le prends par le bras et le tire à l'intérieur.

– Monsieur, êtes-vous venu pour me donner une bonne leçon ?

Je bombe la poitrine. Cela devient de plus en plus dur de conserver un visage impassible et de ne pas me sentir embarrassée alors qu'il reste debout, l'air ahuri. Ce n'est pas du tout comme cela que j'avais imaginé les choses.

– Te donner une leçon ?

Il jette un regard autour de lui et fronce les sourcils en découvrant le lit *king size* et les différents accessoires. Il se retourne alors vers moi, le regard interrogateur. Je passe lentement la langue sur mes lèvres en jouant avec mes cheveux.

– J'ai été une vilaine fille, Monsieur.

J'attends qu'il me réponde, le cœur battant. Est-ce que cela va être le pire des plans séduction ?

– Tu as été une vilaine fille ? (Il se passe à son tour la langue sur les lèvres.) Tu sais ce qui arrive lorsqu'on est une vilaine fille, n'est-ce pas ?

– Non, qu'est-ce qui arrive aux filles qui ne sont pas sages ?

Mon rythme cardiaque accélère lorsque je comprends qu'il entre dans le jeu.

– Elles sont punies. (Il m'attrape par la taille.) Tu veux être punie, Alice ?

– Comment vas-tu me punir ?

– Tu n'oublies pas quelque chose ?

Il gémit légèrement lorsque ses mains glissent dans mon dos, le long de ma jupe, et qu'il s'aperçoit que je n'ai pas de sous-vêtements. Pas même un string.

– Quoi donc ?

– N'oublie pas de m'appeler Monsieur.

Il me frappe légèrement les fesses et j'écarquille les yeux.

– Oui, Monsieur.

Je me sens euphorique. Ce jeu de rôle est beaucoup plus excitant que ce que j'avais prévu. Je m'y projette vraiment.

– Oublie encore une fois et je serai obligé de te faire faire quelque chose de spécial.

– C'est-à-dire ?, je murmure tandis que sa bouche se rapproche dangereusement de la mienne. Pardon, à quelle tâche spéciale pensez-vous, Monsieur ?

– Bien rattrapé. Tu serais à genoux devant moi si tu ne t'étais pas reprise rapidement.

– Agenouillée devant toi ?

– Tu serais à genoux, ma fermeture éclair serait baissée et tu aurais ma queue dans la bouche.

– Oh !

Je déglutis difficilement. Il est vite passé en mode coquin et cela me réjouit.

– Cela ne ressemble pas à une punition, Monsieur.

– Ce n'est pas une punition. C'est une surprise avant la punition.

Je me tais en voyant qu'il commence à rire. Que se passe-t-il ? Est-ce qu'Aiden joue vraiment le jeu ? Est-ce que cela va vraiment marcher ?

– Quelle punition désires-tu, Alice ?, me murmure-t-il à l'oreille et je sens le bout de sa langue. Est-ce que tu veux que je te montre ce que je veux faire, ou est-ce simplement un jeu pour toi ?

– Ce n'est pas un jeu. J'adore ça, je veux que tu continues.

Mes doigts s'agrippent à ses épaules. Tous les prétextes ont disparu. Ce n'est plus un jeu et je ne m'inquiète plus de savoir ce qui va se passer. Je n'ai plus peur.

– Allons-y, alors. Monsieur est prêt pour commencer la leçon. Je veux que tu t'allonges sur le ventre. (Aiden ferme la porte à clef derrière lui tandis qu'il me regarde me diriger vers le lit.) Tu as été une vilaine, vilaine fille, Alice.

– Pourquoi, Monsieur ?

– Tu es venue en classe sans culotte. Et tu t'es tripotée pour me faire bander.

– Je l'ai fait uniquement parce que je pensais que c'était ce que vous vouliez, je réplique, complètement excitée.

– J'ai pour mission de t'enseigner les mathématiques, pas de t'apprendre à te tripoter. (Il soulève ma jupe et me donne une fessée.) Voilà ce que l'on mérite lorsqu'on joue les allumeuses.

– Oh, Monsieur...

Je gémis tandis que ses doigts se glissent entre mes jambes, touchent mon sexe humide puis me frappent à nouveau doucement.

– Et ça, c'est parce que tu es déjà toute mouillée.

– Je n'y peux rien si vous me faites mouiller, Monsieur.

Il s'assied sur le lit et soulève mes jambes pour les poser sur ses genoux.

– Ce sont seulement les méchantes filles qui mouillent pour leur professeur, poursuit-il en me caressant le cul. Ce sont uniquement les méchantes filles qui veulent que leur professeur joue avec elles.

– Je suis une méchante fille, je soupire pendant qu'il me caresse doucement le clitoris. Je suis une très méchante fille.

– Montre-moi comme tu es méchante, Alice.

Sa voix est grave lorsqu'il me soulève de ses genoux pour me reposer sur le lit. Je regrette que les fessées prennent déjà fin.

– Que voulez-vous que je fasse ?, dis-je en écartant les jambes pour lui.

Il ouvre grand les yeux et arbore un sourire satisfait.

– Je veux que tu te caresses jusqu'à ce que je te dise d'arrêter.

Je vois le défi dans ses yeux. Est-ce qu'il est sérieux ?

– Qu'est-ce que tu attends, Alice ?

Je prends une profonde inspiration et je glisse la main droite entre mes jambes. Dès que je sens combien je suis humide, je ferme les yeux.

– Stop, ordonne-t-il rudement. Ouvre les yeux. (J'obéis et je le fixe, frissonnant devant l'intensité de son regard.) Je veux que tu me regardes lorsque tu te caresses. Je veux voir le plaisir dans tes yeux lorsque tu arrives au bord. Je veux découvrir chacune de tes émotions pendant que je contemple ton âme. (Sa main guide la mienne et la fait aller et venir sur mon sexe.) Je veux voir comment tu te caresses pour savoir ce que tu aimes.

– Tu sais ce que j'aime.

Il glisse un doigt en moi.

– Aiden sait ce que tu aimes. Mais pas le professeur. (Il retire son doigt et le suce.) Maintenant, regarde-moi et montre-moi.

– Oui, Monsieur.

Je me sens complètement dans la peau de la méchante fille dont il vient de me traiter et je replace ma main entre mes jambes. Je bouge doucement mes doigts et je regarde fixement les yeux bleus d'Aiden tandis que je me caresse. Je me sens de plus en plus excitée. Il enlève ma main.

– Maintenant, il est temps pour le professeur de te montrer comment faire.

Il retire sa cravate et la pose, enroulée, à côté de moi sur le lit.

– Qu'est-ce que tu vas faire ?

– Place tes mains au-dessus de ta tête et tiens tes poignets serrés l'un contre l'autre. (Il attache mes poignets avec sa cravate.) Bien. Ainsi, tu ne peux plus te caresser. Tu vas être une gentille fille, maintenant ?

– Oui, Monsieur.

– Bien.

Il saute du lit et je le regarde ôter sa chemise et son pantalon, puis son caleçon.

– Je ne savais même pas que cet endroit existait. Comment en as-tu entendu parler ?

Je reste silencieuse quelques secondes. Ce n'est pas le moment de lui dire que sa sœur a découvert l'endroit pour moi.

– Cela ne te regarde pas.

– Alors, tu continues à être une vilaine fille ?

Il glisse ses doigts entre mes seins et descend sur mon ventre. Puis je sens sa langue glisser sur mes jambes et à l'intérieur de mes cuisses. Mon corps tout entier tremble dans la perspective de ce qui va suivre tandis que je sens son souffle près de mon sexe. La pointe de sa langue effleure mon clitoris et je gémis quand il commence à remonter le long de mon corps en l'embrassant.

– Non, je ne veux pas être une vilaine fille.

– Ce n'est pas très convaincant. Voyons quels jouets nous avons ici. (Il fait le tour de la chambre et ramasse un martinet qu'il me montre.) On essaye ça ?

– Si tu veux.

– Ou bien nous pouvons utiliser la tapette ?
(Il en tient une qu'il frappe légèrement dans sa
main.) Tu préfères que je prenne ça ?

– J'aimerais mieux ta main, réponds-je timidement.

– Tu aimes quand je te tape, hein ?

– Peut-être, Monsieur.

– Tu es une sale fille, hein ? Tu aimes ça quand
je te mets sur mes genoux. Tu aimes lorsque ma
grosse main d'homme claque sur ton cul rebondi.
Tu aimes quand mes doigts se glissent dans ton
sexe humide. Tu aimes quand je te caresse. Ça
t'excite, hein ?

Sa respiration devient plus lourde et il pose le
martinet et la tapette par terre pour attraper autre
chose. On dirait une énorme plume. Il se dirige
vers moi en souriant.

– Je vais me servir de ça pour te chatouiller.

– Non, tu sais que je suis très chatouilleuse.

– C'est pour cela que je vais l'utiliser. Je vais
t'amener au bord.

– Et après ?

– Alors, tu me supplieras de descendre. Tu vas
me supplier de sauter du bord.

– J'ai peur de sauter.

– Je serai là pour te rattraper.

Il fait courir la plume sur mes lèvres, puis sur mon cou et jusqu'à mes seins. Je me tortille sur le lit tandis que la plume me chatouille les tétons.

– Aiden, s'il te plaît, gémis-je en oubliant que je joue le rôle de son élève.

– Qui ? Je m'appelle Monsieur.

– Monsieur, s'il vous plaît, je supplie tandis qu'il fait courir la plume d'avant en arrière sur mon clitoris.

– S'il vous plaît quoi ?

– S'il vous plaît, laissez-moi jouir.

Je suis toute proche de l'orgasme, mais il me pousse vers les limites sans aller jusqu'au bout.

– Pas encore. Tu ne peux pas jouir avant que je ne te le dise.

– J'aurais dû savoir que tu étais un dictateur, je maugrée.

– Un dictateur ? (Il éclate de rire.) Alors, non seulement je suis un type autoritaire, mais maintenant je suis aussi un dictateur.

– Laisse-moi jouir, Aiden !, je râle tandis que ses doigts commencent à me caresser doucement.

– Je croyais que tu voulais que je prenne les choses en main. Ce n'est pas pour cela que tu m'as invité dans un club sadomaso ? Tu veux que je te domine, non ?

– Je voulais savoir…

Je m'interromps lorsqu'il glisse deux doigts en moi. Je vais jouir. Mon corps frissonne tandis qu'il fait entrer et sortir ses doigts, puis il se penche et me lèche.

– On dirait que le professeur est méchant aussi.

Il caresse doucement mon sexe avec le sien.

– Oui, tu l'es.

– C'est que j'aime ça, n'est-ce pas ? Attends. Je vais juste chercher mes préservatifs.

J'essaie de dégager mes mains, ce qui le fait rire.

– Attends. (Il remonte sur le lit pour libérer mes poignets.) Alors, que faisons-nous maintenant ?

– Que veux-tu dire ? Je pensais que nous étions sur le point de faire l'amour ?

– Oui, mais peut-être qu'on ne devrait pas le faire ici, au *Kat's Corner*.

– C'est toi l'expert, dis-je en faisant glisser mes doigts sur son torse. Tu suggères d'utiliser quoi ?

– Huumm… (Il parcourt la chambre du regard.) À propos de ça…

Il laisse échapper un gémissement lorsque j'attrape son sexe dur.

– À propos de quoi ?

Je le sens se raidir un peu plus dans ma main.

– Rien. (Il m'attrape par la main pour me faire descendre du lit.) Enfile ça, ordonne-t-il en me tendant une veste en latex noir avec deux gros trous pour y placer mes seins.

– On dirait une camisole de force, je commente en considérant les manches attachées ensemble.

– Mets-la. (Il me regarde pendant que je l'enfile et s'attarde sur mes seins nus.) Pourquoi est-ce que cela semble encore plus sexy que lorsque tu étais nue ?

– Je ne veux pas la mettre. Je veux pouvoir te toucher.

– Il ne s'agit pas de ce que tu veux. Pas tout de suite.

Il me pince les seins.

– Tu aimes prendre les choses en main, n'est-ce pas ?

– Les tiennes, oui. Penche-toi, commande-t-il en me poussant vers le lit, relevant mes fesses tandis qu'il se place derrière moi. J'aime savoir que tu es toujours prête pour tout ce que je veux faire, me murmure-t-il juste avant de me pénétrer. Oh, oui !

Il va et vient en se tenant à mes hanches. Je sens sa queue entrer et sortir à un rythme infernal. C'est bizarre de ne pas pouvoir bouger les mains ni les bras. Mes seins frottent contre le drap et je sens qu'il est sur le point de jouir car il s'immobilise juste avant que son corps ne frémisse contre le mien. Puis il se retire, me pousse dans le lit et m'embrasse.

– Oh, Alice... (Il caresse mon visage en haletant.) C'était fabuleux !

– Je suis contente de vous avoir fait plaisir, Monsieur. Qu'allons-nous faire maintenant ?

– Parlons. Je crois que nous devons parler.

– D'accord. Est-ce que tu peux m'enlever cette veste d'abord ?

– Bien sûr. (Il défait les bretelles et je l'enlève en vitesse.) Je dois te dire quelque chose.

– Est-ce que c'est à propos d'Elizabeth et toi ?

– Oui.

Il semble nerveux.

– De quoi s'agit-il, Aiden ?

Je m'écarte légèrement de lui, redoutant ce qu'il va me dire.

– Il s'agit de la façon dont Elizabeth et moi nous sommes rencontrés.

Il regarde autour de lui et laisse échapper un soupir.

– Vous sortez ensemble tous les deux ? C'est ta petite amie ?

– Non, ce n'est pas ma petite amie. (Il me saisit les mains.) C'est difficile pour moi, Alice.

– Tu peux tout me dire, Aiden. (Je le regarde dans les yeux et j'y lis de l'inquiétude.) Vous êtes dans une relation SM ? Tu la domines ?

Il secoue la tête, puis prend une profonde inspiration :

– C'est pire que cela, Alice, bien pire.

12.

Qui est votre maître ?

Mon téléphone sonne juste à ce moment-là – c'est toujours comme ça, on est toujours interrompu au moment crucial d'une conversation. Et idiote comme je suis, je me précipite pour répondre.

– Allô ?, dis-je d'une voix hésitante parce que je ne reconnais pas le numéro.

– Alice, c'est Henry.

– Bonjour, Henry, dis-je en retournant au lit, un grand sourire sur le visage. Qu'est-ce que je peux faire pour toi ?

– Tu peux peut-être m'aider. (Il rit puis s'éclaircit la gorge.) Je me disais que nous pourrions prendre un café ce week-end ?

– Tu veux prendre un café avec moi ?

Ma voix grimpe dans les aigus sous le coup de la surprise.

– Je me disais qu'en tant que garçon d'honneur de Xander, je devais apprendre à mieux connaître la demoiselle d'honneur de Liv.

– J'adorerais mieux te connaître… Aïe !

Aiden m'a donné une claque sur les fesses.

– Alice, tout va bien ?

– Oui, désolée, je…

Aiden passe les mains autour de ma taille pour m'attirer vers lui.

– Désolée, oui, tout va bien, reprends-je, le souffle court, tandis qu'Aiden me pince les seins.

– Oh, ok, dit Henry sans conviction. Alors, quel jour te convient le mieux ce week-end ?

– Huum, je pourrais sam… Oh !

Je gémis au moment où je sens Aiden venir en moi. Je ferme les yeux pendant qu'il bouge en moi.

– Henry, est-ce que je peux te rappeler ?

– Bien sûr. Tout va bien, Alice ?

– Oui !, je lâche à bout de souffle avant de raccrocher. Qu'est-ce que tu fais ?

Aiden me retourne sur le dos pour s'installer sur moi.

– Ce n'est pas très correct de ta part.

– Qu'est-ce qui est incorrect ?, réussis-je à articuler alors qu'il me prend les mains et me pénètre lentement.

– Répondre à un appel pendant que nous discutons.

– Bon, tu me disais qu'Elizabeth et toi vous étiez…

– Rien, Alice, dit-il en m'embrassant fort.

– Comment ça, rien ?

Il continue d'aller et venir lentement en moi.

– Il n'y a rien entre Elizabeth et moi. (Il se retire et s'assied sur le lit.) Je vais avoir mal aux couilles.

– Qu'est-ce que ça veut dire ? Tu couches avec moi tout en ayant une relation SM avec elle ?

– Je n'ai pas ce genre de relation avec elle. Je l'ai engagée.

– Tu quoi ? C'est une prostituée ? (Je lui lance un regard furieux.) Je le savais. Je le savais.

– Non, Alice. (Il me saisit les mains en souriant.) Ce n'est pas une prostituée, c'est une actrice. Je sais, c'était idiot de ma part.

– Une actrice ?

– Je voulais te donner une leçon. C'était peut-être une erreur.

– De quoi tu parles ? Pourquoi voulais-tu me donner une leçon ?

– Toi et Liv, vous êtes tellement gamines. Quand vous avez loué les services de Brock et de Jock et que vous avez fait semblant de sortir avec eux, Xander et moi nous avons pensé que vous méritiez toutes les deux une bonne leçon.

– Quoi ? Xander était au courant ?

Je suis sous le choc.

– Je pensais que ce serait une bonne idée. Je voulais juste te rendre la monnaie de ta pièce.

– La monnaie de ma pièce ?

– Tu vas répéter tout ce que je dis ?, me dit-il en souriant.

– Je ne sourirais pas si j'étais toi. Vas-y, continue ton histoire.

– Quand je t'ai vue embrasser Scott, cela m'a vraiment énervé, mais j'ai parlé avec lui et Xander, et je me suis dit que peut-être, tu m'aimais, après tout.

– Est-ce que cela n'a pas toujours été évident ?

– Pas vraiment, Alice. Pas avec tous les jeux idiots auxquels tu t'adonnes avec Liv. Je ne savais vraiment pas quoi penser.

– Je ne joue pas à des jeux idiots, je rétorque en faisant la moue.

Il se penche vers moi pour m'embrasser sur les lèvres.

– Mais si, Alice. (Ses doigts glissent le long de ma joue.) Et bizarrement, j'ai décidé que je devais te rejoindre dans ton propre jeu. C'est pourquoi j'ai embauché Elizabeth.

Je réponds à son sourire par un regard noir.

– Nous avons décidé de mettre en place un faux flirt sur Facebook pour te prendre au piège, elle m'a envoyé des faux sms, j'ai parlé de faux rendez-vous, je l'ai invitée au match de football – ce qui était une idée de Xander, soit dit en passant – et j'ai attendu que tu mordes à l'hameçon.

– Je pensais que tu sortais avec elle. J'étais tellement en colère et désorientée et... (Je pointe mon index sur lui.) C'est vraiment moche ce que tu as fait.

– Je voulais juste te rendre jalouse. Et je voulais que tu voies combien c'est idiot et puéril de faire semblant d'avoir des relations et de monter de toutes pièces des bateaux pour rendre quelqu'un jaloux.

– Peu importe.

Je détourne les yeux. Je me sens toujours furieuse, mais je suis aussi incroyablement heureuse. Il n'aime pas Elizabeth ! Je suis au septième ciel.

– Je suis désolé, Alice.

– Pourquoi as-tu fait cela, Aiden ? Tu voulais juste me piéger ?

– Tu ne comprends pas ? Je t'aime. J'ai des sentiments pour toi. J'ai des sentiments pour toi depuis longtemps. Je pensais que tu ressentais la même chose, mais je voulais être sûr que tu sois suffisamment adulte pour une relation. Et je voulais être certain que c'était ce que tu voulais.

– Tu m'aimes alors ?

– Peut-être plus.

Il me sourit à son tour et m'embrasse.

– Peut-être ?

– Plus que peut-être, rectifie-t-il en riant. Je ne veux simplement pas être le grand frère naze de ta meilleure amie.

– Tu n'es pas naze. Enfin, pas complètement.

– Pas complètement ?

– Il faut se rendre à l'évidence : tu es ici, avec moi, nu, dans un sex-shop.

– Cela signifie que tu es aussi un peu naze.

– Je suis venue ici uniquement pour toi. Je voulais que tu saches que je veux bien essayer ton mode de vie alternatif, dis-je en rougissant.

– À ce propos...

– Quoi encore ? Ne me dis pas que tu es vraiment membre d'un club SM ?, je demande, soudain inquiète.

– Quoi ? (Aiden éclate de rire.) Pas du tout ! Tu sais que tu as une imagination débordante.

– Alors, que veux-tu me dire ?

– Écoute, je ne suis pas un dominant. Ne me frappe pas, s'exclame-t-il en levant les mains.

– Quoi ? Xander m'a dit que… (Je me tais en comprenant que j'ai été piégée.) C'était un mensonge, aussi ?

– Oui, acquiesce-t-il avec un sourire contrit. Xander pensait que ce serait drôle.

– Drôle ?

– Il pensait que ce serait intéressant de voir ta réaction.

– Alors, tu m'as donné une fessée et tu m'as laissée t'appeler Monsieur pour t'amuser ?

– Cela m'a bien plu. Tu peux me le redire autant que tu veux.

– Euh…

– Et je peux te donner un coup de martinet quand tu veux aussi. (Il joue avec mes seins.) En fait, nous pouvons faire ce que tu veux.

– Est-ce que je peux prendre un harnais et…

– Non. Tout sauf ça. Il n'est pas question que tu utilises un harnais avec moi.

– Ah... (Je ris.) À quoi d'autre penses-tu, alors ?

– Eh bien, je me disais que nous pourrions essayer de jouer avec un chapelet anal.

– Un chapelet anal ?

– Un chapelet anal, un vibromasseur et tout ce que nous voulons. Tout ce qui te convient, me dit-il, les yeux brillants.

– Je pense qu'il y a beaucoup de choses qui peuvent me convenir, je murmure contre ses lèvres tandis qu'il me pénètre à nouveau.

J'enroule mes jambes autour de sa taille et il gémit en bougeant en moi. Son sexe semble aller toujours plus loin à chaque poussée.

– Tant mieux, parce que je prévois beaucoup de choses pour nous deux. (Il se déverse en moi et se penche pour me sucer les tétons.) Et qui sait ? Peut-être qu'un jour, je finirai par être ton maître.

– Ou peut-être que ce sera moi.

Et je lui donne une forte claque sur les fesses.

13.

Parler de sexe par sms
ou au téléphone ?

– J'hallucine !

Liv semble choquée lorsque j'ai fini de lui raconter ma nuit avec Aiden.

– Je vais tuer Xander. Je ne peux pas croire qu'il ait échafaudé ce plan sans me mettre dans la confidence !

– C'est fou, hein ?

Je suis tellement heureuse qu'Aiden et moi ayons finalement été honnêtes l'un envers l'autre que je ne peux retenir mon excitation.

– Plus que fou. (Liv s'assied sur mon lit et rit.) Je ne peux pas croire qu'Aiden ait fait ça. Je savais bien qu'il ne pouvait pas être un dominant.

– Il a des dispositions, crois-moi. Tu aurais dû voir comment il m'a prise sur ses genoux.

– Je suis très heureuse, au contraire, de ne pas avoir vu ça. Je ne veux pas paraître rabat-joie, mais savoir que vous dormez ensemble continue à m'inquiéter.

– Nous ne dormons pas beaucoup. Ton frère est une bombe au lit.

– Que s'est-il passé une fois qu'il a reconnu avoir menti au sujet d'Elizabeth ?

– Il m'a dit qu'il avait aussi inventé les trucs sadomasos.

– Xander est vraiment rusé. Je parie qu'il savait depuis le début que tu m'en parlerais tout de suite.

– Ouais, je le pense aussi. Le contraire semble inimaginable.

– Cela veut dire qu'il savait que j'étais au courant depuis le début. Je vais me venger pour ça.

– Comment ?

– Je vais le menotter au lit ce soir. Et après, je jouerai avec son corps. Je vais le titiller, le chatouiller, l'agacer… Nous verrons alors s'il apprécie d'être attaché.

– Oh, Liv !

J'éclate de rire.

– Il doit être puni. Et quelle meilleure façon que par une dominante en herbe ?

– Mais tu ne veux pas être une fille dominante.

– Il n'a pas besoin de le savoir.

– Tu es diabolique !

– Je sais. Je suis une vilaine, très vilaine fille.

– C'est ce que j'ai dit à Aiden hier soir.

– À mon sujet ?

– Non, en parlant de moi. Nous étions vraiment dans un jeu de rôle. Je pense que je vais lui demander de louer un uniforme de policier et je serai la criminelle à qui il fait passer un interrogatoire.

– Ah, d'accord !

– Je pourrais aussi être une *escort girl* et il pourrait être mon bel inconnu. Nous pourrions nous rencontrer au bar d'un hôtel et il ferait comme s'il passait me chercher.

– Tu sais que la prostitution est interdite par la loi. Si quelqu'un pense que vous êtes réellement dans cette relation, vous pouvez être arrêtés.

– Tout ira bien, il est avocat. Il pourra nous sortir d'un mauvais pas si nécessaire.

– Tu es folle, Alice.

– Aiden aussi. Et il aime ma folie. Enfin, jusqu'à un certain point.

– Alors, quelle est l'étape suivante ? Tu veux sortir dîner ?

– Bonne idée ! Je meurs d'envie de poulet frit. Attends, je vais me changer.

Elle m'emboîte le pas jusque dans ma chambre.

– Alors maintenant, Aiden et toi, c'est officiel ?

– Non. Il ne parle pas vraiment de notre relation. Il ne m'a pas demandé d'être sa petite amie ni sa femme.

– Alice, ce n'est pas parce que vous avez couché ensemble qu'il va te demander en mariage.

– Je sais bien. Il ne me l'a pas proposé non plus après notre toute première nuit. J'espérais juste qu'il dise quelque chose à propos de nous, que ce soit plus officiel, tu vois ?

– Je sais. C'est dur de coucher avec un garçon sans savoir précisément quel genre de relation il souhaite.

– J'ai un peu l'impression d'être une pute, à vrai dire. J'adore faire l'amour avec Aiden, mais je me sens nulle. Et je ne sais pas pourquoi. Si les hommes peuvent coucher avec une fille sans avoir une véritable relation avec elle, alors je devrais pouvoir en faire autant, mais ça sonne faux.

– Je pense que cela vient du fait que tu souhaites réellement être en couple avec lui, alors tu te sens un peu dans l'impasse en ce moment.

– Je voudrais juste avoir ce titre officiel de petite amie.

– C'est normal, Alice. J'ai ressenti la même chose avec Xander. Enfin, à peu près. La première fois, cela a été une aventure d'un soir, mais après avoir couché plusieurs fois avec lui, j'ai commencé à me demander si je lui plaisais vraiment et si cela allait au-delà d'une simple histoire de fesses.

Je soupire en m'asseyant au bord du lit.

– J'aimerais juste savoir où tout cela va nous mener.

– Pourquoi tu ne lui poses pas la question ?

– Tu crois ? Cela paraît un peu prématuré, non ? Nous venons à peine de nous avouer que nous éprouvons des sentiments l'un pour l'autre.

– D'accord, mais cela fait un moment que vous ressentez quelque chose l'un pour l'autre. Alors, pose-lui simplement la question.

– Peut-être. Je ne veux pas lui faire peur.

– On parle d'Aiden. Il n'a pas peur. C'est plutôt lui qui fait peur.

– C'est un ours qui aime donner des ordres, mais il n'est pas effrayant.

– Je sais, je sais. Il est l'ours qui aime t'attacher et t'apprendre les bonnes manières, et tu adores ça !

– Ne sois pas jalouse. Je n'y peux rien si mon homme a un côté pervers.

– J'ai une question à te poser, me lance Liv au moment où nous quittons l'appartement pour rejoindre notre restaurant favori à quelques rues de là.

– Quoi ?

– Elle devient quoi, maintenant, Elizabeth ?

– Aucune idée. Mais tu veux que je te dise quelque chose de drôle ? Lorsque nous étions au café et que j'ai vu Scott et Elizabeth échanger un regard, j'ai eu l'impression qu'ils se connaissaient déjà.

– Ah bon ? Par l'intermédiaire d'Aiden ?

– Non. (Je secoue la tête en repensant à ce moment.) C'était comme s'ils se connaissaient mieux que ça. Je ne sais pas. J'ai peut-être imaginé tout cela, mais j'ai pensé qu'ils avaient échangé un regard vraiment intense pendant quelques secondes, et puis c'est passé.

– Je me demande comment ils se sont rencontrés.

– Moi aussi. Je vais essayer d'en savoir plus.

– Oh, Alice !, glousse-t-elle au moment où nous entrons dans le restaurant. Est-ce que nous pouvons manger d'abord, et réfléchir à un plan d'attaque après ?

– Bien sûr. Commençons par manger, dis-je en sentant la bonne odeur de poulet frit.

Je suis allongée sur mon lit, rassasiée et heureuse. J'allais me retourner et m'endormir lorsque mon téléphone bipe.

« Salut, ma douce ». Je souris en voyant le message d'Aiden.

Alice : *Salut.*

Aiden : *Tu m'as manqué aujourd'hui.*

Alice : *Oh, tu voulais une fessée ?*

Aiden : *Je trouverais n'importe quelle excuse pour toucher ton petit cul.*

Alice : *Et ton travail ?*

Aiden : *Bien. J'ai pensé à toi toute la journée. J'ai bandé à mort. :)*

Alice : *Génial !*

Je me demande si notre relation n'est qu'une histoire de cul pour Aiden.

Aiden : *Qu'est-ce que tu portes en ce moment ?*

Alice : *Pourquoi ?*

Aiden : *Je veux pouvoir t'imaginer.*

Alice : *Ok...*

Aiden : *Alors, qu'est-ce que tu portes et où es-tu ?*

Alice : *Je suis à un bal masqué et je porte un costume de rat.*

Aiden : *Cela n'a rien de sexy. :)*

Alice : *Et toi, où es-tu et que portes-tu ?*

Aiden : *Je suis couché, nu, et je pense à toi.*

Alice : *Oh, Aiden, des mots que j'ai toujours eu envie d'entendre.*

Aiden : *J'aimerais que tu sois avec moi.*

Alice : *J'en suis certaine.*

Aiden : *Déshabille-toi.*

Alice : *À la fête ?*

Aiden : *Je sais que tu n'es pas à une fête.*

Alice : *Ok, espèce d'obsédé.*

Aiden : *Dis-moi quand tu auras enlevé tes vêtements.*

Alice : *Pourquoi ?*

Aiden : *Parce qu'à ce moment-là, nous pourrons jouer.*

Alice : *Jouer avec des mots ?*

Aiden : *Enlève tes vêtements.*

Alice : *Ok.* (J'enlève mon tee-shirt et mon short.) *Je suis nue.*

Aiden : *Bien. Envoie-moi une photo.*

Alice : *Non.*

Aiden : *Non ?*

Alice : *Non, je ne fais pas de photo nue.*

Aiden : *Une visio avec moi alors ?*

Alice : *Peut-être.*

Je saute du lit et cours vers ma commode. Je mets rapidement du rouge à lèvres et du blush sur mes joues. Je me recoiffe. Il n'est pas question d'avoir l'air épuisé.

Aiden : *C'est oui, alors ?*

Alice : *C'est un peut-être.*

Dring dring. Je ris en prenant l'appel vidéo d'Aiden.

– J'ai dit peut-être, pas oui.

– Je voulais te voir.

Il regarde le téléphone et je sais qu'il essaie de voir si je suis nue.

– Je ne te vois pas correctement.

– Tu ne vois pas mon visage ?

– Je vois ton beau visage, mais rien d'autre.

– Qu'est-ce que tu veux voir ?

– Tout !, dit-il dans un éclat de rire. Laisse-moi te regarder.

Je me glisse sur le lit et m'allonge.

– Parfait.

Il baisse le téléphone et me montre son sexe qu'il tient dans sa main droite.

– Oh, tu es déjà prêt pour moi, alors ?

– Je suis prêt depuis ce matin, au moment où tu es partie travailler.

– Mais tu allais travailler toi aussi.

– Je me serais fait porter pâle pour toi. Tu as passé une bonne journée ?

– Ouais, longue et ennuyeuse, mais bien. J'ai dîné avec Liv.

– Qu'est-ce que vous avez mangé ?

– Poulet frit.

Je ris en voyant sa grimace.

– Vous deux, vous adorez le poulet frit.

– Cela te pose un problème ?

– Pas du tout. Je suppose que tu lui as parlé d'Elizabeth et du truc sadomaso ?

– Oui, elle est tombée des nues. Elle veut le faire payer à Xander.

– Il n'attend que ça ! Il est même super impatient.

– Vous êtes vraiment tordus.

– C'est l'hôpital qui se fout de la charité.

– Très drôle !

Je suis heureuse que la conversation soit passée sur les choses du quotidien et plus uniquement sur le sexe.

– Et toi ? Tu as passé une bonne journée ?

– Oui, une bonne journée. J'ai vu Elizabeth pour le déjeuner.

– Ah bon ?, dis-je, avec une pointe de jalousie.

– Ouais, je devais lui payer le solde de son cachet.

– Au fait, est-ce que tu sais si elle connaissait Scott avant tout ça ?

– Scott, mon frère ?

Il semble confus.

– Oui, ton frère.

– Non, pourquoi ?

– Comme ça.

Je sais qu'Aiden ne veut pas me voir m'immiscer dans sa vie, alors j'en reste là.

– Tu as fait quoi d'autre de ta journée ?

– À part penser à toi ?

– Ouais.

– Pas grand-chose. Compter les heures jusqu'à ce que je puisse t'appeler ce soir.

– Aahh. Où en sommes-nous ?

– Qu'est-ce que tu veux dire ?

– Est-ce que nous sortons officiellement ensemble ?

– C'est ce que tu veux ?

Le téléphone a glissé et je ne peux plus voir son visage.

– Je veux ce que tu veux.

– Pourrait-on en parler plus tard ? En ce moment, mon esprit est concentré sur une seule chose.

– Laquelle ?

– La manière la plus rapide de te faire jouir sans te toucher.

– Je pense que tu sais déjà.

Je ris et m'installe confortablement.

– Je veux que tu te caresses, Alice, et je veux que tu baisses le téléphone pour que je puisse te voir.

– Tu es un vilain garçon, Aiden.

– Et c'est pour cela que tu m'aimes.

Il rit et je me fige. Sait-il combien ses mots sont vrais ?

– Ok, je veux que tu prennes ton doigt et que tu caresses doucement ton clitoris. Oui, comme ça.

Il gémit en me regardant jouer. Je ferme les yeux en faisant glisser mes doigts d'avant en arrière et en l'écoutant me donner des ordres. Je n'aurais jamais pensé que parler de sexe au téléphone ou par vidéo puisse être particulièrement *hot*, mais je me trompais. Je suis tellement excitée par sa voix grave me dictant ce que je dois faire, que je ne sais pas quoi faire moi-même.

— Maintenant, glisse un de tes doigts à l'intérieur de ta chatte, m'ordonne-t-il et je gémis à ses mots. Oh, j'aimerais tant être avec toi maintenant. Mets le téléphone près de ton visage, je veux te voir.

— Tu ne peux pas t'empêcher de commander tout le monde, hein ?, dis-je tandis que je regarde le téléphone et qu'il me dévisage avec envie.

— J'ai tellement envie de te baiser. (Il tend son bras et je vois sa main aller et venir rapidement sur sa bite.) J'aimerais que tu sois là, assise sur moi en train de me chevaucher. J'aimerais te toucher et te goûter lorsque tu jouis pour moi. J'aimerais tellement que tu sois là.

— Qu'est-ce que tu ferais si j'étais là ?

Je me caresse plus vite.

— Je te ferais asseoir sur mon visage. Je promènerais ma langue et je te lécherais jusqu'à ce que tu jouisses. (Son visage se tord, il approche de l'orgasme.) Alors je te retournerais et je te sucerais le cul.

— Aiden !

– Est-ce que tu t'es déjà fait sucer le cul ? Tu adorerais ça. (Il regarde droit dans l'objectif.) Tu serais ma vilaine, vilaine fille. Je te ferais mettre à genoux puis je te prendrais en levrette et nous jouirions tous les deux tellement fort et tellement vite que nous ne comprendrions pas ce qui se passe.

– Ooooh !, je hurle tandis que mon corps se raidit sous l'orgasme.

– C'est ça, Alice ! Gémis pour moi, bébé, dis-moi combien tu as envie de moi.

– J'aimerais sentir ta bite, là, tout de suite. J'aimerais te sentir en moi. Je voudrais faire courir mes doigts sur ton dos pendant que tu jouis en moi.

– Oh, putain, Alice ! (Je vois son corps frémir dans l'orgasme.) C'était tellement chaud ! (Il sourit en regardant le téléphone, puis se rallonge.) Je voudrais te caresser, là tout de suite.

– Moi aussi. J'adorerais être dans tes bras.

– Bientôt. J'ai une surprise pour toi et j'ai hâte de te voir et de te tenir dans mes bras.

– Bonne nuit, Aiden.

– Bonne nuit, mon cœur. Rêve de moi.

Il m'envoie un baiser et je le regarde. J'aime cet homme chaque jour davantage.

14.

Reste avec moi

– Je n'arrive pas à croire que tu m'emmènes à un concert de Sam Smith pour mon anniversaire ! C'est vraiment cool de ta part.

– Liv se sentait mal de rater ton anniversaire et elle a pensé que ce serait une bonne idée, me répond Aiden.

– C'est pour ça tu m'as emmenée ici ?

Je ne cache pas ma déception.

– Je t'aurais fait prendre l'avion jusqu'à San Francisco uniquement parce que Liv se sentait mal ? C'est ce que tu penses ?

– Je ne sais pas.

Nous traversons l'Auditorium Bill Graham Civic.

– Je ne suis pas du genre à rendre service. Est-ce que tu veux rester debout près de la scène ou t'asseoir ?, me demande-t-il en me prenant la main.

– Nous avons des places assises ?

– Les premiers assis, ce sont les premiers arrivés.

– Oh !

Je regarde la foule pour faire croire que je réfléchis, mais la seule chose à laquelle je pense, c'est sa main. Aiden Taylor me tient par la main ! Je crois rêver.

– Alors ?

– Asseyons-nous. Je ne suis pas certaine de pouvoir rester longtemps debout avec ces trucs-là, dis-je en regardant mes talons.

– Ok. (Il me serre contre lui au moment où trois types passent et me dévisagent.) Tu veux boire quelque chose ?

– Oui. Un verre de vin rouge, s'il te plaît.

– Très bien.

Nous nous dirigeons vers un bar improvisé et nous faisons la queue.

– Je t'ai aussi emmenée ici parce que je veux que notre premier rendez-vous officiel soit un événement mémorable.

Il semble sûr de lui, mais sa voix trahit sa nervosité.

– Alors, c'est un rendez-vous ?

– Si tu veux bien.

– Si je veux bien ? Oui, ça me va !

Nous faisons enfin notre première sortie offi-cielle après avoir fait plusieurs fois l'amour. Je ne suis pas vieux jeu, mais c'est agréable lorsque les rendez-vous ont lieu avant d'avoir une relation sexuelle. Surtout les relations basées sur le rap-port dominant-dominé.

– Parfait.

Il passe le bras autour de ma taille et m'em-brasse sur la joue, tout près de mon oreille, à la limite de mes cheveux.

– Parfait, je répète bêtement.

Je suis en apesanteur. Puis-je enfin croire qu'Aiden souhaite nouer une véritable relation amoureuse avec moi ? Est-ce que cela signifie que je suis sa petite amie ? J'ai le vertige en y pensant, mais je ne veux pas forcer ma chance en posant trop de questions. S'il y a une chose qui agace les hommes, c'est bien ce genre de questions.

– Voilà ton verre. Trouvons des places assises.

Nous prenons un escalier mécanique pour gagner un autre niveau. Nous longeons ensuite un couloir qui s'ouvre sur un espace bondé. Des milliers de fans recherchent les meilleures places.

– Allons là-bas.

Aiden m'entraîne vers un coin de la salle et je le suis tandis qu'il grimpe quelques marches raides pour trouver deux sièges vides. Je regarde le parterre en me tenant à la balustrade. J'ai peur de trébucher et de tomber dans l'escalier. Je ne veux pas voir à quelle hauteur nous nous trouvons car j'ai peur du vide.

– Il y a des sièges libres là-bas.

Il désigne quelques places plus loin et j'étouffe une plainte. Mes pieds me font déjà mal dans mes talons trop hauts et trop serrés, et mes mollets me tirent aussi après toutes les marches que nous avons montées. Je n'ai pas vraiment envie de redescendre encore pour remonter après. En fait, cela m'angoisse. Et je crains de ne pas être très sexy avec le visage en sueur à cause de tous ces va-et-vient.

– Ça te va ?

Aiden me jette un regard, puis se dirige vers l'escalier.

– Ouais, super !

Honnêtement, je m'en moque. J'adore Sam Smith et je suis ravie d'assister à son concert, mais je sais que je ne penserai plus qu'à Aiden dès que les lumières s'éteindront. Je me demande déjà s'il va tenter quelque chose. Est-ce qu'il va me caresser la jambe ? Est-ce qu'il va m'asseoir sur ses genoux ? Allons-nous nous embrasser ? Je suis tellement excitée par toutes ces possibilités que je suis incapable de penser à autre chose. Ce qui est une bonne chose car cela me fait oublier l'horrible douleur bien réelle que m'infligent mes chaussures. Je ne sais pas pourquoi je m'obstine à essayer de porter des talons. Mes pieds finissent toujours par me torturer et me donner des envies de meurtre. Je sais qu'en tant que femme, je suis supposée supporter cette douleur, prix à payer pour avoir de longues jambes. Des jambes sexy d'allumeuse qui mettent les hommes à genoux, mais bon sang, c'est dur. Une partie de moi se dit que cela n'en vaut pas la peine ; cette même partie qui se demande s'il est indispensable de porter un string qui rentre dans les fesses. Et je me sens également mal à l'aise dans le soutien-gorge serré et le corset qui comprime mes bourrelets. Je ne sais même pas pourquoi j'essaie de donner l'illusion de ne pas avoir de kilos en trop. Aiden connaît la vérité : il sait que j'ai un peu de ventre. Il le sait et s'en moque. Il me trouve sexy comme je suis.

– Alors, tu as été surprise ?, me demande Aiden pendant que nous attendons le début de la première partie.

– Que tu m'emmènes à San Francisco pour notre premier rendez-vous ? Oui. C'est le meilleur des premiers rendez-vous. Je ne pense pas que beaucoup de mecs puissent rivaliser.

– J'espère surtout qu'il n'y aura pas d'autres mecs !

Mon cœur fait un bond dans ma poitrine. Il m'a presque demandée en mariage. Bon d'accord, pas exactement, mais vous voyez ce que je veux dire. J'aimerais envoyer un message à Liv pour lui demander ce qu'elle en pense, le moment est mal choisi.

– L'avenir nous le dira, je réplique avec désinvolture.

– Vraiment ? Tu as d'autres premiers rendez-vous en cours ?

– Henry m'a proposé d'aller prendre un café.

– Est-ce que tu veux que je te prenne sur mes genoux, là, tout de suite ?, me murmure-t-il à l'oreille. Parce que je suis capable de le faire.

– Pardon ?

– Je vais te mettre sur mes genoux et te donner une fessée. (Ses doigts remontent le long de ma jambe.) Je vais frapper ce cul, puis le caresser, et tu seras tellement mouillée que tu ne voudras même pas rester au concert.

– Tu en as envie ?, je demande, le souffle coupé tandis qu'il glisse ses doigts entre mes jambes. Aiden, non. (Je repousse sa main.) Il y a des gens.

– Tu sais bien que je n'en ai rien à foutre d'être vu. Si tu veux t'asseoir sur mes genoux et me chevaucher, je suis partant.

– Pour que l'on nous jette en prison pour avoir baisé en public ?

– Chiche !

– Je ne pense pas que ce soit une riche idée.

– Quel jour dois-tu voir Henry ?, demande-t-il, soudain plus sérieux.

– Je ne sais pas encore. Pourquoi ?

– Parce que je t'accompagne.

– Ce n'est pas nécessaire.

– Je le sais, mais je viens quand même. (Il m'embrasse avec fougue.) Je veux m'assurer qu'il sait que tu es à moi.

– Je ne suis pas ta propriété.

– Tu es mienne, et je veux que tout le monde le sache.

– Vraiment ?

– Je l'espère, répond-il doucement en me prenant la main. Tu veux bien être ma petite amie, Alice ?

– Je pensais que tu ne me le demanderais jamais.

Il m'attire vers lui et m'embrasse.

– Je veux que tu restes avec moi ce soir.

– Tu te crois irrésistible ?

– Je ne suis pas le seul à le penser.

– Aiden… (Je saisis son visage dans mes mains et je l'embrasse passionnément.) En effet, tu n'es pas le seul. La différence avec moi, c'est que je ne fais pas que penser que je suis irrésistible, je sais que je le suis.

– Bien, alors, ce sera toi le professeur, ce soir. Peut-être que tu peux m'apprendre quelques trucs.

– Si tu veux m'allonger, il va falloir que tu m'obéisses et que tu écoutes.

– Je t'allonge tout de suite, si tu veux.

– Tu aimerais bien, hein ?

Je pose un doigt sur ses lèvres tandis que George Ezra qui assure la première partie arrive sur scène et que la foule crie et commence à applaudir.

15.

Le cœur d'un ours en peluche

– Hier soir, c'était génial, dis-je à Aiden au petit-déjeuner. C'est le meilleur week-end d'anniversaire que j'aie passé.

– Sérieux ?

– Je te le jure. Sam Smith est étonnant en *live*. Encore plus que je croyais. Je n'arrive pas à croire que tu aies eu des billets et que nous soyons venus en avion jusqu'ici. Cela a dû coûter une fortune !

– Je peux faire mieux.

Une fois de plus, je voudrais hurler et appeler Liv. Je me fais des idées ou il a quelque chose en tête ? Bien sûr, il ne va pas me faire sa demande ce week-end (quoique, si c'était le cas, je ne dirais pas non), mais j'ai l'impression que cela pourrait venir bientôt.

– Ah bon ?

– Allons au *Ferry Building*. J'ai entendu dire qu'il y a un café, le *Blue Bottle*, qui est sympa, et il y a aussi des sandwiches au fromage chez *Acme Bakery*. Je sais que tu adores le pain français.

– Oui, allons-y !

– Et si tu es sage, je t'achèterai un cupcake chez *Miette*.

– C'est quoi ?

– Un très bel endroit juste à côté du *Blue Bottle*.

– J'adore ce programme ! Mais une chose...

– Oui ?

– On pourra prendre un taxi pour rentrer ? Je n'ai pas vraiment envie de refaire à pied le même chemin en sens inverse, dis-je en considérant la pente que nous venons de descendre.

– Pas de problème. Il y a d'autres possibilités pour faire de l'exercice ce soir.

– Ah oui ?

Nous poursuivons notre marche dans un silence réconfortant. Je regarde autour de moi avec intérêt. C'est la première fois que je viens à San Francisco ; c'est vraiment une belle ville. Elle me rappelle un peu New York, les collines en plus.

— Regarde, un marché d'artisanat ! (Je m'approche d'un type qui vend des peintures.) Elles sont originales.

— Merci, répond l'homme pendant que je le regarde peindre.

— Il est doué.

— Tu en veux une ?

— Non, non.

Je le tire par la main. Je ne veux pas qu'il me couvre de cadeaux. Nous continuons à déambuler parmi les différents stands, et arrivons à une femme en train de coudre ce qui semble être des ours en peluche. Je regarde les lapins faits à la main, les chouettes, les ours et mon cœur fond devant toutes ces peluches mignonnes et étonnantes.

— Ils sont vraiment réussis.

— Merci, je les fais moi-même à la main. J'utilise de vieux chandails et j'ajoute du feutre.

— Oh, c'est super !

Je sais que je suis trop vieille pour m'acheter un ours en peluche, mais j'en veux vraiment un.

— Vous cherchez un cadeau ?

— Non, c'est pour moi.

— Tiens tiens, mais qui vois-je ? (Aiden me rejoint et sourit à la dame.) Bonjour.

— Bonjour. C'est votre mari ?, me demande-t-elle.

– Oh, non. C'est mon…

Je me tais en regardant Aiden. Je suis légèrement embarrassée de le présenter comme mon
petit ami.

– Je suis son petit ami. (Il me prend la main et
la serre.) C'est mon insupportable fiancée.

– C'est ça. Nous devrions y aller.

– Non, attends. Je veux t'en acheter un.

– Non, Aiden, c'est inutile.

– J'en ai envie.

Il attrape un petit ours rouge au visage jaune
avec un gros nez noir. Il a un cœur vert à carreaux sur le ventre avec des coutures rouges tout
autour. Il est absolument adorable.

– On prend celui-là ? (Il me le tend puis se
tourne vers la dame.) Je vous dois combien ?

– Vingt-huit dollars, s'il vous plaît.

– Merci. Mais tu n'avais pas besoin de m'acheter quelque chose.

– Ça me fait plaisir, me répond-il en m'attirant
vers lui. Cet ours, c'est moi, et le cœur qui couvre
le devant de son corps, c'est mon cœur et l'amour
que j'ai pour toi.

– L'amour que tu as pour moi ?

– Oui, l'amour, répète-t-il en plongeant ses
yeux dans les miens. Tu as toujours été la seule,

Alice. Je t'aime et je veux que tu le saches. Mon cœur ne bat que pour toi.

– Je t'aime aussi. Même si mon cœur bat aussi pour vivre.

Il éclate de rire et m'embrasse.

– Je ne t'ai pas emmenée ici parce que Liv ne pouvait pas assister à ton anniversaire. En réalité, si Liv n'était pas disponible, c'est parce que je lui ai demandé de partir. Je lui ai expliqué que je voulais t'emmener à ce concert et passer le week-end avec toi.

– Je n'en savais rien. C'est tellement romantique ! Merci, Aiden.

– C'est le moins que je pouvais faire. Tu m'as emmené dans un sex-shop SM pour s'amuser. Il fallait que j'assure pour ton anniversaire !

– Eh bien, tu as merveilleusement réussi. C'est parfait !

Je l'embrasse sur la joue.

– Le meilleur est à venir. J'ai aussi un gâteau étonnant pour toi.

– Ah ?

– Tu pourras le manger lorsque nous serons rentrés à l'hôtel.

– Quelle magnifique journée !, je m'exclame à notre retour à l'hôtel.

Je tiens l'ours contre mon cœur.

– Elle n'est pas encore terminée. Il y a encore ton gâteau d'anniversaire et une autre surprise.

– Quelle surprise ?

– Va dans la salle de bains et attends dix minutes avant de ressortir. Tu verras.

– D'accord. Dix minutes ?

– Oui. Et n'essaie pas de regarder.

– Promis.

Je me précipite dans la salle de bains en riant. Je me demande ce que peut bien être la surprise. J'ai du mal à tenir en place. Je regarde ma montre : une seule minute est passée.

– Je peux sortir ?

Les dix minutes les plus longues de ma vie. J'ouvre enfin la porte.

– Je sors, préviens-je. Aiden ?

La chambre est plongée dans le noir.

– Attends, j'ai oublié d'allumer la bougie. (Il fait un geste vers la table de nuit.) Le briquet est là. Tu peux l'allumer pour moi, s'il te plaît ?

– D'accord. Oh, Aiden !

Une lumière chaude envahit la chambre. Aiden est allongé nu sur le dos. Il a des fraises disposées sur le torse, recouvertes de crème fouettée et de chocolat. Je baisse les yeux et j'ai le souffle coupé : il a aussi de la crème fouettée sur son sexe.

– C'est quoi ça ?, dis-je en riant.

– Joyeux anniversaire, entonne-t-il. C'est l'heure de goûter à ton gâteau.

– C'est toi mon gâteau ?

– Je suis assez bon pour être mangé. Il est tout à toi.

– C'est délicieux. Tu ne veux pas goûter ?

Je lèche à nouveau la crème et je me passe la langue sur les lèvres.

– Laisse-moi d'abord enlever mes vêtements pour ne pas les salir.

– C'est plus sage. Et oui, moi aussi j'ai faim. J'espère que tu me laisseras quelques fraises à croquer.

– Il faut voir.

– Il me reste de la crème fouettée.

– Hummm, alors tu devrais peut-être manger d'abord.

– Tu veux que je commence à manger ?

Il commence à se redresser avec enthousiasme, mais je le repousse.

– Je commence, merci.

Je l'embrasse et le rejoins sur le lit. Je presse mon corps nu contre le sien et je sens le mélange de crème sur ma peau.

– C'est bizarre !, je m'exclame en lui léchant le cou.

Je suce doucement ses tétons, jouant avec ma langue avant de descendre le long de son corps. Je goûte sa bite comme s'il s'agissait d'un banana split – c'est la banane la plus délicieuse que j'aie jamais mangée. Aiden gémit sous ma langue puis me retourne sur le dos, écarte mes jambes pour s'enfoncer en moi.

Je sens sa langue glisser vers mon clitoris. Je crie, incapable de me retenir tandis que des vagues de plaisir me submergent.

– Tu es meilleure qu'un gâteau, me dit Aiden en m'embrassant après que j'ai joui sur son visage.

– Et toi, tu as une langue absolument extraordinaire. (Je le maintiens contre moi.) Tu devrais peut-être recevoir le titre de nouveau Mister Tongue.

– Je préférerais un nouveau nom.

– Que penses-tu de Mister Big ?

– Ça me plaît.

– Non, il y a un Mister Big dans *Sex in the City*. Que dirais-tu de Mister Cocky ?

– On n'a qu'à dire Mister Big Cocky.

– Ou Mister Big Dick ?

– Et Mister Pleasure ?, propose-t-il en me léchant les lèvres.

– Ça me plaît.

– Je suis donc ton Mister Pleasure et j'ai toute la nuit devant moi, déclare-t-il en me faisant rouler sur le dos. Prête pour le premier round ?

– Oh que oui !

Je crie tandis qu'il me prend rapidement et profondément. C'est sans aucun doute le meilleur de mes anniversaires.

16.

Le début d'un monde merveilleux

– Tu es là ?

Liv arrive en courant dans ma chambre sitôt rentrée.

– Oui. (Je me relève pour l'embrasser.) Nous sommes rentrés il y a environ une heure.

– Aiden n'est pas là ?, demande-t-elle, visiblement déçue.

– Non, Mister Pleasure n'est pas là.

– Mister Pleasure ? S'il te plaît, épargne-moi ça.

– C'est son nouveau nom parce que...

– Non, non, non. Stop.

– Quoi ? Je n'ai encore rien dit !

– Je ne veux pas savoir les trucs dingues que mon frère fait avec son pénis.

– Des trucs incroyables, en fait. Allons dans la cuisine prendre un chocolat chaud et je te raconte tout de ce week-end, mis à part le nombre de fois où nous...

– Non ! (Liv se bouche les oreilles.) Je ne veux pas savoir combien de fois vous avez fait l'amour.

– J'allais dire combien de fois nous nous sommes dit « je t'aime ».

– Quoi ? (Elle crie et me prend dans ses bras.) C'est le scoop du jour ! Je n'arrive pas à croire que vous vous soyez déjà dit « je t'aime » !

– Et il m'a offert un ours en peluche. C'était génial !, dis-je en fermant les yeux pour revivre notre week-end.

– Je n'arrive pas à croire que mon frère, Monsieur Qui-a-un-balai-dans-le-cul, t'ait dit qu'il t'aimait.

– Il m'a dit qu'il avait un faible pour moi depuis un moment. Comme moi. Il a dit qu'il ne voulait rien précipiter ni me mettre la pression pour commencer une relation, parce qu'il voulait être sûr de ses sentiments pour moi. Il voulait savoir si c'était une Alice adulte qui prenait la décision, et non une Alice gamine.

– Il n'a pas dit ça ?, dit-elle en levant les yeux au ciel.

– Je ne pouvais pas le croire non plus. Je voulais lui demander ce qu'il entendait par une Alice gamine, mais je n'ai rien dit. Je ne voulais pas gâcher le bain.

– Le bain ? Tu veux dire le moment ?

– Cela s'est passé dans le bain que nous avons pris ensemble après avoir dégusté mon gâteau d'anniversaire.

– Oh, c'est trop mignon ! Il t'a offert un gâteau ?

– En quelque sorte.

– Qu'est-ce que tu veux dire ?

– Eh bien, il m'a donné la garniture : la crème fouettée, les fraises, la crème au chocolat et puis il a tout disposé sur la base.

– Quelle base ? Oh, mon Dieu ! C'était lui, la base du gâteau, c'est ça ?

J'acquiesce en ouvrant le réfrigérateur.

– Le meilleur gâteau d'anniversaire que j'aie jamais mangé.

– Je ne peux pas croire que mon frère ait eu l'audace de faire office de gâteau.

– Pourquoi ?

– Bon, d'accord, je peux vraiment croire qu'il l'ait fait. Tu veux des biscuits ?

– Tu as des sablés ?

– Qui viennent directement d'Écosse, ma chère.

– Ouais ! (Je sors deux tasses et verse le chocolat chaud.) Je n'ai jamais été aussi excitée, Liv. Je suppose que c'est ce que tu ressens lorsque tu es avec Xander.

– C'est fou, non ? Parfois, je ne peux pas croire à la chance que j'ai.

– Tu sais, lorsque vous vous êtes fiancés, toi et Xander, j'ai été un peu jalouse. Je me sentais mal, je me demandais si cela m'arriverait un jour. Est-ce que je rencontrerais quelqu'un qui m'aime tellement qu'il voudrait m'épouser ?

– Je suis désolée que tu aies pensé ça, dit tristement Liv.

– Ne sois pas désolée. C'était égoïste de ma part de penser ça à ce moment-là. Mais c'est pourtant ce qui est arrivé et cela m'a inquiétée. Tout ce à quoi je pouvais penser, c'était que je ne saurais même pas quoi faire si au bout du compte, Aiden ne m'aimait pas vraiment. J'ai connu d'autres garçons, mais il a toujours été le seul et unique dans mon cœur.

– Alice, tu sais à quel point tu es spéciale. Si cela n'avait pas été Aiden, cela aurait été un autre garçon génial.

– Un autre garçon génial n'aurait pas été Aiden.

– Et la fille avec laquelle il aurait fini n'aurait pas été toi.

– Comment j'ai pu faire pour avoir cette chance de t'avoir comme meilleure amie ?

– Je pense que c'était écrit. Je pense que nous étions destinées à être les meilleures amies pour que tu puisses rencontrer mon frère et devenir ma belle-sœur.

– Si Aiden et moi nous nous marions.

– Oh, vous allez vous marier. J'en suis certaine.

– Oh non ! Cela veut dire que Gabby sera aussi ma belle-sœur.

– Ne dis pas de gros mot comme ça ! (Elle rit en prenant une tasse.) Allons au salon pour regarder la télévision en bavardant.

– Bonne idée.

Je la suis et nous nous installons confortablement sur le canapé.

– Tu vas me manquer lorsque tu auras déménagé.

– Tu me manqueras aussi.

Nous nous regardons pendant quelques secondes. La sonnette nous fait sursauter.

– Qui est-ce ?, je demande le cœur battant, espérant que c'est Aiden.

– Aucune idée. Je croyais que Xander rentrait chez lui.

Nous nous précipitons vers la porte alors que la sonnette retentit à nouveau.

– Ce doit être Aiden. Il n'y a que lui pour être aussi impatient et sonner à la porte plusieurs fois de suite.

Je m'exclame en ouvrant la porte : Aiden et Xander se tiennent sur le seuil. Aiden me regarde avec une expression de désir sur son beau visage.

– Bonjour.

Il me soulève pour m'embrasser.

– Nous ne voulions pas laisser toutes seules nos deux filles préférées. Et puis, je voulais vous éviter des ennuis.

– Quel genre d'ennuis pourrions-nous avoir un dimanche soir, Aiden ?

– Vous connaissant, toutes sortes d'ennuis, rétorque Xander en riant tandis que Liv lui donne une tape sur l'épaule.

– Nous allions regarder la télévision, en fait. Et nous buvions un chocolat chaud, dis-je en embrassant Aiden.

– J'adore le chocolat, réplique-t-il en me suçant la lèvre.

– On est au courant, dit Liv en s'éclaircissant la gorge.

– Tu lui as déjà raconté ? Alice !

– Quoi ? Elle est ma meilleure amie.

– Et c'est aussi ma sœur.

– Il faut que je félicite Papa et Maman.

– Les féliciter pour quoi ?

– Pour avoir créé Mister Pleasure.

Aiden rougit.

– Je vais te tuer, Alice. Je ne plaisante pas.

Il glisse les doigts sous mes bras et commence à me chatouiller.

– Pas ça !

J'essaie de le repousser. Je me tortille tandis que ses mains poursuivent leur assaut.

– Aiden, s'il te plaît ! (Je tente de retenir sa main.) Je ne lui dirai plus rien.

– Menteuse. (Il me pince le nez.) Si tu continues à mentir, il va grandir.

– Je ne mens pas. Bon, d'accord, je lui raconterai des trucs…

– Je suis là, je vous signale. Je vous entends.

– Nous devrions peut-être les laisser, dit Xander en attrapant Liv par la taille. Si on allait dans ta chambre ?

– Pas question. Alice et moi avions prévu de regarder la télévision et de discuter. Si vous voulez rester, vous pouvez regarder la télévision avec nous.

– On est obligé ?, demande Aiden en faisant la grimace. J'avais prévu des choses plus excitantes.

– Elles devront attendre. (Je souris à Liv.) Nous avons prévu une soirée entre filles. Si vous voulez rester, il faut participer.

– Cela veut dire quoi ?

– Que je vais te faire les ongles. (Liv lui attrape les mains.) Je te laisse choisir la couleur du vernis.

– Huum, râle Xander avec le sourire. Il va me falloir une bière, voire tout le pack !

– Tout de suite. Et toi, tu veux quelque chose ?

– Faire l'amour avec toi ?, me murmure-t-il à l'oreille.

– Aiden ! Veux-tu boire quelque chose ?

– Ta sève ?

Je lui donne une tape sur l'épaule.

– Va rejoindre Xander dans le salon.

– Absolument. (Liv pointe le doigt vers son frère.) Tu ferais mieux d'obéir.

– Sinon quoi ?

– Je te montrerai ce qui arrive aux garçons qui ne sont pas sages. (J'attrape sa chemise et je l'attire vers moi.) J'ai acheté une tapette sur Internet et elle est arrivée pendant que nous étions à San Francisco.

– Une tapette ?

Ses yeux brillants se posent sur moi.

– Et je n'ai pas peur de m'en servir.

– J'espère que tu ne crains pas non plus de la sentir. Parce que ma main me démange de te donner une bonne fessée tout de suite.

– Vraiment ? Je doute que cela se produise ce soir. Parce que je prévois de t'attacher au lit.

– Je vais te taquiner jusqu'à ce que tu m'implores de te prendre.

– Et si je t'implore tout de suite ?, me demande-t-il en m'attirant vers lui pour que je sente son sexe dur contre mon ventre. Et si je te demande de me prendre tout de suite ?

– Cela n'aura aucun effet. C'est moi qui commande, maintenant. Nous irons au lit quand je le déciderai, dis-je en lui donnant un baiser rapide avant de m'éloigner.

Il en reste bouche bée et je retourne dans le salon en me déhanchant. Aiden est rayonnant. Je rejoins les autres, tout excitée. C'est vraiment le début de quelque chose de merveilleux et d'audacieux entre nous.

17.

Attendre fait partie du jeu

– P as de Monopoly ce soir, décrète Liv alors que nous prenons place autour de la table chez ses parents.

Cela s'adresse surtout à Aiden.

– Très bien, répond-il en me tenant la main sous la table. À quoi on joue, alors ?

– Cela m'est égal. À quoi veux-tu jouer, Elizabeth ?

– Quoi, moi ? (Elle rougit.) Je suis simplement heureuse d'être là. Votre invitation m'a étonnée. Je ne savais pas trop ce que tu penserais en me voyant ici, ajoute-t-elle à mon intention.

– Oh, aucun problème. Tu as joué ton rôle, mais tu as toujours été gentille. Je suis contente que tu sois là. Liv et moi avons besoin d'une autre fille dans le groupe.

– Merci. Je suis tellement contente d'être là. C'est sympa de se faire de nouveaux amis.

– Je pensais que c'était facile pour toi de te faire des amis, dit Scott avec un regard étrange.

– Je suis contente de t'avoir donné cette impression, répond-elle en le regardant fixement.

– Nous avons tous eu cette impression, non ?

Scott regarde autour de lui ; il semble légèrement contrarié. Liv et moi échangeons un regard. Que se passe-t-il entre eux ?

– Je serais ravi de te faire visiter les alentours, dit Henry qui est assis à côté de Scott.

Ses yeux verts la regardent avec chaleur. Il est clair qu'il est inconscient de la tension qui règne dans la pièce. Comme d'hab avec les mecs !

– Oh, merci. Avec plaisir.

– Je suis sûr que cela va te plaire, commente Scott avant de descendre sa bière. Alors, on joue à quoi ?

– Laissons le choix à Liv et à Xander. C'est leur soirée jeux, je propose.

– Ouais, je suis d'accord, dit Chett avant de se lever d'un bond. Désolé, mais je viens de me rappeler qu'il y a une course NASCAR. Je vais vérifier. Maman et Papa sont allés se coucher, alors je peux changer la chaîne.

– Chett ! C'est bon, va regarder ta course de voitures.

– Moi au moins, je suis là. Gabby n'a même pas daigné faire une apparition.

– Ce n'est pas vraiment surprenant…

Liv rit et Xander s'essuie le front.

– Ce n'est pas moi qui vais m'en plaindre. J'ai eu ma dose avec Gabby !

– Je sais. (Liv tape dans ses mains.) Jouons à action ou vérité.

– Ok. Tout le monde joue ?, demande Aiden.

– Ouuuiii, répondons-nous d'une seule voix.

– Bien. Mettons-nous en rond. Je commence à poser les questions, Elizabeth est la première et après nous tournons, d'accord ?, annonce Liv.

– D'accord.

– Bon, action ou vérité ?

– Vérité. J'espère que je ne vais pas le regretter, dit Elizabeth en faisant la moue.

– Pourquoi as-tu accepté ce travail de fausse petite amie ?, demande Liv.

La question me surprend, même si je me la suis également posée.

– Parce que j'avais besoin d'argent. (Elle me regarde.) J'ai perdu mon travail et c'est la première proposition que j'ai reçue. Il faut bien que je paye mon loyer. En plus, Aiden ne semblait pas louche, et lorsqu'il m'a expliqué qu'il voulait vérifier si la fille qu'il aimait tenait vraiment à lui ou si elle jouait avec ses sentiments, j'ai craqué pour lui d'une certaine manière. Et puis j'ai rencontré Alice et j'ai su qu'ils étaient faits l'un pour l'autre. J'avoue que je me suis sentie mal, surtout lorsque j'ai eu ces marques de menottes sur les poignets. Je me disais que cela allait trop loin, je pense qu'Aiden s'est laissé un peu emporter.

– C'est vrai, acquiesce-t-il avant de m'embrasser sur la joue. Je voulais voir jusqu'où je pouvais te pousser. Je suis désolé. J'avais juste besoin de savoir ce que tu allais faire. En fait, cela m'a plu de te voir jalouse.

– Tu es horrible !

– Je sais. Je te demande pardon.

– Bon, tout le monde écoute. C'est au tour d'Elizabeth. Les garçons, vous aurez votre chance plus tard.

– Désolée.

– Est-ce que tu as trouvé un nouveau travail ?, lui demande Liv.

– Pas encore. Je continue de chercher, soupire-t-elle.

– Je peux peut-être t'aider, intervient Scott. Je cherche quelqu'un pour m'aider.

– Vraiment ?, répond-elle, dubitative.

– Ouais, nous en parlerons plus tard.

– D'accord.

Liv me regarde avec un grand sourire. Le jeu continue pendant quelques tours ; nous choisissons presque tous les actions. Il y a une tension palpable au moment où Xander défie Henry d'embrasser Elizabeth. Si Scott avait eu une mitraillette à la place des yeux, il aurait tué Xander et Henry.

– Ok, à toi Aiden. Action ou vérité ?

– Vérité.

Liv réfléchit un instant.

– Quand as-tu compris que tu avais un faible pour Alice ?

Mon cœur se met à battre plus fort. C'est une question que je me pose depuis longtemps, sans jamais avoir osé le lui demander.

– Ah… J'aurais dû me douter que cette question allait venir, dit-il en me regardant.

– Réponds, s'il te plaît.

– J'ai su pour la première fois que j'étais en train de tomber amoureux d'Alice il y a quelques années. C'était l'été qui a suivi mon diplôme universitaire. J'étais dans la cuisine avec Maman et tu es arrivée comme un soleil, tu m'as fait un grand sourire et j'en ai eu le souffle coupé. Je me souviens être resté là à te dévisager et à penser que tu étais devenue une très jolie fille.

– Ouah !

Je revois parfaitement la scène et je suis touchée d'entendre que les émotions et les sentiments que j'avais ressentis cet été-là n'étaient pas simplement le fruit de mon imagination, mais qu'ils étaient bien réels, au contraire.

– C'est là que j'ai su qu'Alice était LA femme. (Il a un rire gêné.) Cela fait sentimental, non ?

– Non. Alors tu savais avant que je ne me glisse dans ton lit ?

– Glisse dans ton lit ?, relève Henry, amusé. C'est quoi, cette histoire ?

– Pas maintenant, Henry, dit Xander en faisant un signe de la tête à son frère.

– Oui, répond Aiden en souriant. Je savais que tu me plaisais avant ce soir-là.

– Je ne le savais pas. Comment ai-je pu l'ignorer ?, dis-je, stupéfaite.

– Pourquoi crois-tu que je ne t'ai pas repoussée lorsque tu t'es glissée dans mon lit ? Je ne suis pas un garçon facile !

– Contente de te l'entendre dire. (Je me blottis dans ses bras.) J'avais tellement peur de tomber amoureuse de toi. Je craignais tellement de tout gâcher. Tu es le frère de ma meilleure amie et j'ai pensé que je compromettais tout cette nuit-là, d'autant plus que tu ne m'en as jamais reparlé depuis.

– Tu étais trop jeune, Alice. Je voulais que tu sortes avec d'autres garçons, que tu ailles à l'université et que tu voies ce que tu ressentais après avoir connu d'autres expériences. Je ne voulais pas commencer quelque chose avec toi, que tu le regrettes après et que tu changes d'avis. Je ne sais pas si j'aurais pu le supporter.

– Je comprends. Merci, dis-je en l'embrassant.

– Ouah ! Qui aurait dit que mon grand frère était si sentimental ? Maintenant, nous sommes une seule et même grande famille.

– Pas tout à fait. Ne brûle pas les étapes, Liv, rectifie Xander.

– En effet, pas encore. (Aiden me serre la main puis caresse mes cheveux.) Nous serons une même et unique famille officielle un jour.

– Je vais être Miss Pleasure un jour ?

– Je le pense. Tant que tu réussis tous les tests.

– Des tests ?

– Tu sais. Nos tests spéciaux.

– Je suis prête à passer un examen tout de suite, je propose en caressant sa cuisse.

– Je suis prêt à te faire passer le test.

– Ça suffit, vous deux ! (Liv lève les mains.) Ce jeu-là est réservé aux adultes. Allez ailleurs pour vos soirées X.

– Ne t'inquiète pas pour ça, petite sœur. J'ai déjà organisé notre première nuit classée X.

– Où ça ?, je demande, émoustillée.

– Patience, tu verras. L'attente fait partie du plaisir.

Épilogue

Vous savez lorsque le moment est venu

Je me suis toujours demandé comment je saurais que j'avais rencontré LE garçon de ma vie. Je me demandais ce qu'était le véritable amour. Je peux vous dire aujourd'hui qu'une fois que vous l'avez trouvé, vous ne vous posez plus la question. Quand vous rencontrez l'amour, le vrai, vous le savez au fond de vous. Vous le savez rien qu'aux émotions qui vous submergent en contemplant le visage aimé. Quand vous l'avez trouvé, vous ne vous demandez plus s'il est bien réel, vous cherchez juste à le garder. Quand vous avez trouvé LA personne, vous comprenez enfin ce que signifie être comblée.

– Tu sais combien je suis heureux, Alice ? Tu sais combien je t'aime ?

– Oui, je sais parce que je ressens la même chose, lui réponds-je, allongée près de lui dans le lit.

– Nous avons vraiment de la chance.

Je glisse la main sur son torse et je soulève la tête pour le regarder.

– Je n'arrive toujours pas à croire que tu aies fait semblant d'être un dominateur.

– Et moi je n'arrive pas à croire que tu m'aies pardonné si vite. (Il me pince les fesses.) C'est parce que je suis irrésistible ?

– C'est uniquement parce que j'ai été moi-même un peu frivole par le passé. Mais refais un coup comme ça et tu vas vraiment devoir te faire pardonner.

– J'ai déjà demandé pardon, non ?

– Parce que tu aimes m'attacher et me donner des fessées ?

– Parce que je t'ai laissée m'attacher aussi. Et parce que je t'ai laissée me persuader d'aller dans un salon de massages en couple.

– Tu es venu parce que tu pensais que nous ferions l'amour dans la piscine.

– Comment je pouvais deviner qu'il y aurait cinq autres couples dans la piscine ? Ce n'était pas sexy.

– C'était amusant et cela nous a détendus.

– C'est vrai. (Il m'attire vers lui et m'embrasse sur la tempe.) Je me sens toujours détendu lorsque je suis avec toi.

– Vraiment ?

Je me blottis contre lui.

– Oui. Ta présence me détend et me rend heureux, Alice. Tu es tout pour moi. Tu es la meilleure chose qui me soit jamais arrivée.

– Tu dis ça parce que j'ai réservé une chambre au *Kat's Corner* la semaine prochaine.

– Tu n'es pas excitée à l'idée d'essayer la balançoire ?

Ses doigts effleurent mes lèvres.

– Tiens, à propos... J'ai une petite surprise pour toi.

– Vraiment ? C'est quoi ?

– Un cadeau d'anniversaire avant l'heure. (Je saute du lit et attrape un grand sac en plastique posé à côté de ma valise.) J'ai pensé que tu le voudrais plus tôt.

– C'est quoi ? (Il sort du sac une boîte qui contient une sangle.) Ouah ! C'est chaud, vraiment chaud, s'exclame-t-il avec un large sourire.

– Nous pouvons l'essayer maintenant, si tu veux ?

Je lui fais un clin d'œil. Il saute du lit et déchire la boîte pour l'ouvrir. En le regardant enfiler la sangle, je me dis que c'est ça être amoureux. C'est être audacieux et aimer s'amuser à deux. Je n'ai pas besoin de jouer avec Aiden, je n'ai pas besoin d'essayer de le rendre jaloux. Je l'aime et il m'aime, c'est suffisant. Entre nos aventures au lit et à l'extérieur, j'ai de quoi m'occuper.

– Il faut que tu tiennes les sangles et que tu passes les pieds là.

Aiden me tire vers lui en me soulevant légèrement pour que je puisse les enfiler.

– J'espère que cela ne va pas lâcher, dis-je en regardant le haut de la porte avec inquiétude.

– Ne t'en fais pas. Je serai là pour te rattraper si tu tombes. Je te rattraperai toujours, Alice. Je serai toujours là.

Et je me sens fondre tandis que ses yeux brillent juste avant de me pénétrer profondément.

Remerciements

À mes lecteurs Kathy Shreve, Cathy Reale, Cilicia White, Tanya Skaggs, Rebecca Kenmore, Kanae Eddings, Barbara Goodwin, Stacy Hahn, Katrina Jaekley, Elizabeth Rodriguez, Trisha, Emily Kirkpatrick, Kerri Long, Tianna Croy et Gwen Midgyett, merci à tous pour vos retours de lecture de ce roman. J'ai beaucoup apprécié votre aide pour améliorer certaines scènes.

À tous mes lecteurs, jeunes et plus âgés, merci d'avoir pris le risque de lire un de mes romans.

À Dieu, merci pour tous vos bienfaits.

Achevé d'imprimer par N.I.I.A.G.
en avril 2017
pour le compte de France Loisirs, Paris

Numéro d'éditeur : 88845
Dépôt légal : avril 2017

Imprimé en Italie